Pia Rosenberger

WIR
FRAUEN
AUS DER
VILLA
HERMANN

AF179064

atb aufbau taschenbuch

Pia Rosenberger wurde in der Nähe von Osnabrück geboren und studierte nach einer Ausbildung zur Handweberin Kunstgeschichte, Literaturwissenschaft und Pädagogik. Seit über 20 Jahren lebt sie mit ihrer Familie in Esslingen und arbeitet als Autorin, Journalistin, Museumspädagogin und Stadtführerin.

Im Aufbau Taschenbuch sind bereits ihre Romane »Die Bildhauerin«, »Die Künstlerin der Frauen« und »Colette« erschienen.

Künzelsau, 1932: Nach dem Tod ihres Mannes steht Luise Hermann allein mit ihren Kindern Erika und Rolf und dem bankrotten Holzhandel der Familie da. Doch aufgeben kommt nicht infrage. Luise krempelt die Ärmel hoch und setzt alles auf eine Karte: Im ersten Stock ihres Hauses richtet sie eine Näherei für Berufsbekleidung ein. Nach einem erfolgreichen Start schöpfen die Frauen in der Villa Hermann, zu denen auch Haushälterin Marga und ihre clevere Tochter Lia gehören, neue Hoffnung. Diese wird jedoch von der Machtübernahme der Nazis schnell überschattet. Als Erikas erste große Liebe aus Deutschland fliehen muss, der Krieg über sie hereinbricht und es Lia, eine talentierte junge Schneiderin, nach Berlin verschlägt, geraten all die mühsam erbauten Zukunftspläne ins Wanken. Doch dann lernt Erika einen jungen Offizier kennen, der ihnen eines Tages zu dem Modestück verhelfen wird, das nicht nur Luises Näherei für immer verändert, sondern auch ein neues Lebensgefühl mit sich bringt.

Pia Rosenberger

WIR FRAUEN AUS DER VILLA HERMANN

Roman

atb aufbau taschenbuch

Dieser Roman wurde im Rahmen des Stipendienprogramms
der VG Wort in NEUSTART KULTUR der Beauftragten
der Bundesregierung für Kultur und Medien gefördert.

MIX
Papier | Fördert
gute Waldnutzung
FSC
www.fsc.org   FSC® C083411

ISBN 978-3-7466-3921-5

Aufbau Taschenbuch ist eine Marke der
Aufbau Verlage GmbH & Co. KG

1. Auflage 2023
© Aufbau Verlage GmbH & Co. KG, Berlin 2023
www.aufbau-verlage.de
10969 Berlin, Prinzenstraße 85
Der Verlag behält sich das Text- und Data-Mining nach § 44b UrhG vor,
was hiermit Dritten ohne Zustimmung des Verlages untersagt ist.
Umschlaggestaltung www.buerosued.de, München
unter Verwendung eines Motivs von © United Archives /
Hansmann / Bridgeman Images
Satz Greiner & Reichel, Köln
Druck und Binden CPI books GmbH, Leck, Germany

Printed in Germany

Prolog

HERBST 1948

Lia stand vor der Tür der Soldatenkneipe im Frankfurter Bahnhofsviertel und zögerte. Laute Jazzmusik drang hinaus auf den Gehweg, wenn hin und wieder ein angetrunkener GI an ihr vorbei ins Freie stolperte. Warum ließ er sie warten? Sollte sie allein hineingehen? Gestern hatten sie die Amihosen ergattert, Levi's 501. Und heute hatte sie den geschenkten Tag dazu benutzt, sich mit einer der blauen Arbeitshosen, einer weißen Bluse, einem getupften Haarband und ein paar Pumps auszustaffieren. *Blue Jeans.* Lia spürte dem Klang der Wörter auf ihren Lippen nach. Sie schmeckten nach Freiheit und Verheißung … Aber vielleicht war sie zu mutig gewesen, um sich damit in die Öffentlichkeit zu trauen.

Sie hatte die kleinste gewählt, die von Mister Mickrig persönlich, bei der sie nur die Hosenbeine ein wenig hochkrempeln musste. Ein Gürtel hielt die Blue Jeans auf ihren Hüften.

Sie sah auf, als sich ein deutsches Fräulein und ihr amerikanischer Freund eng umschlungen an ihr vorbeidrängten und die Kneipe betraten. Sollte sie es wagen? Sie atmete tief durch, nahm ihren ganzen Mut zusammen und folgte dem

Paar durch die Tür. Sofort dröhnte die Musik in ihren Ohren. Etwas Bläserlastiges, Flottes drang aus der Jukebox. Der Lärm war wie eine Mauer, gegen die sie anrannte, und der Rauch zum Schneiden dick.

Hätte sie besser draußen warten sollen? Zumindest in dieser Aufmachung? Nein. In Sachen Mode verließ sie sich am besten auf sich selbst, und was sie trug, war schick und innovativ. Aber vielleicht trugen ehrenwerte Frauen in den USA ja ebenso wenig Hosen wie hier. Unwillkürlich fragte sich Lia, ob es beim Militär auf der Base auch Luftwaffentechnikerinnen gab.

Sie schaffte es bis zur Theke, hinter der ein junger Typ mit einer aufwendig frisierten Tolle lässig ein Glas polierte, und bestellte eine Cola.

»Du warst gestern schon da«, erinnerte er sich. »Mit dieser Gruppe von Amis und Deutschen. Von wegen Verbrüderung mit dem Feind.« Er hob die Augenbrauen, als ihm ihre Hose auffiel. »Ist das Absicht oder ein ganz übler Irrtum?«

»Absicht.« Lia hoffte, dass er nicht bemerkte, wie sie errötete. Scharlachrot wirkte zu leuchtend roten Haaren nicht besonders kleidsam.

Der Barkeeper füllte ihr Glas. »Ich habe mich schon gestern gefragt, was ihr mit den Ami-Arbeitshosen wollt. Etwa die Damenmode revolutionieren?«

Lia beschloss, den Hohn in seiner Stimme zu überhören. »O nein. Sie sollen uns neue Ideen für Berufsbekleidung liefern. Für den Herrn. Aber ich hatte die Idee, sie einmal selbst anzuprobieren.«

Der Barkeeper lachte lauthals. »Du siehst aus wie ein Cowgirl. Was willst du fangen? Einen Bullen? Da gibt es hier eine ganze Herde.« Er schob die Cola über die Theke. »Soll ich etwas Rum reintun?« Er beugte sich vertraulich vor. »Damit trinken die Fräuleins sich hier Mut an. Vielleicht vergisst du dann deine peinliche Aufmachung.«

Lia lachte, obwohl sein Spott sie verunsicherte. »Nein danke. Ich komme ohne aus.« Mut hatte sie schon ihr ganzes Leben lang beweisen müssen. Und ansprechen würde sie heute ohnehin niemanden, denn sie wartete auf jemand Besonderen.

Sie lenkte den Blick zu den Tanzenden. Die jungen Frauen sahen in den muskulösen Armen ihrer amerikanischen Verehrer viel zu zart aus. Sie trugen löchrige Pullover und fadenscheinige Röcke bis zum Knie, mit Stoffstücken geflickt und mehrfach gewendet. Sicher träumten sie von finanzieller Sicherheit, Schick und Eleganz. Lia nahm sich vor, ihnen dabei behilflich zu sein, das kleine Glück zu erlangen, das aus Kammgarn, Seide und Baumwolle bestand. Und noch nicht aus diesem unverwüstlichen Stoff, aus dem die Träume amerikanischer Mechaniker waren.

Unversehens löste sich ein GI in einer beigen Uniform aus der Menge und forderte Lia zum Tanzen auf. Bulle kam schon hin, seinen breiten Schultern nach zu urteilen. Lia holte tief Luft. »No.« Das war das wichtigste englische Wort überhaupt und eins der wenigen, die sie kannte.

Seine Augen wurden groß. »But why not? You look enchanting.« Er strich sich nervös über seinen ausrasierten Nacken.

Lia lehnte noch einmal ab, obwohl der letzte Satz nach

einem Kompliment geklungen hatte. »Ich warte auf jemanden.«

»Why not, cowgirl?« Jetzt klang seine Stimme unangemessen besitzergreifend. Lia runzelte die Stirn. Gehörte er zu den Männern, die es nicht vertrugen, wenn Frauen ihnen einen Korb gaben? Aber wie sollte sie ihm bei ihren mangelnden Englischkenntnissen verklickern, dass sie vergeben war? Lia dachte fieberhaft nach, als sich von hinten eine warme Hand auf ihren Arm legte. Ihr wurde schwindlig vor Erleichterung.

»Because she belongs with me«, sagte der junge Mann, der hinter ihr stand.

Teil I

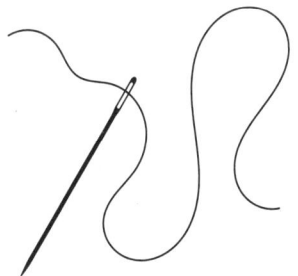

1.

WINTER 1932

Es war ein bitterkalter Sonntag Ende Februar. Luise Hermann saß in ihrer Bank in der Johanneskirche und wartete sehnsüchtig auf das Ende des Gottesdienstes.

Die beiden Engel unter dem Triumphkreuz sahen auf sie herab, als sei nichts geschehen. Normalerweise kam sie zur Ruhe, wenn sie den Blick auf sie lenkte und den Klängen der Orgel lauschte. Heute aber nicht, und das lag weder an der schlaflosen Nacht, die hinter ihr lag, noch an ihren Füßen, die in ihren abgetragenen Stiefeln langsam zu Eisblöcken erstarrten. Nein, es war das Getuschel, das sich wie Pfeilspitzen in ihren Rücken bohrte.

»Hochmut kommt vor dem Fall.«

In der Bank hinter ihr saßen die Frau des Bürgermeisters und die Apothekerin Auweiler, diese Heuchlerinnen, die ihr nach Heinrichs Tod tränenreich ihr Beileid ausgedrückt hatten. O nein, auch wenn sie es darauf anlegten, Luise würde sich nicht dazu herablassen, sich umzudrehen. Stattdessen seufzte sie und knetete ihre schwarze Kappe in den Händen. Aus der respektablen Bürgerin Luise Hermann war über Nacht eine bettelarme Witwe geworden. Hättest du nur besser gewirtschaftet, Heinrich!, durchfuhr es sie. Aber nein, er konnte nichts dafür. Sein einziger Fehler war, dass er nicht mit ihr gesprochen hatte. Die Weltwirtschaftskrise hatte ihrem Holzhandel in Hohenlohe schon vor Jahren das Genick gebrochen. Heinrich hatte es nur nicht wahrhaben wollen.

Der Gottesdienst war noch lange nicht vorbei. Als Pfarrer Peters auf die Kanzel stieg und predigte, versteckte Luise ein Gähnen hinter der geöffneten Hand. Mochte der Heiland ihr nachsehen, dass sie seine Worte über sich hinwegrinnen fühlte wie Wasser. »Und spräche ich: Finsternis breche über mich herein und Nacht sei das Licht um mich her, so wäre auch die Finsternis nicht finster für dich und die Nacht ...« Ihre Gedanken verlangsamten sich, und der Kopf sank ihr auf die Brust. Minuten später rissen sie die mächtigen Klänge der Orgel aus dem Halbschlaf. Es folgten das Vaterunser und ein Choral, dann leerten sich die Reihen in Richtung Ausgang. Du meine Güte, war sie wirklich in der Kirche eingeschlafen?

Sie wollte schon in der Menge verschwinden, als sie Pfarrer Peters in Richtung Sakristei gehen sah. Auch wenn es ihr schwerfiel, sie würde das Gespräch mit ihm nicht länger vor sich herschieben. »Herr Pfarrer, hätten Sie einen Moment Zeit für mich?«

»Was gibt es denn, Luise?« Peters ließ seine blauen Augen auf ihr ruhen. Er war ein schwergewichtiger Mann mit einer goldenen Brille, der seine verbliebenen Haarsträhnen hartnäckig über seine Glatze kämmte. Luise richtete sich auf. Mit ihrer Körpergröße von fast 1,80 Metern überragte sie ihn deutlich; ein Umstand, mit dem viele Männer nicht umgehen konnten. »Ich brauche Ihren Rat.«

»Dann komm.« Er ging ihr voran in den Nebenraum, in

dem ein großer Tisch und ein paar Stühle standen. »Setz dich doch, Luisle.«

Nicht viele Leute durften sie so nennen, aber bei Peters, der sie getraut und ihre Kinder getauft hatte, mochte die vertrauliche Anrede angehen. Befangen nahm sie Platz.

Warum nur hatte Heinrich sie alleingelassen? Als ihre Wahl vor gut zehn Jahren auf ihn gefallen war, hatten sie beide nicht ahnen können, dass ihm auf Erden nur so wenig Zeit beschieden war.

»Wie geht es dir denn?«, fragte Dekan Peters mitfühlend. »Kommst du zurecht?«

Er goss ihr Wasser aus einer Karaffe ein. Luise trank durstig. »Die Holzhandlung ist bankrott. Was soll ich tun?«

Nichts war ihr je schwerer gefallen, als das zuzugeben. Aber die Wahrheit musste ans Licht.

»Ich habe davon gehört«, sagte der Pfarrer mitfühlend und faltete seine kräftigen Finger.

Luise schnaubte. Anscheinend war ihre missliche Lage schon Stadtgespräch. »Das Geschäft mit dem Holz läuft schon lange schlecht. Die Preise sind am Boden. Aber wie schlimm es wirklich steht, habe ich erst nach der Beerdigung erfahren.«

Über 200 Leute hatten sich auf dem Friedhof rund um das offene Grab versammelt, beim Leichenschmaus ordentlich zugelangt und ihren Weinkeller leer getrunken. Tage später waren die Forderungen der Gläubiger ins Haus geflattert, und Luise hatte das getan, was Heinrich seit Monaten versäumt hatte. Sie hatte die Stapel ungeöffneter Post auf dem Schreibtisch durchgesehen und sich mit jedem Brief elender gefühlt.

Peters sah sie an. »Und wie kann ich dir helfen, Luise?«

»Ich weiß es nicht.« Plötzlich hatte sie Skrupel, seine Zeit in Anspruch zu nehmen. Sicher wartete die Pfarrersfrau daheim schon mit dem Sonntagsbraten auf ihn.

Peters holte tief Luft. »Hör mir zu, Luise. Ich überschreite meine Kompetenzen, wenn ich mich in Geschäftliches einmische, und ich darf auch keines meiner Pfarrkinder vorziehen, aber mein Rat in dieser Sache ist klar. Du solltest verkaufen.«

Luise schüttelte den Kopf. Tränen traten ihr in die Augen. »Aber ich kann doch nicht Heinrichs Lebenswerk verscherbeln, das einmal die Zukunft meines Sohnes werden soll.«

Ihr Mann hatte sich zum Holzhändler hochgearbeitet. Das Geschäft war sein ganzer Stolz gewesen, und seine Kinder sollten es einmal besser haben als er.

Peters nickte langsam. Sie konnte sein Mitgefühl kaum ertragen. Die stolze Luise, die immer den Kopf so hochtrug, war unter die Bittsteller gegangen.

»Und wenn du dich an Johanna und Rupprecht wendest?«, fragte er.

Sie schüttelte vehement den Kopf. Bis sie ihre Schwester und ihren geizigen Mann um Hilfe bitten würde, musste noch viel Wasser den Kocher hinabfließen. Sie stand auf und glättete ihren Mantel. »Ich sollte jetzt gehen.«

Sie stand schon an der Tür, als Peters sie zurückrief.

»Du bist eine Frau, Luise«, sagte er leise. »Zu viel geschäftlicher Einsatz ziemt sich nicht für dein Geschlecht.«

Sie nickte widerwillig und spürte ein Beben in sich aufsteigen. Ob vor Kälte, vor Enttäuschung oder vor Müdigkeit wusste sie nicht.

»Bleib im Vertrauen auf Gott, Luise.« Peters deutete auf das Kruzifix an der weißen Wand. »Und noch etwas. Ich sage es nur, weil du es sowieso bald erfährst. Der Thalheimer ist drauf und dran, dir ein Angebot zu machen. Er will dir den Holzhandel abkaufen.«

Alfred Thalheimer war ihr größter Konkurrent. Natürlich hatte der Pfarrer von seinen Plänen gehört, denn schließlich traf er sich immer mittwochs mit den Künzelsauer Honoratioren zum Stammtisch, dem gleichen, den auch Heinrich besucht hatte.

»Aber dann bleibt uns nichts mehr«, wandte sie ein. Sie hatte keine Bitte äußern wollen, aber jetzt sprang sie über ihren Schatten. »Könnten Sie für mich eintreten, dass man mir einen kleinen Zahlungsaufschub gewährt? Es muss auch keine Stundung sein. Ich brauche nur etwas Zeit, um wieder auf die Beine zu kommen.«

Peters Hände glätteten seinen schwarzen Talar. »Da ist zu viel Stolz in dir, Luisle. Vielleicht will Gott ja, dass du dich der Demut besinnst, die einer Frau gut zu Gesicht steht.«

»Und dass ich zu Kreuze krieche? Besten Dank!«

Sie schlug die Tür hinter sich zu und blieb schwer atmend im Gang stehen. Es war klar, dass der Künzelsauer Klüngel keine Frau unter sich dulden würde, schon gar nicht als Konkurrentin. Sie musste selbst sehen, wie sie zurechtkam.

Draußen wehte ein so kalter Ostwind, dass sie sich den Mantel zuknöpfte und die Kappe über die Ohren zog. Der Himmel war grau. Am Straßenrand türmte sich der Schnee zu schmutzigen Wällen, und auf den Pfützen knackte das Eis.

Eilig lief Luise nach Hause und blieb in der Austraße für einen kurzen Augenblick vor der geräumigen Villa mit dem Walmdach stehen. Heinrich hatte ihr unbedingt etwas bieten wollen. Das schöne Haus, die Urlaubsreisen nach Österreich und Sylt, der Nerzmantel, das Auto, die Käthe-Kruse-Puppe für Erika, und der Märklin-Baukasten für Rolf. Das alles sollte zeigen, dass er es geschafft hatte. Aber dann hatte sich ihr Glück gewendet.

Nach dem Weltkrieg hatte Deutschland sich nicht wieder aufrappeln können. Zuerst hatte der Versailler Vertrag den Grundstein für den wirtschaftlichen Ruin der jungen Weimarer Republik gelegt, dann folgten Inflation, Massenarbeitslosigkeit und schließlich der Börsencrash in New York. Heinrichs Firma hatte der desolaten Lage lange standgehalten, aber irgendwann hatte es auch sie erwischt.

Sie durchquerte den winterlich kahlen Garten, schloss die Tür auf und trat in das holzgetäfelte Foyer. »Ich bin wieder da!«

Aus der Küche duftete es verlockend nach Rinderbraten und Spätzle. Luise knurrte der Magen. Noch war die Vorratskammer gut gefüllt. Und sie würde, koste es, was es wolle, dafür sorgen, dass es so blieb.

Erschöpft hängte sie Mantel und Kappe an die Garderobe und steckte ein Kämmchen in ihrer Hochsteckfrisur fest. Ihr neues Trachtenkleid hatte weinrote und dunkelgrüne Streifen. Das Schwarz der ersten Trauerzeit hatte sie nicht mehr ertragen.

»Da sind Sie ja endlich.« Ihre Haushälterin Marga kam aus der Küche und trocknete sich die Hände an ihrer Schürze ab. Hinter ihrem Rücken lugte dieses Koboldkind Lia mit seinen brandroten Locken hervor. Die Kleine war einer der Gründe dafür, dass Luise Marga als Einziger ihrer Dienstboten nicht gekündigt hatte.

Luise erinnerte sich an den grauen Novembertag vor zwei Jahren, an dem die Frau aus Berlin mit ihrem Koffer in der einen und dem kleinen Mädchen an der anderen Hand vor ihrer Tür gestanden und sich nach der ausgeschriebenen Stelle als Haushälterin erkundigt hatte. Sie hatte Referenzen aus den besten Berliner Häusern vorgelegt und seitdem die Familie niemals enttäuscht. Sie fand sich schnell in die deftige hohenlohische Küche ein und überwachte die Arbeit der Hausmädchen zu Luises Zufriedenheit. Auch Heinrich war gut mit ihr zurechtgekommen. Aber die Gründe, die Marga mit ihrem Kind in die Provinz getrieben hatten, kannte Luise bis heute nicht. Macht nichts, dachte sie. In gewisser Weise teilten sie ihr Schicksal. Marga war mit Lia so allein wie sie nun mit ihren beiden Kindern und damit das, was einer Schicksalsgefährtin am nächsten kam.

»Oben sitzen die Geier und warten sehnsüchtig auf Sie, Frau Hermann. Der Thalheimer, der Huber und der Wagner von der Hohenloher Bank.«

Luise sank das Blut mit einem Schlag in die Beine. »Die haben gut lachen.« Statt in die Kirche zu gehen, drückten die Herren ihre fetten Ärsche in Heinrichs Ledersesseln platt und gierten nach seinem Lebenswerk. »Und wo stecken Erika und Rolf?«

Marga deutete mit der Hand zur Treppe. »Oben. Sie waren sehr brav, haben den Wein geholt und serviert.«

Luise holte tief Luft. »Könnten Sie schon gemeinsam mit den Kindern essen? Ich schicke sie Ihnen runter.« Es gelang ihr nicht ganz, die Panik aus ihrer Stimme zu verbannen.

»Aber sicher.« Marga sah sie eindringlich an. »Und lassen Sie sich nicht ins Bockshorn jagen. Schmeißen Sie sie raus, sobald es geht!«

Als Luise die Treppe hinaufstieg, fiel ihr ein weiterer Grund ein, warum sie Marga nicht entlassen konnte. Sie stärkte ihr bei all ihren Kämpfen den Rücken.

Das Haus hatte zwei Etagen mit geräumigen Zimmern voller gediegener Eichenmöbel, persischer Teppiche und schwerer goldglänzender Vorhänge. Im ersten Stock gruppierten sich die Zimmer rund um eine großzügige Diele mit Eichenparkett. Luise brauchte keinen Überfluss in ihrem Leben, aber für Erikas und Rolfs Erbe würde sie kämpfen wie eine Löwin.

»Mama!« Der sechsjährige Rolf, der mit seiner Schwester Erika vor der geschlossenen Tür des Arbeitszimmers gewartet hatte, rannte auf sie zu und vergrub sein Gesicht in ihrem Rock.

»Marga hat mir erzählt, dass ihr die Männer empfangen habt. Wann sind sie denn gekommen?«

»So gegen 11 Uhr.« Erika war eine lang aufgeschossene Neunjährige mit blonden Zöpfen. »Wir haben ihnen Wein und Schnaps gebracht und Salzgebäck.«

»Das habt ihr gut gemacht«, lobte sie Luise.

»Vielleicht sind sie ja schon so besoffen, dass sie vom Stuhl fallen«, hoffte Rolf.

Luise musste grinsen. »Ich mach das schon. Ihr beiden esst schon mal mit Marga und Lia zu Mittag.«

»Und danach?«, fragte Erika hoffnungsvoll. »Dürfen wir dann raus?«

»Meinetwegen.« Das wäre am Sonntagmittag normalerweise nicht infrage gekommen, aber Luise erwischte sich immer wieder dabei, wie sie Ausnahmen machte. Die frische Luft würde den Kindern sicher guttun. Ihre Hausaufgaben und Erikas Fortschritte bei ihren ersten gehäkelten Topflappen konnte sie auch später kontrollieren.

»Danke!« Rolf hüpfte johlend die Treppe hinab, gefolgt von Erika.

Luise wandte sich seufzend der Tür des Arbeitszimmers zu. Seit drei Monaten schon führte sie regelmäßig diese Gespräche, obwohl sie nichts voranbrachten.

Fest entschlossen, sich nicht über den Tisch ziehen zu lassen, drückte sie die Klinke und trat ein. Die Männer saßen rund um den großen Eichentisch, an dem Heinrich immer seine Geschäfte abgeschlossen hatte. Seine Partner hatten ihn wegen seiner Großzügigkeit geschätzt. Ach, wärst du doch ein schärferer Hund gewesen, Heinrich!

»Da bist du ja endlich, Luisle. Ich hoffe, du hast es mit der Frömmigkeit nicht übertrieben?« Bürgermeister Huber lachte so laut, dass sein dicker Bauch gegen die Tischplatte schwappte. »Weiberleut halt.« Täuschte sich Luise, oder war da mehr als eine Spur Weinseligkeit in seiner Stimme?

Der große, dürre Alfred Thalheimer sah sie mit glasigen

Augen an. Er hatte die Trachtenjoppe über seinem Hemd geöffnet. »Wir haben schon ein Weilchen gewartet.«

Aha, dachte Luise. Auch wenn der Wagner stocknüchtern wirkte, schienen zwei ihrer Gäste doch schon tief ins Glas geschaut zu haben. Erika hatte ihnen nicht den heimischen Tropfen, sondern Heinrichs teuren Rheinwein vorgesetzt. Drei der fünf Flaschen waren bereits leer. Luise hatte eine Idee, die nicht nur ihre restlichen Weinflaschen vor der Vernichtung bewahren würde.

Entschlossen trat sie zum Barschrank, holte eine Flasche Hohenloher Getreidebrand heraus und füllte vier Schnapsgläser bis zum Rand. Sie prosteten sich zu und kippten den Schnaps hinunter, woraufhin sie rasch nachfüllte. Sie sollten sie nur nicht unterschätzen. Groß und kräftig, wie sie war, würde sie sich nicht so schnell unter den Tisch trinken lassen.

»Wir haben dir ein Angebot zu machen, Luisle«, sagte der Huber. »Der Thalheimer will dir die Firma abkaufen.«

»Ich weiß.« Sie setzte sich und stellte die Flasche auf den Tisch. Zumindest anhören konnte sie sich ihre Vorschläge ja. Und dann würde sie nach allen Regeln der Kunst feilschen. Schließlich ging es um ihre Existenz.

Sie hob ihr Glas von Neuem. »Zum Wohle, meine Herren.«

2.

Nach dem Tod ihres Vaters fühlte Erika sich oft, als hätte das Leben ihr den Boden unter den Füßen weggezogen.

Zum Glück hatte ihre Mutter ihnen erlaubt, an diesem Sonntagnachmittag rauszugehen und sich den Wind um die Nase wehen zu lassen. Also stand sie nach dem Essen vor dem Gartentor, wartete auf Rolf, der seine Winterstiefel nicht finden konnte, und ignorierte so gut sie konnte, dass Lia auf sie zuhüpfte. »Kann ich mitkommen?«

»Wenn's sein muss«, brummte Erika missgelaunt. Es war schon schlimm genug, dass sie ihren kleinen Bruder überall mithinschleppen musste. Aber diese kleine Kröte, die auf ihrem roten Lockenkopf eine gelb-schwarz gestreifte Mütze trug wie eine Honigbiene, war einfach unmöglich.

Obwohl sie fast gleichaltrig waren, reichte Lia Erika nur bis zur Nasenspitze. Ihr Mantel war schief geknöpft, und ihre grünen Augen blitzten unternehmungslustig. »Wohin gehen wir?«

»Zum Kocher. Rolf will nachsehen, ob die Biberburg noch da ist«, antwortete Erika widerwillig. »Aber vorher holen wir den Martin ab.«

»Da bin ich.« Kaum war Rolf aus der Tür, rannte er ihnen bis zur Kreuzung voran und überquerte die Straße.

»Der hat ja einen eingebauten Motor«, kommentierte Lia.

Erika grinste. »Er kann gar nicht still stehen. Nie.« Die

Stadtmitte von Künzelsau war so klein, dass er zumindest nicht verloren gehen konnte.

»Welchen Martin?«, fragte Lia.

Erika zögerte. »Den Martin Rubin vom Schuhgeschäft.«

»Seit wann spielst du mit Jungen?«

Sie errötete. Ihre Freundschaft zu Martin war ein Geheimnis, das sie eifersüchtig hütete. Luise und Martins Mutter Jette waren früher Nachbarinnen gewesen und hatten sich oft besucht, so dass sich die Kinder schon seit dem Sandkasten kannten.

»Deine Mutter ist ja nicht mal zum Essen gekommen«, plapperte Lia weiter, als sie keine Antwort erhielt.

»Unserem Geschäft geht es nicht gut.« Erika legte einen Schritt zu, so dass Lia ihr eilig hinterhertrippeln musste.

»Wird schon wieder, sagt meine Mama immer.«

Erika schnaubte. »Wir kommen ohne dein Mitleid aus.«

»Mein Vater ist auch tot«, flüsterte die Kleine so traurig, dass Erika ihre harschen Worte gleich wieder leidtaten. »Er war Zirkusartist und ist immer durch die Manege geflogen. Und eines Tages …« Lias große Augen standen voller Tränen.

»Du lügst! Zirkusartisten gibt es nur selten.«

»Wer weiß?«

Inzwischen hatten sie den Marktplatz erreicht, der an diesem kalten Sonntagmittag wie ausgestorben dalag. An seiner Schmalseite erhob sich stolz das Alte Rathaus mit seinem Glockenturm. Vom Café Frick her duftete es nach frischem Hefegebäck.

»Die Schwarzwälder Kirschtorte ist da so lecker«, schwärmte

Lia. »Aber meine Mama hat für heute Quarksahne gemacht. Die ist mindestens genauso gut.«

Erika nickte. Dass Marga so gut kochen und backen konnte, war ein wahrer Lichtblick.

Rolf wartete vor dem Schuhgeschäft Rubin, in dessen Schaufenster handgenähte Herrenschuhe und hochhackige Damenpumps standen. Das Geschäft mit der Schuhmacherwerkstatt war der mit Abstand schönste Laden im Städtchen. Erika konnte sich nicht entscheiden, was ihr am besten gefiel: die Auslagen oder der Geruch nach sauberem Leder, der einen umgab, sobald man eingetreten war. Es war klar, dass sie nach ihrer Hochzeit mit Martin jeden Tag die herrlichsten Schuhe verkaufen und dabei selbst auf den höchsten Absätzen herumstöckeln würde.

Lia drehte sich einmal um sich selbst. »Und wo steckt er nun, dein Martin?«

»Wart's ab.« Erika ging ihnen voran in den schmalen Hinterhof und warf einen Kiesel an ein Fenster im ersten Stock.

Einen Moment später streckte Martin seinen braunen Lockenkopf heraus. »Was gibt's denn?«

Erikas Herz klopfte vor Freude. »Kommst du raus?«

Weil er als Jude seine Sonntagspflichten schon am Sabbat hinter sich gebracht hatte, standen seine Chancen auf ein Stündchen Freiheit an diesem Tag besser als die anderer Kinder.

»Ich frag mal.«

Fünf Minuten später kam er aus der Tür und rückte seine Brille zurecht.

»Was hast du gemacht?«, fragte Erika.

»Karl May gelesen.« Martin vertiefte sich lieber in seine Bücher, als mit den anderen Jungen Fußball zu spielen. »Und was habt ihr vor?«

»Wir wollen zum Kocher.«

Er nickte. »In Ordnung. Ich komme mit.«

Gar nicht gut fand Erika, wie die kleine Kröte mit den Flammenhaaren und der unmöglichen Mütze ihnen im nächsten Moment in den Weg sprang. »Ich bin auch dabei.«

Martin musterte sie amüsiert. »Du bist aber bunt.«

»Ich bin ein buntes Huhn, und ihr seid drei einfarbige. Ich heiße Lia.«

Martin lachte, aber Erika hielt sich wegen des winzigen Stachels der Eifersucht, den sie nicht verleugnen konnte, noch bewusster an seiner Seite.

Die Stadt war menschenleer, bis auf die vier verlorenen Winterkinder, die unter einem Himmel voller Schneewolken zum Fluss liefen.

»Es ist ganz gut, dass ich mal rauskomme, Eri«, sagte Martin nach einer Weile.

Sie errötete vor Freude, weil er sich an ihren alten Spitznamen erinnerte. »Warum?«

»Wenn ich nicht am *Schatz im Silbersee* festkleben würde, müsste ich zuhören, wie meine Eltern streiten.«

»Worüber streiten sie denn?« Erika mochte Martins Mutter Jette, die immer zuvorkommend und freundlich zu ihr war, und hatte vor seinem Vater Hans und seinem Großvater Samuel einen Heidenrespekt.

Martin sah sie prüfend aus seinen bernsteinbraunen Augen

an. »Über Politik. Aber lass es gut sein. Mich interessiert viel mehr, wie es dir geht.«

Natürlich wusste Martin, dass ihr Vater gestorben war. Die Familie Rubin und der alte Großvater Löwenstein hatten Luise ihr Beileid ausgesprochen und stundenlang bei Gebäck, Tee und Wein im Salon gesessen.

Sie senkte den Kopf. »Nicht so toll. Meine Mutter muss wahrscheinlich den Holzhandel verkaufen.«

Martin nickte verständnisvoll.

Sie ließen das Schloss mit der Lehrerbildungsanstalt hinter sich liegen und überquerten die Kocherbrücke. Die Welt war ein Scherenschnitt auf weißem Grund, durch den sich schwarz der Fluss seinen Weg bahnte. Der Ostwind fuhr in die kahlen Bäume. Sie folgten dem Uferweg ein Stück stadtauswärts, in Richtung der Biberburg, die Erika und Rolf im letzten Sommer mit ihrem Vater entdeckt hatten.

»Kalt hier.« Erika blies sich in die Hände und beneidete Lia jetzt doch um ihre Mütze. Auch wenn sie hässlich war.

»Dann tun wir was dagegen.« Lia sprang auf und ab, um sich die Füße zu wärmen, und Martin steckte seine geballten Fäuste in die Jackentaschen. »War eigentlich irgendwann mal Sommer? Ich kann mich gar nicht mehr daran erinnern.«

»Ist das die Zeit, in der die Sonne immer scheint und man irgendwann in den Fluss springt?«, bibberte Lia.

»Und es gibt Kirschen«, sagte Erika.

»Und Papa hat uns die Biberburg gezeigt.« Rolf sah als Einziger nicht durchgefroren aus.

»Ja, Papa«, sagte Erika abwesend. Er würde nie zurückkommen.

»Ich verrat dir was.« Lia hüpfte noch immer auf und ab wie ein Gummiball. »Wenn du mich heute Abend mit deiner Käthe-Kruse-Puppe spielen lässt?«

»Was?«, fragte Erika missgelaunt.

Lia grinste. »Dein Papa ist jetzt von Beruf Engel, so wie meiner. Das sagt jedenfalls meine Mama immer. Er singt jetzt Halleluja und hat es immer schön.«

»So ein Quatsch.« Wenn Erika an ihren Vater dachte, sah sie immer das offene Grab vor sich, in das sie bei der Beerdigung eine Schaufel Erde geworfen hatte. Erde zu Erde, Staub zu Staub. Sie schnäuzte sich und bekam verspätet mit, dass Martin eine Handvoll Schnee aufgehoben hatte und sie ihr nun in den Kragen steckte. Eisige Kälte rann ihr den Rücken hinab. »Nicht mit mir! Na warte!«

Im Nu waren sie in eine wilde Schneeballschlacht verstrickt und bewarfen sich mit dem harschigen Zeug, das sich kaum noch zu anständigen Bällen formen ließ. Martin bekam Erikas Matsch auf die Nase, während Rolf vergeblich versuchte, Lia einzuseifen, die kreischend zum Gegenangriff überging. Schließlich waren sie so erhitzt, dass sie die Kälte nicht mehr spürten.

»Pause! Waffenstillstand!« Lia hob lachend die Hände.

»Du bist ganz rot im Gesicht.« Martin strich Erika mit seinen Fingern über die Wange.

»Wo steckt eigentlich Rolf?« Erika sah sich alarmiert um. Panik wallte in ihr auf. »Ist er einfach abgehauen? Der kann was erleben!«

Es hatte zu schneien begonnen, Flocken, fein wie Nadelspitzen. Über den Fluss trieben Eisschollen.

»Wo kann er nur sein?«, fragte Martin.

»Die Biberburg«, entfuhr es Erika. Sie lag etwas flussaufwärts am Ufer, mitten im Dickicht.

Sie rannten ein Stück den Weg entlang und schlugen sich auf der Höhe der Burg ins Gebüsch. Ihre Schuhe und Strümpfe wurden sofort nass. Martin eilte ihnen voran. »Macht schneller!«

»Wir kommen!«, rief Lia. »Er wird schon nicht ins Wasser gefallen sein. Selbst ein Blinder sieht doch, dass das Eis nicht trägt.«

»Da kennst du ihn aber schlecht«, murmelte Erika besorgt. »Ich mach mir solche Vorwürfe.«

»Musst du nicht. Du kannst ihn ja schließlich nicht immer bewachen.«

In diesem Moment hörten sie Martins Stimme. »Ich hab ihn gefunden.«

Die Mädchen brachen durch Dornen und Schilf und erreichten das Ufer, hinter dem der Fluss träge und kalt dahinströmte. Am Rand trug er eine dünne Haut aus Eis, doch in der Mitte verhinderte die Strömung, dass er zufror. Martin kniete neben Rolf im Gebüsch, der mit einem Bein im Wasser stand.

Erika eilte zu ihnen und beugte sich zu ihrem Bruder herunter. »Was hast du nur gemacht?«

»Die Biberburg ist kaputt. Die Biber müssen …« Er schnatterte vor Kälte, und seine Lippen waren blau. »… umgezogen sein.«

Erika hob den Kopf. In der Tat war die Biberburg nur noch eine modrige Ansammlung von Ästen und Zweigen.

»Deine Biber sind mir egal.« Sie zog ihn ans Ufer. »Du musst ganz schnell ins Warme, sonst holst du dir noch den Tod.«

»Es war ein Versehen, ich schwör's!« Tränen traten in Rolfs Augen. »Ich wollte nur nach den Bibern sehen, aber dann bin ich mit einem Fuß durchs Eis getreten. Mein Gott ist das kalt. Ich kann mich kaum noch bewegen. Ich schaff es nicht mehr heim.«

»Und ob du das schaffst!«, rief Erika gegen ihre Angst an.

Mit vereinten Kräften machten sie sich auf den Heimweg. Martin nahm den zitternden Jungen auf den Rücken. Er keuchte unter seinem Gewicht, wehrte aber Erikas Angebot, ihm zu helfen, ab. Als sie in der Austraße ankamen, war er völlig außer Atem; Rolfs Kopf hing zur Seite herab, seine Füße berührten fast den Boden.

Marga öffnete auf Lias Läuten hin und schlug die Hände über dem Kopf zusammen. »O mein Gott, der Kleine! Was habt ihr denn mit ihm gemacht?«

Erika wollte soeben antworten, aber Marga ließ sie nicht zu Wort kommen. »Ich hätt euch nicht gehen lassen. Aber die Frau Hermann ist zu sehr durch den Wind, um euch was zu verbieten. Komm, du musst ins Bett, Rolf, mit einer Tasse heißer Milch mit Honig und einer Wärmflasche. Lia, mach Wasser heiß!«

Die Haushälterin nahm Martin den am ganzen Leibe zitternden Jungen ab und verschwand mit ihm im Obergeschoss. Lia rannte in die Küche und füllte einen Topf, während Erika mit Martin im Flur stehen blieb.

»Es tut mir so leid, dass ich nicht aufgepasst hab«, flüsterte Erika. »Hoffentlich wird er nicht krank.«

Martin schüttelte den Kopf. »Es war nicht deine Schuld, Eri. Er ist abgehauen.«

»Man darf ihn nicht aus den Augen lassen«, beharrte sie. »Er stellt nur dann keinen Unsinn an, wenn er schläft.«

»Mach dir keine Vorwürfe. Marga und deine Mutter werden sich schon um ihn kümmern.« Er wandte sich zur Tür. »Ich geh dann mal. Meine Eltern fragen sich sicher schon, wo ich bleibe.«

»Warte, ich begleite dich.« Erika griff nach ihrer Mütze. Auf diese Weise konnte sie Luises Donnerwetter hinauszögern.

Sie machten sich gemeinsam auf den Weg. Auf dem Platz war inzwischen mehr los. Familienväter traten mit Kuchenpaketen aus der Konditorei, und einige Spaziergänger flanierten an den Häusern entlang.

Martins Vater stand vor dem Schaufenster des Schuhhauses Rubin und schrubbte verbissen an einem Schriftzug herum, den jemand ungelenk auf die Glasscheibe gepinselt hatte. Eiskristalle hingen in seinen dunklen Haaren.

»Was steht da?«, fragte Erika verwundert. Martin presste die Lippen zusammen und schwieg.

»Juda verrecke«, antwortete Herr Rubin leise für ihn.

»Sollen wir Ihnen helfen?« Erika wollte Martin unbedingt zeigen, dass sie auf seiner Seite stand.

Herr Rubin, der mit seinen welligen Haaren und der Brille Martins erwachsenes Ebenbild war, musterte sie nachdenklich und nickte. »Danke. Das muss weg, bevor Frau Rubin es sieht. Sie wird dann nur wieder traurig.«

Grimmig griff Martin nach dem Schwamm und begann

das »V« wegzurubbeln, während sein Vater sich über das »J« hermachte. Erika polierte mit einem trockenen Tuch nach. »Das ist Wandfarbe. Die kriegt man ab.«

»Ja, aber es gibt hässliche Schlieren«, erwiderte Herr Rubin. »Durch die kann man unsere schöne Ware gar nicht mehr sehen.«

Er drückte den Schwamm im Eimer aus und machte weiter. Sie arbeiteten eine Weile schweigend vor sich hin, bis nur noch ein grauer Schleier auf der Scheibe an den Schriftzug erinnerte.

»Vielleicht geht es ganz weg, wenn das Dienstmädchen morgen noch einmal mit Spiritus nachputzt«, sagte Erika fachmännisch.

Herr Rubin nickte. »Ich werde es ihr sagen. Und Erika, ich danke dir. Du weißt gar nicht, wie viel uns deine Hilfe bedeutet. Wir sind für jede Unterstützung dankbar, die uns zeigt, dass wir nicht ganz allein sind.«

»Aber wer schmiert denn so böse Worte an Ihre Scheibe?«

»Es gibt Leute, die mögen keine Juden«, meldete sich Martin zu Wort, der die ganze Zeit über geschwiegen hatte.

Sie schüttelte den Kopf. »Aber warum? Jeder kann doch beten, wie und wo er will. Ich meine, wir gehen in die evangelische Johanneskirche und ihr in die Synagoge.«

Martins Großvater, der alte Samuel Löwenstein, war in Letzterer ein hohes Tier und hatte Erika schon so manches Mal Karamellbonbons zugesteckt.

Herr Rubin hob die Augenbrauen. »Dein Herr Luther war da aber anderer Meinung.«

Er ließ sie vor dem Schaufenster stehen und ging ins Haus. »Martin, kommst du?«

»Gleich.« Unvermittelt wandte Martin sich um und rannte über den Platz.

Erika konnte nicht anders, als ihm in Richtung des Alten Rathauses zu folgen. Erst jetzt entdeckte sie Martins Ziel: Zwei Köpfe lugten um die Ecke des Rathauses, der eine blond und der andere braun.

Kaum hatten sie das imposante Gebäude erreicht, kamen die beiden Jungen aus ihrem Versteck und bauten sich mit untergeschlagenen Armen vor ihnen auf. Beide trugen Tweedjacken und Schiebermützen. Es waren Fritz Thalheimer, der Sohn des Holzhändlers, und Erikas Cousin Ludger von Bruch. Sie hatte nicht gewusst, dass sie Martin schikanierten.

»Habt ihr das an unser Schaufenster geschmiert?«, fragte dieser.

Ludger spuckte vor ihm in den schmutzigen Schnee. »Was meinst du? Die Schrift, die ihr gerade so fleißig weggeputzt habt?«

Fritz prustete los. »Das würden wir nie tun, oder, Ludger?« Sie schüttelten breit grinsend die Köpfe.

»Ihr lügt doch.« Erika stellte sich vor ihnen auf und stemmte die Hände in die Hüften.

»Woher willst du das wissen?«, fragte Fritz. »Hier laufen viele Leute herum, die sicher alle nichts gesehen haben.«

»Weil die Leut euch Juden nicht mehr unterstützen.« Ludger lachte verächtlich. »Und wer sich mit Mädchen trifft, ist eine Memme, Judenbengel, merk dir das.«

Martin schoss das Blut ins Gesicht, doch Fritz feixte weiter. »Mein Vater luchst deiner Mutter heute ihre Firma ab, Erika. Pass auf!«

Sie blitzte ihn zornig an. »Da sei dir mal nicht so sicher. Und du Ludger, gehst besser nach Hause, wenn du nicht willst, dass ich meiner Mutter erzähle, was du hier so treibst. Die sagt es deinem Vater, und dann setzt's was.«

Ludger funkelte sie aus seinen blauen Augen an. Er war so ein hübscher Junge, dass einige Mädchen aus ihrer Klasse ihr schon Briefchen für ihn zugesteckt hatten. Doch Erika ließ sich nicht davon beeindrucken. Ludger war ein Feigling, der auf die Schwächsten einprügelte – und jetzt hatte er sich Martin als sein nächstes Opfer ausgesucht.

»Petze!«, schnaubte Erikas Cousin. »Dir zeig ich's!«

»Na komm, versuch es doch!« Sie ballte ihre Fäuste und hätte ihm fast auf die Nase gehauen. Was die Größe anging, war sie Ludger ebenbürtig, der eigentlich wissen müsste, wie kampferprobt sie dank ihres kleinen Bruders war. In diesem Moment allerdings machte Fritz einen Schritt nach vorn und trat Martin die Beine weg. Er fiel so unglücklich in den Schnee, dass ihm seine Brille von der Nase rutschte. Erika eilte sogleich zu ihm, das Gelächter von Ludger und Fritz versuchte sie auszublenden. Was für Mistkerle!

Während sich die beiden Übeltäter pfeifend davonmachten, stand Martin, Erikas ausgestreckte Hand ignorierend, auf und polierte die Brille mit seinem Jackenärmel. Das rechte Glas war gesprungen.

»Es tut mir leid«, sagte sie.

»Schon gut. Du kannst nichts dafür.«

»Ich wollte dich nicht blamieren. Von wegen du spielst mit Mädchen und so.«

Er humpelte in Richtung seines Elternhauses. Erika folgte ihm.

»Bin ich so blöde wie die? Ich spiele, mit wem ich will.«

»Natürlich bist du nicht blöd«, beteuerte sie. Martin war so klug, dass er sich selbst manchmal das Leben schwer machte.

»Aber das andere, das hat mir was ausgemacht«, stieß er zornig hervor.

»Was meinst du?« Das Schneetreiben wurde so stark, dass die Fachwerkfassaden der Häuser vor ihren Augen verschwammen. Sie kannte seine Antwort, bevor er sie aussprach.

»Dass die Leute keine Juden mögen.« Martin wischte sich den feuchten Schnee aus dem Gesicht.

»Diese Nationalen?« Seit Kurzem traf sich im Gasthaus Rössle eine rauflustige Bande, die sich zuerst besoff und danach pöbelnd durch die Gassen zog. SA nannten sich die. »Meine Mutter sagt, die schlagen alles kurz und klein.«

Martin kickte mit seinem Stiefel einen vereisten Schneeklotz weg. »Für die müssen alle Volksdeutsche sein. Die anderen sind nichts wert. Meine Eltern streiten sich die ganze Zeit, ob wir auswandern sollen oder nicht.«

Daher wehte also der Wind. Das war eine wirklich beängstigende Aussicht.

»Und was sagen sie?«, fragte Erika zaudernd.

Martin rang sich die nächsten Worte ab. »Sie sind sich nicht einig. Mein Vater will so schnell wie möglich in die USA. Aber meine Mutter nicht. Und dann weint sie.«

Erika schlug die Hand vor den Mund. Zwischen Amerika und Europa lag das Meer. Die Vereinigten Staaten waren so weit weg, dass sie es sich nicht einmal vorstellen konnte.

3.

Mit Speck fing man Mäuse und mit Rheinwein und Getreidebrand die reichsten Männer der Stadt. Luise war sehr zufrieden mit sich, als sie sich abends in der Küche an den Tisch setzte. Sie hatte es tatsächlich geschafft, den Männern einen Zahlungsaufschub abzuringen. Das änderte zwar nichts an dem Ruin der Firma, verschaffte ihr aber Zeit, um über die Zukunft nachzudenken.

»Alle Achtung.« Marga stellte Luise einen Teller mit aufgewärmtem Braten hin. Die Kinder lagen bereits in ihren Betten, selbst Rolf war in einen tiefen Schlaf gefallen. Vielleicht würde die Erkältung tatsächlich ausbleiben.

Luise war so ausgehungert, dass sie nur noch nach ihrer Gabel greifen und das Essen in sich hineinschaufeln konnte. »Das Lob geht an den Rheinwein. Es hat fünf Flaschen gebraucht, bis ich sie so weit hatte, und dazu noch eine mit Hohenloher Brand.«

Es war gemütlich in ihrer Küche. Während sich draußen eine frostige Winternacht über das Städtchen senkte, bollerte hier drinnen der Ofen gegen die Kälte an. Darin schmorte ein Backblech mit Bratäpfeln, das seinen intensiven Duft in der Küche verbreitete.

»Aber was meinen Sie? Es ist ja nur ein Aufschub. Wie soll ich geschäftlich weitermachen?«, fragte Luise ihre Haushälterin.

Marga hob den Blick und sah sie mit ihren braunen Augen an, in denen eine Reihe goldener Funken tanzte. »Wovor fürchten Sie sich? Sie sind jung, gesund, tatkräftig und nicht auf den Kopf gefallen. Sie werden schon eine Lösung finden.«

»Ich bin eine Frau«, stellte Luise klar. »Das ist für die Herren Grund genug, mich in die Schranken zu weisen.« Sie wusste selbst nicht, woher ihre plötzliche Bitterkeit kam, denn diesen von Gott gewollten Umstand zu hinterfragen, ziemte sich nicht. »Niemand nimmt mich ernst.«

»Dann kämpfen Sie, und sorgen Sie dafür, dass sich das ändert.«

Eine halbe Stunde später stand Luise vor dem Spiegel in ihrem Schlafzimmer und bürstete ihre taillenlangen dunklen Haare. Was hatte Heinrich in ihr gesehen? Eine landläufige Schönheit war sie mit ihrem flachen Gesicht und der beachtlichen Größe sicher nicht. Aber Heinrich, der damals ein Junggeselle von vierzig Jahren gewesen war, hatte die zwanzigjährige Luise vom Fleck weg geheiratet. Noch heute konnte sie kaum fassen, dass ihr ein solches Glück zuteilgeworden war. Er hatte sie mit teuren Möbeln, Schmuck und Luxus überhäuft. Die Teppiche aus dem Orient waren so dick und flauschig, dass ihre bloßen Füße darin versanken. Doch manches war selbst ihr zu viel gewesen. Wie hatte er sich gewundert, als sie die seidene Pariser Wäsche verschmäht und ihre Frisierkommode mit nur wenigen Fläschchen und Tiegeln ausgestattet hatte. Luise und ihre Schwester Johanna waren in einer streng protestantischen Familie aufgewachsen, in der Luxus als zweifelhaft galt. Frauen hatten tugendsam und bescheiden zu sein. Sie lachte leise. Mit

Heinrich, der so viel weltläufiger als sie war, hatte sie einige Dinge erlebt, die sie Johanna besser verschwieg.

Luise öffnete ihren Kleiderschrank und griff nach dem schwarzen Abendkleid, das sie zu Bällen und Festen getragen hatte. Johanna hatte es für sie genäht. Das i-Tüpfelchen war eine schwarze Kappe mit Straußenfedern, der Inbegriff der Verruchtheit.

Sie legte beides aufs Bett und strich über die Spitze und die Jetperlen, die üppig darauf verteilt waren. Obwohl so ein Kleid in christlichen Kreisen als Inbegriff von überflüssigem Tand galt, fragte sie sich plötzlich, wie es wohl gemacht worden war. Im Gegensatz zu Johanna konnte sie überhaupt nicht mit Nadel und Faden umgehen, ganz zu schweigen vom Entwurf eines Kleides.

Sie seufzte, hängte es zurück und schlüpfte unter ihr dickes Federbett. Nein, sie musste nicht frieren, auch wenn sie den Blick auf Heinrichs leere Seite vermied. Am schlimmsten war das Schweigen. Nie wieder würde er ihr sagen, wie sehr er sie liebte. Und niemals mehr würde sie ihm versichern können, dass sie diese Liebe erwiderte. Wieder und wieder ging sie die Ereignisse jener Nacht durch. Hätte sie es verhindern können? Sicher nicht, beruhigte sie sich dann. Und Gott ins Handwerk zu pfuschen … Allein daran zu denken, war vermessen.

Am Abend vor seinem Tod hatte er sich unwohl gefühlt und war früh zu Bett gegangen. Bereits Wochen zuvor war ihr aufgefallen, wie kurzatmig er bei jeder Anstrengung wurde. Doch als sie ihn zum Arzt schicken wollte, hatte er sie nur ausgelacht. Er, der im Weltkrieg als Offizier gedient hatte, würde doch nicht wegen solcher Kinkerlitzchen eine Pause einlegen.

An jenem Abend war Luise ihm erst gegen Mitternacht ins Schlafzimmer gefolgt, weil sie lange bei Rolf gewacht hatte, der mit einer Masernerkrankung im Bett lag. Sie war sofort eingeschlafen und hatte Heinrichs letzten Atemzug nicht gehört. Erst am nächsten Morgen hatte sie bemerkt, dass etwas nicht stimmte. Heinrich hatte mit leicht geöffnetem Mund auf dem Rücken gelegen und mit einem fragenden Ausdruck an die Decke gestarrt, als hätte ihn der Tod selbst am meisten überrascht.

Seither lag Luise jede Nacht wach.

Auch heute klappte es nicht mit dem Einschlafen. Wenn sie den nächsten Tag überstehen wollte, musste sie die Schatten vertreiben, die sie immer wieder heimsuchten.

Entschlossen stand sie auf und ging zum Fenster. Über dem dunklen Garten tanzten Schneeflocken und verwirbelten sich übermütig zu Mustern und Spiralen. Der Anblick tröstete Luise. Sie würde es schon schaffen. Irgendwie. Immerhin hatte sie den Gläubigern heute einen Aufschub abgerungen.

Sie kuschelte sich in ihre warme Decke und schlief zum ersten Mal seit Langem durch. Als sie am nächsten Morgen aufstand, kam ihr ein Spruch in den Sinn. *Hilf dir selbst, dann hilft dir Gott.* Stammte er aus der Bibel oder war er die Erfindung eines besonders findigen Menschenkinds? Egal. Der Satz passte zu ihr.

4.

In der Nacht hatte sich das Schneetreiben gelegt und die Welt weiß verschneit im Glanz eines kobaltblauen Himmels zurückgelassen. Das richtige Wetter, um das Leben in die eigenen Hände zu nehmen, fand Luise. Also packte sie ihre Buchhaltung in eine Kiste und verstaute sie im Kofferraum des schwarzen Mercedes, der seit Heinrichs Tod ungenutzt in der Garage verstaubte. Sie hatte den Entschluss gefasst, ihre Freunde in Nürnberg zu besuchen, die Familie Sefranek. Es wurde Zeit, dass sie jemanden um Rat fragte, der unvoreingenommen war.

Nachdem sie sich von Marga und den Kindern verabschiedet hatte, setzte sie sich hinter das Lenkrad und betätigte nervös den Anlasser. Was, wenn das schwere Ungetüm nicht ansprang? Heinrich hatte ihr aus einer Laune heraus gezeigt, wie man schaltete und lenkte. Aber weit gefahren war sie noch nie, geschweige denn bis nach Nürnberg. Nachdem der Motor spuckend und fauchend zum Leben erwacht war, tat der Wagen einen Hopser, bei dem sie an die Decke flog. Hektisch trat sie auf das Pedal, das sie für die Bremse hielt. Der Wagen stoppte abrupt, und sie landete mit der Brust auf dem Lenkrad.

Sie richtete sich auf, hielt sich die schmerzenden Rippen und hätte fast aufgegeben. Niemand sieht dich, Luise, also reiß sich zusammen und denk nach, wie es geht! Sie atmete durch und versuchte es von Neuem, diesmal langsamer. Und siehe da: Der Motor erwachte schnurrend wie ein Kätzchen zum Leben. Luise lenkte den Wagen vorsichtig auf die Straße und beglückwünschte sich, dass weder das Blech noch die Mauer Schaden genommen hatten. Triumphierend winkte sie ihren Lieben zu, die sich vor der Tür versammelt hatten, bevor der Mercedes majestätisch die Austraße entlangschaukelte und Reifenspuren in den frischen Schnee zeichnete.

Sie ließ die Stadt hinter sich und fuhr in Richtung Nordosten. Die Hügel, Wälder und Wiesen rundum waren von gleißend hellem Schnee bedeckt. Zunächst hielt sie das Lenkrad fest umklammert, dann aber entspannte sie sich zusehends und genoss den ersten freien Tag seit Langem. Fahren war leicht, denn außer ihrem Mercedes gab es kaum motorisierte Fahrzeuge auf der Straße. Mehrmals überholte sie Pferdefuhrwerke, einmal den Planwagen einer Familie von Fahrenden. Aber das war alles.

Geruhsam fuhr sie über Rothenburg ob der Tauber auf Ansbach zu und von dort nach Nürnberg. In den Außenbezirken der Stadt füllten sich die Straßen allmählich mit weiteren Automobilen und Kutschen. Als ein Bauer sein Fuhrwerk mit zwei Ackergäulen partout nicht zur Seite lenken wollte, drückte Luise kräftig auf die Hupe.

Dann lag plötzlich Nürnberg mit seinen Stadtmauern und der hoch gelegenen Kaiserburg vor ihr. Bei ihrem letzten Besuch hatten Heinrich und sie darüber gerätselt, wie oft Künzelsau in die stolze Stadt hineinpassen würde, waren jedoch zu keinem Ergebnis gekommen. Sie hatten hier schon viele schöne Tage verbracht. Luise seufzte. Aber nein, sie würde sich nicht von ihrer Trauer überwältigen lassen. Nicht heute!

Im Stadtzentrum verfuhr sie sich prompt und geriet ins Schwitzen, weil plötzlich Autos aus jeder Seitenstraße hervorgeschossen kamen. Was war sie doch für eine Landpomeranze. Schließlich sah sie sich gezwungen, anzuhalten und den Weg zu der Adresse der Familie Sefranek zu erfragen, die streng genommen nicht mit ihr, sondern mit Heinrich befreundet gewesen war. Er kannte den etwa zehn Jahre jüngeren Ferdinand Sefranek aus dem Weltkrieg. Luise hatte ihn, seine gutmütige Frau Mathilde und die beiden Buben zum letzten Mal bei Heinrichs Beerdigung gesehen.

Umso näher sie ihrem Ziel kam, desto mulmiger wurde ihr. Wie würden sie reagieren, wenn sie einfach so bei ihnen aufschlug? Was, wenn Ferdinand ihr Ansinnen unverschämt finden würde oder keine Zeit hatte, ihre Buchhaltung gründlich und unparteiisch zu prüfen? Doch jetzt gab es kein Zurück mehr.

Sie parkte vor dem Stadthaus aus der Zeit der Jahrhundertwende, nahm den Karton mit den Ordnern und klingelte.

»Ich komm ja schon. Ich komm ja schon.« Mathilde Sefranek öffnete mit einem Geschirrtuch in der Hand. Sie hatte sichtlich Mühe, die Person hinter dem Karton zu erkennen, denn sie war einen Kopf kleiner als Luise.

»Ich bin's.«

»Luise?« Mathilde spähte verwundert um die Ecke. Mit ihrer rundlichen Figur und den Locken ähnelte sie einer graublonden Taube mit aufgeplustertem Gefieder. »Du bist es wirklich. Komm doch herein.«

Luise folgte ihr die Treppe hinauf in den ersten Stock und legte die Ordner erleichtert auf dem Küchenbüfett ab. Die

Wohnung der Sefraneks war mit dunklen Eichenmöbeln und Parkettboden ausgestattet und zeugte von bescheidenem Wohlstand. In der Küche bullerte ein gemütliches Feuer im Herd, dem sie ihre kalten Hände entgegenstreckte.

»Ach, Liebes!« Mathilde schob ihr einen Stuhl zurecht. »Ich hab so ein schlechtes Gewissen, dass wir uns seit der Beerdigung nicht mehr bei dir gemeldet haben. Aber erst einmal mach ich uns Kaffee. Du siehst ganz verfroren aus. Und du weinst ja, meine Güte.«

Entschlossen wischte sich Luise über die Wangen und nahm Platz. »Ich glaub, nur vor Rührung.«

Diese Fahrt war die erste Herausforderung, die sie nach Heinrichs Tod allein bewältigt hatte. Sie schwor sich, dass es nicht die letzte bleiben würde. »Störe ich auch nicht?«

Auf dem Herd simmerte ein Topf mit Sauerkraut vor sich hin und duftete so verlockend, dass ihr der Magen knurrte.

»Aber nicht doch.« Mathilde begann, Kaffee zu mahlen. »Du musst Hunger haben. Wir essen, wenn der Ferdl Mittag macht und die Buben aus der Schule kommen. Und nun erzähl. Was führt dich zu uns?«

Luise holte tief Luft. »Ich brauch jemand Unparteiischen, der sich meine Geschäfte anschaut. Vor allem darf er nicht aus Künzelsau stammen.«

»Damit sie dir nicht den Holzhandel abluchsen.« Mathilde nickte verständnisvoll. »Und da hast du an den Ferdinand gedacht. Eine gute Wahl. Er hat einen klaren Kopf in solchen Dingen. Steht es denn so schlimm?«

Luise blickte auf ihre Hände. »Ich fürchte, wir sind kurz vor dem Bankrott. Und ich weiß wirklich nicht, was ich tun soll.«

»Ich hab mir schon so etwas gedacht.« Mathilde nickte nachdenklich. »Aber darum kümmern wir uns später. Komm erst mal zur Ruhe.« Sie goss Kaffee ein, legte ein Stück Apfelkuchen auf Luises Teller und fragte sie beim Kartoffelschälen nach Rolf und Erika aus. Klar, Mathilde wollte sie mit ihrem Geplauder ablenken, aber sie gab gern Auskunft.

Kurz darauf kamen der zwölfjährige Albert und der achtjährige Hans aus der Schule und begannen zu streiten, kaum dass sie ihre Ranzen in die Ecke geworfen hatten.

Mathilde ging in den Gang hinaus. »Drinnen sitzt die Tante Luise aus Künzelsau und braucht ihre Ruhe. Also haltet die Gosch.«

»Fährt sie diesen Schlitten da draußen?«, fragte der Ältere eifrig.

Trotz ihrer Sorgen musste Luise schmunzeln. Buben waren doch überall gleich.

Mathilde kam zurück und ließ sich auf einen Stuhl fallen. »Die beiden stellen nur Unfug an. Dabei sind sie im Grunde zwei ganz liebe Kerle. Und der Albert ist manchmal schon überraschend verständig.«

Als auch Ferdinand erschien, der bei der Stadt Nürnberg als Vermessungsingenieur arbeitete, versammelte sich die Familie um den Tisch. Nachdem ihm Luise den Grund ihres Kommens anvertraut hatte, zog Sefranek die Augenbrauen hoch und vertröstete sie auf den Feierabend.

Nach dem Kaffee war es dann so weit. Luise stapelte ihre Ordner auf dem Tisch. »Das ist meine ganze Buchhaltung. Heinrich war leider nicht sehr sortiert in diesen Dingen.«

Es war besser, sie erzählte Ferdinand nicht, dass sie Tage gebraucht hatte, um Ordnung in das Chaos zu bringen und die Rechnungen sauber abzuheften. Leider waren es viel zu viele. Einige hatte er so lange nicht beglichen, dass ihnen Mahnungen ins Haus geflattert waren. »Ich glaube, wir sind pleite. Und ich hab nicht ganz den Überblick.«

Ferdinand klappte den obersten Ordner auf und warf einen nachdenklichen Blick hinein. »Warum hat er denn nicht schon früher gesagt, wie es um die Firma steht?«

»Dazu war er wohl zu stolz.«

Anstatt über ihre Probleme zu sprechen, hatten sich Heinrich und Ferdinand bei ihren Treffen in Nürnberg oder Künzelsau mit den Berichten über ihre Heldentaten aus dem Krieg überboten. Noch heute war Luise schleierhaft, wer wen aus dem eingestürzten Schützengraben bei Ypern gerettet hatte.

»Sie lügen, dass sich die Balken biegen«, hatte ihr Mathilde schon damals einmal anvertraut. »Denn wenn Sie nicht lachen würden, würden sie weinen.«

Und heute war Heinrich tot, im Bett gestorben, aber wenigstens nicht von einer Granate zerrissen.

»Es wäre besser gewesen, er hätte seinen Stolz überwunden und frühzeitig Rat gesucht.« Ferdinand hob den Kopf und rückte seine Brille zurecht. »Das wird ein langer Abend.«

Als die Jungen mit ihren Hausaufgaben fertig waren und aus ihren Zimmern kamen, scheuchte Mathilde sie in den Hof. »Raus mit euch. Wir haben zu arbeiten.«

Während der kleine Hans mit seinen blonden Locken seiner gutmütigen Mutter ähnelte, war der lang aufgeschossene

Albert mit den eckigen Schultern das Ebenbild seines dunkelhaarigen Vaters. Neugierig blickten seine braunen Augen auf den Tisch voller Ordner. Doch als sein Bruder maulend abzog, schnappte auch er sich im Flur den Lederfußball und die Torwarthandschuhe.

Danach wurde es in der Stube so still, dass Luise den Ball rhythmisch gegen eine Wand im Hinterhof prallen hörte.

»Nun …« Ferdinand wollte gerade Bilanz ziehen, als von draußen ein Mordsgetöse zu ihnen drang. Es klang, als sei ein Holzstapel zusammengebrochen.

»Was war das?«, fragte Luise.

»Sauhund, blöder!«, schimpfte einer der Jungen.

»Der arme Herbert«, rief der andere betreten.

»Wenn dem was passiert ist, kannst du was erleben!«, schrie der Erste aufgebracht.

Ferdinand sprang auf und lief aus dem Zimmer. Die beiden Frauen folgten ihm über die Kellertreppe hinaus. Im Zwielicht des frühen Abends erkannte Luise einen Schuppen und ein Stück Gartenland voll harschigem Schnee. An der Stallwand türmte sich ein Bretterhaufen, in dem sie die Reste eines Hasenstalls erkannte. Der Fußball lag als Corpus Delicti obenauf, und Sefraneks Buben standen wie zwei arme Sünder neben den Trümmern. Die Hasen schienen nicht zu Schaden gekommen zu sein, wenn man davon absah, dass das schwarz-weiße Prachtexemplar auf Hans' Schulter wie Espenlaub zitterte.

»Ach herrje, der Herbert.« Mathilde nahm ihm das Kaninchen ab und inspizierte es. »Sieht aus, als hätte er nur einen gewaltigen Schrecken bekommen.«

Ferdinand baute sich vor seinen Söhnen auf. »Wer war das?« Der kleine Hans biss sich auf die Lippen und warf seinem Bruder einen verstohlenen Blick zu. In seinen Augen glitzerten Tränen. Luise dachte an ihre Auseinandersetzung mit Erika, nachdem Rolf bei der Biberburg halb durchs Eis eingebrochen war, und hatte plötzlich Mitleid mit allen dreien.

»Ich war's.« Alberts Stimme klang klar und hallte von der Hauswand wider. Er starrte stur geradeaus und mied Ferdinands Blick.

»Soso«, sagte dieser. »Rein mit euch! Vesper gibt's heute keins. Wir sprechen uns morgen. Und wenn dem Herbert was passiert ist, steht er am Sonntag auf dem Tisch. Als Festessen.«

Den beiden Buben stand der Schrecken ins Gesicht geschrieben. Sie drehten sich auf dem Absatz um und verschwanden im Haus. Die Erwachsenen folgten ihnen.

Im Wohnzimmer ließ sich Ferdinand erschöpft auf einen Sessel fallen und streckte seine langen Glieder von sich. »Warum muss er nur immer den Helden spielen?«

»Was wirst du mit Albert machen?« Mathilde setzte den Hasen in einen Karton voller Heu, wo er sich beruhigte und zu mümmeln begann.

»Du musst wissen, Luise, dass der Große die Schuld für den kleinen Tollpatsch auf sich genommen hat. Wir wissen alle, dass Hans nicht zielen kann«, sagte Ferdinand erbittert.

»Aber das ist doch lobenswert.«

Ferdinand nickte. »Aber lügen darf er nicht. Er meint, dass er immer alles regeln muss, auch wenn es ihn gar nichts angeht.«

»Von wem er das wohl hat?«, warf Mathilde ein.

Ferdinand setzte sich aufrecht. »Solche wie Albert überstehen keinen Krieg. Die opfern sich in der ersten Reihe für ihre Kameraden, wenn das Feuer beginnt.«

»Aber wir haben doch Frieden«, warf Luise ein, auch wenn sie wusste, wie brüchig dieser Zustand war. Deutschland ächzte unter den Reparationsleistungen, die der Versailler Vertrag dem Land abverlangte, und immer mehr Menschen waren mit der Politik unzufrieden.

»Wer weiß, wie lange der noch hält?«, fragte Ferdinand zweifelnd. »Wenn dieser Gnom mit dem schmalen Schnauzbart in Berlin an die Macht kommt, wie heißt er gleich?«

»Hitler«, sagte Mathilde.

»Ja, genau.« Ferdinand nickte. »Dann ist Essig damit. Dem geht es um Revanche für den Versailler Vertrag und sonst nichts. Und wenn es Krieg gibt, dann trifft es solche Möchtegernhelden wie Albert zuerst, die den Kopf für die anderen hinhalten. Aber jetzt genug davon.« Er stand auf und ging zum Esstisch, wo noch immer Luises Ordner lagen. »Lasst uns weitermachen, meine Damen, wenn wir bis morgen früh fertig werden wollen.«

Sie arbeiteten weitere zwei Stunden lang, bis sich Ferdinand aufrichtete und seine Brille putzte.

»Und?« Luise unterdrückte ein Gähnen. An eine Heimfahrt war nicht mehr zu denken. Dankbar hatte sie Mathildes Angebot angenommen, bei ihnen zu übernachten. Ferdinands Frau selbst war schon vor einer Stunde im Sessel eingeschlafen und schnarchte leise vor sich hin. Luise hoffte inständig, dass sie bald fertig wären.

»Du hast recht, Luise«, schloss Ferdinand. »Da ist nicht mehr viel zu machen.«

Sie hatte es ja gewusst. Trotzdem tat es weh. »Und was würdest du mir raten?«

Ferdinand setzte seine Brille ab und rieb sich die Augen. »Lass diesen Konkurrenten die Firma übernehmen. Wie heißt er gleich?«

»Thalheimer.«

»Und handle mit ihm aus, dass er deine Arbeiter weiterhin beschäftigt, wenigstens fürs Erste, damit niemand auf der Straße landet.«

»Ich tue, was ich kann.« Sie straffte sich. »Aber was wird aus uns?« Und darin schloss sie auch Marga und Lia ein.

Ferdinand seufzte. »Deine Aussichten sind gar nicht so schlecht. Wenn du es geschickt anstellst, kommst du bei null heraus. Dein Haus ist schuldenfrei, Luise. Und dann verkaufst du dein Auto und ein paar Orientteppiche, nimmst ein überschaubares Darlehen auf und eröffnest ein neues Geschäft.«

»Aber was für eines?«, fragte sie.

Ferdinand zuckte mit den Schultern. »Das ist dir überlassen. Such dir etwas aus, das zu dir passt.«

Etwas Neues, das nichts mit Holz zu tun hatte, dachte sie hoffnungsvoll. Etwas, das nur ihr gehörte und bei dem ihr niemand reinreden konnte.

5.

Eine Woche später stand Luise in Kupferzell vor dem Forsthaus der Familie von Bruch, in die ihre Schwester Johanna eingeheiratet hatte. Sie atmete tief durch und zog den Klingelzug.

Johannas Mann Rupprecht hatte Waldbesitz mit in die Ehe gebracht und einen Adelstitel, auf den er sich einiges einbildete. Freiherr von Bruch. Zunächst hatte er in Kupferzell und Umgebung als Förster gearbeitet, aber dann hatte ihm der Weltkrieg einen Strich durch die Rechnung gemacht. Er hatte einen Arm verloren und war nun Pensionär und Holzbauer. Johanna, die einen guten Geschmack und geschickte Hände besaß, besserte mit ihrer Nähwerkstatt das Familieneinkommen auf.

Das Forsthaus stand auf einer verwunschenen Lichtung mitten im Wald, über dem schwer der Nebel hing. Gestern hatte Tauwetter eingesetzt, und es nieselte leicht auf die überfrorene Wiese. Luises Fahrt hatte einer Rutschpartie geglichen, und nun stand der Mercedes dementsprechend schief vor dem Haus.

Es dauerte eine Weile, bis Johanna in ihrer gestärkten Schürze die Tür öffnete. »Luise? Was führt dich zu mir? Ach was, komm erst mal rein.«

Luise trat sich im düsteren Foyer die Stiefel ab und zog ihren Mantel aus. »Bring mir das Nähen bei, Johanna, ich bitte dich!«

Die Idee war ihr in der Nacht nach ihrer Rückkehr aus Nürnberg gekommen. Schlaflos hatte sie sich wieder einmal hin und her gewälzt, bis ihr Blick auf ihren Schrank gefallen war. Kleider machen Leute, sagte man doch. Was, wenn sie eine eigene Nähwerkstatt eröffnen würde, mit der sie ihre Familie ernähren konnte? Nur: Bisher war sie nicht einmal dazu in der Lage, einen Rock zu säumen. Um das zu ändern, war ihre Schwester genau die richtige Ansprechperson.

»Wirklich? Warum?«, fragte Johanna verblüfft. Sie war einen Kopf kleiner und zwei Jahre jünger als Luise. Dessen ungeachtet trug sie ihre Haare zu einem strengen Knoten gebunden und hatte einen verbissenen Zug um den Mund, der von zu vielen Sorgen sprach.

Luise nahm sie spontan in die Arme und spürte, wie ihre Schwester sich versteifte. »Ich weiß, dass wir in den letzten Jahren wenig Kontakt hatten.« Streng genommen lediglich zu Weihnachten, den Geburtstagen und zuletzt zu Heinrichs Beerdigung. »Aber jetzt bräuchte ich deine Unterstützung. Ich bin pleite.«

Johanna nickte wissend. »Rupprecht und ich haben schon so etwas vermutet. Es wird ja auch geredet, aber …«

»Johanna, wo bleibt das Essen?«, schallte es aus der Küche.

»Oh, Himmel! Ich darf Rupprecht nicht warten lassen.« Johanna eilte Luise voran, die ihr unaufgefordert folgte.

Am Tisch saßen ihr zehnjähriger Neffe Ludger und ihr Schwager. Unter Rupprechts argwöhnischem Blick glättete sie unwillkürlich ihren Rock und steckte ein Kämmchen in ihren Haaren fest. Dann setzte sie sich befangen und begrüßte Ludger, der verstockt auf seinen Teller starrte.

Johanna stellte eine Schüssel mit Gaisburger Marsch auf den Tisch und tat allen auf. Die Suppe verbreitete einen köstlichen Duft. Doch bevor Luise ihre Schwester für ihre Kochkunst loben konnte, begann Rupprecht herumzumäkeln. Der Pfeffer fehlte. Johanna holte die Mühle. Dann hatte sie zu wenig Salz an die Suppe getan. Und schließlich mangelte es an Brot. Johanna sprang zum dritten Mal auf und kehrte mit einem Laib und einem Topf Butter aus der Speisekammer zurück.

»Du solltest besser aufpassen. Dann müssten wir unser Essen nicht so oft unterbrechen«, ermahnte sie Rupprecht. Der Scheitel in seinem ergrauten Haar wirkte wie mit dem Lineal gezogen, und seine abwärts geneigten Mundwinkel drückten Missbilligung aus.

Sie waren fast fertig, als sich Johanna endlich setzte und zu löffeln begann.

»Du musst ja halb verhungert sein«, raunte ihr Luise zu und fing sich einen strengen Blick ihres Schwagers ein.

In diesem Augenblick warf Ludger sein Glas um. »Entschuldigung!« Er schlug sich die Hand vor den Mund, während sich eine Wasserlache auf dem Tisch ausbreitete. »Hol …!« begann Rupprecht in Johannas Richtung, doch da sprang Luise auf und griff nach dem sauberen Lappen, der gefaltet neben dem Spülstein lag. Äußerlich ruhig putzte sie die Bescherung weg und hielt Rupprechts Blick stand, der sie musterte, als trüge sie die Schuld an Ludgers Missgeschick.

Nach dem Essen verschwand der Junge in seinem Zimmer, und die Frauen machten sich ans Abräumen, bis Rupprecht Johanna zu sich in die Speisekammer rief. Während Luise die Teller in den Spülstein stellte, hörte sie die beiden streiten. »Was will die Hex aus Künzelsau? Nicht, dass sie uns ans Geld geht!«

Luise verdrehte die Augen. Rupprecht bewies mal wieder, dass er nicht nur unausstehlich, sondern auch noch knauserig war.

»Aber nein«, erwiderte Johanna zögerlich. »Sie will nähen lernen.«

Es war einen viel zu langen Augenblick still. »Ach so«, raunte Rupprecht. »Für heute meinetwegen. Die kommt sowieso nicht wieder. Dazu ist sie viel zu faul.«

Luise wunderte sich über sein plötzliches Einverständnis und folgte ihrer Schwester in ihre kleine Nähwerkstatt. Sie war in Kupferzell und Umgebung eine angesehene und viel beschäftigte Modeschneiderin, die die besten Kreise bediente.

Das Erste, was Luise auffiel, war das Geräusch der Nähmaschinen. Es ratterte und surrte in einem fort. Drei junge Frauen beugten ihre Köpfe über den Stoff, der unter ihren Fingern hindurchglitt. Auf einem Ständer hingen ein geblümtes Sommerkleid aus Kattun und eine seidene Abendrobe.

»Die sind ja so schnell«, sagte Luise beeindruckt.

»Sie sind sehr geschickt«, stimmte Johanna ihr zu. »Ein paar Mädchen aus dem Dorf nähen bei mir, bis sie heiraten und sich um Haushalt und Kinder kümmern.« Sie nickte einer Frau zu, die sicher die dreißig schon überschritten hatte. »Manche kommen zurück, wenn das Einkommen ihres Mannes nicht reicht. Das ist ein willkommenes Zubrot für sie.«

In ihrer Nähwerkstatt wirkte Johanna selbstsicher. Die Scheu, die sie in Rupprechts Anwesenheit an den Tag gelegt hatte, schien verschwunden.

Luise erinnerte sich, dass Johanna sich früher in Berlin ausgefallene Schnittmuster bestellt hatte, aus denen sie modische Blusen, Jacken und Röcke nähte. Sie hatte ihre Leidenschaft zum Beruf gemacht, und heute bestellten selbst die Gattinnen von Ärzten und Bürgermeistern bei ihr.

Neben ihrer Schwester, die ihre Träume in Samt und Seide auslebte, hatte sich Luise immer ungeschickt und klobig gefühlt. Vielleicht hatte sie deshalb nie nähen gelernt.

»Hast du noch dein Abendkleid?«, fragte sie flüsternd. Mit seiner cremefarbenen Seide und dem weiten Ausschnitt war es noch mehr der Inbegriff von Sinnlichkeit als Luises eigenes schwarzes.

»Das spielt keine Rolle.« Johanna dirigierte sie an eine der Nähmaschinen. »Was kannst du denn schon?«

Luise schüttelte den Kopf und hob die Schultern.

Johanna biss sich nachdenklich auf die Lippe. »Gar nichts, also? Nicht säumen, keine Spule wechseln, keine Naht absichern?«

»Ich weiß noch nicht einmal, was das alles heißt.« Aber ich bin lernwillig.« Plötzlich konnte Luise sich nicht mehr beherrschen. »Warum lässt du dir das gefallen?«

Johanna errötete und sah sich um. »Was meinst du?«

Luise sprang auf und schloss die Tür. »Wie der Rupprecht

dich behandelt? Ich hätte ihm am liebsten die Schüssel mit dem Gaisburger Marsch über den Kopf gestülpt!«

Früher hätten sie zusammen über ihren Scherz gelacht, das wusste Luise. Jetzt aber trat Johanna einen Schritt zurück. »Wie kannst du es wagen? Der Herr hat mich diesem Mann zur Seite gestellt.«

Luise schüttelte den Kopf. Sie konnte nicht glauben, dass Gott einem Menschen sein Glück derart missgönnte.

»Lass dich nicht so unterbuttern!«, zischte sie. »Und überhaupt. Weshalb stehst du selbst in der Küche? Schließlich leitest du die Nähwerkstatt.« Sie sprach jetzt leiser, aber lieber ertrug sie Rupprechts Missbilligung, als dass sie Johanna ihre Meinung verschwieg. »Und obendrein bin ich mir sicher, dass Ludger sein Glas absichtlich umgeworfen hat. Der hat keine Nachsicht verdient, sondern eins hinter die Löffel!«

Johanna senkte den Kopf. Ihre langen, dunklen Wimpern zeichneten Schatten auf ihre Wangen. »Der Rupprecht möcht halt eine echte Hausfrau, die alles perfekt im Griff hat.«

»Und deshalb schikaniert er dich und scheucht dich herum, von wegen ›Johanna, das Salz fehlt‹?« Sie griff nach dem schmalen Handgelenk ihrer Schwester. »Aber was willst du? Was ist dir wichtig?«

Johanna löste sich unwirsch. »Wenn ich dir das Nähen beibringen soll, hältst du dich aus meinen Angelegenheiten raus, verstanden?«

Ohne Luise eines Blickes zu würdigen, ging sie ins Lager und kehrte mit einem Ballen naturfarbenem Stoff zurück. »Das ist ein billiger Baumwollnessel, bei dem der Weberei ein Fehler unterlaufen ist. An dem kannst du alles ausprobieren.«

Sie schnitt den Stoff in verschieden große Vierecke und zeigte Luise die Funktionsweise der Nähmaschine, das Nähfüßchen, den Antrieb über das Pedal, das Einfädeln und das Spulen des Unterfadens.

Siegessicher stellte Luise ihre Füße auf den Tritt. »Ich bin seit Neustem Autofahrerin, das wird für mich ein Leichtes sein.«

»Das ist nicht dasselbe. Hier, probier mal!« Johanna reichte ihr zwei mit groben Stichen aneinandergeheftete Stoffstücke.

Luise legte sie unter das Füßchen und trat auf das Pedal, das prompt sperrte. »Es tut nicht!«

Johanna verdrehte die Augen zum Himmel. »Versuch es noch einmal!«

Luise trat erneut und siehe da, die Nähmaschine sprang an und nähte schneller, als sie den Stoff führen konnte. Sie holte tief Luft und probierte es von Neuem. In einen gleichmäßigen Arbeitsrhythmus zu kommen, war gar nicht so einfach. Ihre erste Naht wurde krumm und schief. »Ich gebe zu, es gibt Begabtere als mich.«

Doch sie war ausdauernd. Unter Johannas Aufsicht übte sie so lange, bis diese zufrieden nickte. »Heute säumst du noch.«

Luise strengte sich an, doch ihr erster Saum ähnelte einer Schlangenlinie. »Als wär ich besoffen.«

»Lass dir Zeit. Näh einfach weiter«, sagte Johanna. »Nach ein paar Kilometern wirst du es schon begriffen haben.«

Und das tat sie, Meter um Meter säumte sie den Stoff, bis die Naht halbwegs gerade ausfiel.

»Siehst du, es geht doch.« Johanna nickte ihr lobend zu.

Der Winterabend brach bereits herein, und das Licht der Glühbirnen war so schwach, dass ihre Augen tränten. Aber Luise machte erst Feierabend, als alle anderen Näherinnen schon längst nach Hause gegangen waren.

»Ehrgeizig bist du, das muss man dir lassen.« Johanna nähte eine Hose für Ludger. »Und wie geht es weiter?

Luise stand auf und rieb sich den schmerzenden Rücken. »Morgen komme ich wieder.«

An einem schönen Tag kurz nach Ostern legte Luise letzte Hand an einen Wollrock, der für Erika bestimmt war. Johanna hatte Luise in den letzten sechs Wochen jeden Tag das Nähen beigebracht, während Marga die Kinder hütete. Luise hatte gelernt, was ein Teller- und was ein Vierbahnenrock war, und sie wusste nun, wie man Bündchen und Knopfleisten anbrachte sowie Schnitte anfertigte. Milde Luft drang durch das offene Fenster, und auf der Wiese stand ein Meer aus gelben Osterglocken.

»Jetzt kann ich dir nichts mehr beibringen.« Johanna betrachtete den Rock aus besticktem Stoff. »Darin wird Erika bildhübsch aussehen.«

»Ich habe ordentlich Saum zum Auslassen drin gelassen«, sagte Luise. »Man kann ihr nämlich beim Wachsen zusehen.«

Johanna hob den Kopf. »Und was willst du mit deinen neuen Fertigkeiten anfangen? Du willst mir doch wohl nicht Konkurrenz machen?«

Luise zögerte. »Das würde ich mir nie im Leben anmaßen.« Anders als Johanna ging ihr das Gefühl für Schick völlig ab. Eine Modeschneiderin würde also nie aus ihr werden. Ihr reichte es, wenn bei ihren Versuchen etwas Praktisches herauskam.

»Wart einen Moment, der Rupprecht hat dir etwas zu sagen«, kündigte Johanna an, als Luise noch nach Worten suchte. Eilig verließ Luises Schwester den Raum. Kaum eine Minute später baten Schwester und Schwager sie in die Werkstatt. Rupprechts linker Jackenärmel steckte in seiner Jackentasche. Er rang sich ein Lächeln ab, das Luise halbherzig erwiderte. »Ich sehe, dass du schöne Fortschritte im Nähen machst, Luise.«

»Scheint so.«

Rupprecht umfasste den Raum mit einer großzügigen Handbewegung. »Du siehst, wir haben genug zu tun.«

Johannas Auftragsbuch war so voll, dass ihre Nähmaschinen nur nachts zur Ruhe kamen.

»Die Damenwelt braucht immer Kleidung«, rief Luise gegen das ausdauernde Rattern der Maschinen an.

Rupprecht nickte. »Deshalb wollte ich dich fragen, ob du nicht in Künzelsau eine Zweigstelle unseres Ateliers einrichten willst.«

Jetzt war heraus, weshalb Rupprecht ihre Anstrengungen so wohlwollend verfolgt hatte. Hatte sie es doch geahnt!

»Ich muss darüber nachdenken«, sagte Luise.

»Aber lass dir nicht zu viel Zeit.« Rupprecht wandte sich ihr zu. »Wir können uns sicher bald vor Aufträgen nicht mehr retten.«

»Wie meinst du das?«

»Die politische Lage wird sich ändern.« Rupprecht sah

aus, als sei ihm das ganz recht. »Heute werden massenhaft Arbeitsanzüge für Bergleute und Handwerker gebraucht, aber wer weiß, vielleicht werden wir bald Uniformen nähen.«

»Das wollen wir nicht hoffen.« Luise unterdrückte ein Schaudern. Der Weltkrieg hatte Tod und Verderben über so viele Menschen gebracht. Eine Wiederholung unter anderen Vorzeichen brauchte niemand.

Sie verabschiedete sich von Schwester und Schwager, setzte sich ans Steuer und fuhr zurück nach Künzelsau. Die Obstbäume standen in voller Blüte. Die Wiesen waren über und über mit gelbem Löwenzahn bedeckt, und allerorten standen die Leute in ihren Gärten und hackten und jäteten, damit der Sommer kommen konnte.

Luises Mercedes war weit und breit das einzige Auto. Während sie fuhr, dachte sie nach. Sie war in den letzten sechs Wochen eine halbwegs passable Schneiderin geworden. Was sollte sie jetzt tun? Rupprechts Angebot anzunehmen und von ihm abhängig werden, stand völlig außer Frage. Sie wollte ihren eigenen Weg gehen und nicht unter der Fuchtel ihres herrischen Schwagers stehen.

Sie stellte den Wagen vor der Villa ab, stieg aus und blieb unschlüssig auf dem Gehweg stehen.

Marga stand in Gummistiefeln im Vorgarten und goss ihre weißen Narzissen. »Na, wie ist Ihr letzter Tag bei Knecht Rupprecht gelaufen?«

Knecht Rupprecht. Luise schmunzelte und fragte sich nicht zum ersten Mal, was diese eigenwillige Frau aus Berlin nach Künzelsau verschlagen hatte. »Er hat mir angeboten, in sein Geschäft einzusteigen, natürlich zu seinen Bedingungen.«

Marga hob ihren Kopf. »Und, wollen Sie?«

»Auf keinen Fall. Aber was ist die Alternative?«

»Sicher nicht Trachtenröcke für kleine Mädchen nähen.« Marga stapfte aus dem Blumenbeet und wischte sich eine braune Locke aus der Stirn. »Das bringt zu wenig Geld ein.«

Luise nickte nachdenklich. Was hatte Rupprecht gesagt? Arbeitsanzüge wurden immer gebraucht. Die Auftragslage für Berufsbekleidung war gut. Außerdem musste sie, um ihre Familie sicher ernähren zu können, ihre Firma größer aufziehen als mit einem Nähatelier.

»Ich werde nicht für Rupprecht arbeiten, sondern etwas Eigenes aufmachen«, entschloss Luise kurzum. »Platz genug habe ich ja.«

»Und Unternehmergeist sowieso,« bestätigte Marga.

»Jetzt benötige ich nur noch ein Darlehen.« Luise folgte ihr in die Küche, wo es nach Apfelkuchen duftete und die Kinder im Schein der Lampe einträchtig über ihren Hausaufgaben saßen. Zwei blonde und ein roter Schopf.

»Mama.« Rolf sprang auf und zeigte ihr sein Heft. »Guck mal, was ich gerechnet habe.«

Luise ließ ihre Augen über seine Rechenaufgaben wandern. Obwohl er erst sechs Jahre war, rechnete Rolf fehlerlos über die 10 und machte Aufgaben bis 100. »Sehr gut«, sagte sie.

Marga schenkte Tee ein und stellte ein Stück Apfelkuchen vor sie hin.

»Und? Hast du dich entschieden, was du mit dem Nähen

anfangen willst?«, fragte Erika. Luise sah, dass alle ihre Köpfe hoben, sogar Lia, die ein überraschend detailreiches Bild mit einem Zirkuszelt und einer fliegenden Artistin malte.

Sie lehnte sich in ihrem Stuhl zurück. »Wir werden uns mit unserer eigenen Firma selbstständig machen. Einer Näherei für Berufsbekleidung.«

6.

Am zweiten Juni 1932 öffneten die »L. Hermann Bekleidungswerke« im ersten Stock der Villa in der Austraße ihre
Pforten. Luise hatte die Diele kurzerhand in einen Nähsaal
umfunktioniert. Von diesem Tag an wurde ihr Alltag vom
Rattern und Surren ihrer sechs neuen Pfaff-Nähmaschinen
untermalt, die den Vorteil hatten, dass man sie mit einem
Anbaumotor umrüsten konnte.

Rupprecht reagierte zunächst verärgert auf Luises Absage,
beruhigte sich dann aber überraschend schnell. Wahrscheinlich war ihm die Aussicht auf eine Zusammenarbeit mit ihr
ohnehin nicht geheuer gewesen.

Luise stellte sechs Näherinnen und einen Herrenschnei-
der ein, Paul Falbe, der sie am Zuschneidetisch und beim
Einkauf unterstützen sollte.

Als er zum ersten Mal in die Villa kam, staunten die Kinder, denn er hatte nicht nur eine glänzend polierte Glatze,
sondern trug tagein, tagaus einen schwarzen Anzug mit weißen Nadelstreifen und einem gebügelten Einstecktuch. Dazu
glitzerte ein winziger Diamant in seinem Ohrläppchen.

Erika meinte, Herr Falbe müsse zur See gefahren sein. Rolf
hielt ihn für einen waschechten Piraten. Lia dagegen vertrat
die Ansicht, er sei ein kühner Trapezkünstler gewesen, der
als Fänger unter der Zirkuskuppel arbeitete und niemals jemanden fallen ließ. Herr Falbe lachte schallend, als sie ihm
ihre Vermutungen kundtaten.

Luises Firma fasste problemlos Fuß. Nachdem sie Kontakte zu Stofflieferanten in ganz Deutschland geknüpft hatte, bekam sie ihre ersten Aufträge und produzierte Arbeitsanzüge für den Bergbau. Die Aufgabe, Chefin zu sein, schien auf Luise gewartet zu haben, als sei sie dafür geboren. Dann jedoch nahmen in Berlin die Veränderungen ihren Lauf, die manche sehnsüchtig erwartet und andere über alles gefürchtet hatten.

Am Morgen des 31. Januar 1933 kam Herr Falbe mit einer Zeitung in der Hand in die Küche. Seine Gesichtsfarbe war von einem fahlen Grün und er schwankte leicht. Luise drückte ihm geistesgegenwärtig einen Stuhl in den Rücken, auf den er sich fallen ließ. Im ersten Stock ratterten die Nähmaschinen. Die Kinder warteten auf ihre Pausenbrote, die Marga ihnen gerade belegte.

»Was ist denn los mit Ihnen?«, fragte Luise. »Sie sehen ja aus wie der lebendige Tod.«

Er knallte die Zeitung auf den Tisch. »Die NSDAP hat bei den Wahlen die Mehrheit gewonnen. Hitler ist zum Reichskanzler gewählt worden.«

Luise warf einen Blick auf das Foto auf Seite eins. Es zeigte einen kleinen Mann mit Schnäuzer in einer Art Uniform.

»Jetzt wird es brenzlig in diesem Land«, sagte Herr Falbe.

»Weshalb?« Erika hob neugierig ihren Kopf.

»Hitler will Deutschland zu neuer Größe führen und markiert dafür den starken Mann.«

»Größe bedeutet meistens Krieg«, mischte sich Marga ein. »Irgendwie muss man sich ja versichern, dass man besser als die anderen ist.« Auf ihren Wangen brannten hektische rote Flecken.

Luise dachte nach. Wenn sie ehrlich war, konnte sie die Sehnsucht der Menschen nachvollziehen. Die Weimarer Republik stolperte von Krise zu Krise. Was hätte Heinrich an ihrer Stelle gesagt? »Aber irgendwie ist es doch zu verstehen, dass Deutschland nach dem Versailler Vertrag zu alter Bedeutung zurückkehren will.«

»Der Versailler Vertrag hat uns sicher nicht gutgetan«, räumte Herr Falbe ein. »Aber was die Nazis wollen, hilft uns auch nicht weiter.«

Die Kinder lauschten gespannt. »Und was wollen sie?«, fragte Erika.

Herr Falbe wandte sich ihr zu. »Sie faseln von der Größe der Rasse und der Bedeutung des Volkes, Erika. So ein Blut-und-Boden-Kram ist Unsinn.«

»Die Nazis sind wie die Freicorps in Berlin«, warf Marga ein. »Das gleiche feige Kaliber. Eine unerzogene Bande von Rüpeln.«

»Auf welcher Seite standen Sie damals?«, erkundigte sich Luise.

Marga drückte den Kindern ihre Butterbrote in die Hand. »Nicht aufseiten der Freicorps. Aber es sind ja nicht nur die Überzeugten, die gefährlich sind. Es sind die zahllosen Mitläufer. Ich sehe es voraus: Spießer werden Deutschland regieren. Es wird keinen Platz mehr für bunte Vögel, Artisten und Musiker in diesem Land geben.«

»Ich will es aber bunt«, sagte Lia.

»Ich auch.« Marga wuschelte ihrer Tochter durchs Haar.

»Doch was sollen wir tun, wenn es hier ganz und gar komisch wird?«, fragte Erika.

»Auf dem Kopf stehen und lachen«, meinte Rolf grinsend.

»In diesem Fall nicht, junger Mann«, erwiderte Marga. »Was machen die kleinen Leute, wenn die Großkopferten ihnen ihren Willen aufzwingen wollen?«

»Keine Ahnung.« Rolf hob die Achseln.

Marga richtete sich auf und sah sie alle an. »Den Kopf in den Sand stecken und abwarten, bis der Spuk vorbei ist.«

»Sie sollten vorsichtig sein, was Sie da reden«, riet ihr Luise. »Die sind sicher nicht zimperlich.«

In den nächsten Wochen zeigten sich auch in Hohenlohe die Veränderungen, die der Regierungswechsel mit sich brachte. Das Weltbild der Nazis zog viele an. Wenn die braunen Horden demonstrierten, applaudierten ihnen Leute, von denen Luise es nie erwartet hätte. Die politische Lage bestimmte zusehends ihren Alltag. Zuerst wurden alle Bürger aufgefordert, einen Nachweis über ihre deutsche Abstammung zu erbringen. Was Luise mühelos gelang, stellte Marga vor Hindernisse. Ohne nach Berlin zu fahren, konnte sie weder ihre eigene noch Lias Herkunft lückenlos belegen. Sie zögerte lange, doch dann machte sie sich auf den Weg und kehrte nach nur zwei Wochen mit zwei perfekten Ariernachweisen zurück.

Rasch wurde Luise klar, dass die Nazis ihre Weltanschauung auf einer Art religiösen Glauben an den Führer und die Rasse aufbauten. Das deutsche Volk war Hitlers Ein und Alles. Das behauptete er jedenfalls.

Während Luise große Zweifel hegte und sich Rat bei der Kirche erhoffte, begannen Johanna und Rupprecht, sich in dem schmalen Spalt zwischen ihrem Glauben und der Partei häuslich einzurichten. Rupprecht ließ sich einen Schnäuzer nach Art des Führers stehen, worüber sich Erika und Lia köstlich amüsierten. Sofort nach der Machtübernahme meldete er Ludger bei der Hitlerjugend an, in der dieser begeistert mitmarschierte und durch den Schlamm robbte. Johanna nähte sogar eine Uniform für Rolf, der zu jung war, um der Jugendorganisation der Partei beizutreten. Erika wäre alt genug für den BDM, doch Luise hatte Bedenken, die Erziehung ihrer Kinder aus der Hand zu geben, und ließ sich Zeit mit der Anmeldung.

Die evangelische Kirche, von der sie sich Rat und Weisung erhoffte, war in ihrer Haltung gegenüber der neuen Regierung unentschlossen. Doch dann bekam Dekan Peters einen jungen Vikar zur Seite gestellt, der seine Meinung deutlich von der Kanzel kundtat. Dr. Karl Bender war meistens missgelaunt und streng, ein miesepetriger Paragraphenreiter, fand Luise, aber er stellte klar, dass für Christen nur das Evangelium zählen durfte. »Gebt des Kaisers, was des Kaisers ist und Gott, was Gottes ist«, verkündete er mit viel Pathos.

An einem Sonntag im März 1933 lauschte Luise seinen Worten, als würde sie aus einem bösen Traum erwachen. Und das ausgerechnet heute, wo sich die neuen Kräfte formierten. Für Dienstag, den 21. März, war auf dem Marktplatz ein Festakt zur Machtübergabe in Potsdam geplant, und die Stadt Künzelsau wurde mit Hakenkreuzfahnen aufs Schönste herausgeputzt.

Als Luise nach dem Gottesdienst auf den Vorplatz der Johanneskirche trat, versammelte sich dort gerade eine Gruppe von SA-Männern in braunen Hemden. Die verächtlichen Blicke, die sie den Kirchgängern zuwarfen, ärgerten sie. Was nahmen die sich eigentlich heraus? Herausfordernd starrte sie zurück und fragte sich, woher dieser braune Sumpf stammte. Aus Heilbronn, Schwäbisch Hall, Kupferzell und anderen Gemeinden in der Gegend, aber auch von hier. Sie scharten sich um einen jungen Mann, den sie nicht kannte. Ob das dieser Standartenführer Fritz Klein war, von dem man munkelte, er habe reichlich Finstermänner aus Öhringen mitgebracht?

Luise ging nach Hause und sorgte dafür, dass die Kinder sich nachmittags im Haus aufhielten. Derweil zogen die SA-Trupps Parolen skandierend durch die Straßen, und ihre rhythmischen Stiefeltritte dröhnten über das Pflaster.

Abends hing eine rötliche Dunstglocke über der Stadt, und es roch nach Ruß und Rauch, weil die Männer am Kocherufer ein Osterfeuer abbrannten. Die Kinder hätten gern zugeschaut, aber Luise und Marga hielten sie zurück und verriegelten die Tür.

Am nächsten Tag kamen Rolf und Lia ohne Erika aus der Schule.

»Die ist bei den Rubins geblieben. Weil man denen die Scheibe eingeworfen hat«, sagte Lia achselzuckend auf Luises Nachfrage.

»Man hat was?«, fragte diese fassungslos.

Marga zog Luise zur Seite. »Die SA ist immer noch in der Stadt. Beim Einkaufen habe ich gehört, dass sie Kommunisten verprügelt und den Juden Besuche abstattet, gerade so wie letzte Woche in Öhringen.«

Und Erika war mittendrin. Luise drehte sich um und lief ohne Hut und Mantel aus dem Haus.

In den Straßen lag der Müll des gestrigen Aufmarsches, Fackelreste und zerbrochene Bierflaschen. Vor dem Schuhgeschäft hatte sich eine Menschenmenge versammelt. Daneben hatten sich zwei SA-Männer in Uniform postiert und beobachteten die Leute mit untergeschlagenen Armen.

»Ich denk, ihr wisst jetzt, wo ihr einkaufen sollt!«, rief der eine. »Nicht bei dene Saujuden.«

Die Gaffer schwiegen. Und dann entdeckte Luise Erika, die am Rande der Versammlung stand. Sie war sehr blass. Luise ging zu ihr und legte den Arm um die Schultern ihrer Tochter, bevor sie einen Blick auf das zerbrochene Schaufenster warf. Jammerschade um die schönen Schuhe! Die Auslage war ein einziges Chaos aus durcheinandergeworfener Ware, Scherben und zerbrochenen Schuhständern. Auf dem Gehweg lagen Glassplitter in allen Größen. Während Martin die Trümmer auf einen Karren lud, stand Hans Rubin auf der Leiter, um das Fenster mit Brettern zu vernageln. Sein Schwiegervater Samuel Löwenstein reichte sie ihm an. Luise schärfte Erika ein, sich auf keinen Fall vom Fleck zu rühren, und trat auf die beiden Männer zu.

»Guten Tag, Luisle«, sagte Samuel leise. »Wie schön, dass du gekommen bist.«

Der alte Schuhmacher mit dem grauen Prophetenbart war in ihrer Kindheit ihr Nachbar gewesen. Wie oft hatten sie und Jette kichernd auf dem Sofa in Löwensteins Küche gesessen und der inzwischen verstorbenen Frau Löwenstein beim Backen zugesehen. Noch heute erinnerte sich Luise an

67

ihre saftigen Matzen, und wie sie ihre Hände im Hefeteig versenkt hatte, als sei er so weich wie ein Kissen.

»Wie geht es Jette?« Luise hatte ein schlechtes Gewissen. Wie lange hatte sie ihre Freundin nicht besucht?

»Sie besinnt sich auf ihre Frömmigkeit«, erwiderte Samuel würdevoll.

»Wenn du damit meinst, dass sie immer stiller wird«, fügte Hans bitter hinzu.

»Es tut mir leid«, sagte Luise.

Hans Rubin stieg von der Leiter. Luise hatte den belesenen Mann immer geschätzt. Jetzt aber spürte sie, wie fremd er ihr geworden war. »Für wen entschuldigst du dich? Für die Mitläufer oder das Schlägerpack da hinten? Oder für die SA, die vor nicht einmal einer halben Stunde in meiner Küche stand und mich zwingen wollte, meine Waffen herauszugeben, mit denen ich der Volksgemeinschaft schaden könnte? Dumm war nur, dass ich keine hatte.«

Luise wusste, dass er wie viele andere Juden im Weltkrieg auf deutscher Seite gekämpft hatte.

Hans ließ seine Augen über die Reihen der Zuschauer gleiten, die sich langsam lichteten. Die beiden SA-Männer waren ebenfalls verschwunden. »Die Gaffer machen sich davon, weil wir ihnen keine weiteren Sensationen mehr bieten können. Und Luise, am besten geht ihr jetzt auch. Es ist brandgefährlich hier.«

Sie trat einen Schritt zurück.

»Judenhure!«

Sie fuhr empört herum. »Wer hat das gesagt?«

Niemand antwortete. Die verbliebenen Leute standen vor

ihr wie eine Wand und starrten sie an. Luise spürte die Verachtung, die ihr entgegenschlug, und atmete gegen ihre aufsteigende Panik an. Woher kam dieser plötzliche Hass? Es gab in der Stadt fast siebzig Menschen jüdischen Glaubens, die seit 1907 eine eigene Synagoge nutzten. Noch nie hatte es Probleme gegeben. Die Juden übten angesehene Berufe aus, saßen im Stadtrat und betrieben viele Geschäfte.

Und sie selbst? Wie weit würde sie gehen, um die Rubins zu unterstützen? Sie kannte die Gaffer mit Namen, grüßte sie auf der Straße und hatte dem einen oder anderen schon bei Bratwurst und Bier zugeprostet. Sie sollten sich schämen, dachte sie. »Komm jetzt, Erika! Wir gehen heim.«

»Nein!« Erika verschränkte die Arme, während Martin entschlossen nach dem Besen griff und einen Haufen glitzernde Splitter in hohem Bogen in Richtung Zuschauer fegte. Ein paar Leute sprangen zur Seite. »Rotzbengel!«

Höchste Zeit zu verschwinden, fand Luise. »Auf geht's, Erika!«

Sie fasste ihre Tochter am Arm, doch die Zehnjährige stampfte trotzig mit dem Fuß auf. »Noch nicht!«

»Verdammt, Eri!«

In diesem Moment trat eine ältere Frau auf Großvater Löwenstein zu und flüsterte ihm etwas ins Ohr, woraufhin er sich schwerfällig in Richtung des Alten Rathauses in Bewegung setzte. Martin und Hans folgten ihm. Erika riss sich los und rannte ihnen hinterher, bevor Luise reagieren konnte.

»Himmelherrgottsakrament!« Ihr blieb nichts anderes übrig, als ihnen zu folgen.

Sie drängte sich durch die Menschenmenge, die vor der

Tür des Alten Rathauses stand, und betrat den Ratssaal. Am Sitzungstisch saß Fritz Klein im braunen SA-Hemd. Selbstvergessen schnitzte er Kerben ins Holz, als gehöre ihm neben dem Tisch die ganze Welt. An der rückwärtigen Wand drängte sich ein verängstigtes Häuflein von etwa fünfzehn Künzelsauer Bürgern. Luise kannte sie. Es waren Kommunisten, Sozialdemokraten und Juden, denen sie sofort ansah, dass sie aufs Übelste verprügelt worden waren. Ihre Kleidung war zerrissen, ihre Gesichter blutig und zerschrammt. Zwei stützten einander, ein Dritter atmete keuchend gegen seine geprellten Rippen an. Ein weiterer hatte ein blau geschlagenes Gesicht und eine gebrochene Nase, von der Blut auf sein Arbeitshemd tropfte. Luise erkannte den Sozialdemokraten Vogelmann aus Niedernhall und den Gemeinderat Friedrich Brözel. Sie hatte mit Kommunisten nichts am Hut, fand aber, dass die Männer das nun wirklich nicht verdient hatten. Ein Tribunal, dachte sie befremdet.

Sie begriff, dass die SA weder zögerlich in der Wahl ihrer Mittel war noch etwas gegen Schaulustige hatte, die ihre Taten weitertrugen. Ich mache mich schuldig, wenn ich zuschaue und nicht protestiere, durchfuhr es sie.

An der Tür stand der Amtsdiener Biller. Luise trat auf ihn zu und richtete sich zu ihrer vollen Größe auf. »Warum lassen Sie zu, dass diese Grobiane sich hier so aufführen? Die gehören rausgeschmissen!«

Billers Versuch, sie von oben herab zu mustern, misslang ihm gründlich. »Endlich wird hier aufgeräumt«, ließ er sich vernehmen. »Das ist der Geist der neuen Zeit. Und Sie gehen jetzt besser, Frau Hermann. Für Weibsleut ist hier kein Platz.«

»Das werde ich nicht tun«, schnaubte sie.

Der Amtsdiener wandte sich ab und führte das Häuflein politisch Andersdenkender vor die Tür wie eine Herde Schafe zur Schlachtbank.

Luise reihte sich unter die Zuschauer dieser Posse ein, die eine Gerichtsverhandlung parodierte. Sie blieb wegen Erika, die sich verängstigt am Rande aufhielt, aber auch, weil sie ihren Freunden ihre Solidarität nicht ganz versagen wollte. Neben Hans und Samuel stand der Synagogenvorsteher Max Ledermann, ein Mann von sechzig Jahren, der im Mainzer Haus gleich neben dem Rathaus ein Stoffgeschäft betrieb.

Soeben wurde ein Mann vor den Richter gezerrt. Es war der Lehrer Julius Goldstein, der jüdische Kinder in Religion unterrichtete und in der Synagoge als Vorsänger tätig war. Seine Frau Martha und seine beiden kleinen Mädchen standen abseits an einem der Fenster. Die Ältere war etwas jünger als Erika, die Zweite mochte drei oder vier Jahre alt sein.

Der Möchtegernrichter ließ seine Stimme durch den Raum schallen. »Du also bist die Judensau, die sich anmaßt, Schullehrer zu sein. Sag schon, was hast du den Kindern eingebläut? Ihre rassische Überlegenheit etwa? Oder wie man Christenvolk am besten auspresst?«

In den Reihen der Zuschauer hob Gelächter an. Der Lehrer schwieg, obwohl ihn zwei SA-Männer mit ihren Stöcken brutal in den Rücken stießen.

»Red schon!«, rief einer.

Goldstein richtete sich auf. »Ich habe nichts als meine Pflicht getan.«

Klein schnaubte verächtlich. »Und woraus besteht die? Sicher hast du ihnen vorgefaselt, dass die Juden den Deutschen überlegen seien und dass ihr uns ausbeuten dürft, elende Wucherer, die ihr seid. Oder bist du ein Agent der jüdischen Weltverschwörung?« Er spuckte einen Priem auf den Boden.

Goldstein schüttelte den Kopf. »Von einer Verschwörung weiß ich nichts. Ich unterrichte keine Weltanschauung, sondern jüdische Kinder in den Grundsätzen und Geboten unserer Religion.«

Luise ballte hilflos die Fäuste. Warum verteidigte sich der Lehrer mit Argumenten? Sah er nicht, dass man an ihm ein Exempel statuieren wollte?

Und tatsächlich. Auf ein Nicken des Richters hin traten zwei Handlanger aus den Reihen der SA und prügelten mit Ruten und Stöcken auf Goldstein ein, bis er auf die Knie fiel und seinen Kopf mit den Händen schützte. Aus dem Publikum ertönten vereinzelte Jubelrufe, aber die meisten schwiegen schockiert. Erika vergrub ihr Gesicht in den Händen und weinte. Martin aber sah mit großen Augen zu.

»Jetzt hört's doch endlich auf«, sagte Luise leise.

Goldstein krümmte sich zusammen, als die Männer ihn weiter mit Tritten und Stockschlägen traktierten. Seine Frau drückte die Gesichter ihrer Mädchen an ihren Rock und wandte das Gesicht ab.

»Genug jetzt!« Auf Kleins Weisung hielten die Männer inne. »Ich hoffe, Drecksjude, du hast begriffen, dass wir es sind, die den Kindern ab heute beibringen, was sie zu wissen haben.«

Totenstille setzte ein, die nur vom Schluchzen von Goldsteins jüngster Tochter durchbrochen wurde.

In diesem Moment lösten sich Max Ledermann, Hans Rubin und Samuel Löwenstein aus der Menge und halfen dem Lehrer hoch, der sich kaum auf den Füßen halten konnte. Luise sog scharf die Luft ein. Goldsteins Hemd war schmutzig und zerrissen. Aus seiner Nase tropfte Blut, und sein Rücken war voller blutiger Striemen. Als er halbwegs wieder stand, fiel ihm ein großer Schlüssel aus der Tasche und zerbrach auf dem Boden in zwei Teile. Luise schlug die Hand vor den Mund. Es war der Synagogenschlüssel. Was für ein böses Vorzeichen! Max Ledermann sammelte die Bruchstücke ein, ohne eine Miene zu verziehen.

»Feierabend.« Klein machte eine wegwerfende Handbewegung. »Hier gibt es nichts mehr zu sehen, Leute. Raus mit euch!« Die Reihen der Schaulustigen lichteten sich.

Luise wandte sich Erika zu. »Kommst du?«

Die Kleine schüttelte den Kopf. »Ich will bleiben!«

Luise platzte der Kragen. »Du kommst jetzt mit, verdammich!«

Martin und Erika hoben ihre Köpfe und sahen sich an. Luise erschrak. Sie waren erst elf und zwölf Jahre alt, aber das sah so aus, als könne es nur mit gebrochenem Herzen enden. Oder mit Gefängnis und Tod für sie alle. »Ich sag's nicht noch einmal!«

Erika löste sich, und Luise packte sie fest am Arm. Schweigend liefen sie nebeneinanderher. »Es tut mir leid, Erika«, sagte Luise, als sie an der Haustür standen. »Aber was da passiert ist, geht uns nichts an.«

Erikas zorniger Blick traf sie. »Das glaubst du also? Wie kannst du nur!«

Kaum hatte Marga die Tür geöffnet, drängte sich Erika an ihr vorbei und rannte die Treppe hinauf. Luise hörte, wie sie ihre Tür ins Schloss warf, dann wurde es still.

Marga blickte ihr verwundert hinterher. »Was ist denn mit der los?«

Luise runzelte die Stirn. »Erika kriegt sich schon wieder ein. Lassen wir ihr nur ein wenig Zeit. Und Marga, ich muss noch einmal weg. Könnten Sie sich um alles kümmern?«

Als Marga nickte, drehte sich Luise auf dem Absatz um und ging, bevor sie es sich anders überlegen konnte.

Blaue Dämmerung lag über der Stadt. In den Straßen herrschte Stille. Nur ein paar SA-Männer patrouillierten siegesgewiss über den Marktplatz. Luise betrat das Haus der Rubins über den Hof. Die rückwärtige Tür war nicht verschlossen. Vorsichtig drückte sie die Klinke, trat ein und drehte den Schlüssel zweimal im Schloss um. Die Rubins waren zu leichtsinnig.

»Bist du es, Hans?« Jettes zarte Stimme klang durch das Treppenhaus.

»Ich bin's, Luise.«

»Tritt ein!«

Luise fand Jette am spitzengedeckten Tisch in der Stube, eine Teekanne und eine leere Tasse vor sich. Ihre Augen waren blau und sahen ein wenig verloren aus. Wie ein Vogel, der aus dem Nest gefallen ist, dachte Luise.

Jette stand auf und strich sich über ihren dunklen Wollrock, zu dem sie eine altrosa Strickjacke mit Lochmuster trug. Wie hübsch sie war. Weiche blonde Locken ringelten sich um ihr ovales Gesicht mit dem blassen Teint, gerade so wie bei der Schäferin aus Meißener Porzellan, die in ihrem Reifrock und mit dem Stab in der Hand auf der Anrichte stand. Als sie klein war, hatte Luise immer die beiden kleinen Schafe gestreichelt.

»Setz dich doch.« Jette geleitete Luise zu einem freien Stuhl. »Wie lange haben wir uns nicht gesehen? Jedenfalls ist es gut, dass du da bist. Ich mache neuen Tee.«

Luise folgte Jette in die Küche, wo sie Wasser auf dem Herd aufsetzte und mit der Teekanne zu hantieren begann. Ihre Hände zitterten. »Hast du zufällig meine Männer gesehen?«

»Ihnen geht es gut. Sie bringen nur den Lehrer Goldstein nach Hause.«

Luise hoffte inständig, dass das der Wahrheit entsprach.

Jette legte ein paar selbst gebackene Kekse auf einen Teller. Wehmütig erinnerte sich Luise an die Nachmittage in Löwensteins Stube. Wie hatten sie damals gekichert und sich ihr zukünftiges Leben ausgemalt. Die Löwensteins waren strenggläubig und hielten sich an die Essensvorschriften und Gebote. Jette aber hatte sich keinen orthodoxen Schuhmacher geangelt, sondern von einem Besuch in Berlin den liberalen Juden Hans Rubin mitgebracht, der direkt von der Universität kam und ihre Stube mit Bücherregalen pflasterte. Plötzlich reihten sich im ländlichen Künzelsau die Gesamtausgaben von Goethe und Schiller mit Goldrücken aneinander und dazu eine Menge französische Bücher, Balzac und Baudelaire, die außer Hans niemand lesen konnte. Dann jedoch hatte er eine kleine Erbschaft gemacht und das Schuh-geschäft eröffnet, das einen Hauch großstädtisches Flair ins Städtchen brachte.

Plötzlich musste sich Jette an der Spüle festhalten. »Mir ist ein bisschen schwindlig.«

»Warte, ich nehme die Kanne.« Luise stützte die Freundin, setzte sie auf ihren Stuhl und goss ihnen beiden Tee ein. »Trink! Dann geht es dir besser.«

»Ich weiß nicht. Es fühlt sich an, als würde ich mich in Luft auflösen.« Jettes Augen wanderten durch den Raum. »Ich danke dir, Luise. Ich hab euch gesehen, dich und Erika, da draußen zwischen den ganzen … Kretins, von denen ich dachte, sie seien meine Nachbarn.«

»Eine Glasscheibe lässt sich reparieren.« Luise legte ihre große Hand auf Jettes schmale Rechte.

Doch Jette schüttelte traurig den Kopf. »Das Schaufenster schon, aber die Herzen nicht so schnell. Es sind schlechte Zeiten für Juden, dabei wollen wir nur in Frieden leben. Wenn meine Männer nur schon wieder da wären.« Sie blickte sehnsüchtig zur Tür.

»Sie kommen sicher gleich.«

Jette fasste sich mühsam und faltete ihre Hände im Schoß. »Erzähl mir doch von deiner Näherei. Das bringt mich auf andere Gedanken.«

»Ich habe sechs Nähmaschinen am Laufen.« Luise spürte sicheren Boden unter den Füßen, während sie zu berichten begann und Jette ihr aufmerksam zuhörte.

Sie blieb, bis Martin, Hans und Samuel zurückkehrten, er-schöpft, verdreckt und zornig, aber unverletzt. Dann ging sie ratlos nach Hause. Sie hatte keinen Hunger, obwohl Marga für sie einen Teller mit Frikassee aufgehoben hatte.

»Was soll ich nur tun, Marga?«

Alles brach aus ihr heraus. Das kaputte Schaufenster, die Mitbürger, die sich am Elend der Familie Rubin weideten, die verprügelten Kommunisten, der verletzte Lehrer und die traurige Jette. »Und ich habe nichts dagegen unternommen.«

Marga lauschte ihr nachdenklich. »Machen Sie sich keine Vorwürfe.«

Luise schüttelte den Kopf. »Erika hat recht. Die Rubins sind meine Freunde. Sie sind zwar keine Christenmenschen, aber das haben sie nicht verdient.«

Marga ließ sich mit einem Stöhnen auf einen Stuhl fallen. »Ich hab es ja gewusst. Das wird ein Spießrutenlauf für alle, die anders sind.«

Luise spürte, wie ihr die Tränen kamen und wischte sich zornig mit einem Geschirrtuch über die Wangen. »Für die Juden wird es lebensgefährlich. Dieser Klein hätte nur mit dem Finger schnipsen müssen, dann hätten seine Männer den Goldstein totgeschlagen.«

Marga sah sie von der Seite an. »Sie haben das schon richtig gemacht, Frau Hermann. Sie müssen sich raushalten, Sie tragen für so viele Leute Verantwortung.« Sie zählte alle an den Fingern ab. »Das sind Sie selbst, Ihre Kinder, Herr Falbe, Lia und meine Wenigkeit. Und Ihr Unternehmen. Wenn Sie zu deutlich sagen, was Sie denken, machen die uns das Leben sauer. Wer weiß, wozu sie imstande sind. Wollen Sie das?«

»Nein«, sagte Luise niedergeschlagen. Sie stand am Steuer eines Segelschiffs, das sie sicher durch den Sturm an ein fernes Ufer bringen musste. Es gab nur eine Konsequenz aus dieser Erkenntnis. Wenn sie den Rubins helfen wollte, musste sie es heimlich tun.

Am nächsten Tag fand der Festakt zur offiziellen Machtübernahme der NSDAP in Potsdam und zur Einsetzung des Führers als Reichskanzler statt. Die Kinder hatten schulfrei. Erikas Klasse sollte die Feier mit Chorgesang umrahmen, doch Luise hatte ihre Tochter mit der Begründung abgemeldet, sie hätte sich eine Erkältung eingefangen. Rolf blieb ebenfalls bei Marga, und so ging Luise allein in die Stadt, wo sich Jung und Alt versammelten.

Weiße Wolken trieben über den Himmel und leuchteten mit den Hakenkreuzfahnen um die Wette, die im Frühlingswind von den Häusern flatterten. Alle Glocken läuteten und übertönten den Jubel der Bürger, die ihre Festtagskleidung trugen, schwarze Anzüge und Hohenloher Tracht. Vor der Menschenmenge sammelten sich in Reih und Glied die Horden der SA und des Feldschutzes. Luise überlief es kalt, als sie Fritz Klein erkannte, der mit seinen Spießgesellen laut »Sieg Heil« skandierte.

Die Stadtkapelle spielte zum Deutschlandlied auf, in das die Gäste inbrünstig einstimmten. Dann hüpften die Kinder aus Erikas Klasse aufs Podium. Die Mädchen trugen Faltenröcke und gestärkte weiße Blusen. Ihr Lehrer Herr Reiser ermahnte sie zur Ruhe und gab den Takt vor, bevor ihre klaren, jungen Stimmen erklangen. Lia stimmte begeistert ein, und ihre roten Haare leuchteten in der Sonne.

Verstohlen warf Luise einen Blick auf das Schuhgeschäft

der Rubins mit seinem verbarrikadierten Schaufenster. Von der Familie war niemand zu sehen. Sie zwang sich, den Reden zu lauschen, in denen Deutschlands glorreiche Zukunft beschworen wurde. Die SA-Konsorten pfiffen, johlten und klatschten begeistert. Luise aber stimmte nur verhalten in den Applaus ein. Nach ihren gestrigen Erlebnissen kam ihr das alles schal und verkehrt vor.

Als die Herren mit den Schnauzbärten und dicken Bäuchen fertig waren, trat ein sichtlich nervöser junger Mann ans Rednerpult, um seine eigens für diesen Anlass gedichteten Verse vorzutragen. Luise vermutete, dass er einer der Zöglinge des hiesigen Lehrerseminars war. Er blinzelte in die Sonne und legte seine ganze Begeisterung in seine Stimme.

»Es geht ein Hauch von Morgenwehn durch alle deutschen Lande. Das ganze Volk will auferstehn nach langer Nacht der Schande. Gebt acht: Ein neuer Tag beginnt, weil uns das gleiche Blut durchrinnt und weil wir einer Mutter Kind und alle, alle Brüder sind.«

Sein Enthusiasmus war Luise so unheimlich, dass sie kurz darauf nach Hause ging und sich lieber in ihre Buchhaltung vertiefte. Am nächsten Morgen aber verbreitete sich wie ein Lauffeuer die Nachricht, dass der Synagogenvorsteher Max Ledermann in der Nacht an einem Herzinfarkt verstorben sei, als er den verletzten Lehrer Goldstein besucht hatte.

7.

SOMMER 1937

Es war Sonnenwendezeit, und in der Badeanstalt am Kocher herrschte Hochbetrieb. Kinder und Jugendliche tummelten sich auf dem baumbestandenen Uferstreifen östlich der Stadtmitte. Sie spielten Fußball auf der Wiese oder stürzten sich kreischend ins Wasser. Besonders Mutige wagten sogar einen halsbrecherischen Sprung von der Brücke.

»Komm ins Wasser, Erika! Es ist herrlich.« Lia stand bis zu den Knien im Fluss, schaufelte mit ihren Händen Wasser und warf Fontänen glitzernder Tropfen ins Licht. Ihre Arme waren mit Sommersprossen gesprenkelt, und ihr nasses Haar lag wie ein glänzender Helm um ihr Gesicht.

»Gleich!« Erika saß mit angezogenen Knien auf der Decke. Es war so heiß, dass ihr der Schweiß den Rücken hinabrann.

»Beeil dich, du wasserscheue Nudel!« Lia ließ sich fallen und stand einen Moment später wieder prustend auf den Beinen. »Du und ich, wir könnten spielen, dass ich dein kleiner Schimpanse bin und du mich auf dem Rücken trägst.«

»Wir sind fünfzehn und keine fünf«, rief Erika gegen den Lärm an.

Lia verdrehte die Augen. »Warum musst du immer so vernünftig sein?«

Einige Meter entfernt kickten zwei lang aufgeschossene

Jungen einen Ball hin und her. Der eine war Fritz Thalheimer, der andere sein Spezi Ernst Jäger. Lia hopste heran, spritzte die beiden nass, wartete ihre Retourkutsche ab und war im Nu in eine Wasserschlacht verwickelt. Niemand hätte erwartet, dass ausgerechnet sie ein Händchen für Jungs hatte. Aber das hatte sie, zudem bekam sie langsam richtig tolle weibliche Formen, anders als Erika, die wuchs und wuchs und dabei flach wie ein Brett blieb. Das allerdings hatte Fritz Thalheimer nicht davon abgehalten, ihr letztens eine Einladung für die Tanzstunde zuzustecken. Erika war verblüfft gewesen, hatte aber abgelehnt, obwohl er der einzige Junge weit und breit war, dem sie nicht auf den Kopf spucken konnte.

In diesem Moment packten die beiden Lia an Armen und Beinen, schwenkten sie und ließen sie ins Wasser fallen. Ihr Kreischen übertönte mühelos den Kinderlärm.

Erika nutzte den Moment und schlüpfte in Rock und Bluse. Sie hatte Martin entdeckt, der abseits unter einer Weide auf seinem Handtuch saß. Leichtfüßig umrundete sie die Lagerplätze auf der Wiese und schlug sich ins Gebüsch. Sie schob Dornenranken und Zweige beiseite und ignorierte die Wolken von Mücken, für die sie ein gefundenes Fressen war.

Martin wartete schon an ihrem geheimen Treffpunkt auf sie, einem Grasstreifen direkt am Ufer, der halb hinter Büschen und Bäumen verborgen lag. Sie schlich sich heran und schloss von hinten ihre Arme um ihn.

Martin griff nach ihrer Hand und zog sie neben sich. War er eigentlich ein Freund oder ihr Freund? Egal. Sie war die einzige Gleichaltrige, zu der er Kontakt hielt.

Verstohlen warf sie ihm von der Seite einen Blick zu. Er war so schön mit seiner gebräunten Haut und den welligen braunen Haaren.

»Das ist so ein friedlicher Platz«, sagte er. »Ich möchte für immer hierbleiben.«

Grünblaue Libellen tanzten über dem träge dahinströmenden Fluss. Ein Fisch vollführte einen Luftsprung und zauberte ein Lächeln in Martins Gesicht. Erika freute sich für ihn, denn Grund zur Heiterkeit hatte er weiß Gott nicht.

Nach dem Unglückstag vor nun mittlerweile vier Jahren war dem Schuhgeschäft Rubin die Kundschaft ausgeblieben. Die Leute kauften nicht mehr bei Juden. Luise war eine eiserne Ausnahme. Sie hatte Marga beauftragt, die ganze Familie mit Schuhen in guter Qualität auszustatten. Den Mut zu diesem verstohlenen Akt des Widerstands hatte sie durch den Zuspruch der Kirche gefunden. In den evangelischen Gemeinden konnte man zwar auf jene Pastoren stoßen, die nach Art der Deutschen Christen gemeinsame Sache mit der NSDAP machten, aber eben auch auf die anderen, die sich auf eine stille, aber wirkungsvolle Weise widersetzten. Luise sympathisierte zumindest heimlich mit der Bekennenden Kirche, während ihre Näherei für Berufsbekleidung immer erfolgreicher wurde.

»Hier.« Erika holte den Beutel mit den Süßkirschen hervor, die sie mitgebracht hatte. »Aus unserem Garten.«

Sie kauten eine Weile einträchtig und spuckten die Kerne ins Gras. Die Kirschen schmeckten herrlich, bis Martin zu lachen begann.

»Guck mal!« Er hielt Erika ein besonders schönes, pralles Exemplar unter die Nase. Und tatsächlich, nahe am Kern steckte eine Made entschlossen ihren Kopf ans Licht. »Fleischbeilage. Was meinst du, wie viele von denen wir schon verspeist haben?«

»Unmengen?« Sie fielen hintenüber und lachten, bis sie sich die Bäuche halten mussten.

Trotz des stacheligen Untergrunds war Erika schon lange nicht mehr so glücklich gewesen. Martin stützte sich auf seinen Ellbogen, strich ihr mit seinem Zeigefinger zart von der Nasenspitze bis zur Oberlippe und küsste sie auf den Mund. »Du schmeckst nach Kirschen.«

»Du auch.«

In der Tat waren seine Lippen so süß, dass sie die Zeit vergaßen. Erst viel später drehten sie sich auf den Rücken und betrachteten die Federwolken am Himmel.

Erika teilte Martins Vorliebe für Gedichte. Manchmal las er ihr Texte von Rainer Maria Rilke vor, die so gefühlvoll und traurig waren, dass sie beide weinen mussten. Sie liebten nicht nur die gleiche Lektüre, sie lachten auch über dieselben Späße. Wenn Martin einatmete, atmete sie aus. Und weil sie ihn so gut kannte, wusste sie, dass er nicht dafür gemacht war, sich zu verstecken. Nein, Martin floss über vor Leben. Er sollte selbst Geschichten schreiben oder ein Volk wilder Ureinwohner am Amazonas entdecken. Wenn man ihn nur lassen würde.

Das Buch, das er heute mitgebracht hatte, war ausnahmsweise nicht von Rilke. Sie setzte sich in den Schneidersitz, nahm den kostbaren Band auf den Schoß und blätterte den Goldschnitt auf. »Heinrich Heine«, las sie. »Neue Gedichte.«

»Es ist eine Erstausgabe, die meinem Vater gehört.« Martin kniete sich neben sie ins Gras. »Heine war auch Jude und hat in Paris gelebt. Seine Gedichte sind anders. Nicht schwer zu verstehen, nicht doppelbödig. Aber umso besser, weil sie so glasklar sind. Und manchmal witzig. Warte, hier.« Er schlug das Buch auf. »Deutschland eine Winterreise«, las er vor.

Gemeinsam vertieften sie sich in die Lektüre.

»Wie kann ein Jude dieses Land lieben?«, fragte sie danach.

»Heute würde er das vielleicht nicht mehr so schreiben«, erwiderte Martin. »Jetzt, wo man uns am liebsten ausweisen würde.«

Er klappte das Buch zu und griff nach ihrer Hand. »Und, was machst du so?«, fragte er. »Geht es dir gut?«

Sie zuckte mit den Schultern. »Ich sehe zu, wie sich Lia ins Wasser werfen lässt und ein Riesentheater um alles macht.«

Martin lachte leise. »Ja, sie ist sehr unterhaltsam. Und in der Schule, wie läuft es da?«

»Ich gehe bald auf die Handelsschule.«

Erika hatte keine Lust, Schneiderin zu werden, ja, sie hatte Herrn Falbe sogar auf drastische Weise davon überzeugt, wie unbegabt sie an der Nähmaschine war. Die Königin der schiefen Nähte. Sie wollte Buchhaltung lernen und vielleicht ein bisschen Steno und Maschineschreiben, falls sie die Stadt je verlassen und ihr Glück in der weiten Welt suchen sollte.

»Und du?«, fragte sie.

Martin verschränkte seine Finger mit ihren. »Ich schmeiß das Gymnasium hin.«

Erika blieb der Mund offen stehen. »Du tust was?«

»Du hast mich richtig verstanden.« Martin nahm einen

Kiesel und schnippte ihn so über die Wasserfläche, dass er tanzte. Einmal, zweimal, fünfmal, bevor er unterging. Er war ein guter Schüler. Egal, ob in Mathe, Deutsch oder Latein: Er schrieb überall die besten Noten. Vor einiger Zeit jedoch hatte er aufgehört, ihr von seinen Erfolgen zu erzählen.

»Bist du auf einmal faul geworden, oder was?«

»Meine Eltern brauchen mich zu Hause.«

Sie wollte lieber nicht darüber nachdenken, was ihn zu diesem Schritt bewogen haben könnte. Die Welt war eng geworden für Juden. »Hat das etwas damit zu tun, dass mein Cousin in deine Klasse geht?«

»Ludger von Bruch?« Er zögerte einen Moment zu lange. »Der ist ein Schwätzer und ein übler Nazi noch dazu. Eine Zecke, wie sie im Buche steht. Wenn er noch einmal Volksschädling zu mir sagt, werde ich ein Ludger-Schädling, ich schwör's. Aber er ist nicht der Grund, nein.«

Erika nickte. »Ich kann deine Entscheidung verstehen.«

Sie wusste, dass seine Familie Hilfe dringend nötig hatte. Tante Jette traute sich schon seit einigen Jahren nicht mehr aus dem Haus, und Hans Rubin verzweifelte zusehends an der Situation. Nur Großvater Löwenstein behielt einigermaßen die Nerven und führte die Schuhmacherwerkstatt weiter. Martin aber trug einen Zorn in sich, der für alle vier reichte. Im Moment begnügte er sich damit, das Schuhmacherhandwerk von seinem Großvater zu erlernen, doch niemand wusste, was die Zukunft bringen mochte.

»Vielleicht kann ich sie dann ja endlich überzeugen, auszuwandern.« Martin schleuderte einen weiteren Kieselstein auf die Wasserfläche, der sofort unterging. »Wir alle vier.«

»Aber wohin denn?« Erika wusste, dass wer Besitz hatte, ausreiste und sich irgendwo auf der Welt ein neues Leben aufbaute. Die meisten Juden aber wollten bleiben, oder ihnen fehlte das Geld. Hans Rubin, der im Weltkrieg gekämpft hatte, weigerte sich bisher, auch nur über ein Exil nachzudenken. Er sah in Deutschland auch seine Heimat.

»Wir werden sehen«, sagte Martin rätselhaft.

Erika stand auf. »Die Sonne sinkt schon. Lia und ich müssen heim.«

Martin zog sie noch einmal unbeholfen in die Arme und blieb dann zurück. Sie waren daran gewöhnt, sich niemals zusammen in der Öffentlichkeit zu zeigen. Und für Liebeserklärungen fehlten ihnen die Worte.

Erika folgte dem Uferweg in Richtung Badeanstalt, als hinter ihr eine lautstarke Fahrradklingel ertönte. Im nächsten Moment wurde sie von ihrer BDM-Führerin Gundula Krüger überholt. Gundi sprang so ungestüm von ihrem Rad, dass ihre dunklen Zöpfe flogen.

»Gut, dass ich dich treffe.« Sie warf das Rad an die Böschung und stellte sich Erika in den Weg. »Du hast da was.« Mit einem Ausdruck von Missbilligung zog sie eine Ranke aus Erikas langen blonden Haaren. »Wo warst du denn?«

»Egal.« Erika spürte, wie sie errötete.

»Ich muss dich dringend sprechen.« Gundi holte tief Luft. »Ich hoffe, ich kann dich für das Sportfest am nächsten Sonntag in Hall einplanen.«

»Ich hab Kinderkirche«, wehrte Erika ab. Auf ihr Engagement in der Gemeinde ließ sie nichts kommen.

Gundi verdrehte die Augen. »Kannst du diesen christlichen

Unsinn nicht endlich mal sein lassen? Ein echtes deutsches Mädel hat so etwas nicht nötig.« Ihre blauen Augen funkelten, als sie nahe an Erika herantrat. »Aber der Führer, der braucht dich. Wenn du gewinnst, sorgst du für den Ruhm und die Ehre des Volkes.«

»Du brauchst mich«, erwiderte Erika mit einem Anflug von Spott. »Denn wo wärt ihr ohne mich?« Sie genoss Narrenfreiheit beim BDM, denn keine andere konnte weiter springen oder schneller laufen als sie.

»Stimmt.« Gundi grinste ertappt.

Erika überlegte. Sie erwarteten zwar Besuch von den Sefraneks aus Nürnberg, aber erst zum übernächsten Wochenende. Wenn Herr Falbe sie fahren würde, könnte sie kommen. »Vielleicht ab Mittag.«

Sie wollte und musste den Spagat zwischen der Kirche und dem BDM hinkriegen. Luise hatte ihr eingeschärft, dass sie sich nicht absondern durfte. Außerdem mochte sie die Gruppenstunden ihrer Mädelschaft, in denen sie Volkslieder sangen, bastelten und deutsche Sagen lasen. Manchmal studierten sie auch Theaterstücke ein, durchstreiften den Wald auf der Suche nach Heilkräutern oder strickten Socken für den Ernstfall. Auf jeden Fall war der BDM nicht so schlimm wie die Hitlerjugend, in der die Jungen sich beim Exerzieren abrackerten und bei den Geländespielen im Matsch herumrobbten.

»Ich verlass mich auf dich.« Gundi stieg aufs Rad und trat in die Pedale. »Lass mich bloß nicht im Stich!«

»Das werde ich schon nicht.« Dafür liebte Erika den Sport viel zu sehr. Nirgendwo sonst bekam man so gut den Kopf frei wie auf der Aschenbahn. Am liebsten würde sie auch jetzt ein paar Runden laufen, um ihre lastende Traurigkeit abzuschütteln.

Sie überquerte die Wiese und entdeckte Lia mit den beiden Jungen auf dem Steg, wo sie eine Bierflasche kreisen ließen.

Sie beschattete die Augen mit der Hand. »Lia, kommst du? Wir müssen heim.«

»Uuuh, die Unnahbare.« Fritz Thalheimer stand auf und warf ihr ein paar spöttische Luftküsse zu, was Erika dazu brachte, sich demonstrativ abzuwenden.

Bevor Lia ging, drückte sie Ernst einen Kuss auf die Lippen. Ihre Wangen waren gerötet, und ihre roten Locken ringelten sich bis auf ihre Schultern. Und ja, sie verbarg unter ihrem schwarzen Badeanzug tatsächlich zwei Erhebungen, die als Brüste durchgehen konnten.

»Wie kannst du nur?« Erika schüttelte den Kopf.

»Wieso? Das war doch nur Spaß.« Lia hockte sich hin und wechselte unter ihrem Handtuch geschickt ihre Klamotten. »Und du und Martin?«

Erika wurde von einer heißen Welle überrollt. »Hast du mich denn gesehen?«

Lia nickte leichthin. »Ja, was denkst denn du? Ich hab Fritz extra für dich abgelenkt. Ernst hat ihm zweimal den Ball an den Kopf geknallt, weil er dich immer so angestarrt hat. Aber Martin und du, das wollte ich ihm dann doch nicht zumuten.« Sie grinste spitzbübisch.

»Du kannst hellsehen«, sagte Erika nach einem Moment des Schweigens.

»Mach den Mund zu, es zieht!« Lia stopfte ihre nassen Sachen in ihren Beutel.

Gegen Mitternacht erwachte Erika in ihrem Dachstübchen, weil es sie höllisch juckte. Sie knipste ihre Nachttischlampe an und betrachtete die Bescherung. Ihre Beine glichen einem Streuselkuchen, rot getupft mit blutigen Striemen. Ach, du meine Güte. Sie hatte sich im Gebüsch mit Martin Hunderte von Mückenstichen eingefangen, und dazu kam noch ein Sonnenbrand auf den Schultern vom Schwimmen.

Erika schwang sich aus dem Bett, tauchte ein Tuch in ihre Waschschüssel und betupfte die schlimmsten Stellen. An Einschlafen war nicht mehr zu denken.

In diesem Moment klopfte es verhalten an der Tür. Lia trat ein und fläzte sich rittlings auf den Stuhl vor dem Schreibtisch. Erika spürte einen Anflug von Neid, denn ihre Freundin sah sogar nachts schick aus. Die bunte Turnhose, in der sie schlief, hatte sie sich aus Luises Kattunresten selbst genäht. Erika hingegen trug ein viel zu kurzes, altes Nachthemd aus weißem Batist.

Es war nicht ungewöhnlich, dass Lia mitten in der Nacht zu ihr kam. Im Gegenteil, bei solchen Treffen erzählten sie sich wichtige Neuigkeiten und blieben auf dem Laufenden, was die andere anging.

Lia pfiff durch die Zähne, als sie Erikas Beine sah. »Die Schnaken haben dich ja fast aufgefressen. Ich hoffe, es hat sich gelohnt.«

Erika errötete und wusste im ersten Augenblick nicht, ob ihre Freundin Martin oder die Mücken meinte.

»Na, von wegen küssen und so.« Lia verdrehte ihre grünen Augen. Das Kind mit der lächerlichen Mütze hatte sich in eine attraktive junge Frau verwandelt, die, wenn man nicht zu genau hinsah, ein bisschen Ähnlichkeit mit Myrna Loy aufwies. Lia sagte zwar, Erika würde wie Lilian Harvey aussehen, doch um sich dessen zu vergewissern, kamen sie zu selten ins Kino. Leider, denn insgeheim träumten sie davon, Filmschauspielerinnen zu werden.

Erika setzte sich aufs Bett und schlang ihre Arme um die Knie. »Du bist unmöglich.«

»Habe ich je etwas anderes behauptet? Na los, erzähl! Oder habe ich Fritz umsonst abgelenkt?«

Erika spürte, wie sie errötete. »Natürlich haben wir uns geküsst, aber das weißt du ja.«

Genau genommen küssten sie sich seit zwei Jahren bei all ihren geheimen Treffen. Manchmal hatte Erika das Gefühl, dass ihre Küsse für Martin so etwas wie ein Rettungsanker in die Wirklichkeit waren, so sehr schottete er sich von den anderen ab.

»Aber ich will Genaueres hören«, drängte Lia ungeduldig. »Wann geht ihr endlich weiter? Und du musst nicht schon wieder knallrot werden.«

Erika schüttelte lachend den Kopf. »Vielleicht sieht man dann ja die Mückenstiche nicht mehr. Wir haben Kirschen gegessen. Mit Maden, wie Martin auffiel. So kleine weiße, die mit den Köpfen wackeln, wenn man sich zu ihnen durchgebissen hat.«

Lia unterdrückte ein Schaudern. »Ich wusste es doch. Der Kirschkuchen hat letztens so komisch geschmeckt.«

»Aber dann haben wir geredet.«

»Und über was?« Lia ließ sich rücklings auf Erikas Bett fallen. Sie roch angenehm nach Sommerregen.

»Martin schmeißt das Gymnasium hin«, ließ Erika die Bombe platzen, aber Lia reagierte anders als erwartet.

»Das verstehe ich«, sagte sie leise. »Die Juden werden überall drangsaliert. Und damit meine ich nicht nur dieses bescheuerte Ausmessen der Köpfe …«

»Schhh!« Erika sah sich um, als würden Hitler oder Himmler in der Ecke hocken und sie belauschen.

Sie hatten Stunden im Fach Rassenkunde hinter sich gebracht, in denen sie anhand ihrer körperlichen Merkmale der arischen, fälischen, ostischen, westischen oder dinarischen Rasse zugeordnet worden waren. Juden hatten es dabei besonders schwer, dienten sie doch als abschreckendes Beispiel für Minderwertigkeit, obwohl sie meistens mühelos als arisch, fälisch oder dinarisch durchgingen. Obwohl die Lehrer nach der ganzen Köpfemesserei ziemlich ratlos dreinschauten, behaupteten sie, dass die Juden die arische Herrenrasse vernichten wollten, auf deren Förderung und Reinhaltung die Regierung so großen Wert legte. Erika wurde immer den Ariern zugeordnet. Lia aber passte in keine Kategorie.

»So ein Quatsch. Wir sind doch keine Hühner oder Hasen«, sagte Lia.

»Lass das bloß nicht den Herrn Reiser hören«, riet ihr Erika.

»Ich bin doch nicht lebensmüde.« Lia verschränkte die Arme hinter dem Kopf. »Aber um noch mal auf Martin und das Gymnasium zurückzukommen: Die Juden werden überall schlecht behandelt, sagt meine Mutter, und die Hitlerjugend ergreift jede Gelegenheit, um Schwächere zu piesacken.« Sie fuhr flüsternd fort: »Stell dir vor, die Jungs ziehen sich zum Sport um oder gehen duschen. Die Pipimänner von Juden sind doch beschnitten. Was das für eine Tortur für Martin sein muss, wenn die anderen Jungen gucken.«

»Lia!« Erika warf ihr ein Kissen an den Kopf. »Aber es stimmt. Und er geht auch noch mit meinem Cousin in eine Klasse …«

»Ja, der schöne Ludger. Was der wohl für einen Pipimann hat?« Lia prustete los. »Aber du siehst, ich sage bloß die Wahrheit.« Sie gähnte. »Darf ich bei dir schlafen?«

»Aber sicher doch.« Erika machte Platz und breitete das Laken über sie beide aus, woraufhin sich ihre langen mittelblonden Haare mit Lias roten Locken vermischten.

Während ihre Freundin fast sofort zu schnarchen begann, verschränkte Erika ihre Arme unter dem Kopf und lag noch lange wach.

Wann waren sie Freundinnen geworden? Es musste in jener Nacht im März vor vier Jahren begonnen haben, nachdem die SA der Familie Rubin die Schaufensterscheibe eingeworfen hatte. An diesem Tag hatte Erika begriffen, dass Menschen imstande waren, anderen grundlos zu schaden, und die Bilder des verprügelten Julius Goldstein hatten sich für immer in ihr Bewusstsein gebrannt. Sie hatte sich gerade in den Schlaf geweint, als plötzlich die Tür aufsprang und Lia in ihrem weißen Nachthemd in ihrem Zimmer stand wie ein kleines, barfüßiges Gespenst.

»Was willst du denn hier?«, hatte Erika gefragt.

»Mama hat erlaubt, dass ich zu dir gehe. Sie sagt, dass du traurig bist. Ich hab so kalte Füße, darf ich?«

Und dann war das Mädchen zu Erika unter die Decke geschlüpft, gerade so wie heute. Sie hatten Arm in Arm dagelegen und geredet und waren irgendwann eingeschlafen. Viel später, als der Mond schon lange untergegangen war, erwachten sie, weil jemand Kieselsteine gegen die Fensterscheibe warf. Erika war aufgestanden und hatte unten auf der Wiese Martin entdeckt, der zu ihnen hinaufsah.

»Ich muss sofort runter.« Sie angelte nach ihren Hausschuhen, die unters Bett gerutscht waren.

»Aber deine Mutter?« Lia sprang ebenfalls auf.

»Die ist sowieso sauer auf mich. Ich gehe durch den Keller.«

Zwei Minuten später stand sie neben Martin auf dem Rasen. Es war so kalt, dass ihr Atem sie in weiße Wolken hüllte. Seine Augen waren dunkel im Mondlicht, und er ballte in hilflosem Zorn seine Fäuste. Er war ihr bester Freund, und doch war er ihr in diesem Moment fremder, als ihr je ein Mensch sein würde.

»Der Max Ledermann ist tot.« Seine Stimme war rau. Jungs weinten nicht, auch wenn es manchmal besser für sie gewesen wäre.

Mit einem Schritt trat sie vor ihn und zog seinen Kopf an sich. Schon damals war sie ein bisschen größer gewesen als er. »Was ist passiert?«

Er löste sich. »Jemand hat ihm erzählt, dass es dem Lehrer Goldstein dreckig geht. Da sind wir losgegangen, um nach ihm zu sehen. Ich, Vater, Großvater und der Max Ledermann.«

Lia trat aus der Kellertür. »Darf ich zuhören?«

»Natürlich«, sagte Martin, und Lia stellte sich in ihren Kreis. Ihre Gegenwart wärmte sie auf seltsame Weise.

»Aber jemand muss uns verraten haben«, fuhr Martin fort.

Sie sah, wie schwer ihm die nächsten Worte fielen. Er senkte den Kopf. »Und deshalb haben vor Goldsteins Tür vier SA-Männer gewartet und Ledermann übelst zusammengeschlagen. Wir haben ihn noch in Goldsteins Wohnung getragen und auf das Sofa gelegt, aber …«

»Aber was?« Lia war sehr blass. Während das Mondlicht aus ihren Haaren einen rotgoldenen Heiligenschein formte, trat sie frierend von einem nackten Fuß auf den anderen.

»Aber dann wurden seine Lippen ganz blau.« Martins Stimme brach fast, und er schluckte. »Sein Gesicht wurde ganz grau, und dann hat er plötzlich aufgehört zu atmen. Vater hat versucht, ihn wiederzubeleben, aber er blieb still und starrte so komisch an die Decke. Da wussten wir, dass er tot war.«

Als die Mitglieder der jüdischen Gemeinde die Verantwortlichen am nächsten Tag anzeigen wollten, hatten diese alles abgestritten. Die SA behauptete, der Synagogenvorsteher sei an einem Herzinfarkt gestorben, an dem die vorher verabreichten Prügel keinen Anteil gehabt hätten, aber die Gerüchte wollten bis heute nicht verstummen.

Am Tag nach dem Festakt zur Machtübernahme Hitlers war Erika wieder in die Schule gegangen. Nachdem sie in ihrer Bank Platz genommen hatte, schlug ihr Herz wie wild.

Es war, als würde sich die Welt in Gute und Böse scheiden, und sie wusste nicht mehr, wohin sie gehörte.

Und tatsächlich, ihr neuer Lehrer Herr Reiser zitierte sie nach vorne zum Pult. Als er einige Wochen zuvor seinen Dienst angetreten hatte, hatte er das Kreuz im Klassenzimmer abgehängt und durch ein Bild von Adolf Hitler ersetzt.

Im Gegensatz zu dem Mann auf dem Foto war Herr Reiser mit seinem gebräunten Gesicht und dem nach hinten gekämmtem Haar ein gut aussehender Mann. Die Mädchen schwärmten sogar ein bisschen für ihn. Erika hatte gedacht, dass er sie besonders mochte, weil sie immer brav und fleißig war, aber jetzt senkte sie den Kopf.

»Es ist schade um dich, Erika, wo du doch ein echtes deutsches Mädel bist, gerade gewachsen und nicht auf den Kopf gefallen. Aber zu gaffen, wenn Volksfeinden recht geschieht, ist kein gutes Betragen.«

Alle Augen richteten sich auf sie, und die Klasse begann aufgeregt zu tuscheln. Erika spürte, wie Hitze in ihre Wangen stieg und ärgerte sich über sich selbst. Doch dann sah sie Lia, die in der letzten Reihe ermutigend beide Daumen emporreckte.

»Aber die Rubins sind doch unsere Nachbarn«, erwiderte Erika leise.

Herrn Reiser wurde totenblass. »Das ist ja noch viel schlimmer«, murmelte er schockiert. »Du sympathisierst mit den Juden? Wenn du erwachsen wärst, würdest du als Volksverräterin bestraft werden. Zeig mir deine Hand!«

Erika unterdrückte ein Schluchzen. Schläge fingen sich sonst nur die anderen ein, nicht sie, die immer folgsam war und gute Noten schrieb. Tapfer legte sie ihre Hand auf das Pult, und der Lehrer verpasste ihr mit dem Rohrstock fünfzehn Hiebe auf die Handfläche und fünf auf die Oberseite. Es brannte so höllisch, dass Erika es nur mit Mühe zurück zu ihrem Platz schaffte, ohne zu weinen, während ihr die Blicke der anderen wie gebannt folgten.

Sie hasste es, im Mittelpunkt zu stehen. Aber sie hasste es auch, ihre Freundschaft mit Martin aufs Spiel zu setzen. Von diesem Tag an trafen sie sich nur noch heimlich. In der Schule verhielt sie sich so mustergültig, dass Reiser ihren Fehltritt auf ihre Jugend und ihre christliche Verblendung zurückführte. Wenn sie morgens zum Unterricht antrat, streckte sie wie die anderen ihren Arm zum Hitlergruß aus und versuchte Lia zu übertönen, die statt »Heil Hitler« immer »Heil Mittler« sagte und zu kichern begann.

Überhaupt Lia. Erika hatte immer das Bedürfnis, auf sie aufzupassen, und das nicht nur, wenn sie mal wieder die falschen Buchstaben auf ihre Tafel malte. Lia konnte sich die Reihenfolge, die die Wörter ergab, nicht merken und versagte kläglich bei jedem Diktat. Marga ließ das kalt. Anstatt Lia zum Lernen zu zwingen, bestärkte sie ihre Tochter in der Meinung, sie sei gut genug, wie sie war. Und Erika gab ihr recht. Lia malte zauberhafte Bilder und besaß genug Phantasie, um die wunderbarsten Geschichten zu erfinden. Alles machte mehr Spaß, wenn sie dabei war. Irgendwann jedoch fand der Lehrer heraus, dass Erika Lia beim Diktat abschreiben ließ, und setzte sie in eine andere Bank. Seither hagelte es noch mehr schlechte Noten für Erikas Freundin. Aber das war nicht alles. Oft machte der gut aussehende Herr Reiser

Andeutungen, was den Menschen blühte, die den strengen Vorgaben der Partei in Bezug auf Erbgesundheit und Rassereinheit nicht entsprachen.

Erika hatte hart daraufhin gearbeitet und oft um Lia gebangt, doch jetzt war es so weit. In Kürze würden sie beide ihren Abschluss machen. Wahrscheinlich war Herr Reiser so heilfroh, sie loszuwerden, dass er auch Lia auf keinen Fall durchrasseln lassen würde.

Sie drehte sich um, nahm ihre Freundin in die Arme, deren weiche Locken sie beruhigend an der Nase kitzelten, und schlief ein.

8.

Im Nebenraum der Johanneskirche herrschte konzentrierte Stille. Acht blonde und braunhaarige Köpfe beugten sich über ihre Zeichenblätter und bemalten sie in leuchtenden Farben. Erika hatte den Kindern die Geschichte von Jona und dem Wal erzählt, und jetzt gaben sich die Kinder große Mühe, das Meer und alle seine Bewohner darzustellen.

»Und der Jona hat wirklich drei Tage lang in dem Walfischbauch gehockt?«, fragte die kleine Adelheid zweifelnd. »Da war es sicher dunkel und langweilig.«

Erika zog ihr das Zopfende aus dem Mund, auf dem sie herumgekaut hatte. »Es steht so in der Bibel. Also wird es schon wahr sein, Heidi.«

Unter den parteitreuen Christen gab es eine Fraktion, die das Alte Testament aus der Lehre der Kirche streichen wollte. Es sei ein von Juden geschriebener Text, der abgeschafft gehörte. Nur was würde Erika die Kinder malen lassen, wenn es Jona und den Wal und Moses in seinem Weidenkörbchen nicht mehr geben durfte?

Zum Abschluss sangen sie noch ein Lied, dann nahmen die Kinder ihre Bilder und stürmten mit Getöse ins Freie, drauf und dran, den Sommersonntag kurz vor den Ferien zu genießen. Erika, die noch zum Sportfest musste, räumte eilig Stifte und Blätter in die dazugehörigen Fächer, als Vikar Bender auf sie zutrat. Er zog den schwarzen Talar aus und hängte ihn in den Schrank. Der graue Anzug, den er darunter trug, saß perfekt wie immer. »Die Kinder mögen dich, Erika. Du bist eine sehr gute Kinderkirchenhelferin.«

»Danke.« Erika war, was ihre Arbeit anging, an Lob gewöhnt.

Bender trat einen Schritt näher. Er roch nach Rasierseife und ein bisschen muffig, weil Anzug und Talar zu selten gelüftet wurden. »Glaubst du nicht, dass du dich bald entscheiden musst, Erika?«

Sie wusste, worauf er anspielte. Gott oder die Partei. Die Bekennende Kirche wollte, dass sie diese Wahl zu ihren Gunsten traf. Niemand ließ sich von der NSDAP weniger einschüchtern als Vikar Bender, seine Prinzipientreue übertraf sogar die von Dekan Peters.

»Ich werde es mir überlegen«, sagte sie.

Er runzelte die Stirn. »In diesen Zeiten darf es nicht nur Opportunisten wie deine Mutter geben. Hast du schon gehört, dass sie bald Uniformen für den Reichsarbeitsdienst nähen wird?«

Erika biss sich auf die Lippe. »Das wusste ich nicht.«

»Es wäre schade um dich, solltest du versäumen, dich für die richtige Seite zu entscheiden.«

Ahnte er etwas von dem Zwiespalt, in dem sie steckte, weil sie sich mit Martin traf?

Sie räumte vollends auf und machte sich auf den Weg nach Hause. Schließlich wartete ihre Mädelschaft sehnsüchtig auf ein paar Siege beim Sportfest.

Als sie in der Austraße angekommen war, stellte sie fest, dass Lia schon vorausgefahren war. In der Küche traf sie nur ihre Mutter und Marga an, die Berge von Kirschen einkochten und in Marmelade verwandelten. Luise entsteinte die Früchte, während Marga am Herd stand und in ihrem großen Topf rührte, aus dem es verheißungsvoll duftete. Währenddessen drehte Rolf fasziniert am Radioempfänger herum, der den Raum abwechselnd mit Marschmusik und Rauschen erfüllte.

»Warum seid ihr denn am Sonntag so beschäftigt?«, fragte Erika.

»Du weißt doch, dass die Sefraneks uns nächste Woche besuchen wollen«, erwiderte Luise. »Da müssen die Kirschen verarbeitet sein.«

Erika verdrehte die Augen. Seit Wochen sprach ihre Mutter von nichts anderem als diesem Besuch. Erika ödete das an, und das nicht nur, weil Luise sie gnadenlos zum Putzen einspannte. Seit Jahren diente ihr die Familie Sefranek mit ihren perfekt geratenen Söhnen als leuchtendes Vorbild. Hans war so ein freundlicher Junge, warum also musste Erika so verstockt sein? Albert war ein so famoser Schüler. Warum hatte Rolf beim Diktat keine gute Note geschrieben?

Erika pickte mit spitzen Fingern eine Kirsche aus dem Durchschlag, biss sie auf und inspizierte sie sorgfältig, bevor sie sie in ihren Mund steckte. »Die Kirschen, die wir gestern im Freibad hatten, waren voller Würmer.«

»Wir haben sie so gut wie möglich entfernt«, sagte Marga. »Und die restlichen isst man mit.« Sie tauschte einen konspirativen Blick mit Luise.

»Ihr habt es gewusst?«

»Natürlich.« Die beiden Frauen zuckten einträchtig mit den Schultern. »Wegen so ein paar Maden kann man doch nicht die ganzen Kirschen wegwerfen«, sagte Luise. »Rolf, mach das blöde Ding aus!«

Rolf stand in seiner Pimpfenuniform vor dem schwarzen Kasten und drehte noch immer von Sender zu Sender. Lia und Erika favorisierten die Schlager, die manchmal gespielt wurden. Aber für Rolf, der Technik über alles liebte, war das Radio vor allem ein Gerät, das man auseinandernehmen und wieder zusammensetzen konnte.

Auch jetzt ließ er sich nicht stören. Luise stand auf und stellte den Empfänger ab. »So!«

Rolf verließ maulend den Raum.

Erika zögerte einen Moment, bevor sie die Bombe platzen ließ, die Vikar Bender gezündet hatte. »Stimmt es, dass du bald Uniformen für den Reichsarbeitsdienst nähen lassen wirst, Mutter?«

Luise ging in aller Seelenruhe zu ihren Kirschen zurück und setzte sich. »Wir müssen sehen, wie wir über die Runden kommen. Solltest du dich nicht für dein Sportfest richten, mein Schatz?«

So schnell wollte Erika nicht klein beigeben. »Der Herr Vikar hat mich angesprochen, von wegen Mitläufern und so.«

Marga ließ den Rührlöffel sinken, Luises Augen blitzten. »Du weißt ...«

In ihrem Schweigen lag so viel. Erika ahnte, dass ihre Mutter im Geheimen Jette unterstützte, die in ihrer Schwermut zu versinken drohte. Ebenso ahnte sie, dass Marga ein Geheimnis verbarg, was immer es auch sein mochte.

»Hat sich Herr Falbe schon gemeldet?« Er hatte sich bereit erklärt, sie nach Schwäbisch Hall zu fahren.

»Nein. Sollte er das?«, fragte Luise.

»Herrgott noch mal!« Erika stapfte treppauf in ihr Zimmer, wo sie ihr Sonntagskleid mit der BDM-Uniform tauschte, einem blauen Rock mit einer adretten weißen Bluse und einer Krawatte mit Lederknoten. Sie griff nach dem Beutel mit den Sportsachen und machte, dass sie aus dem Haus kam.

Am Sonntagmittag lagen die Straßen wie leer gefegt im Sonnenschein. Aus den Küchenfenstern roch es nach Braten. Herr Falbe wohnte ein paar Straßen weiter bei der Witwe Haubensack in der Mansarde. Es sah ihm gar nicht ähnlich, sich zu verspäten. Zumindest stand der Mercedes ihrer Mutter vor der Tür, mit dem Herr Falbe so manche Besorgung erledigte. Der schwarze Lack warf grelle Funken ins Licht.

Auf Erikas Klingeln hin öffnete die Witwe in ihrer weißen Sonntagsschürze. »Der Herr Falbe müsste da sein. Er hat seit gestern einen Neffen aus Berlin zu Gast. Geh nur hoch, Erika, und klopf bei ihm.«

Während die Haubensack in der Küche verschwand, stieg Erika die Treppe hinauf, pochte an Herrn Falbes Tür und wartete ungeduldig. Leise Musik drang aus seinem Zimmer. Sicher hatte er eine Opernplatte aufgelegt. Verdi oder so ein Zeug, das sie nicht kannte. Aber von einem Neffen aus Berlin hatte sie noch nie gehört. Sie klopfte lauter und trat, als sich noch immer nichts rührte, kurz entschlossen ein.

»Herr Falbe, wir müssen!«

»Geh nicht nach …« Herr Falbe saß in Hemdsärmeln an seinem Schreibtisch und sah auf eine Weise aufgebracht aus, die sie sich nicht erklären konnte.

Ein junger Mann – sein Neffe, vermutete Erika – lag auf

dem Bett und blickte sie so erstaunt an, dass sie fast gelacht hätte. Mit seiner kastanienbraunen Tolle und den geschwungenen Lippen war er ausgesprochen gut aussehend. Auf dem Nachtschrank lag eine Kamera.

»… Spanien, Joachim«, vollendete Herr Falbe langsam, bevor seine Augen sich ihr zuwandten.

»Erika, ähm.« Er kämpfte sichtlich um seine Fassung. »Würdest du kurz hinausgehen? Ich komme gleich.«

Sie schloss die Tür hinter sich und ärgerte sich über die Scham, die sie empfand. Der Besuch von Herr Falbes Neffen ging sie doch überhaupt nichts an.

Dennoch stand Herr Falbe kurz darauf vor ihr und schwenkte den Autoschlüssel. »Kommst du?«

Sie folgte ihm und setzte sich schweigend auf den Beifahrersitz. Herr Falbe ließ das Auto an und lenkte es aus der Stadt. Sie fuhren durch die sommerliche Landschaft, vorbei an reifenden Kornfeldern und bewaldeten Hügeln.

»Erika, entschuldige bitte, dass du warten musstest.« Herr Falbe wandte ihr den Blick zu. »Ich hatte die Zeit vergessen.«

»Es ist schon gut. Ich wusste gar nicht, dass Sie einen Neffen haben.«

»Neffe?«

»Frau Haubensack sagte so etwas.«

Paul Falbe war in den letzten Jahren für die Kinder im Hause Hermann zu einem Freund geworden. Er nahm sie auch dann ernst, wenn Luise oder Marga sich weigerten, ihnen etwas zu erklären. Genau deshalb spürte Erika, dass sie ihn besser nicht nach diesem Joachim ausfragte. Aber dann begann er selbst zu reden.

»Ich habe Besuch aus Berlin. Es ist nicht ganz einfach für mich, weißt du, wenn Joachim da ist. Aber das geht ja nicht nur mir so.«

»Wie meinen Sie das?«, wisperte sie.

»Dass man sich von manchen Dingen oder Menschen überfordert fühlt.«

Wusste er von ihrer Liebe zu Martin? Sie traute es ihm zu. Oder was sollte die Andeutung sonst bedeuten?

Herr Falbe starrte auf die Straße. »Und es wird noch schwerer für diejenigen, die der neuen Weltanschauung Einhalt gebieten wollen. Seht ihr jungen Leute denn gar nicht, was die Regierung mit dem Sport und dem ganzen Gedöns bezweckt?«

Erika zuckte mit den Schultern. »Die Jugend soll schnell sein wie die Windhunde und hart wie Kruppstahl. Das sagen sie doch ganz offen.«

Herr Falbe sah auf das graue Band der Straße hinaus. »Und die jungen Leute sollten nicht allzu gebildet sein, damit sie nicht zu viel nachdenken oder zu oft nachfragen. Aber was bezwecken sie damit?«

»Keine Ahnung.«

Also beantwortete Herr Falbe sich seine Frage selbst. »Sie steuern auf einen Krieg zu. Dieser Hitler will ganz Europa unterjochen, alle Vorzeichen deuten darauf hin. Und dafür braucht er euren Opfermut.«

Erika schluckte. Es stimmte, was er sagte, und es machte ihr Angst. »Aber Herr Falbe, so sehr wir uns auch bemühen: Es steht nicht in Ihrer Macht, das zu ändern. Und in meiner leider auch nicht.«

War sein Leichtsinn mit ihm durchgegangen? Er musste doch wissen, dass man solche Dinge besser nicht aussprach.

Er holte tief Luft. Auf seiner Glatze glitzerten Schweißperlen. »Ich weiß. Erika …«

Sie hatten den Sportplatz erreicht. Falbe fuhr rechts ran und ließ sie aussteigen. »Herr Falbe, keine Sorge. Ich werde Sie nicht verraten. Ich denke so wie Sie.«

»Schon gut, meine Liebe. Das weiß ich. Und Glück auf!« Er winkte ihr noch einmal zu und fuhr davon.

Erika hielt auf den Eingang des Sportstadions zu. Letzte Nacht hatte sie geträumt, sie würde auf einem Schwebebalken balancieren. Im ersten Moment stand sie sicher oben, im nächsten verlor sie das Gleichgewicht und fiel, ohne je auf dem Grund anzukommen. Jetzt wurde ihr bewusst, dass der Traum mehr bedeutete, als dass sie auf der Aschenbahn ein Star, im Bodenturnen aber eine Niete war. Ihr Leben glich immer mehr einem Tanz auf dem Schwebebalken. Wenn sie nicht aufpasste, würde sie fallen, kilometertief.

Im Stadion roch es überwältigend nach Bratwurst, aber sie hatte keinen Hunger. Erst nach dem Wettkampf konnte sie Unmengen verdrücken. Die Zuschauerränge waren gefüllt, denn heute traten Jugendgruppen aus dem ganzen Gäu gegeneinander an. Auf den Tribünen saßen Parteibonzen in braunen Hemden nebst Gattinnen in sommerlichen Blumenkleidern.

Die Wettkämpfe hatten schon begonnen. Es gab die Disziplinen Hochsprung, Diskus- und Speerwerfen, verschieden lange Laufstrecken und Weitsprung. Erika sah Fritz Thalheimer am Startblock für den 50-Meter-Lauf stehen und hörte den Pistolenschuss. Fritz sprintete los, aber Erika wandte sich bewusst ab. Ihr war es gleichgültig, ob er als Erster durchs Ziel lief oder nicht.

Auf dem Weg zur Umkleide holten die anderen Mädchen sie ein. Lia und Gundi hakten sich bei ihr unter.

»Hast du Fritz gesehen?«, fragte Lia. »Der räumt hier richtig ab.«

Erika nickte. »Soll er. Ich hoffe, er beachtet mich ebenso wenig wie ich ihn.«

Ihre Anspannung wuchs, als sie auf den 800-Meter-Lauf wartete. Die Strecke war ihre Spezialität. Sie lief locker an. Mit dem rhythmischen Klang ihrer Sohlen auf der Aschenbahn leerte sich ihr Kopf. Sie sparte ihre Kräfte, legte erst auf dem letzten Drittel zu, flog nur so über die Bahn und kam als Zweite ins Ziel. Da ging noch mehr. Hastig trank sie ein Glas Wasser und stellte sich zum Weitsprung auf. Sie wurde schneller und schneller, hob ab und flog. Weiter als je zuvor. Sand spritzte auf, als sie bei 5,80 Meter in der Grube landete. Gundi und Lia rissen jubelnd ihre Arme empor, denn Erika war direkt auf Platz eins gesprungen.

Bei der Siegerehrung stand sie auf dem Treppchen und nahm ihr Abzeichen aus den Händen der Preisrichter entgegen, die behaupteten, sie alle hätten nur zum Wohle des Führers und des deutschen Volkes Höchstleistungen erbracht.

Auf der Heimfahrt saß Erika neben Lia im Bus. Diese raunte ihr zu, dass Gretel Bergmann aus Laupheim die allerbeste deutsche Hochspringerin sei. »Eine Jüdin, hast du das gewusst? Man hat sie aus ihrem Verein ausgeschlossen, aber bei den Olympischen Spielen sollte sie wieder für Deutschland springen. Die wissen doch echt nicht, was sie wollen.«

Erika hielt gedankenverloren ihr Abzeichen umklammert und sah aus dem Fenster. Sie dachte an Martin und fragte sich, wie es ihm mit der Aussicht erging, nicht mehr zur Schule zu gehen. In den vorderen Reihen saßen die HJ-Jungen, unter ihnen Fritz Thalheimer, der sich hin und wieder zu ihr umdrehte.

»Der verschlingt dich ja mit seinen Blicken«, wisperte Lia. »Ich dachte, das machen sonst nur die Mücken, oder …«

Erika brachte sie zum Schweigen, bevor sie »Martin« sagen konnte.

Als sie nach Hause trotteten, waren sie beide rechtschaffen müde.

»Du könntest mich eigentlich tragen«, maulte Lia. »Schließlich bist du viel größer als ich. Ich hab beim 1000-Meter-Lauf gar nicht so schlecht abgeschnitten, und jetzt tun mir die Füß weh wie die Sau.«

Erika vergaß die schlagfertige Antwort, die ihr schon auf der Zunge gelegen hatte, denn vor der Haustür stapelten sich eine Reihe Koffer und Taschen sowie eine voluminöse Hutschachtel. »Auch das noch.«

Luise stand im Eingang und neben ihr ein Paar mittleren Alters, eine rundliche Frau und ein hochgewachsener, knochiger Mann. Wollten die Sefraneks nicht erst nächste Woche kommen? Wenigstens hatten sie ihre beiden Vorzeigebuben nicht mitgebracht. Erika seufzte, doch Luise sah zum ersten Mal seit Langem so glücklich und entspannt aus, dass sie sich zu einem Lächeln durchrang.

»Da sind die Mädchen!«, sagte Luise stolz. »Seht mal, Erika und Lia, die Sefraneks sind ein paar Tage früher gekommen. Und Erika, ich hoffe, du hast ein paar Siege geholt?« Sie wandte sich an das Paar. »Sie ist nämlich eine ausgezeichnete Leichtathletin.«

Der ältere Herr drehte sich um, fasste sie ins Auge, musterte sie von Kopf bis Fuß und zwinkerte ihr dann spitzbübisch zu. »Das sieht man.«

9.

In den nächsten Tagen wurde Erika gnadenlos eingespannt. Erika, mach Frühstück. Erika, könntest du noch schnell einen Hefeteig für einen Zopf mit Rosinen ansetzen? Erika, hol die Wäsche aus dem Keller und fang an zu plätten. So ging es die ganze Zeit. Im Grunde verstand sie das, denn Marga war von morgens bis abends mit Kochen beschäftigt. Hochzeitssuppe, Braten, Aufläufe, Pudding, Torten. Wenn das so weiterging, würden sich die Sefraneks nach Hause rollen können.

Und Lia? Die hatte, während sie sich auf ihre letzten Prüfungen vorbereiteten, nebenbei begonnen, in der Näherei zu arbeiten, wo sie mit erstaunlicher Geschicklichkeit kilometerweise Stoff durch die Maschine sausen ließ.

Am Dienstagmittag hatte Erika gerade den Tisch gedeckt, als Marga sie beauftragte, ihre Mutter und Ferdinand Sefranek zum Essen zu rufen. Sie traf die beiden ins Gespräch vertieft im Vorraum des Nähsaals an. Im Hintergrund ratterten und surrten die Maschinen so laut, dass Luise ihre Stimme erheben musste. »Ich werde expandieren.«

»Ach, wirklich? Warum?«, fragte Ferdinand.

Luise verschränkte ihre Arme vor der Brust, was sie imposant, ja fast furchterregend aussehen ließ. »Um konkurrenzfähig zu bleiben. Sonst schnappen mir die anderen Betriebe die besten Aufträge weg.«

»Du meinst wegen der politischen Situation, Luise?«

Sie nickte grimmig. »Wir alle ahnen, wo das hinsteuert.

Und wenn wider Erwarten doch nicht, eine Vorliebe für Uniformen haben sie allemal.«

In diesem Moment entdeckte sie ihre Tochter. »Komm ruhig dazu, Erika. Was ich zu sagen habe, geht auch dich an.«

Schüchtern folgte Erika ihrer Mutter und Ferdinand in den Nähsaal, wo Luise einmal kräftig in die Hände klatschte. »Mittagspause!«

Es wurde still, als die Arbeiterinnen, allesamt in saubere, weiße Schürzen gekleidet, murmelnd aufstanden und sich in den sommerlichen Garten zurückzogen. Nur Herr Falbe verweilte noch und legte, bevor er ging, einen Stapel frisch zugeschnittene Drillichstücke beiseite.

Luise verkündete schließlich feierlich: »Es ist noch nicht offiziell, aber auch kein großes Geheimnis. Ich will mich um das Doppelte vergrößern, mindestens.«

»Aber wie denn?«, fragte Erika entgeistert. Zur Diele im ersten Stock hatten sich ein paar weitere Werksträume gesellt, aber auch das war noch zu wenig.

Luise schenkte ihr ein siegessicheres Lächeln. »Natürlich ist der Platz im Haus begrenzt. Und deshalb will ich einen Anbau.«

An der Aussicht auf lukrative Aufträge schien es ihr nicht zu mangeln. Erika dachte an die Uniformen für den Reichsarbeitsdienst.

»Donnerwetter.« Sefranek zog die Augenbrauen hoch.

»Das hättet ihr mir alle nicht zugetraut. Gebt es zu.« Luise klang heiter und bitter zugleich. »Und der Künzelsauer Klüngel ohnehin nicht.«

Vor ein paar Jahren hätte sich niemand träumen lassen, dass

in Luise eine erfolgreiche Geschäftsfrau schlummerte. Erika wusste, dass man in der Stadt hinter vorgehaltener Hand über sie redete, überrascht und voller Bewunderung, aber auch ein wenig befremdet. Denn schließlich war sie eine Frau.

Sefranek runzelte zweifelnd die Stirn. »Und du bist dir wirklich sicher?«

Luise nickte grimmig. »Ich habe es schon durchrechnen lassen. Die Firma hat in den letzten Jahren Gewinn gemacht. Ich kann es mir leisten. Außerdem ist das hier auf Dauer zu eng und zu laut, und die Frauen trampeln mindestens zweimal täglich die Treppe rauf und runter. Nein, es muss einen Anbau geben, und mehr Näherinnen einstellen will ich auch.« Sie wandte sich an Erika. »Wie findest du das?«

Erika biss sich auf die Lippe. »Mir sind die Maschinen eigentlich nicht zu laut. Man hat sich über die Jahre daran gewöhnt. Vielleicht würde ich sie sogar vermissen.«

Insgeheim hatte sie eine sehr klare Meinung dazu. Die Partei steckte alles, was zwei Beine hatte, in Uniformen: die Wehrmacht, die Arbeitsmaiden, die Hitlerjugend, die Jungen, die beim Reicharbeitsdienst schuften mussten. Wenn Mutter expandierte, dann war das, als tanze sie mit dem Teufel Walzer.

»Mach nur, was du willst, Mama.« Sie konnte den schnippischen Unterton nicht aus ihrer Stimme verbannen. »Bevor ich es vergesse: Ihr sollt zum Essen kommen.«

»Erika, sei doch kein solcher Sturkopf. Wir müssen doch sehen, wo wir bleiben«, sagte Luise missbilligend. Aber Ferdinand zwinkerte ihr freundlich zu. »Ach, die Jugend, die muss kompromisslos sein. So waren wir doch auch mal.«

»Nein, so waren wir ganz und gar nicht«, widersprach ihm Luise scharf. »Du hast deine Zeit im Schützengraben abgesessen, und ich hab gearbeitet. Wir waren sehr viel bescheidener als diese junge Dame hier.«

Nach dem Mittagessen legten die Sefraneks Fotos von ihren Söhnen auf den Tisch. Erika sah genau hin. Das also waren die beiden Prachtkerle, die ihnen Luise als leuchtende Vorbilder verkaufte. Der jüngere Sohn, Hans, hatte die hellen Locken und das gewinnende Lächeln seiner Mutter geerbt. Albert, der Ältere, ähnelte mit seiner lang aufgeschossenen, knochigen Gestalt seinem Vater und grinste mutwillig in die Kamera. Das also war der Held, der damals für seinen Bruder die Schuld übernommen und die Strafe kassiert hatte.

»Sie sind ein paar nette, tüchtige Burschen geworden«, kommentierte Ferdinand, und Mathilde bekräftigte das, indem sie voller Stolz verkündete: »Der Albert macht nächstes Jahr Abitur.«

»Und wie geht es dem Herbert?«, fragte Rolf. Das Schicksal des Kaninchenbocks war so oft am Küchentisch besprochen worden, dass man seinen Namen fast als geflügeltes Wort bezeichnen konnte. Oder als geflügelten Hasen. Lia verbarg ein Kichern in ihrer Hand.

»Herbert hat Unmengen pelziger Nachkommen gezeugt«, sagte Ferdinand würdevoll. »Bevor seine Zeit gekommen war.«

»Da hat es bei euch also Hasenbraten gegeben«, folgerte Rolf.

»Armer Herbert«, kommentierte Lia.

Die Sefraneks blieben eine Woche in Künzelsau. Gemeinsam mit Luise und ihren Kindern wanderten sie in der idyllischen Umgebung, fuhren nach Langenburg mit seinem prächtigen Schloss und besichtigten in Schwäbisch Hall die Michaelskirche und die Fachwerkgassen. Danach kehrten sie erschöpft und zufrieden in Gaststätten und Biergärten ein, wo sie üppige Wurstplatten mit Bauernbrot vertilgten.

Als sie am letzten Abend in der Villa zusammensaßen – Marga servierte gerade Himbeercreme mit Schlagsahne zum Nachtisch –, griff Ferdinand Sefranek überraschend nach Erikas Hand. »Du wirst mal meine Schwiegertochter, wart's ab. Ich hab da einen feinen Burschen zu Hause, der ist sogar noch ein Stückchen größer als du.«

Erika blieb vor Entsetzen der Mund offen stehen, und sie entzog ihm ihre Hand.

Sefranek blinzelte schuldbewusst. »Jetzt habe ich dir einen Schrecken eingejagt. Das wollte ich nicht, Erika, entschuldige bitte.«

Erika sprang auf, stürmte die Treppe hinauf, zog die Tür hinter sich zu, warf sich aufs Bett und vergrub ihren Kopf im Kissen. Sie wollte nichts mehr hören oder sehen. Lia kam ihr hinterher und begehrte Einlass, aber Erika ignorierte sie. Luise jedoch ließ sich nicht abweisen. Sie trat ein, setzte sich auf den Bettrand und legte Erika ihre große Hand auf die Schulter.

»Wenn ihr glaubt, dass ihr mich verkuppeln könnt wie im Mittelalter, und noch dazu mit einem Jungen, den ich gar nicht kenne, dann irrt ihr euch gewaltig«, flüsterte Erika mit erstickter Stimme.

»Der Ferdinand hat doch nur Spaß gemacht. Du kennst ihn doch.«

»Ich lach mich tot! Besten Dank aber auch.« Erika setzte sich im Schneidersitz aufs Bett. »Und weshalb redet er dann solchen Unsinn?«

Luise nahm ihre Hand. »Er wollte damit ausdrücken, wie sehr er dich schätzt. Und von Martin kann er ja gar nichts wissen.«

Erika blieb fast das Herz stehen. »Was …?«

Luise zog die Augenbrauen hoch. »Du irrst dich, wenn du glaubst, dass mir in diesem Haus etwas verborgen bleibt.«

Erika spürte Hitze in ihren Wangen aufsteigen. »Wir mögen uns schon so lange.«

Luise schwieg einen Moment. »Du musst Martin gehen lassen. In diesem Land hat er keine Chance.«

Erika schüttelte den Kopf. »Wenn wir ihn alle beschützen würden, dann schon.«

Luise schwieg einen Moment, dann sah sie ihrer Tochter in die Augen. »Du magst denken, dass ich eine feige Mitläuferin bin, aber ich muss sehen, wo wir bleiben. Mit der Näherei und unserem ganzen Leben.«

»Ich wollte dir nicht zu nahetreten«, flüsterte Erika.

Luise schüttelte bedauernd den Kopf. »Weißt du was, Erika? Nur wenn wir Erfolg haben, können wir sichergehen, dass wir unabhängig bleiben. Und nur dann können wir anderen Menschen helfen.«

Luise nickte ihr noch einmal zu und verließ den Raum. Erika starrte an die Decke. Es tat weh, was ihre Mutter gesagt hatte. Wie konnte sie Martin freigeben, wenn sie ihn liebte?

Spätabends schlich Erika sich aus dem Haus und streifte verstohlen durch die Straßen, die ihr fremd geworden waren. Früher hatten die Leute zusammengehalten. Doch als letztens ein SA-Mann der Witwe des jüdischen Lehrers Löw eine Schale mit Eiern aus der Hand geschlagen hatte, waren die Leute vorbeigegangen, als sei nichts geschehen. Auch Erika, denn der SA-Mann war stehen geblieben und hatte die Reaktionen der Passanten abgewartet. Nur die Apothekerin Auweiler hatte Herta Löw in ihr Geschäft gebeten. Erika nahm an, dass die Eier ein Geschenk gewesen waren, denn Juden durften seit Kurzem keine Haustiere mehr halten. Als Martin ihnen ihr panisch gackerndes Hühnervolk vorbeigebracht hatte, hatte Lia die Hennen allesamt Adolphine genannt und ihm damit ein Grinsen ins Gesicht gezaubert.

»Und wenn ihr nicht brav seid, landet ihr alle im Suppentopf, ihr Hitlerinen«, hatte sie gesagt.

Doch als man den Juden kurz darauf ihre Bürgerrechte aberkannt hatte, war selbst Lia nichts mehr eingefallen.

Die Glocke der Johanneskirche schlug zehnmal, als Erika über den Keller das Haus der Familie Rubin betrat. Es war stockfinster. Sie tastete sich die Treppe hinauf und klopfte an die Etagentür, die früher nie abgeschlossen gewesen war. »Ich bin's, Erika.«

Wie peinlich, hier um diese Zeit aufzukreuzen. Noch dazu hörte sie die Familie in der Wohnung streiten.

»Du musst gehen, Martin!« Hans Rubins Tonfall duldete keinen Widerspruch.

»Nicht ohne euch«, erwiderte Martin. »Und du, Vater, solltest dir nicht alles gefallen lassen. Wann fängst du endlich an, dich zu wehren?«

»Für mich ist es zu spät«, warf der alte Löwenstein ein. »Aber ihr müsst alle drei fort.«

»Vater!«, warf Jette ein. »Wir werden dich auf keinen Fall alleinlassen.«

»Das müsst ihr sogar«, sagte Samuel unbeirrt. »Packt am besten so bald wie möglich eure Koffer und macht, dass ihr fortkommt.«

»Das können wir nicht«, sagte Jette mit ihrer leisen, süßen Stimme.

»Was ist besser, sein Leben zu verlieren oder seine Selbstachtung?«, fragte Martin.

»Seht zu, dass ihr beides behaltet«, antwortete Samuel grimmig.

Erika klopfte erneut.

»Da ist jemand an der Tür.«

Sie hörte ein Schlurfen, dann öffnete ihr Samuel. Sein weißer Bart sträubte sich, als er sie erkannte. »Erika?«

Sie biss sich auf die Lippen und spürte, wie sie errötete. »Entschuldigung, dass ich so spät noch vorbeikomme. Ich möchte nur kurz mit Martin sprechen.«

»Das ist sicher nicht der beste Zeitpunkt. Aber wenn du schon mal da bist, komm herein.«

Samuel geleitete sie in die Stube, wo Tante Jette blass und abgehärmt vor ihren Heiligen Schriften saß. In der Mitte des Raumes standen sich Martin und sein Vater wie zwei Kampfhähne gegenüber. Martin fuhr zusammen, als er sie über die Türschwelle treten sah.

»Seht mal, wer da ist«, sagte Samuel. »Also haltet gefälligst Frieden. Jette?«

Als sie nicht reagierte, ging er in die Küche und setzte Teewasser auf. Erika nahm befangen Platz, während Hans Rubin den Satz zu Ende sprach, den er begonnen hatte. »Wir Juden müssen moderat und vorsichtig bleiben. Dann werden die schon wieder zur Vernunft kommen. Das ist schließlich Deutschland, das Land Goethes, Schillers, Beethovens und Nietzsches und keine Barbarei. Also wirst du allein gehen und zurückkommen, wenn es hier wieder besser ist.«

»Nein, Vater, das kann nicht richtig sein …«, erwiderte Martin. Dann wandte er sich ihr zu. »Hallo, Erika.«

Sie hob beide Hände. »Ich wollte euch nicht stören.«

»Das könntest du gar nicht, Erika.« Hans Rubins Stimme klang erschöpft. »Wir sind über jeden Freund dankbar, der uns geblieben ist.«

Martin setzte sich ihr gegenüber. Seine Haare waren zerzaust und sein Gesicht hitzig rot angelaufen. Früher hatte sie sich nie gefragt, ob die Rubins sie als Christin für eine ideale Schwiegertochter hielten. Aber heute? Sie fühlte sich fremder als je zuvor.

Jette hob ihre hellblauen Augen. »Erika, schön, dass du da bist. Wie geht es Luise?«

»Mutter geht es gut.«

Sie tranken Tee und machten Konversation. Es war schon nahe Mitternacht, als Martin Erika in den Hof begleitete, über ihnen funkelte ein Heer von Sternen. Die Nachbarskatze beobachtete sie, ihre Augen schimmerte wie Lichter in der Dunkelheit.

Martin legte seine Hände um ihr Gesicht und küsste sie sehnsüchtig, aber Erika löste sich schnell. »Was ist eigentlich bei euch los, verflixt noch mal?«

Er starrte unschlüssig auf seine Schuhspitzen. »Sie wollen, dass ich gehe. Da gibt es eine Gruppe, die würde mich mitnehmen. Ich soll mich bis in die USA durchschlagen oder nach Palästina, dem Land, aus dem uns niemand mehr vertreiben kann. Stell dir vor, es ist nur für Juden.«

Erika zog ihr Kopftuch fester, so sehr fror sie bei dem Gedanken, ihn zu verlieren. »Aber das willst du nicht.« Das gelobte Land war für sie nichts weiter als ein Wüstenstreifen am Meer.

Er schluchzte auf und drückte seine Fäuste gegen die Augen. »Ich kann sie doch nicht alleinlassen. Nicht meine Mutter mit ihrer Schwermut, meinen Vater, der sich in die Tasche lügt über diese Nazis, und Samuel, der eine so große Reise einfach nicht mehr durchstehen würde.«

Ihr Herz wurde leer, als sie begriff, was sie sagen musste. »Sie haben recht, Martin. Du musst fort.«

Er sah sie ungläubig an. »Aber Erika? Ich dachte, du würdest mich verstehen? Ich kann sie doch nicht …«

Sie holte tief Luft. »Doch, du kannst. Herr Falbe und sogar meine Mutter sagen, dass hier alles auf einen neuen Krieg zusteuert. Der Führer will Revanche und ist damit nicht allein. Und spätestens dann werden die Juden endgültig vertrieben.«

Martin schüttelte den Kopf. »Aber vielleicht wird den Nazis ja doch Einhalt geboten.«

Erika schluckte. »Nicht, bevor es noch viel schlimmer geworden ist.«

»Meine Familie ist ohne mich hilflos.«

Erika atmete Luft wie Feuer. Mit ihren nächsten Worten würde sie sich selbst das Herz herausreißen. Oder nein, sie schickte eine Hälfte davon in die Fremde. »Aber vielleicht geht es deinen Eltern und Samuel besser, wenn sie wissen, dass du in Sicherheit bist.«

Er wandte sich ihr mit seinen klaren, bernsteinbraunen Augen zu. »Aber ich liebe dich.«

»Ich dich auch«, sagte sie fest. »Und ich will, dass du lebst. Und darum musst du gehen.«

Sie verließ den Hof, ohne zurückzublicken, damit er ihre Tränen nicht sah.

Drei Tage später war Martin weg. Am Morgen nach seinem Aufbruch fand Erika ein Paket auf der Treppe der Villa. Darin befand sich ein Paar Spangenpumps, handgenäht, aus feinstem, weißem Saffianleder, passend für ihre Füße in der wenig damenhaften Schuhgröße 41. Martin hatte ihre Brautschuhe selbst genäht, doch sie würde sie niemals tragen.

Teil II

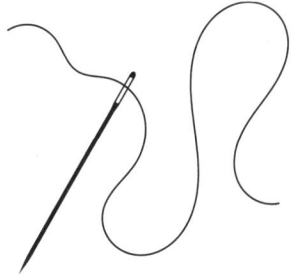

10.

SOMMER 1938

Wabernder Qualm hing über dem Streifen Ödland am Stadtrand von Nürnberg, wo sechs Pennäler zur Feier ihres bestandenen Abiturs ihre Hefte in einem leeren Ölfass verbrannten. Albert Sefranek überragte sie alle. Beiläufig fuhr er sich durch die Haare, an deren Geruch seine Mutter seine Schandtat unzweifelhaft erkennen würde. Egal, dieser Befreiungsschlag musste sein, schließlich hatte er Tag und Nacht dafür gebüffelt.

»Hipp, hipp, hurra!«

Sie warfen ihre Pennälermützen in die Luft, wo sich ihre rot-blauen Bänder mit den federleichten Aschefetzen ihrer Lateinvokabeln verbanden. Danach öffnete Hubert Hammermann sechs Bierflaschen und drückte jedem eine in die Hand.

»Freiheit, Männer«, verkündete er feierlich. »Die Welt wartet nur darauf, dass wir sie entdecken. Und die Mädels sowieso. Dass wir sie erobern, meine ich.«

Sie prosteten sich zu und tranken das Bier auf ex. Albert konnte kaum glauben, dass er die Klassenräume heute zum letzten Mal von innen gesehen hatte. An diesem Abend musste er nur noch die Zeugnisvergabe hinter sich bringen. Dann war er raus.

»Und was willst du jetzt machen?«, fragte der kleine Arnold Bremer.

»Land vermessen«, antwortete er und grinste. »Oder vielmehr Vermessungstechnik studieren.«

»O nein«, stieß Arnold mit geheucheltem Entsetzen hervor. »Das Gleiche wie dein Alter. Gequirlte Langeweile.«

Albert nickte grimmig. »O doch. Und wenn es geht in München, genauso wie mein Alter.«

Er liebte die klare, logische Welt der Zahlen. Außerdem kamen Geodäten herum und vermaßen die ganze Welt. Sein Vater hatte Albert mit seiner Faszination angesteckt, als er ihm erklärt hatte, wie man mit den Mitteln der Geometrie die Entfernungen auf See und zum Mond bestimmen konnte.

»Und du?«, fragte er Arnold.

Der verdrehte die Augen zum Himmel. »Geschichte studieren, was denn sonst?«

Albert putzte ein paar Aschekrümel von Arnolds blondem Scheitel. »Das findest du erstrebenswert?«

Es musste Arnold wohl im Blut liegen, denn seine Mutter war die Witwe eines Studienrats. Wenn Albert ihn besuchte, staunte er über die raue Menge an Büchern, die in ihrer muffigen Stadtwohnung herumstanden.

Nach zwei weiteren Flaschen Bier und einem vorläufigen Abschied von seinen Kameraden machte Albert sich nach Hause auf. Und nein, er torkelte nicht, oder wenn, dann nur ein bisschen.

»Ich bin's!«, rief er, als er im Hausflur stand.

Mathilde streckte den Kopf aus der Schlafzimmertür,

schluchzte laut auf und zog ihn wieder zurück. Albert starrte ihr verdutzt hinterher, bevor er seinen Bruder bemerkte, der leise in den Flur getreten war. »Ich hab doch nicht gelallt, oder weshalb weint sie?«

»Eine Fahne hast du schon«, sagte Hans. »Aber darum heult sie nicht. Es ist ein Brief für dich gekommen.«

Hans, sonst der Hallodri der Familie, war so ernst, dass Albert ihm mit einem mulmigen Gefühl in die Stube folgte. Das Schreiben lag auf der Anrichte, auf Mutters gehäkeltem Spitzendeckchen, neben der geblümten Teekanne. Albert öffnete den Brief und wurde schlagartig nüchtern, als er die Einberufung zum Reichsarbeitsdienst erkannte.

»Das war zu erwarten«, sagte er. Adieu Freiheit. »Sechs Monate Bauen als Ehrendienst an der Volksgemeinschaft. Da kann man doch nicht Nein sagen.«

»Das sitzt du doch auf der linken Arschbacke ab, Junge«, bestärkte ihn Hans.

»Es war klar, dass sie mich einberufen. Dann fange ich mein Studium eben im nächsten Jahr an.«

Entschlossen ging er ins Schlafzimmer seiner Eltern und zog seine Mutter in die Arme, die auf dem Bettrand saß und schrecklich verloren aussah. Sie reichte ihm gerade bis zur Schulter, und ihre weichen Locken kitzelten ihn am Kinn. »Nun wein doch nicht. Noch bin ich ja da. Und heute Abend holen wir mein Zeugnis ab. Da musst du gute Laune haben.« Mathilde nickte ihm tapfer zu. Auch wenn Albert es nicht zugab, wussten beide, dass es mit dem Reichsarbeitsdienst nicht getan sein würde.

Pünktlich um 18 Uhr saß die Familie Sefranek in der Aula

des Gymnasiums und lauschte der Rede des Direktors, der ein mehr als überzeugter Parteigenosse war.

»Nicht für euch selbst lebt ihr«, schwor er die Abiturienten ein. »Sondern für Deutschlands Heil und Größe, die es zu fördern und zu mehren gilt. Ihr jungen Männer seid die Elite des Landes. Von euch hängt sein Wohl und Wehe ab.«

Das donnernde »Heil Hitler« zum Abschied fiel verhaltener aus, als Albert erwartet hatte. Aber dann stimmten doch alle Anwesenden mit ein, er eingeschlossen.

»Lass dir nichts vom Pferd erzählen, mein Junge«, raunte Ferdinand ihm zu. Dass er sie zu kritischem Denken befähigen wollte, fand Albert anstrengend und im Grunde vergeblich. Er war zum Straßenbau eingeteilt, irgendwo im Niemandsland zwischen Ulm und dem Allgäu, und würde für sechs Monate den Rechenschieber mit dem Spaten tauschen.

Zwei Wochen nach der Zeugnisvergabe brachten ihn seine Eltern und sein Bruder zum Zug, der schon qualmend am Gleis stand.

»Halte einfach durch und vergiss niemals, dass du ein Gewissen hast«, gab ihm sein Vater mit auf den Weg. »Von Tag zu Tag und Schritt für Schritt. Nur so ließ sich der Weltkrieg überleben.«

Immer dieses Gefasel! Und vom Weltkrieg wollte er schon gar nichts mehr hören. Albert verdrehte die Augen, während Hans hinter Ferdinands Rücken feixte und so tat, als müsse er sich übergeben. Albert mied seinen Blick, sonst hätte er losgeprustet, und verabschiedete sich ohne großes Brimborium von den dreien. Wenn er ehrlich war, legte er doch

Wert auf die Meinung seines Vaters. Sie erschien ihm wie ein Kompass in dem Gesülze, das ihm die Parteigenossen sonst auftischten.

Als er sich auf der Suche nach einem freien Abteil durch den Waggon drängte, dachte er nicht an die Familie, die er zurückließ, sondern an dieses Mädchen, von dem ihm sein Vater erzählt hatte. Erika hieß sie, war den Beschreibungen nach fast so groß wie er und bildhübsch. Außerdem hatte sie Charakter. Seine Eltern hatten ihre Mutter Luise letzten Sommer im tiefsten Hohenlohe besucht und sie dabei kennengelernt. Nicht, dass er sich verkuppeln lassen wollte, aber angesehen hätte er sich diese Erika schon gerne mal. Nur nicht die Zeit verschwenden, die vielleicht knapper bemessen war, als er dachte.

Schließlich fand er ein Abteil, in dem nur ein einziger weiterer Arbeitsmann saß. Es war Arnold Bremer, das Milchgesicht. Albert ließ sich auf den freien Sitz gegenüber fallen.

»Glaubst du auch, dass Krieg in der Luft liegt?«, fragte Arnold umstandslos. »Nietzsche hat ja gesagt, dass man ihn braucht, um alles zu erneuern. Aber beim ersten Mal ist es ja auch gründlich schiefgegangen.«

»Halt bloß das Maul! Ich will nichts davon hören.« Überall roch es nach Krieg. Hitler und seine Konsorten waren drauf und dran, der Welt Deutschlands Größe zu beweisen, und sie würden es mit Flamme und Schwert tun.

Auch wenn es sich um Arnold handelte, war Albert froh, zumindest einen der Jungen im Lager zu kennen. Als Nürnberger Abiturienten wurden sie einer gemeinsamen Einheit zugeteilt. Nach einer langen Busfahrt durch die Dunkelheit erreichten sie ihren Bestimmungsort, eine Ansammlung von Holzbaracken im Niemandsland, die von den Jungen im Akkord in Beschlag genommen wurden. Stockbetten, auch das noch. Albert wollte gerade eine Liege unten belegen, als ihm ein stämmiger Junge zuvorkam, der seinen Seesack darauf deponierte.

»Du wirsch wohl nach obe ziehe müsse«, sagte er in tiefstem Schwäbisch. »Denn fürs Klettern bin i viel zu fett.«

Schulterzuckend packte Albert seine Tasche auf das obere Bett.

»Ha.« Arnold sah hinter dem Wall hervor, den er sich aus seinen mitgebrachten Büchern gebaut hatte. »Wo bleibt die Opferbereitschaft fürs deutsche Volk?«

»Nichts für ungut, Männer.« Der Schwabe streckte ihnen seine schinkengroße Pranke entgegen. »Ich bin der Erwin Fingerle aus Stuttgart-Botnang. Meine Eltern hent da oi Metzgerei.«

Abgesehen davon, dass Arnold nach dem Händedruck schmerzerfüllt sein Gesicht verzog, gingen ihnen bei dem Haufen Leckereien, die dieser Erwin aus seinem Seesack zauberte, die Augen über. Es handelte sich um Ketten von Räucherwürsten, mehrere frisch gestopfte Blutwürste und einen halben Schinken. Die zusätzliche Verpflegung reichte für alle 15 Bewohner der Baracke, und so schmausten sie einträchtig auf ihren Betten. Dafür konnte man einen Platz unten aufgeben, fand Albert.

Am nächsten Morgen fand der erste Appell statt, bei dem ihnen der Lagerleiter Giselbert von Stetten feierlich ihre Spaten überreichte und sie auf strenge Disziplin und Vaterlandstreue einschwor.

Danach begann der Alltag. Morgens um fünf wurde die Fahne gehisst. Anschließend schufteten sie im Straßenbau. Nachmittags wurde mit dem Paradespaten exerziert, bevor um 22 Uhr Zapfenstreich war und sie todmüde in die Betten fielen.

Ehe Albert sichs versah, war er in die Rolle des Stubenältesten gerutscht, der die Interessen der Jungen bei ihren Vorgesetzten vertrat. Das war schon in der Schule so gewesen. Er konnte organisieren, war zu allen gleichmäßig freundlich und behielt immer die Ruhe.

Nach ein paar Tagen ging er sich im Auftrag seiner Kameraden beim Lagerleiter beschweren, weil ihre Decken so löchrig waren. Giselbert von Stetten hatte seine polierten Stiefel auf dem Tisch in seinem Büro platziert und las im »Stürmer«. Obwohl Albert sich wegen ihrer Decken den Mund fusselig redete, unternahm von Stetten nichts.

»Was hast du von dem faulen Sack erwartet?« Auf Arnolds rhetorische Frage fiel ihm keine Antwort ein. Der Lagerleiter blieb auch untätig, als Albert wegen des Mäusenests unter den Fußbodendielen bei ihm vorstellig wurde, in dem es die ganze Nacht über wuselte, wodurch sich auch die Löcher in den Decken erklären ließen. Als die Mäuse über Tische und Bänke sprangen und sogar in Erwins Rucksack ihr Unwesen trieben, lag es an Albert, das Aufräumkommando zu organisieren, das sich des Problems annahm. Seither hasste er Giselbert von Stetten ebenso wie der ihn.

Die Arbeit im Straßenbau war hart. Doch nach ein paar

Wochen in der Sonne waren sie nicht nur braun gebrannt, sondern hatten auch breitere Schultern bekommen. Sogar Arnold entwickelte ein paar Muskeln, und Erwins Plauze schwand dahin.

»Ich überarbeit mi net«, sagte er. »Wir bleiben uns treu. Der fette Erwin, der kleine Arnold, der große Albert. Die unschlagbaren Drei.«

11.

Es war schon nach Mitternacht, als Lia sich in den Neubau schlich, der seit Kurzem den Nähsaal beherbergte. Die Chefin hatte die Erweiterung der Firma richtig groß aufgezogen. Im Moment jedoch lag der Raum, in dem tagsüber dreißig Näherinnen Platz fanden, still und verlassen da. Lia stellte das Deckenlicht an, setzte sich an eine der funkelnagelneuen Pfaff-Nähmaschinen, klappte das Füßchen hoch und legte die Stoffstreifen darunter, die sie hatte mitgehen lassen: einen Rest dunkelblauen Kattun und einen aus cremefarbenem Drillich. Herr Falbe drückte, was sie anging, gerne mal ein Auge zu. Aber gemopst blieb gemopst.

Lia liebte es zu nähen und sich neue Schnitte auszudenken. Sie würde Schneiderin werden, denn für eine Filmkarriere war sie leider viel zu klein geraten. Erika, ja, die war groß und aufrecht wie eine Königin und hatte seit Kurzem sogar Kurven. Mit oder ohne Martin würde sie etwas aus ihrem Leben machen. Lia aber musste sich ihren Platz erkämpfen.

Meistens nähte sie für sich selbst. Heute jedoch wollte sie ihrer besten Freundin eine Freude machen, die Martin noch immer hinterhertrauerte. Blockstreifen konnte jeder und deshalb würde Lia ihr einen Rock im Marinestil nähen, graphisch wie ein Bild aus blauen und weißen schräg verlaufenden Rechtecken und so extravagant, wie ihn sonst niemand in Künzelsau zu tragen wagte. Und dazu eine ärmellose

Bluse. Gestern Nacht hatte sie die Schnitte angefertigt und den Stoff zugeschnitten. Heute ging sie an die Näharbeiten.

Auch Lias Herz tat weh, wenn sie an Martin dachte. Seit der Nacht, in der er in Luises Garten um Max Ledermann getrauert hatte, hatte sie ihn mit anderen Augen gesehen – und das, obwohl Erika und Martin doch ein solch schönes Paar waren. Trotzdem hatte sie sich in ihn verliebt.

Unsinn!, schalt sie sich. Auch andere Mütter hatten hübsche Söhne. Schließlich hatte Marga sie gelehrt, das Leben so zu nehmen, wie es kam.

Entschlossen klappte sie das Füßchen herunter und begann zu nähen. Wie immer half ihr diese Tätigkeit dabei, ihren Kopf zu klären. Sie arbeitete wie besessen, so dass sie nicht merkte, wie die Nacht sich zum Ende neigte und der Morgen anbrach. Der Rock war fast fertig. Sie hatte die Bahnen zusammengesteppt und das Bündchen angenäht. Nur der Knopfverschluss fehlte noch. Gerade wollte sie ihr Werkstück beiseitelegen, als sie ein Räuspern hörte.

Lia kniff die Augen zusammen und blinzelte ins helle Sonnenlicht. In der offenen Tür stand ihre Chefin Luise Hermann. »Guten Morgen, Lia.«

Sie biss sich auf die Lippe. Ertappt!

Als Luise näher kam, hätte sich Lia am liebsten in einer der Fußbodenritzen verkrochen. Stattdessen rutschte sie auf ihrem Sitz herum und verwünschte ihre Dummheit. Sie hatte nicht nur einen Stoffrest mitgehen lassen, sondern auch noch Strom für die Deckenbeleuchtung verbraucht. Wenn sie das mal nicht ihren Arbeitsplatz kostete. »Es tut mir ...«

»Schhh.« Luise brachte sie mit einer Geste zum Schweigen.

»Wir wissen beide, dass das nicht stimmt. Du bist eine mutwillige Göre, Lia. Du machst, was dir gefällt.«

Lia errötete, während Luise herantrat, das Werkstück anhob und die Nähte überprüfte. Sie wusste, dass Luise zwar jegliches Gespür für Schick abging, sie aber pingelig auf Qualität achtete. Zu Beginn ihrer Arbeit in der Näherei hatte Lia lange Nähte wieder auftrennen müssen, weil sie solchen Spaß daran hatte, den Stoff unter ihren Fingern hindurchrattern zu lassen.

»Alle Achtung.« Luise hielt den Rock ins Morgenlicht, das durch die hohen Fenster drang. »Der ist sauber gearbeitet und sehr besonders. Für wen soll der Rock sein? Für dich nicht, dazu ist er zu lang.«

»Für Erika«, sagte Lia kleinlaut. »Die ist groß und schlank. Ich hab ihr letztens für das Dirndl die Maße abgenommen.« Genäht hatte das Trachtenkleid Luises Schwester Johanna.

»So.« Luise nickte. »Und dann hast du darüber nachgedacht, was Erika stehen könnte. Lass mal den Schnitt sehen. Hast du ihn selbst angefertigt?«

»Natürlich.« Lia sprang auf und zeigte ihr die Schnittblätter für den Rock und die dazu passende Bluse. »Und dazu könnte Erika ein Haarband aus geflochtenen weißen und blauen Stoffstreifen tragen. Sie ist blond, da sähe das sicher totschick aus. Vor allem jetzt, wo ihre Zöpfe ab sind.«

Im letzten Winter hatte Erika sich ihre Haare kinnlang schneiden lassen, so dass ihre Naturwelle zur Geltung kam.

»Und das mit dem Dirndl kann sie gleich vergessen. Erika sollte sich schlicht anziehen. Auch wenn wir hier auf dem Land leben, passt der ganze Blümchenkram nicht zu ihr, so wie ihn …« … die Partei mag, hatte Lia sagen wollen, konnte es sich aber gerade noch verkneifen.

Luises Augen wurden groß, denn schließlich trug sie tagaus, tagein ihre Trachtenröcke, die ihr zwar standen, aber weder schick noch innovativ waren. »Du hast eine ganz schön freche Gosch, Kleine. Gib auf dich acht.«

»Ähm, ich meinte …«

Luise lachte. »Lass gut sein.« Sie hielt inne, denn in diesem Moment betraten die ersten Näherinnen das neue Fabrikgebäude und schnatterten wie ein Schwarm Gänse.

Plötzlich war Lia zum Umfallen müde. Ihr Arbeitstag begann in Kürze. Wie sollte sie den nur überstehen? Sie gähnte verhalten. »Dann kann ich ja gleich sitzen bleiben und weiternähen.«

Luise legte ihr eine warme Hand auf die Schulter. »Ich bin doch kein Unmensch und lass dich nach deiner Nachtschicht noch mehr arbeiten. Weißt du was? Leg dich lieber hin, sonst nähst du dir noch in den Finger.«

Lia sah ihre Chefin mit großen Augen an. »Ich brauch heute nicht mehr zu arbeiten?«

Luise nickte, während die Näherinnen ihre Plätze einnahmen. »Du hast mich ganz richtig verstanden. Schlaf dich aus. Ich nehme das auf meine Kappe.«

Lia sprang auf und war schon fast an der Tür, als Luise sie zurückrief. »Und Lia. Komm heute Abend nach dem Essen in mein Büro. Ich habe etwas mit dir zu besprechen.«

Voll freudiger Erwartung legte sich Lia in der Kammer auf das Doppelbett, das sie mit ihrer Mutter teilte, und schlief sofort ein. Sie erwachte gegen Mittag, als ein Sonnenstrahl sie an der Nase kitzelte. Marga hatte ihr eine Tasse Tee und ein Butterbrot bereitgestellt, in das sie hungrig hineinbiss. Endlich begann ihr Leben Fahrt aufzunehmen. Eigentlich hätte sie für Erika auch eine lange Hose mit weiten Beinen nähen können. Die würde ihr wunderbar stehen, aber wer in Künzelsau lief schon in solchen extravaganten Klamotten herum? Frauen in Hosen? Was für ein absurder Gedanke in ihrem Städtchen. Sie lachte über diese abwegige Vorstellung, schloss nochmals die Augen und träumte von einem Ozeandampfer, der mit ihr an Bord in See stach, in jenes ferne Land, in dem Martin auf sie wartete.

»Möchtest du zu meiner Schwester in die Lehre gehen?«, fragte Luise ohne Umschweife. Sie saß in dem neuen Bürogebäude hinter ihrem imposanten Schreibtisch, der aus Heinrich Hermanns altem Arbeitszimmer stammte.

»Was?« Lia war so überrascht, dass ihr ums Verrecken keine andere Antwort einfiel als diese Gegenfrage.

»Du hast mich ganz richtig verstanden.«

Lia nickte entschlossen, sich diese Chance nicht entgehen zu lassen. Eine Welle der Freude schwappte über sie hinweg. Johanna von Bruch war die beste Schneiderin, die sie kannte. Luises Schwester hatte den Blick für die Details, auf die es ankam. Die kleinen Abnäher an der Bluse, die Mädchen ohne Busen den Anschein von Oberweite gaben, die Länge, knapp wadenlang für Erika, aber knieumspielend bei kleinen Frauen, wie Lia eine war. Die Kleider, die Johanna für die ganze Familie nähte, saßen perfekt.

»Und mein Arbeitsplatz hier?«, fragte sie begierig.

»Der geht dir nicht verloren, auch wenn ich dir während deiner Abwesenheit nichts bezahlen kann. Ich habe das alles schon mit deiner Mutter besprochen. Sie bekommt eine saftige Gehaltserhöhung.« Luise lächelte konspirativ.

Lia atmete tief durch. »Und ob ich das will.«

Luise nickte. »Na bitte. Dann pack ein paar Sachen und sei morgen um 8 Uhr startklar. Herr Falbe bringt dich nach Kupferzell. Du kannst bei Johanna und ihrem Mann wohnen und essen, wenn du ein bisschen beim Putzen hilfst.«

»Danke, danke.« Bevor Luise es verhindern konnte, hatte Lia den Schreibtisch umrundet und drückte ihr einen Kuss auf die Wange. Luise sah ihr erstaunt hinterher, als sie wie ein Wirbelwind zur Tür hinaussprang.

Am nächsten Morgen stand sie pünktlich um 8.30 Uhr mit ihrem Köfferchen vor Johannas Tür. Die Familie lebte in einem Forsthaus im Wald. In das Glas der Haustür waren ein paar langstielige Lilien eingearbeitet, einige Blütenblätter aber waren herausgebrochen, und niemand hatte es für nötig befunden, sie zu ersetzen.

In der vergangenen Nacht hatte Lia noch schnell den Rock und die Bluse für Erika fertig genäht und ihr die Sachen überreicht. Sie grinste beim Gedanken an Eris Begeisterung und zog entschlossen an der Klingel.

Kaum fünf Sekunden später wurde die Tür aufgerissen, und ein umwerfend gut aussehender junger Mann stand vor ihr wie der Prinz aus dem Märchen. »Du musst Lia sein.« Sie staunte ihn sprachlos an, denn er war so bildschön mit seinen glatten, dunkelblonden Haaren, dem ebenmäßigen Gesicht und den blauen Augen. Er war in den letzten Jahren nur noch attraktiver geworden. »Ich bin Ludger, Johannas Sohn. Und du kannst den Mund zuklappen. Ich tu dir nämlich nichts.«

Er nahm ihr den Koffer ab und bat sie mit einer großen Geste in das holzvertäfelte Treppenhaus. Lia sah sich um. Alles wirkte ein bisschen düster und verblichen. Und dann diese Unzahl von Hirschgeweihen an den Wänden. Lia rann ein sanfter Schauder über den Rücken. Im Foyer schlug eine Standuhr achtmal, was nicht stimmen konnte.

»Eure Uhr geht nach.«

»Ich weiß.« Ludger lachte.

Sie folgte ihm in die Küche, wo Johanna und ihr Mann Rupprecht sie zu einem späten Frühstück erwarteten. Lia kannte sie beide von einigen Geburtstagen in Künzelsau.

»Schaut mal, was für einen niedlichen Käfer ich euch mitgebracht habe«, sagte Ludger. »Auch wenn er bisher noch recht maulfaul ist.«

Schüchtern begrüßte Lia Johanna und ihren Mann, der ihren Händedruck mit seiner linken Hand erwiderte. Seinen rechten Arm hatte er im Weltkrieg verloren und trug seinen leeren Hemdsärmel in der Hosentasche. Er musterte sie voller Missbilligung. »Wie heißt du genau?«

Lia knickste. »Lia Günther.«

»Du bist also die Tochter von Luises Dienstbotin«, stellte er fest. »Und, was kannst du zu deiner Abstammung sagen? Wer ist dein Vater?«

Lia schluckte an ihrer Empörung. »Ich habe einen einwandfreien Ariernachweis.« Auf die zweite Frage ging sie lieber nicht ein, weil sie sie nicht beantworten konnte.

»Also nicht slawisch oder so was?«

»Nein.« Lia errötete. »Wir kommen aus Berlin.«

»Dann setz dich mal, Lia«, mischte sich ihre künftige Meisterin Johanna ein. »Und du, Rupprecht, lass sie bitte in Ruhe.«

Lia drückte sich auf die Bank. Auch während der Mahlzeit ließ ihre Anspannung nicht nach, denn Rupprecht ließ Johanna fortwährend springen. Mal war ihm der Schinken zu salzig, dann die Marmelade zu flüssig. Johanna hetzte in ihrer weißen Rüschenschürze ständig zwischen Speisekammer und Tisch hin und her, um seine Wünsche zu erfüllen.

Lia schaffte kaum ein halbes Brötchen und war erleichtert, als es ans Abräumen ging. Danach folgte sie Johanna in ihr privates Atelier. Die Schneiderpuppe aus schwarzem Samt, der Zuschneidetisch, die neue Nähmaschine, alles war von bester Qualität. Johanna hängte ihre Schürze an einen Nagel und zog die Tür fest ins Schloss. Lia atmete auf und entspannte sich.

»Zeig mir mal, was du schon alles genäht hast, Lia. Luise hat mir von deiner Begabung vorgeschwärmt.«

»Wirklich?« Lia packte ihre selbst genähten Blusen, Jacken und Röcke aus und legte sie auf den Arbeitstisch.

»Sauber«, lobte sie Johanna. »Sieht mir ganz so aus, als seist du mit der Berufsbekleidung unterfordert.«

»Es ist alles immer so gleich.« Nie zuvor hatte Lia zugegeben, wie sehr die Arbeit sie langweilte.

»Du möchtest in Stoffen und Schnitten schwelgen.« Johanna lachte. »Ich kenne das. Aber vergiss nicht: Du stehst ganz am Anfang. Und deshalb …« Sie zwinkerte ihr zu. »Wirst du plätten.«

Sie wies zum Bügelbrett, auf dem eine schmal geschnittene Wolljacke voller Biesen und Abnäher lag. Daneben hing ein knielanger Rock mit kleinen Glockenfalten am Saum. Sehr elegant, aber es würde dauern, sie glatt zu kriegen; es war eine echte Sisyphusarbeit. Das Eisen dampfte schon. Lia seufzte.

»Das ist das neue Kostüm von Frau Dr. Schubert, der Gattin unseres Hausarztes. Sie hat es zeitig genug für den Übergang bestellt. Und du weißt, dass man Wolle nicht so heiß wie Leinen und Baumwolle plätten darf? Am besten, du nimmst dazu ein feuchtes Tuch, das du daraufliegst und trocken bügelst. Das nennt man dämpfen.«

»Natürlich.« Lia ging an die Arbeit und bügelte danach weitere lieferbereite Kleidungsstücke, bis Johanna um Punkt 11 Uhr ihre Schürze vom Haken zog.

»Ich gehe jetzt kochen«, sagte sie. »Mein Mann erwartet, dass das Essen pünktlich um 12.30 Uhr auf dem Tisch steht.«

»Ich helfe Ihnen.« Lia sprang auf und folgte ihr in die Küche, auch wenn sie sich wunderte, warum Johanna sich überhaupt ums Mittagessen kümmern musste. War sie nicht sogar von Adel? Wieso beschäftigte sie keinen Haufen Dienstboten? Lia hatte das Gefühl, ihr beispringen zu müssen. Als Margas Tochter wusste sie, wie man Siedfleisch mit Karotten, Sellerie und Kartoffeln ansetzte und zum Nachtisch einen Pudding kochte beziehungsweise ein Vanilleflammeri, wie es korrekt genannt wurde. Beim Tischdecken achtete sie peinlich genau auf Vollständigkeit. Rupprecht sollte keinen Grund haben, sich zu beschweren. Teller, Besteck, Gläser, Brot, Saft,

Servietten, ein Salzstreuer, ja, sie stellte sogar einen kleinen Strauß Wiesenblumen dazu. »Wissen Sie was? Heute serviere ich, und Sie bleiben sitzen«, schlug sie anschließend vor.

»Aber mein Mann …«

»Warten wir es ab. Ich soll Sie doch als Gegenleistung für Kost und Logis im Haushalt entlasten. Also lassen Sie mich nur machen.«

Die Männer kamen und setzten sich. Ludger zog überrascht die Augenbrauen hoch, als Lia die Eintopfschüssel auftrug und die Teller füllte.

»Mutter, du hast die Butter vergessen«, motzte er.

»Mein Lieber, entschuldige bitte.« Johanna sprang auf, doch Lia hielt sie zurück. »Ich gehe. Wo finde ich sie?« Sie putzte sich die Hände an ihrer Schürze ab, die fast so adrett wie Johannas war.

»In der Speisekammer«, sagte Ludger perplex.

Lia holte sie und knallte sie ihm vor die Nase. »Bitte sehr. Und beim nächsten Mal läufst du selbst«, raunte sie ihm ins Ohr.

Sie erreichte ihr Ziel – sei es, dass es wirklich nichts zu beanstanden gab oder dass sie sich nicht trauten, Lia herumzukommandieren. Johanna konnte in Ruhe essen, obwohl Rupprecht seiner Entrüstung Luft machte, indem er etwas über das Weib faselte, das voller Schmerzen Kinder zu gebären und sein Leben im Schweiße seines Angesichts zu führen habe.

»Aber nicht bei Tisch«, sagte Johanna, und Lia konnte sich gerade noch beherrschen, nicht loszuprusten.

Am Nachmittag kehrte zwischen ihr und ihrer Lehrmeisterin ein stilles Einvernehmen ein. Es war, als hätte Johanna begriffen, dass Lia auf ihrer Seite stand und sie gegen die Männer unterstützte.

Als sie abends in ihre Dachkammer trat, entdeckte sie auf dem Tisch eine Gliederpuppe, wie sie Künstler als Vorlage für ihre Aktzeichnungen benutzten, sowie einen Zeichenblock und eine Packung Buntstifte. Die Aufgabe war klar: Sie sollte keine Piratenschiffe und Artisten mehr malen, sondern Figuren, die ihre eigenen Kreationen trugen. Denn daneben lag ein Stapel Modezeitschriften, die bis in die zwanziger Jahre zurückreichten und Modelle aller Stilrichtungen zeigten. Lia machte einen triumphierenden Luftsprung. Paris, ich komme!

Sofort begann sie, die Zeitschriften durchzublättern, und blieb an der Garçonne-Mode hängen. Die Frauen trugen Kurzhaarfrisuren, die überaus pfiffig aussahen, und dazu schmale, kurze Röcke. Oft rauchten sie Zigaretten, die in einer eleganten Spitze steckten. Ein Foto zeigte Marlene Dietrich, wie sie an Deck eines Ozeandampfers saß. Sie trug eine lange Hose mit weiten Beinen, ein Sakko, ein weißes Hemd und auf ihren Locken ein schräg sitzendes Käppchen. Todschick. Lia schwelgte in dem Anblick. Erika in dieser Aufmachung, das wär's.

Neben dem Zeitschriftenstapel lag der Zimmerschlüssel. Nachdenklich strich Lia darüber, steckte ihn ins Türschloss und drehte ihn herum. Und tatsächlich, als sie gegen Mitternacht fast eingeschlafen war, die Zeitschriften in wildem Durcheinander auf dem Boden verteilt, hörte sie Schritte im Gang. Jemand schlich sich zu ihrer Tür und drückte verstohlen die Klinke herunter. Einmal, zweimal, die Person, die da Einlass begehrte, rüttelte sogar ein bisschen, bevor sie endgültig aufgab und abzog.

So ist das also, dachte Lia und schlief ein.

12.

HERBST 1938

Es war ein windiger Abend Ende Oktober, die Luft schwer vom Regen. Erika zog ihr Kopftuch fest und sah sich nach allen Seiten um, bevor sie über die Straße huschte und bei der Witwe Löw klopfte. Einen Augenblick später schwang die Tür auf, und die alte Frau zog sie über die Schwelle in den Hausflur. Sie sah verhärmt aus. Einige graue Haarsträhnen stahlen sich aus ihrem wirren Knoten, und ihr Gesicht war schmal und sorgenvoll. »Aber du sollst doch dieses Risiko nicht mehr eingehen, Erika. Was, wenn dich jemand sieht?«

»Ich muss.« Sie wusste selbst nicht, was sie dazu zwang – ein diffuses Gefühl für Gerechtigkeit vielleicht oder der Wille, der tumben SA wenigstens die Kraft ihrer Persönlichkeit entgegenzusetzen.

Für die Juden im Reich wurde es immer schwieriger. Seit August galt nun der Beschluss, dass sie zusätzlich zu ihren Vornamen die Namen Israel oder Sara in ihre Pässe eintragen lassen mussten, die sie als Menschen zweiter Klasse brandmarkten. Und dies öffnete den Weg für weitere Schikanen. Viele jüdische Mitbürger hatten inzwischen Künzelsau in Richtung USA oder Palästina verlassen, darunter der Lehrer Goldstein mit seiner Familie. Die Älteren, Alleinstehenden und Besitzlosen aber konnten nirgendwohin und harrten aus.

Erika stellte ihren Korb ab und packte ihre Vorräte auf den Tisch. »Ich habe Ihnen Eier mitgebracht, Schinken und einen Kuchen.« Letzteren hatte sie unter Margas wohlwollendem Blick aus der Speisekammer mitgehen lassen. »Wir haben von allem überreichlich.«

»Ich danke dir.« Tränen traten in Herta Löws Augen. Erika wusste nicht, ob vor Scham oder vor Dankbarkeit. »Der Gott Isaacs, Abrahams und Jacobs sei mit dir. Er segne dich und gebe immer auf dich acht.«

»Und Sie? Wann holen Ihre Söhne Sie in die USA?«

Die Witwe zuckte traurig mit den Schultern. Neben Martin waren viele weitere junge Männer aus der Gegend immigriert, und die Daheimgebliebenen wussten oft nicht, ob es ihre Verwandten sicher in die rettende Ferne geschafft hatten.

»Es tut mir leid«, sagte Erika.

Nachdem sie der Witwe geholfen hatte, die Lebensmittel zu verstauen, machte sie sich im aufziehenden Regen auf den Heimweg.

An Eiern herrschte zu Hause kein Mangel. Die Adolphinen legten und legten, denn Lia hatte sie natürlich nicht in den Kochtopf gesteckt. Doch die Eierschwemme war nicht der Grund für Erikas Hilfsbereitschaft. Die Witwe Löw war Erikas Ersatz für die Familie Rubin, die den Kontakt auf das Allernötigste beschränkte. Ein Besuch ihrerseits sei viel zu gefährlich, hatte Hans Rubin gesagt, und ihre finanziellen Mittel reichten, um über die Runden zu kommen. Samuel reparierte weiterhin heimlich Schuhe und hatte neulich ein piekfeines Paar für Herrn Falbe genäht. Erika hätte es nie zugegeben, doch wenn sie ehrlich war, bewegte sie vor allem der Trotz, den Leuten zu helfen, die in Vergessenheit zu geraten drohten.

Sie schlich sich ins Haus und saß um 19 Uhr pünktlich beim Abendessen, als sei nichts geschehen. Darum war ihre Verwunderung umso größer, als Luise sie am nächsten Tag ins Bürohaus zitierte, wo sie groß und aufrecht hinter dem Schreibtisch thronte. »Komm näher!«

Erika straffte sich. »Was ist los?«

»Jemand hat dich beobachtet.« Luise kreuzte die Arme vor der Brust und beugte sich über den Tisch. »Wie konntest du nur so dumm sein?«

Erika hob ihr Kinn. Im Ernstfall stand sie Luise an Eigensinn nicht nach. »Was meinst du?«

»Das weißt du ganz genau. Wie konntest du der alten Schrappnell Löw Eier vorbeibringen?

Hitze floss über Erika hinweg. »Woher weißt du das?«

»Der Thalheimer hat mir das gesteckt. Er war eben bei mir.«

Erika nickte. So war das also. Der Holzhändler Thalheimer hatte inzwischen in der Partei Karriere gemacht, was der Hauptgrund dafür war, dass Erika seinen Sohn Fritz schon mehrmals hatte abblitzen lassen. Sie wusste, dass der Witwe Löw auch andere Leute halfen, darunter der katholische Ziegeleifabrikant Ludwig Löhlein, und hatte gedacht, dass die Nachbarschaft sie nicht verraten würde. Aber darin hatte sie sich wohl getäuscht.

Mit erhobenem Kopf trat sie die Flucht nach vorne an. »Aber wir haben doch genug Eier. So viel Rührei kann Marga gar nicht machen.«

Luise schüttelte tadelnd den Kopf. »Aber du hast dich dabei beobachten lassen. Das ist sträflich leichtsinnig. Man kann den Leuten nicht trauen. Wenn du nicht aufpasst ...«

»... kommen wir ins Lager, oder was?«, fuhr Erika streitlustig dazwischen. »Die Witwe Löw ist eine arme alte Frau. Sie hat niemanden. Ihr habt doch alle den Lehrer Löw geschätzt. Warum also lasst ihr sie im Stich?«

Das hatte gesessen. Luise errötete prompt. »Ich weiß, was meine Christenpflicht ist, Erika.«

»Das sehe ich aber nicht so. Und Kaplan Bender auch nicht.« Er hatte Erika letztens aufgefordert, ein Rundschreiben an einen Pfarrer aus einem der umliegenden Dörfer weiterzugeben, der aufseiten der Bekennenden Kirche stand. Aber das Risiko war ihr dann doch zu groß gewesen.

Luise holte tief Luft. »Ich bitte dich, Erika. Reiß uns nicht ins Unglück! Und wenn du es partout nicht lassen kannst, dann sieh zu, dass dich niemand dabei erwischt. Am besten weiß deine rechte Hand nicht, was deine linke tut.«

Erika drehte sich auf dem Absatz um. »Ich wünschte, ich wäre mit Martin weggegangen«, sagte sie, hob den Kopf und war drauf und dran, aus dem Raum zu stolzieren. Doch Luise reagierte schneller.

»Kreuzsapperment!« Sie sprang auf, zerrte Erika mit sich auf die Kellertreppe und schlug die Tür hinter sich zu. Ein Schwall Kühle schwappte ihnen aus der Tiefe entgegen und brachte den würzigen Duft nach frisch eingelagerten Winteräpfeln mit. »Aber er hat dich nicht mitgenommen. Martin wollte, dass du in Sicherheit bist. Also dank es ihm nicht, indem du uns alle in Gefahr bringst.«

»Aber ich …« Erika raufte sich die Haare. »Ich habe gedacht …«

»… dass niemand dich anschwärzt?« Luise schüttelte den Kopf. »Da hast du dich geirrt. Das ist das Schlimme an der neuen Zeit. Hundert halten zu dir, aber der Hundertundeinste verrät dich. Die Leut dürfen nicht mehr sagen, was sie denken, und nicht mehr tun, was richtig ist. Kein Wunder, dass die einen sich zu Tode fürchten und die anderen zu Verrätern werden.«

»Aber du …« Erika sah ihre Mutter mit blanken Augen an. Luise drückte ihren Arm. »Du denkst, ich stütze die Partei, indem ich die neuen Pflichten braver deutscher Bürger treu einhalte, Hitlers Geburtstag feiere, dem Datum seiner Machtergreifung gedenke?«

»Au!« Erika riss sich los. »Wenn du so weitermachst, kriege ich blaue Flecken.«

Luise kam ihr so nahe, dass Erika den Lavendel riechen konnte, mit dem sie ihre Wäsche parfümierte. »Ich hab ein Haus voller bunter Vögel zu beschützen. Dich, Erika, wo du knapp an einer Festnahme vorbeischlitterst. Falbe, der sich noch um Kopf und Kragen schwätzen wird. Marga, die Umstände aus Berlin vertrieben haben müssen, die so schlimm sind, dass sie nicht darüber sprechen kann. Und die Familie Rubin …«

Erika riss die Augen auf. »Du hast noch Kontakt?«

»Halt um Himmels willen den Mund.« Luises Zeigefinger legte sich auf Erikas Lippen. »Die Dinge, die wir tun, sind so geheim, dass wir sie selbst nicht wissen dürfen.«

Erika ging in ihr Zimmer, legte sich aufs Bett und verschränkte die Arme unter ihrem Kopf. Sie vermisste Lia, die einen Witz reißen und damit alle ihre Sorgen einfach wegpusten würde. Ihre beste Freundin aber nähte inzwischen so viel für Johanna, dass sie sich kaum noch ein Wochenende freinehmen konnte.

Deshalb war Erika doppelt froh, als Lia unerwartet an einem Abend Anfang November hereinschneite, um ein paar Tage bei ihnen zu verbringen. Hatte Marga ihr geschrieben, dass Erika sie brauchte? Als die Freundinnen sich in die Arme fielen, spürte sie eine Spur ihrer alten Lebensfreude zurückkehren.

»Ich hoffe, es gibt was Gutes zu essen.« Lia trat zurück. »Bei Johanna gibt es immer Eintopf, und ihre Spätzle kleben.«

»Marga schiebt dir zu Ehren einen Schweinebraten in den Ofen«, gab Erika zurück.

Lia sah totschick aus in ihrem schwarzen Rock, der taillenkurzen Jacke und der Baskenmütze, die keck auf ihren Locken saß. Sie zwinkerte Erika zu und hakte sich bei ihr ein. »Dann lassen wir sie nicht warten.«

»Lia!« Marga stürmte aus der Küche und zog sie voll Freude in die Arme.

Der Rest des Tages gehörte Mutter und Tochter. Doch am nächsten Morgen klopfte Lia bei Sonnenaufgang an Erikas Tür. Diese vergrub grummelnd ihren Kopf in ihrem Kissen, aber Lia ließ nicht locker. »Steh auf, du Faultier, ich hab etwas mit dir vor.«

Als Erika sich nicht meldete, kam sie herein und zog ihr die Decke weg.

»Was denn?«, murmelte Erika verschlafen.

»Das kann ich nicht sagen. Es ist eine Überraschung.«

Seufzend schwang Erika ihre Beine aus dem Bett, zog sich an und folgte ihrer Freundin in die Küche, wo ein fertig gepackter Rucksack auf sie wartete.

»Wir machen eine Wanderung«, sagte Lia.

Erika griff nach einem Apfel und biss hinein. »Wohin soll es denn gehen?«

Lia grinste siegesgewiss. »Das wirst du dann schon sehen.«

Weit außerhalb der Stadt führte ein schmaler Pfad den Hang hinauf zum Waldrand, wo sich zwei Jungen ins Gebüsch schlugen, sobald sie sie sahen.

»Wer sind die?«, fragte Erika.

»Das erklär ich dir später. Auf geht's.« Die Jungen entfernten sich so schnell, dass ihre bunten Westen zwischen den Bäumen zu Schemen verblassten. »Beeil dich!«

Die Mädchen folgten ihnen über einen Karrenweg in den Wald hinein. Die Bäume, die sich rund um sie erhoben, waren fast kahl, doch auf dem Boden lag eine dichte Schicht rostbrauner Blätter, die das Vorankommen schwierig machte. Bis auf den Ruf eines Eichelhähers war alles still. In der Ferne verschwand leichtfüßig ein Sprung Rehe im Wald, die sie beim Äsen gestört haben mussten.

»Leg einen Schritt zu!«, rief Lia. Der Weg endete, und sie schlugen sich ins dichte Gebüsch.

»Hier könnte es Wildschweine geben«, sagte Erika missmutig.

»Mit Sicherheit«, erwiderte Lia. »Pass lieber auf, dass wir die Jungen nicht verlieren. Sonst verlaufen wir uns endgültig.«

Also hasteten sie weiter, sanken knöcheltief in die dichte Laubschicht ein, kletterten über umgestürzte Bäume, stolperten über Wurzeln und schoben das Rankengewirr zur Seite, das ihnen den Weg versperrte.

»Wohin führen die uns eigentlich?«, fragte Erika. Es war so kalt, dass ihr der Atem weiß vor dem Gesicht stand.

»Das wirst du gleich sehen.«

»Brutal einsam hier.« Sie sah sich misstrauisch um. Die Jungen hatten sich jetzt endgültig in Luft aufgelöst.

»Wir sind gleich da.« Lia schnupperte. »Riechst du das? Das ist gebratenes Fleisch. Sie ziehen sich immer tiefer in den Wald zurück, wegen des Feldschutzes. Darum müssen wir auch darauf achten, dass uns niemand folgt.«

»Wen meinst du?«, fragte Erika verwundert.

»Na, die Fahrenden natürlich.«

Kurz darauf erreichten sie eine Lichtung, die von einem Ring aus Planwagen umgeben war.

»Was wollen wir hier?«, fragte Erika misstrauisch.

Aber Lia legte nur geheimniskrämerisch einen Finger auf ihre Lippen. Also gingen sie weiter, vorbei an einem provisorischen Pferch voller knochiger Pferde und magerer Ziegen. Zwei schnauzbärtige Männer musterten sie misstrauisch, bevor sie sich wieder in ihr Gespräch vertieften. Irgendwo entlockte jemand einer Geige eine Melodie voller Sehnsucht. Die Klänge wurden lauter, als sie auf das Feuer zugingen, das lodernd am Rande des Lagers brannte. Einige Frauen drehten Spieße mit tropfenden Fleischspießen über der Glut. Es duftete so lecker, dass Erikas Magen zu knurren begann.

»Willkommen.« Eine alte Frau mit einem bunt gemusterten Kopftuch löste sich aus der Gruppe. Wie selbstverständlich zog sie Erika und Lia in ihre Arme, bevor sie ihnen Becher mit Tee in die Hand drückte. Er war mit Schnaps versetzt, der wie Glut durch Erikas Adern rann.

»Woher kennt die Frau uns?«, raunte sie Lia zu.

Lia verdrehte ihre Augen. »Ich bin bekannt wie ein bunter Hund. Aber weißt du nicht, welcher Ruf dir vorangeht? Du kannst sie auch selbst fragen. Woher kennst du Erika, Toska?«

Die Alte zeigte beim Sprechen ein paar Zahnlücken. »Weil sie eine Botin des Himmels ist.«

Erika errötete flammend, aber Lia zwinkerte ihr zu und bedankte sich mit einem hinreißenden Lächeln.

»Das stimmt nicht«, protestierte Erika leise.

»Doch, natürlich. Ist die Elvira Reinhard da?«, wandte sich Lia an Toska.

»Ihr wollt euch von meiner Enkeltochter wahrsagen lassen? Dann kommt mit.«

Erika riss erschrocken die Augen auf, aber Lia zog ihre Freundin mit sich. »Was soll das?« Vikar Bender würde solchen Aberglauben niemals gutheißen.

Lia verdrehte ihre Augen. »Jetzt sei doch kein wandelnder Trauerkloß, Erika! Mama bezahlt dafür. Sie findet, dass du etwas Aufmunterung gut gebrauchen kannst. Und Elvira ist die Beste in solchen Dingen. Marga und ich kennen sie, weil sie zeitweise in der Näherei gearbeitet hat.«

Toska führte sie auf die Rückseite eines Planwagens, wo eine junge Frau gerade ein Kleinkind wickelte. Es lag auf einer Decke und strampelte mit seinen speckigen Beinchen.

Elvira, die mit ihren kastanienbraunen Haaren und den dunklen Augen eine Schönheit war, kam Erika vage bekannt vor. Vielleicht aus der Näherei, oder von den Besuchen ihrer Sippe in der Stadt, wo die Fahrenden ihre Dienste als Kesselflicker und Messerschmiede anboten, woraufhin die Leute die Wäsche von der Leine holten und die Kinder ins Haus riefen. Vielleicht aber auch von den Festen, auf denen ihre Kapellen aufspielten und selbst den stursten Bauern zum Tanzen brachten.

Elvira stand auf und setzte sich den kleinen Jungen auf die Hüfte, dessen strahlendes Lächeln Erikas Herz dahinschmelzen ließ. »Das ist Romeo.«

»Hallo«, sagte sie. Der Kleine griff nach ihrem Zeigefinger und grinste noch breiter.

»Und ihr wollt euch also wahrsagen lassen?«

»Und ob«, sagte Lia. »Ich möchte, dass du meiner Freundin aus der Hand liest.«

»Nicht, Lia!«, wehrte Erika ab.

»Doch, lass sie mal machen. Sie hat das zweite Gesicht wie keine andere. Lass los, Kleiner!« Lia löste Erikas Hand aus Romeos festem Griff und legte sie in Elviras. Diese jedoch schüttelte den Kopf. »Ich mach das nur, wenn jemand es für sich selbst will.«

»Pass auf, Elvira« sagte Lia ungeduldig. »Du weißt doch, dass deine Leute sie ›Himmelsbotin‹ nennen. Die Erika hat Aufmunterung bitter nötig, aus Gründen, die du kennst. Und du, Erika, gib dir einen Ruck und sei kein Spielverderber.«

Vielleicht war es der Schnaps, vielleicht auch der Wunsch, Lia nicht zu verprellen, der Erika schließlich zustimmen ließ.

Sie setzten sich ans Feuer, und Elvira vertiefte sich in die verschlungenen Linien auf Erikas Handteller. Ein Schauder überlief sie, als Elvira sie mit ihren Fingern nachzog. Ihr Duft nach Milch, Schweiß und Rosen stieg ihr betörend in die Nase. »Weißt du, dass niemand auf der ganzen Welt die gleichen Handlinien hat wie du, Erika?«

»Dann ist das so wie bei den Fingerabdrücken?«

»Richtig. Und genauso einmalig ist dein Schicksal.« Elvira schloss Erikas Hand und schenkte ihr ein Lächeln. »Alles wird gut. Du wirst sehr glücklich werden.«

»Ja?« Seit Martins Flucht hatte Erika daran große Zweifel.

»Ja, wirklich!« Die Fahrende strahlte sie voller Freude an. »Es dauert noch ein paar Jahre, in denen wir alle durch die Finsternis gehen werden.«

»Was meinst du damit?«, fragte Erika erschrocken.

»Nichts, nichts«, beteuerte Elvira. »Aber dann wirst du einen wundervollen Mann finden, so groß wie du, mit einem schönen Lachen und einem guten Herzen.«

Lia setzte sich neben sie auf den Boden und zog ihre Knie an. »Und? Wird sie Kinder bekommen?«

Elvira blickte noch einmal in Erikas Hand. »Du wirst zwei Söhne haben, Erika. Prächtige Burschen, die dir viel Freude bereiten werden.«

Erika entzog ihr die Hand. »Solche wie deinen Romeo?«

Ein Schatten flog über Elviras Gesicht, aber dann lächelte sie süß. »Es ist deine Sache, ob du daran glaubst.«

»Und jetzt ich.« Erwartungsvoll streckte Lia Elvira ihre Hand entgegen, aber die schüttelte den Kopf. »Ich kann dir nichts Neues sagen, Lia. Du weißt doch, dass du eine große

Reise machen wirst. Vieles ist bei dir nicht eindeutig. Es hängt von deinen Entscheidungen ab.«

»Immer das gleiche unbestimmte Zeug.« Lia verzog enttäuscht den Mund. »Weißt du was, Elvira? Ich wünsch mir auch einen Ehemann, möglichst einen gut aussehenden, schneidigen. Und reich darf er auch sein. Und dann brause ich mit ihm in seinem schönen Auto davon.«

»Kommt Zeit, kommt Rat«, sagte Elvira salomonisch.

Ein junger Mann mit schulterlangen dunklen Haaren half Elvira und ihrem Sohn auf und führte sie davon. Die beiden Mädchen folgten Toska, die sie mit Fleisch und weiterem Tee versorgte.

»Ist das nicht herrlich romantisch?«, fragte Lia. Erika nickte zweifelnd.

Nachdem Lia Toska reichlich entlohnt hatte, begleiteten die Jungen sie bis zum Ortsrand von Künzelsau zurück.

Spätabends lagen sie Schulter an Schulter im Bett. »Du riechst wie ein Kohleofen.« Lia kicherte. Selbst nach einem ausgiebigen Bad mit Erikas Duftessenz haftete der Rauch an ihnen wie Teer.

»Diese Elvira sagt den Leuten sicher nur das, was sie hören wollen«, sagte Erika. »Ich hätte mich gar nicht darauf einlassen sollen. Außerdem war es gruselig.«

»Nee, das war lustig.«

»Ach, Lia.« Anscheinend hatte Lia nicht mitgekriegt, dass Elvira von dunklen Zeiten gesprochen hatte, denen sie entgegengingen.

»Aber selbst wenn. Sie ist die bei Weitem beste Wahrsagerin in ganz Hohenlohe.« Lia richtete sich auf. »Im Ernst, das gebrochene Bein vom Lehrer Reiser hat sie auch vorhergesehen.«

»Das muss Zufall gewesen sein.« Erika schüttelte den Kopf.

»Und sie nennen dich Himmelsbotin. Wegen dem, was du dich traust.«

»Das ist nicht der Rede wert.«

Lia setzte sich auf und lehnte sich an die Rückwand. »Nur keine falsche Bescheidenheit. Meine Mutter hat mir von dem Risiko erzählt, das du eingehst. Du kannst stolz auf dich sein. Wenn du vorsichtig bleibst.«

Erika zuckte mit den Schultern. »Einer muss es ja machen.«

Lia richtete sich auf ihren Ellenbogen auf. »Meinst du nicht, dass Martin sich freuen würde, wenn du in Sicherheit bist?«

Erika seufzte. »Manchmal kann ich mich gar nicht mehr an sein Gesicht erinnern.« Seit einiger Zeit war die Gewissheit, dass sie füreinander bestimmt waren, einer Sehnsucht nach Liebe und Freiheit gewichen, die nicht mehr nur mit ihm zu tun hatte.

Lia schwieg eine Zeit lang. »Vielleicht kommt er irgendwann zurück. Aber so lange solltest du nicht warten. Andere Mütter haben auch hübsche Söhne. Vielleicht ist ja ein langer Kerl dabei, der dich auf Händen trägt. Und vielleicht hat er sogar ein umwerfendes Lächeln.«

Erika warf ein Kissen nach ihr und wartete auf die Retourkutsche, die nicht lang auf sich warten ließ. Federn stoben durch den Raum. »Und bei dir?«

Lia legte sich auf den Rücken und schwieg.

»Nun sag schon, wer er ist!«

Lia verschränkte ihre Arme unter ihrem Kopf. »Es ist noch nicht spruchreif. Ich erzähl es dir, wenn es so weit ist.«

»Aber nicht mein Cousin Ludger?« Erika ließ sich neben sie fallen. Der Bettrost wippte auf und ab. »Doch, er ist es, gib es zu!«

»Und wenn es so wäre?« Lia sah so glücklich aus, dass Erika ein mulmiges Gefühl bekam. Fast hätte sie Lia von den Geburtstagsfeiern in Kupferzell erzählt, bei denen die Kinder nach der Kaffeestunde regelmäßig zum Spielen nach draußen geschickt worden waren. Ludger hatte Martin erst gar nicht mitspielen lassen. Und mit an Sicherheit grenzender Wahrscheinlichkeit trug Ludger eine Mitschuld daran, dass Martin vom Gymnasium abgegangen war. Doch nach jeder seiner Schandtaten war er ohne Konsequenzen davongekommen, weil Johanna ihm nichts Böses zutraute und ihn vor Rupprechts Zorn beschützte.

Erika sah ihre Freundin an. »Ludger ist ein falscher Fuffziger.«

»Und wenn schon.« Lias grüne Augen leuchteten im Dunkeln. »Ich sorge schon dafür, dass er sich ändert. Und stell dir vor, wenn ich ihn heirate, sind wir verwandt.«

Einige Tage später wurde das Land von der Nachricht erschüttert, dass der jüdische Student Herschel Grynszpan in Paris auf den deutschen Diplomaten Ernst vom Rath geschossen hatte. Die Zeitungen und die Radiomeldungen überschlugen sich in ihrem Hass gegen Juden und gipfelten in der Frage, wann sich der Volkszorn endlich entladen würde.

Am Abend des 9. November saß die Familie Hermann vereint in der Küche und lauschte den Berichten aus dem Volksempfänger, die Angriffe auf jüdische Geschäfte und Synagogen im ganzen Reich schilderten.

»Das ist alles ein abgekartetes Spiel«, sagte Herr Falbe. »Darauf kann nur ein Haufen Dummköpfe reinfallen.« Er pfefferte die Zeitung von gestern in die Ecke.

In Künzelsau blieb es ruhig bis zum Abend des 10. November. Sie saßen gerade beim Essen, als Rolf atemlos in die Küche stürmte. »Die Synagoge brennt!«

Luise stand auf, ging zur Anrichte und warf Herrn Falbe den Autoschlüssel zu, der den Raum ohne ein Wort verließ. Auch die anderen hielt nichts mehr in der Villa.

Sie schlossen sich Rolf an, der in langen Sätzen zur Synagoge voranlief. Ruß lag in der Luft. Erikas Schritte verlangsamten sich schon weit vor dem stolzen Bau mit den beiden Zwiebeltürmen, aus dem lichterloh die Flammen schlugen. Orangegelb und prasselnd brachen sie aus Fenstern und Türen und tauchten das Gebäude in einen gespenstischen Schein. Sie zuckte zusammen, als ein glühender Dachbalken zu Boden krachte. Hitze legte sich auf ihr Gesicht, und sie blieb stehen, umgeben von Nachbarn und Schaulustigen, die sich nichts davon entgehen lassen wollten. Unterdessen lungerte an einer Ecke eine Gruppe von SA-Männern herum, die ihre Blicke warnend auf sie richteten. Sie trugen Fackeln und Flaschen mit Brandbeschleuniger.

»Aber hat denn niemand die Feuerwehr benachrichtigt?«, erkundigte sich Marga.

»Die kommt nicht«, gab ein junger Mann zurück.

»Wie bitte?«, fragte Luise entgeistert. »Hier brennt es.«

Der Mann drehte sich unwirsch um. »Haben Sie nicht verstanden? Order von oben. Die Feuerwehr darf nicht eingreifen. Damit das Judenpack endlich kapiert, dass es hier nicht mehr gut gelitten ist.«

Neben ihm stand der Ziegeleifabrikant Ludwig Löhlein aus Garnberg. Erika wusste, dass er ihre Überzeugungen teilte. »Wer weiß, wohin das noch führen wird?«, fragte er. »Man fühlt sich ja wie in Geiselhaft.«

Einige Mutige stimmten ihm zu, aber die Menge schwieg.

Kein Mitglied der jüdischen Gemeinde war vor Ort, um zu löschen. Erika dachte an die Thorarolle, aus der Martin bei seiner Bar-Mizwa vorgelesen hatte, und die anderen Heiligtümer. Sie waren den Gläubigen so viel wert gewesen wie ihnen das Kreuz, und jetzt verbrannten sie in den tosenden Flammen.

»Und das lasst ihr einfach zu?«

»Die Juden sind heute Morgen mit Bussen weggebracht worden«, sagte der junge Mann. »Und du, Erika, pass auf, was du schwätzt. Sonst kriegt ihr morgen Besuch von der Gestapo.«

Erika tat ein paar Schritte zurück, taumelte und konnte sich gerade noch halten. Dann wandte sie sich um und ging eilig davon.

»Eri, wohin willst du?«, rief Lia gegen die prasselnden Flammen an.

»Nirgendwohin.« Sie begann zu rennen. In Richtung Stadtmitte.

»Bleib da! Himmeldonnerwetter!« Lia schloss sich ihr an.

Sie liefen zum Marktplatz, wo trügerische Stille herrschte. Die Straßen waren menschenleer, und das Haus der Familie Rubin lag still und verlassen da. Doch das täuschte. Im ersten Stock war ein Fenster zerbrochen, das sie wie eine leere Höhle angähnte. Scherben lagen auf der Straße und dem Gehweg. Die Gardine blähte sich im Wind.

Lia legte Erika den Arm um die Schultern.

»Sie sind fort«, sagte Erika.

Lia wollte sie mit sich ziehen. »Komm, Eri, gehen wir heim. Ich hab Angst.«

»Lass mich!« Sie entzog sich Lias Griff.

»Aber wenn die SA noch da drin ist?« Lia sah sich um. »Was glaubst du, was die mit uns machen? Ich möchte nicht ins Lager, bitte!«

»Ich muss mich vergewissern.«

Als sie mit schweren Schritten über den Hof zum Haus ging, folgte Lia ihr zögernd. Die Etagentür war nur angelehnt. »Onkel Hans, Tante Jette, Großvater Samuel?«

Es war so still, dass Erika ihren eigenen Atem hörte. Die Familie Rubin war spurlos verschwunden, wie ausgelöscht, als sei sie hier niemals zu Hause gewesen.

Sie traten in den Flur und in die Küche, die wie ein Schlachtfeld aussah. Jemand hatte die Mehl-, Zucker- und Salzschütten auf dem Boden ausgeleert und eine Menge Geschirr darüber zerbrochen. Die Teekanne stand auf der Ablage. Die Teeblätter im Ausguss waren noch feucht.

»Wo sind sie denn bloß hin?«, fragte Erika.

»Hast du nicht gehört, dass sie heute Morgen mit Bussen weggebracht worden sein sollen? Lass uns gehen!« Lia schlug sich die Arme um den Oberkörper. »Bitte Eri. Mir ist hier nicht wohl. Ich glaub, ich muss brechen.«

»Gleich.« Erika betrat das Schlafzimmer. Die Schranktüren standen offen. Jemand hatte die Schubladen herausgezogen und durchwühlt. Der Inhalt eines gepackten Koffers lag auf dem Boden verstreut. Seidene Unterröcke, lange Männerunterhosen, ein geblümtes Kleid, das Johanna in besseren Zeiten für Jette genäht hatte. Es sah aus, als seien genagelte Stiefel darüber getrampelt und hätten den zarten Stoff mit Absicht zerrissen.

»Das ist ja richtig übel«, sagte Lia beklommen.

Sie gingen weiter ins Wohnzimmer, wo die Eindringlinge Hans Rubins geliebte Bücher aus dem Regal gerissen und auf den Boden geworfen hatten. Seine Gesamtausgaben der Werke Goethes und Schillers lagen zerschunden und zertreten auf dem Teppich, das Regal war darübergekippt.

»Lass uns verschwinden«, bat Lia erneut. Sie zitterte nicht nur des Windstoßes wegen, der durch das zerbrochene Fenster drang. »Bitte, Eri!«

Aber diese stellte stoisch das Regal wieder auf und begann, die Bücher einzusortieren, Goethe zu Goethe und Schiller zu Schiller. Sie musste das tun. Vielleicht legte sich dann ja das Gefühl, dass ihre Verbindung zu Martin und seiner Familie für immer zerschnitten war.

»Mann, bist du stur!« Mürrisch durchstreifte Lia den verwüsteten Raum und hob eine liebevoll bemalte Porzellanfigur im Reifrock auf, der jemand den Kopf abgeschlagen hatte. Rund um die enthauptete Hirtin drängten sich ein paar Schafe auf dem Porzellanuntersatz. Nachdenklich strich sie über den gezackten Rand des Halses und blieb vor der Fensterbank stehen, auf der ein einziges Buch lag. Sie stellte die Figur ab, klappte das Buch auf und begann zu lesen.

»Eri, komm mal! Schnell!«

Erika drehte sich um. »Was ist los?«

Lia war weißer als die Wand. »Das musst du dir ansehen.« Sie griff nach der zerbrochenen Schäferin und hielt sie fest in der Hand.

Erika trat neben sie. Das Buch war die kostbare Erstausgabe von Heinrich Heines *Neuen Gedichten* mit geprägtem Einband und Goldschnitt, die Martin zu ihrem Treffen am Kocher mitgebracht hatte. Statt des Gedichts »Deutschland, ein Wintermärchen« hatte Lia die Frontseite aufgeschlagen, auf die Martin in seiner sauberen Handschrift etwas geschrieben hatte.

»Für Erika. Ich liebe dich von Herzen, und deshalb gebe ich dich frei«, las sie laut.

Erika nahm das Buch, klappte es zu und drückte es an sich wie einen Schatz. »Lass uns gehen.«

13.

FRÜHJAHR 1939

Bei den Hermanns hing seit letztem Herbst der Haussegen schief, weil Erika sich verkroch wie eine Maus im Mauseloch. Lia jedoch wusste, dass sie irgendwann wieder herauskommen würde. Weil sie war, wie sie eben war. Aufgeben lag ihr nicht.

Ich bin nicht so opferbereit, dachte sie, während sie auf ihrem schmalen Bett in der Dachkammer der von Bruchs lag. Ich werde mein Leben genießen, jeden einzelnen Tag, den Regen und den Sonnenschein. Und heute Nacht werde ich damit beginnen.

Es war gegen Mitternacht. Der Vollmond schien durch das Dachfenster und zeichnete weiße Linien auf ihre Bettdecke. Zum ersten Mal hatte sie ihre Tür nicht abgeschlossen, und ihr Herz pochte vor Aufregung.

Zunächst hatte der Unbekannte jede Nacht an ihrer Tür gerüttelt. Doch Lia hatte nicht nachgegeben, zu sehr hatte sie gefürchtet, der Besucher könne Rupprecht und nicht der schöne Ludger sein. Also ließ sie ihn zappeln. Dann hatten seine Versuche, in ihr Reich einzudringen, aufgehört. Stattdessen hatte Lia jeden Morgen auf dem Treppenabsatz kleine Geschenke gefunden. Eine Packung Pralinen, einen Bund Rosen, eine liebevoll gebastelte Ziege aus Kastanien und Streichhölzern.

Sie zog sich die Decke bis zur Nasenspitze und wartete, doch es blieb ruhig bis tief in die Nacht. Der Mond war schon lange untergegangen, und sie war gerade dabei einzudösen, als ein Geräusch sie aufschreckte. Jemand machte sich an ihrer Klinke zu schaffen. Die Tür öffnete sich einen Spaltbreit, als könne der Besucher sein Glück kaum fassen.

Ludger schob sich verstohlen ins Zimmer. Er war so schön, dass Lias Herz einen Sprung machte. Sein blondes Haar hing ihm in einer Tolle ins Gesicht, und er grinste triumphierend.

»Da bist du also«, sagte sie.

»Ich dachte schon, ich müsse einen Dietrich mitbringen oder eine Brechstange, bevor du mich einlässt.« Seine Augen waren von einem unglaublichen Meeresblau, in das sie hineinspringen und ertrinken würde, wenn er sie ließe.

»Schließlich habe ich hier Hausrecht.« Er trat ein und durchstöberte ihr Zimmer, als gehöre es ihm, öffnete ihre Cremedose und roch daran, blätterte die Modezeitschriften durch und begutachtete die kopflose kleine Schäferin, die sie aus Martins Wohnung hatte mitgehen lassen. »Du sammelst aber komische Dinge.«

»Erinnerungen«, sagte sie heiser.

Schließlich setzte er sich auf den Bettrand, schob seine Hand unter die Decke und legte sie beiläufig auf ihren Oberschenkel. »Würdest du mir zeigen, was du so trägst? Das male ich mir seit Monaten aus, wenn ich nachts allein im Bett liege. Und es bringt mich fast um.«

Lia krabbelte ein Stück zurück und biss die Zähne zusammen, als er seine Hand langsam ihren Oberschenkel hinaufwandern ließ. Ihr Körper reagierte auf ihn, lustvoll und voller Aufregung. Sie setzte alles auf eine Karte und warf ihre Decke beiseite.

Sie trug eine knappe Schlafanzughose und eine kurzärmelige Bluse. Ludger ließ seine Augen staunend auf ihren vollen Brüsten ruhen und schob seine Hand mit erstaunlicher Kühnheit zwischen ihre Beine. Lia keuchte auf und spürte, wie sie sich auflöste und zu fließen begann.

»Darf ich mich ausziehen?«

Es ist meine Entscheidung, dachte sie kühn.

Auf ihr Nicken hin streifte er Hosenträger, Hose und Unterhemd ab und stand in seiner Unterhose da. Lia vermied den Blick auf die enorme Wölbung, die sich darin abzeichnete.

Im nächsten Moment lag er neben ihr auf der Seite und küsste sie auf den Mund, bis sie seine Zunge einließ. Er zog ihr die kurze Hose aus, die zusammengerollt auf ihrer Decke landete.

»Ich halt's nicht mehr aus«, murmelte er. »Das ist so qualvoll.« Er spreizte ihre Beine, kniete sich dazwischen und musterte sie hungrig. »Darf ich? Ich versuche auch, vorsichtig zu sein.«

Als sie zögernd nickte, umfasste er das riesige Ding, das da so gierig in die Höhe ragte, mit den Händen, beugte sich zu ihr hinab und stieß es in sie hinein. Es tat so weh, dass Lia vor Schreck aufkeuchte. Er verharrte kurz und bewegte sich dann vor und zurück, wieder und wieder, was sich für Lia wie Schmirgelpapier anfühlte. Nachdem er sich eine Weile auf ihr abgearbeitet hatte, sackte er schwer atmend auf ihrem Körper zusammen.

Das war alles gewesen? Wenn sie ehrlich war, hatte sie sich mehr erwartet von den geheimnisvollen Dingen, die Männer und Frauen miteinander taten. Außerdem brannte es höllisch zwischen ihren Beinen. Und dennoch. In diesem Moment gehörte er ihr. Ludger von Bruch, der Sohn ihrer Chefin. Sie legte ihre Hand auf seinen schweißfeuchten Rücken und genoss das Gefühl der Macht, die sie über ihn ausübte. »Könntest du?«

»Aber klar doch.« Er rollte sich von ihr herunter und griff nach seinen Hosen, als ihm die blutigen Flecken auf ihrem Laken auffielen. »Du warst noch Jungfrau?«

»Was hast du denn gedacht?« Lia stand auf und zog den Nachttopf unter dem Bett hervor, der nachts den Gang auf die Toilette ersetzte.

»Ich dachte, Nähmädchen und so, die haben Erfahrung.«

»Du glaubst also, wir lassen alle Männer ran? Raus, raus mit dir!« Sie warf ein Kissen nach ihm, das er feixend zurückschleuderte, schob ihn zur Tür und schloss hinter ihm ab. Dann setzte sie sich auf den Nachttopf und ließ die milchige Flüssigkeit aus sich herauslaufen. War es das wert gewesen? Würde er sie dazu bringen, Martin Rubin zu vergessen, der sich nie für die kleine Lia interessiert hatte?

Auch wenn sie den ganzen Tag an ihrer Entscheidung zweifelte, ließ sie ihn in der nächsten Nacht wieder ein, und in der übernächsten und den darauffolgenden ebenfalls. Mit etwas Übung entwickelte sie sogar Spaß an der Sache.

Ludger, der seine Erfahrungen bei ein paar leichten Mädchen im Ort gemacht hatte, lernte ebenfalls hinzu.

»Du hast Talent, Lia«, sagte er nach einigen Wochen anerkennend. Warum nur fühlte sie sich von seinen Worten beschmutzt wie eine Hure?

Tagsüber gingen sie sich in Gegenwart von Ludgers Eltern aus dem Weg, damit diese keinesfalls Verdacht schöpften. Aber dann setzte der Frühling mit Macht ein. Die Bäume erstrahlten in frischem Grün, und sie trafen sich zu geheimen Spaziergängen im Wald oder fuhren auf Ludgers Moped zum Kino. Wo sie sich auch befanden, konnten sie die Finger nicht voneinander lassen, brachten sich in der Dunkelheit des Kinosaals in Stimmung oder taten es im Freien. Diese Zeit behielt Lia später als die unwirklichste ihres Lebens in Erinnerung. Wenn sie sich daran erinnerte, versank sie in einem Meer aus gelben Butterblumen und spürte frisches Gras unter ihren Schenkeln.

Auf langen Spaziergängen erzählte ihr Ludger schließlich von sich. »Rolf wird sicher Ingenieur«, sagte er und half ihr über einen Baumstamm hinweg. »Der hat so ein gutes Verständnis für Technik.«

»Aber du doch auch.«

Er biss sich auf die Unterlippe. »Mein Vater will, dass ich die Banklehre fertig mache.«

»Es gibt Schlimmeres«, entgegnete Lia. »Schau mich an.«

»Was meinst du damit?« Er blickte so verständnislos auf sie hinab, dass Lia den Kopf schüttelte.

»Nichts.« Er musste nicht wissen, dass sie ein vaterloses Kind ohne Wurzeln war. Sie wusste nicht einmal, woher sie kam, hatte keine Erinnerungen an Berlin.

»Aber zuerst werde ich ein Held.«

Ludger plante, der SS beizutreten, der Elitekampftruppe

des Führers. Lia schlug die Hand vor den Mund, als sie ihn zum ersten Mal in seiner schwarzen Uniform sah. Er stand vor dem Spiegel im Nähzimmer und drehte sich um sich selbst, während Johanna ein paar Abnäher an seiner Jacke anbrachte. Seine polierten Stiefel reichten ihm bis zum Knie. Die rote Armbinde mit dem Hakenkreuz hob sich eindrucksvoll von dem dunklen Stoff ab. Lia ließ ihren Blick von seinen breiten Schultern zu seinem schönen Gesicht wandern.

»Wie findet denn unser kleines Nähmädchen, dass ich aussehe?«

»Schneidig! Wenn dir wirklich etwas an meinem Urteil liegt.« Warum nur musste sie in diesem Moment an ihre Schäferin ohne Kopf denken?

Ludger wandte sich an seine Mutter, die ihm zu Füßen kniete, ein paar Stecknadeln in der Hand. »Mutter, in diesen Farben werden wir die Welt erobern.«

Johanna betrachtete ihn voller Stolz. »Ja, mein Junge. Aber pass bitte auf dich auf. Ich will dich heile zurück.«

Lia blieb das Lachen im Halse stecken.

In diesem Sommer lag der Krieg in der Luft wie ein schlechter Geruch, aber Lia bekam das Säbelgerassel nur am Rande mit, denn sie war viel zu sehr mit Ludger beschäftigt. Und wenn sie nicht zusammen waren, nähte sie.

Sie half Johanna inzwischen auch bei den komplizierteren Aufträgen und sorgte mit ihrer Unterstützung im Haushalt dafür, dass Rupprecht seine Frau nicht mehr herumscheuchte. Das war nicht viel, aber immerhin. Von wegen, Frauen wüssten sich nicht zu helfen, dachte sie, wenn sie dem

Tyrannen mit einem naiven Augenaufschlag Kartoffelbrei auf den Teller klatschte. Für diesen Triumph akzeptierte sie sogar, dass der finstere Mann mit dem leeren Jackenärmel sie wie einen Scheuerlappen behandelte. Nach ein paar Monaten stellte er ein Hausmädchen und eine Köchin ein. Wahrscheinlich wollte er die penetrante kleine Lia loswerden, wie ehedem der Lehrer Reiser.

Eines Morgens saß Lia vor der Schneiderpuppe und steckte gerade den Saum eines nachtblauen Abendkleids um, als Johanna eintrat. Sie trug einen Ballen Seide, der prompt zu Boden glitt, als sie die Tür ins Schloss zog. Lia half ihr, den Stoff wieder aufzurollen. »Wie wunderbar zart er sich anfühlt.«

»Ja, wenn du beim Stoff auf Qualität achtest, hast du schon halb gewonnen.«

Johanna ließ sich erschöpft auf einen Stuhl fallen und goss sich ein Glas Wasser aus einer Karaffe ein. »Setz dich ein wenig zu mir, Lia, ich bitte dich.«

Lia hockte sich auf die äußerste Kante des Stuhls. »Sie sehen müde aus.«

»Ich schlafe schlecht in letzter Zeit.«

Lia verkniff sich die Bemerkung, dass sie mit Rupprecht neben sich überhaupt nicht schlafen würde. »Was denken Sie eigentlich von Frauen in Hosen?«, fragte sie stattdessen.

Johanna schnaubte. »Hosen sind an Frauen anrüchig und unanständig.«

»Das finde ich überhaupt nicht«, sagte Lia.

Johanna schüttelte den Kopf. »Werktätige Frauen haben sie getragen, als es nach dem Weltkrieg nicht anders ging, weil sie Männerberufe ausüben mussten. Auf dem Bau, im Stahlwerk. Aber du darfst nicht vergessen, dass eine Hose viel zu sehr den Körper betont.«

»Aber manche tragen sie, weil sie schick aussehen«, behauptete Lia. »Sie selbst haben mir Modemagazine mit entsprechenden Fotos in meine Kammer gelegt.«

»Wirklich?« Johanna riss die Augen auf. »Da muss ich wohl nicht aufgepasst haben.«

Lia sprang auf, rannte die Treppe hinauf und holte ihr Beweisstück. »Da. Sehen Sie!«

»Oh, das ist Marlene Dietrich«, sagte Johanna ertappt.

Lia liebte das Foto des Filmstars auf dem Ozeandampfer. Marlene lümmelte in einem Deck Chair und trug dabei einen Hosenanzug, ein weißes Hemd und ein Käppi auf ihren blonden Locken.

»Sie ist angezogen wie ein Mann.« Johanna schüttelte den Kopf. »Das kann nicht Gottes Wille sein.«

»Und auch nicht der des Führers.«

Sie kicherten beide hinter vorgehaltener Hand, denn für den kleinen Mann aus Österreich hatten deutsche Frauen bodenständig und traditionsbewusst zu sein.

»Geben Sie es zu«, sagte Lia. »Marlene gefällt Ihnen in dieser Aufmachung.«

Johanna seufzte. »Also gut. Bei ihrer schlanken Figur steht es ihr, auch wenn es etwas Anrüchiges hat. Aber wir beide, du und ich, wir heißen nicht Marlene. Wir sind anständige Frauen, oder, Lia?«

Lia weigerte sich, diese Aussage auf eine verborgene Bedeutung abzuklopfen. Stattdessen holte sie tief Luft und sprach aus, was ihr seit Monaten auf der Seele lag: »Hose hin oder her. Sie könnten auch etwas mehr aus sich machen.«

»Wie meinst du das?« Johanna steckte eine Strähne in ihrem zerzausten Knoten fest, der von Tag zu Tag mehr zu ergrauen schien.

»Schauen Sie sich doch einmal an!«

Johanna war ein paar Jahre jünger als Luise, aber sie wirkte älter und verhärmter, als würde Schönheit ohne Freude verkümmern. »Man muss sein Schicksal annehmen und zu seinem Alter stehen.«

»Aber wenn Gott dir Zitronen gibt, darfst du ruhig Limonade daraus machen.« Sogar wenn Rupprecht anderer Meinung ist, wollte Lia hinzufügen, aber da hatte Johanna schon die Tür hinter sich zugeschlagen und den Raum verlassen.

Darum war Lia umso erstaunter, als sich Johanna zu ihrem Geburtstag einige Tage später die Haare schneiden und eine Wasserwelle legen ließ.

Nachmittags schneiten Luise und Erika herein.

»Was für eine schicke Frisur.« Luises laute Stimme dröhnte durch die Diele. »Das hätte ich dir gar nicht zugetraut. Du siehst viel jünger aus.«

Johanna errötete vor Freude, während Rupprecht nur kurz seinen Kopf aus dem Arbeitszimmer streckte, bevor er sich missgelaunt zurückzog und etwas von »Weibergeschwätz« brummte. Ludger aber warf Lia einen warnenden Blick zu. Erzähl bloß nichts von uns, hieß das. Sie zuckte mit den Schultern und genoss das Gefühl, unberechenbar zu sein. Kopfschüttelnd machte er sich aus dem Staub.

Zur Feier des Tages hatte das Dienstmädchen den Salon mit dem schwarzen Büfett und der steifen Sitzgruppe geputzt und die dunkelroten Vorhänge von den Fenstern gezogen, so dass sich der Blick auf eine grüne Tannenschonung öffnete. An den Wänden hingen Ahnenportraits, in einer Ecke prangte der Waffenschrank mit einem ganzen Arsenal an Jagdgewehren, die Rupprecht wöchentlich polierte. Lia lief es immer kalt den Rücken herunter, wenn sie sie näher betrachtete.

»Hat er eigentlich auch Munition dafür?«, fragte sie.

»Natürlich. Sie sind geladen«, erwiderte Johanna. »Aber heute wollen wir sorglos sein.«

Sie versammelten sich um den Tisch und verbrachten den Nachmittag bei Torte, Kaffee und Likör.

»Es ist so ungemütlich hier, dass ich fast vom Stuhl falle«, lallte Lia nach dem vierten Schlehenlikör. Sie deutete auf ein Bild, von dem sie ein alter Mann misstrauisch zu beäugen schien. »Gell, Urgroßvater? Du bist hier eingesperrt. Darum guckst du so miesepetrig.«

»Du bist die Erste, die den guten alten Freiherr von Bruch anzusprechen wagt.« Erika prostete dem Bild zu, und die beiden älteren Frauen stimmten verschwörerisch in ihr Lachen ein.

»Mit dem Adelstitel kann man sich doch heute nur noch den Popo abwischen«, warf Lia ein, und sie lachten noch mehr.

Am nächsten Morgen hatte Johanna ein blaues Auge, und ihre Haare waren wieder an ihrem Hinterkopf aufgesteckt, so gut es bei der Länge eben ging.

»Wie ist das passiert?«, fragte Lia entsetzt.

»Ich bin gegen den Schrank gelaufen, weil ich wieder so ungeschickt war.«

»Ungeschickt? Sie glauben doch wohl nicht, dass ich Ihnen das abnehme?« Lia ballte ihre Fäuste. »Warum lassen Sie sich das gefallen? Können Sie den Mann nicht …« … im Schlaf erwürgen?, hatte sie sagen wollen, hielt aber dann doch lieber den Mund.

»Ich habe die verdiente Strafe für meine Hoffart und Eitelkeit bekommen«, sagte Johanna fest. »Mein Mann hat sicher recht, wenn er mich züchtigt. Aber du, Lia, pass auf, was du tust.« Sie griff nach ihrem Arm.

»Wie meinen Sie das?« Lia wäre am liebsten im Boden versunken. Ahnte Johanna etwas?

»Du hast mich verstanden, oder? Ich kann dich gut leiden, Lia, das weißt du. Darum gib Acht auf dich.«

14.

Der 31. August war ein warmer Tag, satt von der Ernte. Stille lag über dem weiten Land, dessen Wiesen und Felder zum Horizont hin in Weinberge und waldbestandene Hügel ausliefen. Der Feldrain stand voller Sonnenblumen, und die Brombeeren, die Lia und Ludger sich gegenseitig in den Mund schoben, waren schwarz und süß.

Sie gingen Hand in Hand spazieren. Aber dann begannen sie zu streiten. Es gab Dinge, die brannten Lia auf der Zunge. Sie würde ersticken, wenn sie sie nicht aussprach. »Warum seid ihr so zu Johanna? Und erzähl mir nicht, dass christliche Frauen sich unterbuttern lassen müssen.«

»Wie sind wir denn zu ihr?« Ludger, der in seinem gestreiften Hemd und den Hosenträgern zum Anbeißen aussah, schwenkte ihre Hände spielerisch in der Luft.

Lia blieb stehen. »Gemein halt. Sie kriegt tausend Sticheleien ab. Und ihr lasst sie springen: Mutter, hol dies, und Mutter, hol das.«

»Ich behandele sie nicht schlecht«, verteidigte sich Ludger.

»Sag ich ja auch gar nicht. Du reißt dich immerhin zusammen.« Lia, die nicht vorhatte, ihm Rupprechts Benehmen durchgehen zu lassen, hatte ihn schon mehrfach gerügt.

»Aber wenn du es genau wissen willst.« Er taxierte sie von der Seite. »Meine Mutter ist selbst schuld.«

Lia stützte empört die Hände in ihre Hüften. »Was ist das denn für eine Logik?«

»Johanna ist meines Vaters nicht würdig. Er ist adlig geboren und hat sogar ein Offizierspatent.« Ludger zog sie an sich und begann, an ihrem Ohrläppchen zu knabbern. »Wir könnten zum angenehmen Teil des Abends übergehen. Der Waldboden ist weich.«

»Johanna ist doch nicht dumm.« Lia schubste ihn von sich weg. »Sie trägt mit ihrer Schneiderwerkstatt zum Haushaltseinkommen bei.« Im Gegensatz zu Rupprecht, der, wie Lia fand, viel zu viel Zeit mit der Verwaltung seines Grundbesitzes zubrachte und ansonsten miesepetrig in der Küche rumsaß.

Ludger wandte frustriert seine Augen zum Himmel. »Mein Vater sagt, es sei eine Schande, dass in seinem Hause Näharbeiten verrichtet werden.«

»Er fühlt sich zu gut dafür?«, fragte Lia verwundert. »Aber ihr könnt doch prima davon leben.«

Halt, dachte sie. Das stimmte so nicht. Luise war mit ihrer Firma mittlerweile weitaus erfolgreicher als Johanna mit ihrer Schneiderei.

Ludger faltete seine Hände in ihrem Nacken. »Mein Vater meint, mit einer Frau aus besserer Familie wäre sicher Vermögen in die Familie gekommen. Da müsste er sich diese Blöße nicht geben.«

Lia war einen Moment lang sprachlos. »Johanna ist deine Mutter! Wie kannst du so über sie sprechen?«

Genießerisch ließ er seine Fingerkuppen über ihre Augenbrauen gleiten. »Rote Brauen, weich wie Seide, die habe ich noch nie gesehen. Aber er wird schon recht haben. Schließlich ist er der Mann. Da weiß er, was Sache ist.«

»Das glaubst du?« Sie stellte sich mit untergeschlagenen Armen vor ihm auf. Sie würde Johannas blaues Auge nicht erwähnen, aber sie musste sichergehen, dass Ludger sich ihr gegenüber nicht genauso benahm.

Er nagte an seiner Unterlippe. »Du bist unglaublich süß, wenn du wütend wirst, wie ein Vulkan kurz vor dem Ausbruch. Weißt du was? Vergessen wir das alles. Wir suchen uns ein Plätzchen und lassen es uns so richtig gut gehen. Ich hab Wein im Rucksack.«

»Ich muss erst noch etwas loswerden.« Sie holte tief Luft. »Ich hab ihn durchschaut, deinen ach so adligen Vater. Rupprecht ist ein verbitterter Knilch, der seine Frau für Dinge büßen lässt, die sie gar nicht verschuldet hat. Und er gibt dir ebenfalls das Gefühl, nicht gut genug zu sein. Schließlich bist du Johannas Sohn. Damit hält er dich klein. Und darum lässt er dich nicht machen, was du willst. Von wegen Bankkaufmann und so. Das willst du doch überhaupt nicht werden. Und du hast ständig Angst, ihm zu missfallen …«

Ludgers Gesicht verschloss sich binnen Sekunden. Er drehte sich schweigend um und ging in Richtung Moped davon. Lia stand eine Weile lang da wie betäubt. Dann stampfte sie mit dem Fuß auf und eilte ihm hinterher.

»Ludger! So warte doch!« Sie hatte ihm die große Neuigkeit noch gar nicht verkündet. »Ich bin schwanger!«

Sein schneller Schritt kam kurz ins Stocken, dann legte er so an Tempo zu, dass sich der Abstand zwischen ihnen ständig vergrößerte.

»Ludger, verdammt!« Sie lief hinter ihm her. Tränen stiegen in ihre Augen, und ihre Nase setzte sich zu.

Was, wenn er sie einfach stehen ließ? Abgesehen davon, dass sie nicht einmal wusste, wo genau sie waren, würde sie für den Heimweg Stunden brauchen. Sie erreichte ihn keuchend, als er das Moped gerade in die Senkrechte wuchtete.

»Steig auf!«, befahl er.

Sie tat, was er verlangte, und legte ihm die Arme um die Mitte. »Ludger, ich …«

»Halt den Mund!«

Da gab sie nach und ließ sich ohne ein weiteres Wort nach Kupferzell fahren. Wie immer stieg Lia am Ortseingang ab und folgte Ludger zu Fuß den einsamen Stichweg entlang zum Forsthaus. Was für eine Demütigung, dass sie ihre Beziehung geheim halten mussten. Wer bin ich, dass ich mich so behandeln lasse?

Lia schob sich durch die Tür, schlich die Treppe hinauf und legte sich in ihrer Dachkammer auf ihr schmales Bett. Sie ließ sogar das Abendessen ausfallen. Wochenlang war ihr jetzt schon schlecht, vor allem morgens. Da spuckte sie ihren Mageninhalt in den Nachttopf, bis nur noch gelbe Galle kam. Aber manchmal hielt die Übelkeit den ganzen Tag über an.

Sie zählte die Wochen an den Fingern ab. Ende Mai war ihre Blutung zum ersten Mal ausgeblieben. Lia hatte es, verliebt wie sie war, zunächst ignoriert. Sie musste also jetzt im dritten oder vierten Monat sein. Das war gerade noch früh genug, um zu heiraten, ehe die Schwangerschaft sichtbar wurde. Und das mussten sie so bald wie möglich, wenn Lia nicht in Schande fallen wollte wie ihre Mutter.

Dass Marga verwitwet war, kaufte sie ihr schon lange nicht mehr ab. Stattdessen hatte sie sich von ihrer Herrschaft verführen und ein Kind andrehen lassen. Mich, dachte Lia. Das zumindest war ihre Theorie.

In den letzten Monaten war sie zwischen Verzweiflung und der Hoffnung auf eine Hochzeit in Weiß mit grünem Brautkranz hin und her geschwankt. Sie lag wach und wartete, bis sich Dunkelheit und Stille über das Haus gesenkt hatten. Dann schlich sie ins Erdgeschoss, um sich in der Küche ein Brot zu machen. Stimmen schallten durchs Treppenhaus. Es war nicht zu überhören, dass sich die Familie in Rupprechts Arbeitszimmer lautstark stritt. Lia stellte sich auf die unterste Stufe, kaute an ihrem Leberwurstbrot und lauschte.

»Sie ist schwanger«, sagte Ludger.

»Wie konntest du es so weit kommen lassen, du verdammter Hurenbock!«, brüllte Rupprecht.

»Ich dachte, dafür seien die Frauen zuständig«, gab Ludger kleinlaut zu. Lia verdrehte die Augen.

»Aber Rupprecht«, mischte sich Johanna ein. »Sie sind doch beide noch so jung. Lass uns lieber eine …«

»Pah!«, rief dieser verächtlich. »Halt du dich raus. Sie sind alt genug zum Vögeln. Da können sie auch die Verantwortung übernehmen, vor allem das Mädchen. Sicher hat dich die Kleine verführt, Ludger. Wer weiß, wie viele schon über sie drübergestiegen sind?«

Lia schnaubte empört. Sie war kein leichtes Mädchen, keine von denen, die sich den Kerlen reihenweise an den Hals warfen.

»Lia ist nicht so«, nahm Johanna sie in Schutz.

»Natürlich ist sie so«, fuhr Rupprecht unbeirrt fort. »Siehst du gar nicht, Ludger, dass sich diese notgeile kleine Katze ins gemachte Nest setzen will, indem sie dir ein Kind anhängt, womit sie unseren guten Namen unrettbar beschmutzen würde? Denk ja nicht daran, sie zu heiraten. Ihr müsst sie wegschicken, und zwar so schnell wie möglich.«

Es wurde so leise, dass Lia nicht zu atmen wagte. Natürlich würde sich Rupprecht nicht die Hände schmutzig machen, indem er selbst mit ihr sprach.

»Ja, Vater«, sagte Ludger in die Stille hinein.

Lia hatte genug gehört. Sie verschwand in ihrer Dachkammer und drehte zum ersten Mal seit Langem wieder den Schlüssel im Schloss. Dann kamen die Tränen. Sie schluchzte und heulte, trat gegen den Schrank und schlug mit geballten Fäusten auf ihr Kopfkissen ein. Hatte ihre Mutter sich auch so verraten gefühlt? Wahrscheinlich, sonst hätte sie Berlin nicht Hals über Kopf verlassen.

Lia weinte, bis sie keine Tränen mehr hatte. Dann legte sie ihre Hände auf ihren Bauch. »Ich bin für dich da«, sagte sie zu dem kleinen Wurm, der nichts für das Fiasko konnte, in das er hineingeboren zu werden drohte. »Egal, was geschieht.«

Der nächste Tag war der 1. September. Schon vor Morgengrauen hatte Lia ihren kleinen Koffer gepackt. Die Schäferin ohne Kopf lag gut verpackt zwischen ihren Blusen.

Sie ging ins Erdgeschoss, um sich von Johanna zu verabschieden. Ludger war um diese Zeit schon auf der Arbeit. Aber sie hätte es ohnehin nicht ertragen, ihn zu sehen. Und Rupprecht? Wenn der ihr über den Weg lief, würde sie ihm ins Gesicht spucken. Doch das Foyer hallte nur von einer einzigen Stimme wider, die aus dem Radio drang.

Lia spähte durch die Küchentür, die einen Spaltbreit geöffnet war. Johanna und Rupprecht saßen mit gebeugten Köpfen vor dem Radio und lauschten der Ansprache des Führers. Der Empfang war schlecht und ließ seine Stimme stärker als sonst schnarren und dröhnen.

»Ich will nicht den Kampf gegen Frauen und Kinder führen. Ich habe meiner Luftwaffe den Auftrag gegeben, sich auf militärische Objekte bei ihren Angriffen zu beschränken. Wenn aber der Gegner daraus einen Freibrief ablesen zu können glaubt, seinerseits mit umgekehrten Methoden kämpfen zu können, dann wird er eine Antwort erhalten, dass ihm Hören und Sehen vergeht! Polen hat heute Nacht zum ersten Mal auf unserem eigenen Territorium auch mit bereits regulären Soldaten geschossen. Seit 5.45 Uhr wird jetzt zurückgeschossen!«

Lia entfernte sich leise, durchquerte den Flur und betrat Rupprechts Arbeitszimmer. Der schwarze Schreibtisch war penibel aufgeräumt. Hastig durchwühlte sie alle Schubladen, fand aber nichts, bis sie auf das Geheimfach stieß. Wo war der Schlüssel? Ein triumphierendes Lachen stieg in ihr auf, als sie ihn angeklebt an der Decke der oberen Schublade entdeckte.

Sie schloss das Fach auf. Und da lagen sie, die Stapel von Geldscheinen, die Rupprecht hortete, anstatt sie für besseres Essen, die Dachreparatur des Forsthauses oder ein mageres Gehalt für das aufmüpfige Lehrmädchen auszugeben. Lia zählte 1000 Reichsmark ab und steckte sie in ihre Tasche. Das erschien ihr ein angemessener Preis zu sein.

Sie verließ das Haus, ohne sich noch einmal umzublicken.

15.

Eine halbe Stunde später stand Lia mit ihrem Koffer an der Landstraße und winkte dem nächstbesten Fahrzeug, einem Pferdefuhrwerk, das einen Karren voller Kohlköpfe zog. Der Bauer, ein älterer Mann mit Schnauzbart und einem Kranz aus Lachfalten um die Augen, brachte das Pferd neben ihr zum Stehen. »Wo willsch denn na, Mädla?«

»Nach Künzelsau.«

»Dann kannsch mitfahre.«

Erleichtert kletterte Lia auf den Kutschbock. Der Bauer spuckte einen Priem in den Straßenstaub. »Du reißt doch nicht von zu Hause aus, oder?«

»Ich fahr nur heim«, beeilte sie sich zu sagen. »Ich wohn in Künzelsau. Ich bin Lehrmädchen bei der Frau von Bruch. Aber jetzt ist etwas Gesundheitliches vorgefallen.« Lia beglückwünschte sich zu diesem Einfall, für den sie nicht einmal lügen musste.

»So ist das also.« Er schnalzte mit der Zunge, und das Pferd setzte sich in Bewegung. »Wir haben Krieg. Das hast du sicher mitbekommen. Der Führer hat Polen überfallen.«

»Ja. Aber Polen ist weit weg.«

»Das denkst du.« Der Bauer lachte kollernd. »Der Krieg kommt zu uns, oder wir zu ihm. Das weiß ich noch vom letzten Mal.«

Lia zuckte mit den Schultern. Sie hatte beschlossen, sich um ihre eigenen Angelegenheiten zu kümmern.

Kurz darauf kam sie erschöpft und erleichtert in der Austraße an und betrat durch die Veranda die Villa. Sie seufzte sehnsüchtig, als sei das Gefühl von Heimat schon verloren, das sich damit verband.

»Ich bin's, Lia!« Beklommen wartete sie ab, ob Marga aus der Küche stürmen und sie in ihre Arme schließen würde. Dem würde sie nicht widerstehen können, auch wenn sie sich vorgenommen hatte, ihr nichts von dem Dilemma zu erzählen, in dem sie steckte. Doch im Foyer war es so still, dass ihr das Rattern der Nähmaschinen aus dem Anbau wie ein weit entferntes Rauschen vorkam.

Lia spähte in die blitzblank geputzte Küche. Es kam selten vor, dass niemand zu Hause war. In diesem Moment ging ihr auf, dass sie nicht die Kraft hatte, ihrer Mutter gegenüberzutreten. Wie oft hatte Marga sie davor gewarnt, sich mit einem Jungen einzulassen? Und Luise? Himmel, die war so christlich, dass sie sicherlich Strenge walten lassen würde. Vielleicht würde sie Marga sogar kündigen und sie mitsamt ihrer unbotmäßigen Tochter auf die Straße setzen! Nein, Lia musste vermeiden, den beiden zu begegnen. Aber was, verflixt noch mal, sollte sie bloß tun?

Entschlossen ging sie in Erikas Zimmer, setzte sich auf den Bettrand und wartete. Wie ordentlich es hier doch war. Das Bett war gemacht, alle Kleider hingen im Schrank, und auf dem kleinen Holztisch stand ein Strauß frischer Sonnenblumen.

Nach einer Ewigkeit öffnete sich die Haustür. Lia hörte, wie Erika die Treppe hinaufstieg. Einen Moment später stand sie in der Tür. Sie trug die weiße Bluse und den Rock mit dem graphischen Muster, die Lia ihr genäht hatte. »Lia? Ich hatte dich gar nicht erwartet?«

Tränen traten in Lias Augen. Eine Sekunde später lag sie in Erikas Armen und weinte ihr die Bluse nass.

Erika strich ihr übers Haar. »Aber nicht doch, du kleines Schaf. Was ist denn passiert?«

Lia schluckte und zog die Nase hoch. »Wo ist meine Mutter?«

Erika goss ihr ein Glas Wasser aus der Karaffe ein, die auf dem Nachttisch stand. Lia trank es durstig leer.

»Marga ist beim Chor der Kirchengemeinde. Soll ich ihr Bescheid sagen, damit sie kommt?«

»Nein, nein. Auf keinen Fall.« Lia schüttelte entschieden den Kopf.

In diesem Moment fiel die Haustür im Erdgeschoss ein weiteres Mal ins Schloss.

»Ihr solltet euch angewöhnen, abzuschließen«, zischte Lia.

»Wo seid ihr denn alle?«, hallte es durchs Treppenhaus.

Panik erfasste sie. »Ludger? Er darf nicht merken, dass ich da bin. Bitte, bitte, Erika, tu was und verleugne mich!«

Erika drückte ihre Hand. »Lass mich nur machen.«

Lia folgte ihr in den Gang hinaus. Erika stieg mit einer Gelassenheit die Treppe hinab, die einer Königin würdig war. Das schmiedeeiserne Treppengeländer bohrte sich in Lias Handflächen, während sie lauschte.

»Ist Lia da?«

Sie zuckte unter dem Klang seiner lauten Stimme zusammen. Ludger offenbarte Seiten, die sie noch nicht an ihm kannte.

»Hier ist sie jedenfalls nicht«, antwortete Erika gleichmütig. »Ich schlage vor, dass du dich beruhigst.«

»Und? Wo stecken die anderen alle?«

Lia blinzelte ungläubig. Hatte er immer schon so aggressiv herumgeschrien?

»Meine Mutter und Marga sind unterwegs, und Rolf übernachtet heute bei einem Schulkameraden. Aber warum fragst du nach Lia? Sitzt sie nicht für Johanna an der Nähmaschine?«

Lia bewunderte Erika für ihre Kaltblütigkeit.

»Na, weil … Sie ist abgehauen und hat verdammt noch mal Geld von meinem Vater gestohlen!«

»Sie hat was?«, fragte Erika befremdet. Lia errötete und hielt den Treppenknauf noch fester.

»Vaters Geld geklaut, bist du schwerhörig?«, rief Ludger hitzig. »Ich bin schon in der ganzen Gegend herumgefahren, um sie zu suchen.«

Etwas Schweres polterte zu Boden und zerbrach klirrend auf den Fliesen. Die Vase mit den gemalten Vögeln, vermutete Lia. Herr Falbe hatte sie immer spöttisch als Pseudo-Ming-Dynastie tituliert.

»Aber Ludger!«, rief Erika entrüstet. »Die war eine Erinnerung an meinen Vater.«

»Entschuldige.« Er klang zerknirscht. »War sicher eine Fälschung.«

»Ja, aber sie hatte einen ideellen Wert. Du hättest sie nicht mit Absicht runterwerfen müssen.«

»Das war ein Versehen.«

»Wirklich?«

»Warte, ich helfe dir.«

»Das will ich auch hoffen.«

Eine Weile war alles still. Lia nahm an, dass die beiden einträchtig die Scherben zusammenkehrten.

»Und jetzt?«, fragte Ludger. Er klang so verunsichert, dass Lia sich zwingen musste, nicht die Treppe hinabzustürmen und ihm in die Arme zu fallen.

»Du gehst jetzt besser«, sagte Erika kühl. »Ich sage dir Bescheid, wenn Lia sich meldet.«

»Ja«, sagte er. »Schließlich gehört sie mir.«

Lia traute ihren Ohren nicht. »Ich bin doch nicht dein Eigentum, Ludger von Bruch«, zischte sie leise und atmete auf, als die Tür hinter ihm ins Schloss gefallen war.

Erika lief schnell die Treppe hinauf. »Was ist hier los, verflixt noch mal? Und keine blumigen Ausflüchte mehr!«

Lia sah ihrer Freundin ins Gesicht. »Ich hab gar nicht gewusst, dass du so gut lügen kannst, oder halt, doch, die Himmelsbotin fürchtet sich ja vor nichts.«

Erika stemmte die Hände in die Hüften. »Nun schwing keine Reden, sondern leg los!«

»Ich bin schwanger«, gab Lia zu.

Die Himmelsbotin bekam Telleraugen und wusste offenbar erst mal nicht, was sie sagen sollte. Allein für dieses einmalige Erlebnis, befand Lia, hatte sich die Hiobsbotschaft gelohnt.

»Aber nicht von Ludger?«

»Von wem denn sonst?« Lia spürte, wie ihr erneut die Tränen kamen. Wie hatte sie nur auf diesen Hallodri hereinfallen können?

»Was hast du denn jetzt vor? Und was wird deine Mutter dazu sagen?«, fragte Erika.

»Sie darf es nicht erfahren.«

»Ich habe dich doch so oft vor ihm gewarnt.« Erika schüttelte den Kopf. »Willst du ihn heiraten? Er war ziemlich aufgelöst.« Sie sah Lia prüfend an, dann bemerkte sie: »Man sieht noch nichts.«

Lia setzte sich auf den Bettrand und senkte den Kopf. »Ich bin nicht gut genug für ihn. Sein Vater hat ihn heute Nacht gezwungen, mich aufzugeben.«

»Rupprecht.« Erika ließ sich neben sie nieder und legte ihr den Arm um die Schultern. »Dieser Mistkerl. Das war zu erwarten. Aber was willst du sonst tun? Und was, verflixt noch mal, ist mit dem Geld, das du ihm gestohlen haben sollst?«

Lia zuckte mit den Schultern. »Ich weiß nicht. Mich in Luft auflösen, nach Argentinien auswandern.« Oder in die USA oder nach Palästina, sagte eine hartnäckige Stimme, die sie nicht zum Schweigen bringen konnte. »Das Geld kann ich dafür prima gebrauchen.«

»Das wird nicht nötig sein« Sie fuhren auseinander. In der Tür stand Herr Falbe.

»Was soll das, einfach so bei mir hereinzuplatzen?«, fragte Erika verärgert. »Haben Sie etwa gelauscht?«

»Entschuldige bitte, Erika. Aber das war der Not geschuldet.«

Herr Falbe trat ein, ließ sich auf den Stuhl vor Erikas Frisierkommode fallen und streckte seine langen Beine von sich. Sein gestreifter Anzug war zerknittert, und auf seiner Glatze glitzerten Schweißperlen. »Du machst ja Sachen, Lia. Am besten, du erzählst uns, was vorgefallen ist.«

Lia griff nach Erikas Hand und legte los. Sie seufzte, es tat so gut, sich ihr Missgeschick von der Seele zu reden. »Das war's. Ich hab genau das getan, wovor mich meine Mutter immer gewarnt hat. Echt peinlich, oder?«

»Luise wird nicht erfreut sein, aber sie wird dich nicht fortschicken«, sagte Erika.

Lia schüttelte den Kopf. »Sie wird entsetzt sein, gute Christin, die sie ist. Sie hat eine Schlange an ihrem Busen genährt.«

»Aber Marga wird dir helfen«, widersprach Herr Falbe.

»Meine Mutter wird zuerst herumschreien und dann tagelang weinen«, war sich Lia sicher. »Das ertrag ich nicht. Nicht in meiner Situation.«

Herr Falbe beugte sich vor. Sein Gesicht hatte einen purpurroten Farbton angenommen und er atmete zu schnell. »Aber du erträgst, sie über dein Verbleiben im Ungewissen zu lassen?«

Lia schluckte an dem Kloß in ihrem Hals. »Vorerst schon.«

»Es gibt Heime«, sagte Erika.

»Für gefallene Mädchen? So siehst du mich also.« Lia blieb vor Empörung der Mund offen stehen.

»Das habe ich nicht gesagt.« Erika hob die Hände, und Lia rückte ein Stück von ihr ab. »Aber die Heime sind für Mädchen, die sich vom Sohn ihrer Herrschaft haben verführen lassen. Da würde man dich aufnehmen und sich um dich kümmern. Vielleicht würde man sogar Adoptiveltern für dein Kind finden. Denn behalten kannst du es ja wohl nicht.«

»Warum nicht?«, fuhr Lia auf.

»Hört auf zu streiten, Mädchen!« Herr Falbe begann, rastlos auf und ab zu laufen. »Es gibt eine weitere Möglichkeit: Ich habe in Berlin noch Kontakte in der Modebranche. Madame Ada wird dir weiterhelfen, Lia. Ohne Zweifel wird sie das.«

»Madame, wer?« Hoffnung erwachte in ihr.

»Sie näht für die besten Kreise, und sie sucht immer nach begabten Schneiderinnen. Ich hatte sowieso vor, dich ihr vorzustellen. Nur noch nicht so bald.«

Lia atmete tief durch. An diesen Strohhalm würde sie sich klammern. »Ich tue, was Sie wollen. Sagen Sie mir nur, wie ich da hinkomme.«

»Ich hoffe, du hörst auf meinen Rat.« Die Röte in Herrn Falbes Gesicht vertiefte sich. »Wir müssen schnell handeln, Mädchen, bevor eure Mütter nach Hause kommen. Lia, du gehst in eure Kammer und packst ein, was du mitnehmen willst. Vor allem Ausweisdokumente. Und dann schreibst du Marga, dass du dich so bald wie möglich meldest.«

»Aber … ich kann doch nicht …«, widersprach Lia.

»Du tust, was ich dir sage. Deine Mutter ist der anständigste Mensch, den ich kenne. Sie hat es nicht verdient, dass du sie im Ungewissen lässt. Und Erika übergibst du das Geld, das du Rupprecht gestohlen hast, sonst kann er dich wegen Diebstahls anzeigen und im ganzen Reich suchen lassen. Luise kann es über Johanna zurückgeben.«

Zähneknirschend holte Lia den schönen Packen Scheine aus ihrer Tasche und legte ihn auf Erikas Bett. »Jammerschade drum.«

»Ach, Lia«, sagte Erika.

»Und du, Erika, packst uns bitte ein Vesperpaket für den Abend und die Nacht«, wandte sich Herr Falbe an sie. »Denn ich gedenke, Lia selbst nach Berlin zu bringen.«

Ihre Augen wurden groß. »So ein Aufwand! Ich kann auch mit dem Zug fahren.«

»Kannst du nicht.« Herr Falbe schüttelte den Kopf. »Es herrscht Krieg, Lia. Allerorten sind Truppenbewegungen nach Polen. Ich möchte dich nicht zwischen den Soldaten sehen.«

»Danke«, murmelte sie kleinlaut. »Ich mich auch nicht.«

»Keine Gefühlsduselei bitte! Und schnell jetzt!«, trieb Herr Falbe sie an.

»Aber was erzählen Sie meiner Mutter?«, fragte Erika.

»Das lass mal meine Sorge sein.« Er kritzelte eine Nachricht für Luise auf eine von Erikas Heftseiten und trennte sie heraus.

Eine Viertelstunde später saß Lia in den weichen Ledersitzen des Mercedes und winkte Erika zum letzten Mal zu. So also fühlte sich Abschied an. Als ob man ins Leere sprang und dabei ein Stück seines Herzens zurückließ. Lia blinzelte ihre Tränen fort und warf einen letzten Blick auf die Stadt. Der Marktplatz, das Rathaus mit seinem Türmchen. Das Haus der Familie Rubin mit seinen vernagelten Fenstern. Der Kocher, der in der Abenddämmerung dunkel schimmerte.

»Auf Wiedersehen«, murmelte sie.

Herr Falbe wandte sich ihr zu. »Wenn ich Marga richtig verstanden habe, ist Berlin deine Heimatstadt. Vielleicht erkennst du etwas wieder.«

»Sicher nicht.« Lia hatte keine Erinnerung an ihr früheres

Leben und gab sich oft selbst die Schuld an ihrer gemeinsamen Flucht nach Künzelsau. Und jetzt lief sie wieder ins Ungewisse davon.

Die Sonne verschwand hinter den Hügeln im Westen, als Herr Falbe den Wagen auf die Landstraße lenkte.

Er reichte ihr das Vesperpaket. »Hier. Nimm dir etwas zu essen.«

Lia packte aus. »Ein halbes Hähnchen. Und Kartoffelsalat mit viel Essig.« Das Wasser lief ihr im Munde zusammen, sie hatte einen solchen Appetit auf Saures. Sie schaufelte sich so viel von dem Salat und dem Hähnchen in den Mund, bis sie nicht mehr konnte. Aber siehe da, die Mahlzeit blieb drin, als hätte die Übelkeit beschlossen, ihr eine Pause zu gönnen.

Sie fuhren die ganze Nacht hindurch. Gegen Mitternacht fiel Lia in den Schlaf der Erschöpfung. Sie erwachte erst gegen Morgen, als sie die Randbezirke Berlins erreicht hatten.

»Da sind ja so viele Häuser«, stellte sie verschlafen fest.

Herr Falbe lachte. »Pass auf, es werden noch mehr.«

Sie spähte aus dem Fenster. In den Straßen reihten sich rußgeschwärzte Wohnblocks aneinander. Eng war es hier und so schmutzig, dass sie die Nase rümpfte. »Wer hier lebt, muss den Kopf in den Nacken legen, um ein Stück Himmel zu sehen.«

»Mietskasernen«, sagte Herr Falbe. »Sechs oder sieben Stockwerke hoch, und hinter den Vorderhäusern reihen sich die Hinterhäuser auf. Berlin ist eine große Stadt.«

Mehrmals sah er sich gezwungen, der Bahn auszuweichen, die so voll war, dass sich die Fahrgäste auf den Trittbrettern drängten.

»Und überfüllt«, sagte Lia. »So viele Leute, die zur Arbeit fahren.«

»Du darfst dich glücklich schätzen, auf dem Land groß geworden zu sein.« Herr Falbe bremste scharf, weil ihn ein anderes Automobil schnitt. »Verflucht! Aber das ist nur die eine Seite der Stadt.«

»Könnten wir wohl bald mal anhalten? Ich bräuchte eine Toilette.« Das letzte Mal war Lia mitten in der Nacht verschlafen aus dem Wagen gestolpert und hatte sich an einem Feldweg erleichtert.

»Bedaure.« Herrn Falbes Augenbrauen hoben sich. »Ein wenig wirst du dich noch gedulden müssen.«

Um sich abzulenken, sah sie auf die Straßen hinaus, in denen das Leben langsam erwachte. Bäckerläden öffneten die Türen. Ein Milchmädchen zog einen Karren voller Kannen durch eine enge Gasse. Ein paar Schuljungen in kurzen Hosen balgten sich um einen Ball. Und überall waren Soldaten mit Marschgepäck.

In Richtung Zentrum wurden die Straßen breiter, und die Häuser wuchsen höher und prächtiger gen Himmel. Tatsächlich vergaß Lia bald ihr Bedürfnis, weil es so viel zu sehen gab. »Was ist das da?«, flüsterte sie angesichts eines imposanten Bauwerks mit sechs Säulen.

»Das Brandenburger Tor mit der Quadriga«, erläuterte Herr Falbe. »Die Straße davor heißt Unter den Linden und ist einer der prächtigsten Boulevards von Berlin. Vielleicht gehst du da demnächst Kaffee trinken.«

»Und da wohnt Ihre Madame Ada?«, fragte sie erstaunt.

Herr Falbe lachte. »Nein, sie lebt in einer Stadtwohnung

in Charlottenburg, und ihr Geschäft liegt am Kurfürstendamm.«

Falbe bog irgendwann ab und fuhr so langsam, dass Lia die noblen Bauten bewundern konnte.

»Hier? Da ist ja ein Geschäft neben dem andern.« Lia gingen die Augen über. Piekfeine Bekleidungsläden und elegante Geschäfte für Uhren, Schmuck, Tabakwaren und Pelze wechselten sich mit teuren Cafés ab.

»Das ist die nobelste Flaniermeile im ganzen Reich«, sagte Falbe. »Auch ohne die jüdischen Fotogeschäfte, die sie nun vertrieben haben.«

Er stoppte vor einer Ladenfassade mit zwei großen Schaufenstern. An der Eingangstür stand in goldenen Lettern die Aufschrift: *Atelier Excelsior. Madame Adas Maßanfertigung.*

»Da sind wir.«

Kaum war Lia ausgestiegen, meldete sich ihre Blase zurück. Mist! Sie würde ihrer künftigen Chefin mit zusammengepressten Beinen und hoppelnd gegenübertreten müssen. Frustriert folgte sie Herrn Falbe, der entschlossen die Ladentür öffnete.

Einen so eleganten Raum hatte Lia noch nie gesehen. Staunend betrachtete sie den Kronleuchter und die Ständer voller extravaganter Damenkleider, die sich an den Wänden aufreihten. Das Parkett war mit Teppichen bedeckt, in denen sie bis zu den Knöcheln einsank.

»Paul!« Eine Dame mit einer roten Hochsteckfrisur trat in den Raum. »Mit dir habe ich überhaupt nicht gerechnet. Wie lange haben wir uns nicht gesehen?« Sie trug ein überaus elegantes Kleid.

»Ada!«

Sie fielen sich in die Arme, während Lia kaum ihren Blick von dem Kleid mit den Seitenschlitzen und dem Stehkragen abwenden konnte, dessen schwarzer Stoff mit langbeinigen Vögeln bedruckt war.

Madame Ada löste sich aus Herrn Falbes Armen. »Und wer ist deine zauberhafte Begleitung?«

»Das ist mein Schützling Lia Günther.« Er zog sie vor sich. »Sie ...«

Lia unterbrach ihn mit gefalteten Händen. »Wo ist bitte Ihr Örtchen? Ich muss so dringend.«

Madame Ada lachte und wies ihr den Weg. Erleichtert benutzte Lia das Gelass neben der Kellertreppe. »Es wird alles gut werden, wart's ab«, sagte sie zu dem Wurm in ihrem Bauch, der das Chaos nicht verdient hatte.

Auf dem Weg zurück hörte sie Herrn Falbe und Madame Ada in der Teeküche reden. Lia blieb stehen und lauschte, obwohl sie wusste, dass sich das nicht gehörte.

»Wie konntest du hierherkommen?«, zischte Madame Ada. »In deiner Lage. Du weißt doch, was für ein gefährliches Pflaster es für dich ist. Glaub ja nicht, dass mich die Gestapo in Ruhe lässt. Immer noch fragen sie mich, wo Joachim geblieben ist.«

Herr Falbe lachte leise. »Du bist mir eben viel zu ähnlich. Fortwährend musst du dich in Schwierigkeiten bringen.«

»Lass deine zweifelhaften Komplimente lieber stecken«, stöhnte Ada. »Geht es dir wenigstens gut?«

»Ich bekomme Boden unter den Füßen«, erklärte Herr Falbe. »Im Hohenlohischen.«

Ada ließ ein Schnauben hören. »Ausgerechnet. Wo bist du gelandet? In einer Näherei für Berufsbekleidung in der Provinz? Mit dieser Chefin …?«

»Luise Hermann.«

»Ist das deiner würdig?«

Herr Falbe schwieg einen Moment. »Luise ist hochanständig. Und ich habe dort unerwartet Freunde gefunden. Die Kleine, die ich dir mitgebracht habe, gehört dazu.«

Lia freute sich, das zu hören. Wenigstens ihm lag etwas an ihr.

»Bitte kümmere dich um sie. Sie ist in einer Notlage«, fuhr er fort.

»O nein. Hoffentlich nicht das, was ich denke.«

»Ich fürchte doch.«

»Meine Güte. Sie ist noch so jung. Wie kann sie sich da ein Kind anhängen lassen?«

»So wie es halt kommt, Ada.«

»Paul, du bist zwar mein Bruder, aber …«

Lia schlug die Hand vor den Mund. Hatte Herr Falbe angedeutet, dass Ada seine Schwester war? Aus welchen Kreisen stammte er, wenn seine Schwester ein so exklusives Modegeschäft führte? Und was, wenn Ada, die ihre Nase so hochtrug, sie abwies? Sie wollte niemandem zur Last fallen.

»Ich bitte dich nicht nur darum, weil mir die Kleine über die Jahre ans Herz gewachsen ist, sondern auch weil …« Es wurde so still, dass Lia ihren eigenen Atem hörte. »Sie ist die beste junge Schneiderin, die mir je begegnet ist. Ich wollte sie dir sowieso vorstellen.«

»Ach, wirklich?«, fragte Madame Ada neugierig und

schnurrte wie eine Katze vor einer Schüssel Sahne. »Ja, da sieht die Sache schon ganz anders aus.«

»Aber sag mal, Ada. Hast du etwas von Joachim gehört?«

»Frag mich doch das nicht!«, rief Ada patzig. »Sicher ist er in Spanien verschwunden und an seiner Überzeugung zugrunde gegangen.«

Diesen Moment hielt Lia für geeignet, um in die Teeküche zu platzen. »Da bin ich.«

»Das sehe ich«, kommentierte Ada schnippisch.

Lia trat ein. Sogar hier war es nobel. Um den Tisch gruppierten sich ein paar gepolsterte Stühle aus Eichenholz, und an der Wand hingen verschwommene Bilder, die Landschaften mit Mohnblumen und Balletttänzerinnen zeigten. Im Herd prasselte ein Feuer, und der Teekessel begann zu singen. Ada stand auf und goss das Wasser in eine bauchige Kanne aus Meißener Porzellan.

Lia nahm Platz und bediente sich an ein paar Butterplätzchen. »Darf ich bleiben?«

Ada seufzte. »Wenn nicht, würde mir mein Bruder wohl den Kopf abreißen. Aber nur, wenn du dir meine Unterstützung durch fleißige Arbeit verdienst.« Sie goss den Tee ab und verteilte ihn auf drei Tassen.

Lia trank einen Schluck. »Ich tue, was ich kann.«

Ada steckte eine Zigarette in eine Spitze und ließ sich von ihrem Bruder Feuer geben. »Du bist charmant mit deinen roten Locken und dem Dackelblick. Aber sag, hegst du noch Gefühle für den Erzeuger deines kleinen … Missgeschicks?«

»Diesem halb garen Adelsspross und SS-Mann weinst du am besten keine Träne nach«, mischte sich Herr Falbe ein.

»Ich weiß nicht.« Im Moment würde Lia Ludger von Bruch am liebsten vergessen.

Madame Ada zog an ihrer Zigarette. »Nimm mir das nicht krumm, Mädchen. Aber du könntest dich dessen durch einen winzigen Eingriff entledigen. Ich meine nicht des Kindsvaters, der das sicher mehr als verdient hätte.«

Lia schoss das Blut in die Wangen.

Ada blies ihr den Rauch ins Gesicht. »Du solltest dir bewusst sein, dass es nicht einfach ist, eine ledige Mutter zu sein. So ein kleines Anhängsel kann sich als Klotz am Bein entpuppen.«

»Ich lasse es nicht wegmachen«, sagte Lia bestimmt.

»Auch noch gefühlsduselig.« Ada richtete ihre Augen zur Decke. »Du wirst schon noch lernen, dass du dir in Berlin keinerlei Skrupel leisten kannst. Hier sieht jede zu, dass sie nicht unter die Räder kommt.«

Ich träume, dachte Lia benommen. Ich bin in Berlin. Die Stadt war gefährlich und summte und brummte vor Leben. Wie viele junge Frauen hatten in den Zwanzigern hier ihr Glück gesucht? Garçonnen in Hosen und mit Jungenfrisuren, die die Welt erobern wollten und doch als Tippse im Büro endeten. Lias Übelkeit meldete sich zurück. Wenn sie dieser Ada nur nicht auf den Tisch kotzte!

»Sie ist ganz blass geworden«, sagte Herr Falbe. »Also lässt du sie besser in Ruhe, Ada. Und du, Lia, merk dir, meine Schwester ist zwar ein Drachen, aber ein sanfter.«

Während Lia ein Lächeln hinter ihrer geöffneten Hand verbarg, streifte Ada die Asche von ihrer Zigarette in einen Aschenbecher aus Porzellan und trank einen Schluck Tee.

»Also gut, Kleine. Da du deine Augen sowieso nicht von meinem Kleid lassen kannst …«

»Ich? Niemals!«, verteidigte sich Lia.

»Doch«, bestand Ada. »Aber das nehme ich als Kompliment. Du hast Geschmack. Du könntest es nachnähen, nur so zur Übung und um mich von deinem Können zu überzeugen.«

Lia nickte langsam. An der Nähmaschine machte ihr so schnell keiner etwas vor. »Damit ich den Schnitt abnehmen kann, müssten Sie es ausziehen. Und Stoff bräuchte ich natürlich auch, aber schönen.«

Ada lachte. »Chuzpe hat sie, die Kleine.«

Sie verschwand im Hinterzimmer, kam in einer weit geschnittenen, schwarzen Hose und einem ebensolchen Pullover zurück und drückte Lia das Kleid in die Hand. »An die Arbeit, Kleine.«

Der Stoff war unglaublich glatt, und duftete nach etwas Teurem, das sie nicht kannte. »Madame? Dürfte ich das Gleiche morgen mit Ihrer Hose machen?«

Ada lachte hellauf. »Aber gerne, Fräulein Lia. Paul, du hattest mir ja gar nicht gesagt, dass dein Schützling so gierig wie ein junger Falke ist.«

16.

Der Zug fraß sich Kilometer um Kilometer nach Osten. Am Horizont schoben sich Baumreihen aus Pappeln und Weiden ineinander, während sich davor Stoppelfelder mit Brachland, Wäldern und armseligen Dörfern abwechselten.

Albert Sefranek stand am Fenster und versuchte, nicht über das nachzudenken, was vor ihm lag. Monatelang hatten sie das Säbelgerassel mit angehört. Wie oft hatte Hitler gesagt, dass Polen in die Schranken gewiesen gehörte, bevor es am 1. September plötzlich hieß: Ab heute wird zurückgeschossen? Und dennoch. Hinter vorgehaltener Hand wurde gemunkelt, dass die Deutschen Danzig angegriffen und damit selbst die Ursache für diesen Krieg geschaffen hatten.

Albert hauchte an die schmutzige Scheibe und schrieb seine Initialen auf den trüben Fleck. Der Arbeitsdienst hatte ihn direkt in die Grundausbildung für den Militärdienst geführt. Statt im Straßenbau zu schuften, waren sie in voller Ausrüstung durch Schneematsch und Schlamm gerobbt. Zumindest hatte damit seine Privatfehde mit Giselbert von Stetten ein Ende gefunden.

Er sah sich in dem Wagen um, der voller Soldaten in grauen Wehrmachtsuniformen und Marschgepäck war. Es roch nach ungewaschenen Körpern, ledernen Knobelbechern und getragenen Socken. Aber wenigstens war er nicht allein. Seine Freunde Arnold und Erwin saßen auf der Bank und versuchten krampfhaft, die Zeit totzuschlagen.

»He, Landser.« Erwin stieß Arnold in die Seite. »Wie wäre es mit einem kleinen Spiel gegen die Langeweile?« Er zog seine abgegriffenen Skatkarten aus dem Ärmel und fächerte sie mit erstaunlicher Geschicklichkeit auf. »Aber dafür bräuchten wir unseren Großen.«

»Damit ich dich wieder besiegen kann?« Arnold stopfte Zeitungspapier in seine Knobelbecher. Auf die Schnelle hatten sie keine gefunden, die seinen kleinen Füßen passten.

Erwin hielt sich die Nase zu. »Du hättsch dir auch amol die Füß wasche könne.« Er zog Arnold die Mütze über die Augen, der sie grinsend wieder hochschob.

»Du weißt, dass ich unschlagbar bin. Ich lasse dich nur gewinnen, wenn ich dir Schachspielen beibringen darf.«

Erwin schüttelte den Kopf. »Nur über mei Leich. Schach goht net in mein Ochseschädel. Oder was meinsch du, Albert?«

Albert kam nicht zu einer Antwort, denn in diesem Moment drängte sich ein Unteroffizier durch die Menge und ließ seine Augen suchend von einem zum andern gleiten. Sie blieben an ihm hängen. »Du da, ja, dich meine ich, Langer, bist du der Sefranek?«

Albert nickte.

»Dann komm mal mit.«

»Na, was hasch jetzt wieder ausgefresse?«, fragte Erwin.

Albert zuckte mit den Schultern und folgte dem Unteroffizier in Richtung Lokomotive. Im Zug herrschte Gedränge. Soldaten belegten nicht nur die Bänke, sondern saßen neben ihrem Marschgepäck auf dem Boden, so dass der Offizier sich schimpfend Platz verschaffen musste.

Im ersten Waggon öffnete er die Tür zu einem Abteil und schob Albert hinein. Die Wände waren mit Holz verkleidet, am Fenster hingen rot samtene Gardinen mit Goldtroddeln. Auf einem der gepolsterten Sitze saß Generaloberst Friedrich von Rabenau persönlich, der Kommandeur der 73. Infanteriedivision, der sie in den Krieg führen würde.

»Setzen Sie sich, setzen Sie sich, Herr Sefranek.« Leutselig deutete von Rabenau auf den Platz ihm gegenüber. Albert nahm beklommen Platz, während der Kommandeur seine Unterlagen stapelte und beiseitelegte. »Und? Wie ist es Ihnen im Arbeitsdienst und während der Grundausbildung ergangen?«

»Äh, gut.« Was sollte das Verhör? Hatte von Stetten etwa geplaudert und ihn bei seinen Vorgesetzten angeschwärzt? »Danke der Nachfrage.«

Von Rabenau war ein schwerer Mann mit einem schmalen Schnauzbart und einem strengen Blick. Albert konnte sich nicht helfen, aber plötzlich war er sich sicher, dass er ihn in ein Strafbataillon stecken würde. Herausgefischt und kaltgestellt. Besten Dank auch, Giselbert.

Deshalb überraschten ihn die nächsten Worte des Kommandeurs umso mehr. »Ich habe nur Gutes über Sie gehört.« Er goss Weißwein in zwei Gläser und stellte eines vor Albert ab. »Das Gesöff kommt vom Rhein. Wohl bekomm's.«

Albert stieß mit ihm an und trank. Der Wein war zu süß.

»Ich habe gehört, dass Sie im letzten Sommer Abitur gemacht haben, Herr Sefranek«, begann von Rabenau. Albert hoffte, dass er bald auf den Zweck des Treffens zu sprechen käme.

»In der Tat.« Aus der Entfernung erschien ihm das alles unendlich fern und banal. Am deutlichsten waren ihm die Tränen seiner Mutter in Erinnerung geblieben, die ihn nicht in die Fremde ziehen lassen wollte.

Von Rabenau musterte ihn aufmerksam. »Was hätten Sie studiert, wenn es nicht anders gekommen wäre?«

»Vermessungswesen.« Wehmut erfasste ihn. Von diesem Ziel war er weiter denn je entfernt.

»Tatsächlich? Was interessiert Sie daran?«

Albert schluckte. Der Mann erwartete eine ehrliche Antwort von ihm. »Mich fasziniert, dass die Welt, wenn ich sie vermesse, erfahrbar wird. Alles ist in Planquadrate einteilbar und kann mithilfe der Geometrie dargestellt werden. Das Gleiche kann man mit dem Ozean und dem Mond machen.«

»Berechenbar.« Der Kommandeur nickte. »Im Moment scheint das auf nichts mehr zuzutreffen. Alles löst sich auf, vor allem unsere Gewissheiten.«

Albert hob den Blick. Verstand ihn dieser Mann besser, als er dachte? »Das kann man so sagen. Aber vielleicht ist Berechenbarkeit ohnehin eine Illusion.«

Von Rabenau nickte langsam. »Sie fragen sich sicher, warum ich Sie in mein Domizil auf Zeit eingeladen habe?«

Albert nickte. »Ich nehme an, nicht, um sich nach meinen beruflichen Plänen zu erkundigen.«

Von Rabenau lachte. »Ertappt, junger Mann. Wenn ich das bei allen Mannschaftsgraden täte, würde ich angesichts der vielen durchkreuzten Leben nachts nicht mehr schlafen können. Aber ich will Sie jetzt mal nicht länger auf die Folter spannen: Ich habe gehört, dass Sie schon im Arbeitsdienst Führungsverantwortung übernommen haben.«

Albert runzelte die Stirn. Wer hatte das dem Kommandeur gesteckt?

»Leutnant von Stetten äußerte sich so.«

»Giselbert?«, entfuhr es ihm.

»Wenn sein Vorname so lautet.« Von Rabenau schmunzelte, er schien sich köstlich zu amüsieren. »Er hat Sie empfohlen, auch wenn er sich dabei fast die Zunge abgebissen hätte.«

Albert klappte den Mund auf und wieder zu. »Ich war Stubenältester. Diese Aufgabe ist mir auch während der Grundausbildung zugefallen.« Er hatte sie geerbt, weil sich niemand darum gerissen hatte, für die anderen geradezustehen.

Von Rabenau schlug eine schmale Mappe auf und las darin. »Im Arbeitsdienst haben Sie Mäusenester ausgehoben, neue Decken statt der löchrigen eingeklagt und sich um die schnelle Behandlung einer Blutvergiftung gekümmert.«

»Ja.« Albert erinnerte sich mit Schaudern daran. Zunächst hatten sie gedacht, der jüngste Arbeitsmann, ein siebzehnjähriger Bayer, hätte sich eine Grippe eingefangen, so hoch hatte er gefiebert, aber dann war Albert der rotblaue Streifen an seinem Bein und die entzündete Wunde aufgefallen. Zeitweise hatte es Spitz auf Knopf gestanden mit dem Jungen. Aber schlussendlich hatte er überlebt. »Medizin ist eigentlich nichts für mich.«

»Aber dennoch sind Sie nicht davor zurückgeschreckt, zu handeln, und haben dem jungen Mann damit das Leben gerettet.«

Er nickte widerwillig.

Von Rabenau beugte sich über den Tisch. »Aber genug der Vorschusslorbeeren. Wir brauchen Offiziere, viele Offiziere, wenn wir diesen Feldzug erfolgreich beenden wollen und die folgenden ebenfalls.« Er sprach jetzt so leise, dass das Rattern in Alberts Ohren dröhnte, mit dem sich der Zug seinen Weg nach Osten bahnte.

Albert überlegte. Ein Jahrgangskamerad hatte sich für den Offizierslehrgang der Luftwaffe beworben, war jedoch nicht angenommen worden. Jetzt aber brauchte Hitler deutlich mehr Anführer, denn es sah nicht so aus, als sei dieser Krieg mit dem Polenfeldzug erledigt.

»Und da denken Sie an mich?«, fragte er.

Von Rabenau lehnte sich zurück und faltete die Hände über seinem Bauch. »Das tue ich, Herr Sefranek. Ihnen würden alle Möglichkeiten offenstehen. Das Offizierskorps wird vergrößert, und aus dem kleinen Fähnrich wird der Leutnant, der Hauptmann, der Major …«

»So ist das also.« Albert wunderte sich.

»Ja, so ist das. Sie sind positiv aufgefallen, haben Abitur, technisches Verständnis und setzen sich für die Ihnen anvertrauten Kameraden ein. Was wollen wir mehr? Und …« Der Kommandeur sah ihm in die Augen. »Was ich Ihnen jetzt sage, ist nicht für die Öffentlichkeit bestimmt. Das Offizierskorps steht in einer anderen Tradition als die Regierung. Die Wehrmacht ist nicht der verlängerte Arm des Führers. Es geht darum, die persönliche Macht niemals zu missbrauchen, um wahre Führungsverantwortung und das Bewusstsein dafür.«

Albert nickte verdutzt. Auch wenn von Rabenau nicht wissen konnte, dass er kein strammer Nationalsozialist war, ging der Generaloberst ein enormes Risiko ein, indem er so offen mit ihm sprach. Andererseits: Wer würde Albert glauben, wenn er nicht dichthielt? »Ich danke Ihnen für Ihr Vertrauen. Was würde das für mich bedeuten?«

»Wir haben die Ausbildung auf das Notwendigste verkürzt. Sie werden abwechselnd zu Ihrem Dienst im Feld eine unserer Waffenschulen besuchen, Herr Sefranek.« Der Kommandeur musterte ihn gespannt. »Was sagen Sie dazu?«

»Ich mach's.« Er trank sein Glas auf ex. Noch mehr Verantwortung und dazu eine Schulbank, die es zu drücken galt. Was für ein Wahnsinn! Aber hatte er eine Alternative?

Von Rabenau streckte ihm die Hand entgegen. »Dann begrüße ich Sie in unseren Reihen, Fahnenjunker Sefranek. Und ich weiß auch schon, wo ich Sie hinstellen werde, wenn wir in Polen angekommen sind. Von wegen der Durchmessung des Raumes und so weiter.«

Als Albert zu seinen Freunden zurückging, fühlte er sich wie vor den Kopf gestoßen. Erschöpft ließ er sich zwischen Erwin und Arnold auf die Holzbank fallen. »Du bist totenblass«, bemerkte Arnold. »Ziehen sie dich raus und stecken dich in ein Strafbataillon? Hat Giselbert dafür gesorgt?«

»Äh, nein.« Albert starrte auf die Spitzen seiner Knobelbecher. »Generaloberst von Rabenau meldet mich für die Offiziersausbildung an. Es wird so eine Art Schnellbleiche, weil sie dringend Offiziere brauchen, abwechselnd an einer der Waffenschulen und an der Front.«

Seine Zeit im Kreis der Kameraden war ebenso begrenzt

wie kostbar. Ein neues Leben wartete auf ihn, und er fragte sich, ob er dem gewachsen sein würde. Er ließ seinen Blick über den Waggon voller Soldaten gleiten, das Chaos aus Menschen und Material, in das er in Zukunft Ordnung zu bringen hatte.

Erwins Pranke landete auf seiner Schulter. »I hab mir ja immer denkt, dass aus unserem Großen ebbes wird. Herzlichen Glückwunsch!«

Arnold zog die Nase hoch. »Da bild dir lieber nicht zu viel drauf ein, Albert. Als Offizier der unteren Ränge hältst du für alle den Kopf hin. Und der könnte fast noch schneller ab sein als unserer.«

»Das ist mir bewusst.« Albert nickte grimmig. Indem er Verantwortung übernahm, tat er genau das, wovor sein Vater ihn immer gewarnt hatte. Er stellte sich in die vorderste Reihe.

Nach ihrer Ankunft in Polen teilte von Rabenau Albert und Arnold einer Beobachtungseinheit zu, die den Verlauf des Kampfes dokumentieren sollte. Wenige Tage später standen sie auf erhöhtem Posten und betrachteten das Schlachtfeld durch ihre Feldstecher. Die deutschen Panzer rollten dem Kampf entgegen wie eine unaufhaltsame Maschinerie. Vor ihnen postierten sich Reihen von Schützen, während über ihnen die Stukas der Luftwaffe eine Kehrtwende vollzogen, nachdem sie den Panzern den Weg freigeschossen hatten.

»Wir sind den Polen überlegen!« Arnold schrie gegen das Dröhnen der sich sammelnden Streitkräfte an. »Rein technisch, meine ich. Aber pass auf, die geben nicht ohne Gegenwehr auf.«

Er hatte recht. Aus den Reihen der polnischen Armee lösten sich Einheiten der Kavallerie, die den Deutschen entgegenritten und die Vorhut mit Gewehrgarben beschossen.

»Mein Gott!«, entfuhr es Albert. »Ich glaub, die haben gar keine Panzer, nur Pferde.«

»Sie sind tapfer, oder?«, fragte Arnold.

O ja, das waren sie. Denn jetzt setzten sich die deutschen Tanks in Bewegung und rollten über das Feld auf die polnische Kavallerie zu, die sich der geballten Übermacht mit dem Mut der Verzweiflung entgegenwarf. Sie waren so tollkühn, dass sich Albert der Hochachtung nicht erwehren konnte. Dann jedoch nahmen die Panzer sie ins Visier, richteten ihre Kanonen auf sie, feuerten und mähten alles nieder, was sich ihnen entgegenstellte. Albert hörte das Krachen der Schüsse, die Schreie, das verzweifelte Wiehern der Pferde im Todeskampf. Das Reiterregiment wurde ausnahmslos niedergemetzelt. Pferde bäumten sich auf, Männer fielen zu Boden und blieben auf dem Schlachtfeld liegen. Schließlich senkte sich Totenstille über das Land.

Arnold wandte sich ab und erbrach sich in eine Ecke des Beobachtungsstands.

Albert wandte die Augen zum Himmel. »Einer wie du ist in der Beobachtungseinheit sicher am besten aufgehoben.«

Und bei mir, dachte er, damit ich dich beschützen kann, mein Milchgesicht. Am nächsten Tag jedoch ereilte Arnold ein Befehl, der ihn einer Einheit von Panzergrenadieren zuordnete, deren Reihen sich in Polen gelichtet hatten.

»Ich bin der Ersatz.« Arnold warf den Wisch in die Ecke. Erwin legte ihm den Arm um die Schultern. »Sieh es doch mal so: Du bist klein genug, um in so ein Monstrum neizupasse. Ich würd mit meim dicken Ranzen ja schon im Einstieg hänge bleibe.« Bei der Vorstellung konnten sie sich nicht halten vor Lachen.

Der Polenfeldzug war in wenigen Wochen entschieden, weil das Land sowohl von Westen durch die Deutschen als auch von Osten durch die Rote Armee in die Zange genommen wurde. Danach teilten Hitler und Stalin es nach Gutdünken unter sich auf. Albert, Arnold und Erwin wurden auf Heimaturlaub geschickt und waren dankbar für die Pause. Fürs Erste waren sie heile davongekommen.

Albert saß also wieder in der guten Stube in Nürnberg am gedeckten Kaffeetisch, als sei nichts geschehen. Ab der nächsten Woche jedoch würde seine Ausbildung an einer der reichseigenen Waffenschulen beginnen.

»Möchtest du noch einen Löffel Schlagrahm, mein Junge?« Seine Mutter hielt ihm die Schüssel unter die Nase. »Ich mach immer zu viel.«

»Nein, danke.« Albert stach ein Stück Zwetschgendatschi ab, steckte es sich in den Mund und kaute. Sie hatten erst vor zwei Stunden zu Mittag gegessen. Nürnberger Würstchen mit Sauerkraut. Mathilde mästete ihn, als gäbe es kein Morgen.

»Bist du dir wirklich sicher, dass du Leutnant werden willst?«, fragte sie. »Das ist ja ein Kompliment an uns, aber wenn du ein einfacher Soldat wärst, könntest du auf der Schreibstub arbeiten.« Die Sorge zeichnete dunkle Ringe unter ihre Augen, denn auch Hans war mittlerweile eingezogen worden.

»Lass ihn in Ruhe! Er hat sich doch schon entschieden«, fuhr Ferdinand sie an.

»Ich schaff das schon, Mutter«, beeilte er sich zu sagen.

Mathilde seufzte und strich sich eine lockige Haarsträhne hinter die Ohren. »Wenn du wenigstens ein Mädel hättest, das daheim auf dich wartet. Dann wüsstest du, dass es sich lohnt, zurückzukommen.«

Mathilde sah so kläglich drein, dass Albert aufstand und sie in seine Arme zog. »Ängstige dich nicht.«

So viel Unausgesprochenes stand zwischen ihnen. Er könnte fallen, oder Hans, oder gar beide. Gegenüber dem Tod, der ihnen auf dem Schlachtfeld drohte, mutete die Tatsache mit der fehlenden Verlobten nichtig an, und die Trauer, die sie bei seinem Tod erfüllen würde, mochte er sich lieber nicht ausmalen.

Die Tränen in den Augen seiner Mutter waren schlimm, doch die Zweifel in den Augen seines Vaters trafen ihn tiefer. Ferdinand ließ ihm alle Freiheit, hatte ihm aber auch kein Lob für seine Entscheidung ausgesprochen.

»Ich frag mich nur, für wen wir das alles tun«, sagte er leise. »Wer ist der Mann, dem ihr den Fahneneid leistet? Ist dieser österreichische Gefreite es wert, dass wir ihm unsere Söhne opfern?«

Diese Frage hatte Albert sich auch schon gestellt. »Er ist der Führer. Er wird wissen, wofür wir kämpfen. Für ihn und für Deutschland werden wir die Schmach und Schande der Niederlage des Weltkriegs wettmachen.«

»Auf dass die Welt vor uns Deutschen erzittert.« Ferdinand blickte auf. Das Alter hatte scharfe Linien in sein hageres Gesicht gezeichnet. »Das also erzählen sie euch? Glaubst du das oder plapperst du nur nach, was sie dir eingetrichtert haben?«

Albert errötete über beide Ohren. »Ich muss versuchen, mich daran zu halten. Sonst kann ich nicht tun, was von mir verlangt wird.«

Ferdinand beugte sich vor. »Du musst keine unsinnigen Befehle erfüllen, hörst du?«

»Schhh.« Mathilde blickte sich um, als würde die Gestapo im Schrank lauern. »Halt den Mund. Es sind schon Leute für weniger ins Lager gekommen.«

Albert stand auf und ging zum Fenster. Der Blick auf die Straße hatte sich seit seiner Kindheit kaum verändert. Wie in jedem Herbst kämpfte der Eisenwarenhändler gegenüber mit seinem Besen gegen die Laubberge von den Kastanien an. Die Kinder sammelten die rot glänzenden Früchte und ignorierten ihre Mütter, die sie zum Abendessen riefen. Dennoch erschien Albert alles neu. Er war ein anderer geworden und würde sich weiter verändern. Es herrschte Krieg. Frieden war auf Jahre hinaus nicht in Sicht. Ihm blieb keine andere Wahl, als das Inferno durchzustehen und auf sanfte und kluge Männer wie Arnold Bremer aufzupassen, die dem nicht gewachsen waren.

17.

HERBST 1941

Es war Sonntagnachmittag. Erika klappte den Hefter mit der Gehaltsabrechnung zu und stand auf. Seit einigen Monaten war sie für die Buchführung der Luise-Hermann-Bekleidungswerke zuständig. Die Arbeit gefiel ihr, sie war klar und strukturiert und lenkte sie ab, wenn es sich als nötig erwies.

»Bist du so weit?«

Luise trat in ihrem besten Sommerkleid ins Büro, eine weiße Strickjacke über den Schultern. Erika nickte und stand auf. Im ganzen Foyer duftete es aromatisch nach dem Kalbsbraten, geschmort mit Pilzen und Wein, den es ausnahmsweise heute Abend geben würde.

Sie verließen das Haus, gingen an der Stadtmauer entlang zum Fluss, überquerten die Brücke und folgten dem Weg stadtauswärts bis auf die Höhe des Freibads am anderen Ufer. Goldenes Licht lag über dem Kochertal, ließ den Fluss dunkel und tief erscheinen und die reifenden Äpfel an den Bäumen leuchten.

Erika wappnete sich, denn Luise nahm sich nur selten Zeit für einen Spaziergang. Wenn sie also mit Erika ausging, hegte sie mit an Sicherheit grenzender Wahrscheinlichkeit den einen oder anderen Hintergedanken.

Die beiden Frauen setzten sich auf eine Bank und sahen

aufs Wasser hinaus. In ihrem Rücken trugen die Hänge, die das Tal begrenzten, alle Farben des Herbstes.

»Was willst du mit mir besprechen, Mutter?«, fragte Erika.

Luise zog die Augenbrauen hoch. »Ich darf dich doch wohl zu einem kleinen Spaziergang einladen, Eri. Es ist so ein schöner Herbsttag. Den muss man genießen.« Sie hob ihre Nase und atmete tief ein.

Das Apothekerehepaar Auweiler kam Arm in Arm vorbei und grüßte sie freundlich. Luise nickte ihnen zu. Was sie wohl sehen mochten? Mutter und Tochter, die einträchtig in der milden Herbstsonne saßen und den Nachmittag genossen?

»Seit wann tust du etwas ohne eine nützliche Absicht, Mutter?«

»Vielleicht hast du ganz recht«, erwiderte Luise würdevoll. »Ich lenke die Dinge einfach gern in sinnvolle Bahnen.«

Erika schnaubte. »Seien wir doch mal ehrlich: Du liebst es, wenn alle nach deiner Pfeife tanzen.«

»Man wächst mit seinen Aufgaben.« Luise lachte leise. »Und darüber möchte ich mit dir heute sprechen, Eri. Über deine Zukunft.«

»Ach, wirklich? Ich dachte, ich bringe mich genug ein.« Erika setzte sich sogar gelegentlich an die Nähmaschine, wenn die Auftragslage es erforderte. Denn zu tun hatten sie reichlich. Uniformen für den Arbeitsdienst wurden immer gebraucht.

»Das weiß ich doch.« Luise hob beschwichtigend die Hände. »Mir geht es auch mehr um dein Privatleben.«

»Musst du dich in alles einmischen?« Erika konnte Martin

nicht vergessen. Auf der anderen Kocherseite lag das Freibad mit seinem alten Baumbestand und erinnerte sie an den Tag, an dem sie zusammen Heinrich Heine gelesen hatten. Wie es ihm wohl erging? Legte er in Palästina die Wüste trocken und pflanzte Bäume? Oder hatte er sein Glück in Manhattan mit seinen Wolkenkratzern gefunden? Manchmal jedoch schaffte sie es nicht mehr, sich sein Gesicht in Erinnerung zu rufen, und das ängstigte sie über alle Maßen.

»Martin ist fort«, sagte Luise hart. »Und kein anderer ist in Sicht.«

Erika zuckte zusammen. In Künzelsau erinnerte wenig an den Krieg. Die Stadt lag in ihrem engen Flusstal wie unter einer Glasglocke. Die meisten jungen Männer ihres Jahrgangs standen im Feld, während das Leben hier beinahe so weiterging wie vorher. An die bittere Realität gemahnten einzig die schwarz gekleideten Frauen, die in der Kirche um ihre gefallenen Söhne trauerten.

»Ich vermisse Lia«, sagte Erika.

»Ich auch«, erwiderte Luise leise.

»Das glaube ich nicht.« Erika konnte die Bitterkeit kaum aus ihrer Stimme vertreiben.

Luise hatte sich über Lias Schwangerschaft furchtbar aufgeregt. Ein uneheliches Kind im Haus wollte sie als evangelische Christin nicht dulden, obwohl Erika sie daran erinnert hatte, dass ihr eigener Neffe an dem Malheur nicht ganz unbeteiligt gewesen war.

Ludger hatte sich kurz nach Lias Verschwinden freiwillig zum Kriegseinsatz gemeldet und stand mit seiner SS-Einheit in Polen.

Nachdem sich Luise wieder beruhigt hatte, hatten sie und Erika sich darauf verlegt, Marga zu trösten, die vor Kummer über das Verschwinden ihrer Tochter außer sich gewesen war. Erika hatte ihr gegenüber ein schlechtes Gewissen gehabt, weil sie und Herr Falbe Lias Aufenthaltsort nicht preisgeben konnten.

Ein Brief von Lia aus Berlin erlöste sie schließlich, obwohl sie keinen Absender angab und damit signalisierte, dass sie nicht gefunden werden wollte. Erst nach der Geburt von Paul wurde es besser. Die stolze Mutter schickte entzückende Fotos des bildhübschen kleinen Jungen mit Häubchen und Strampelanzug, die Marga sehr glücklich machten. Luise zeigte sie auch Johanna. Wie seltsam, dachte Erika. Das gemeinsame Enkelkind verband Marga und Johanna für immer, obwohl sie sich gar nicht kannten.

Vom Fluss her stieg Kühle auf und ließ Erika schaudern. »Was gibt es denn noch?«

Luise zögerte. »Der Thalheimer hat mich angesprochen.«

Erika stockte der Atem. »Bin ich ihm immer noch zu wenig parteitreu?«

Sie dachte fieberhaft nach. Es war ihr nicht schwergefallen, sich nichts mehr zuschulden kommen zu lassen, weil nach und nach alle Juden Künzelsau verlassen hatten. Auch von Elvira und ihren Leuten hatte sie seit ihrem Besuch in der Wildnis nichts mehr gehört. Man munkelte, dass sie sich immer tiefer im Wald versteckten, weil der Feldschutz Jagd auf sie machte.

Luise schüttelte den Kopf. »Darum ging es gar nicht.«

»Und was wollte er dann?«

»Er fragte mich, ob du dem Fritz nicht mal schreiben könntest. Ihr mochtet euch doch früher ganz gerne.« Luise atmete tief durch. »So. Jetzt ist es raus. Ist mir nicht ganz leichtgefallen, das zu sagen.«

»Er mochte mich«, stellte Erika richtig. »Aber ich ihn nicht. Er ist ein strammer Nationalsozialist und fand wohl Gefallen an mir, weil ich ihm viele große, blonde Kinder in die Welt setzen könnte wie eine bessere Zuchtstute.« So deutlich hatte er es zwar nie gesagt, Erika hatte sich jedoch ihren Teil gedacht.

»Aber Erika!«

Sie schüttelte inständig den Kopf. »Nein! Ich werde ihm sicher nicht schreiben. In der Liebe lasse ich nicht mit mir reden.«

Es hatte sich eingebürgert, dass junge Frauen Brieffreundschaften mit den Soldaten eingingen, die im Feld standen. Der BDM förderte solche Beziehungen sogar. Sie sollten den Landsern signalisieren, dass daheim jemand auf sie wartete, für den es sich zu kämpfen lohnte. Gerade so, wie die Mädchen an der Heimatfront dazu angehalten wurden, Socken zu stricken und den Wald nach Heilkräutern abzusuchen.

»Du würdest es sicher gerne sehen, wenn ich bald unter die Haube käme«, mutmaßte Erika. »Damit ich keine alte Jungfer werde.«

Luise errötete ertappt. »Aber nicht doch, Eri! Du bist jung und schön und wirst schon noch den Richtigen finden.«

»Doch, das denkst du. Du brauchst es nicht zu leugnen.« Erika schickte sich an, aufzustehen und davonzulaufen.

»Ach, Erilein!« Luise griff nach ihrer Hand und zog sie energisch zurück.

Nie würde Erika ihrer Mutter gestehen, dass sie manchmal dieselben Befürchtungen hegte. Sie wollte nicht ledig bleiben. Rolf würde sicher heiraten. Er war so gut aussehend und forsch, dass es ihm schon jetzt nicht an Verehrerinnen mangelte. Aber sie? Es gab zu wenig junge Männer, und sie war in diesen Dingen nicht so unbefangen wie Lia. Was, wenn sie keinen mehr fände, der sie mit all ihren Ecken und Kanten liebte? Keinen Mann, der sie in kalten Nächten in die Arme zog und mit dem sie lachen und weinen konnte? Dann würde sie eine dieser verschrobenen, alten Tanten werden, die in ihren Aktivitäten für die Kirche aufgingen.

Erika holte tief Luft. Warum nur hatte Luise ein solches Talent dafür, den Finger in die Wunde zu legen?

»Natürlich wirst du heiraten«, beteuerte Luise. »Wir müssen uns nicht verstecken. Es wird eine ansehnliche Mitgift für dich geben, außer deinem Anteil an der Firma natürlich. Wenn dieser Alptraum vorbei ist, könnte mein Schwiegersohn in die Firma einsteigen und Rolf unterstützen, der sicher etwas Technisches studieren wird.« Rolf stand vor dem Notabitur und würde danach sicher eingezogen werden. Erika wusste, dass Luise jeden Gedanken daran vermied.

Sie sah auf den Fluss hinaus, der dunkel und träge dahinfloss, und kämpfte um ihre Fassung. »Der alte Thalheimer und du? Ihr habt mich doch wohl nicht gegen einen Anteil am Holzhandel verschachert? Ich nehme den Fritz nicht.«

Luise faltete ihre Hände. »Das habe ich dem Thalheimer auch gesagt. Er war sehr enttäuscht, denn Fritz ist schon lange in dich verliebt und hat einen Marschbefehl nach Russland.«

So war das also. Russland war eine Eiswüste, in die sie nicht einmal Fritz wünschte. »Und warum sitzen wir dann hier?«

Luise sah sie listig an, alte Füchsin, die sie war. »Weil du jemand anderem schreiben könntest.« Sie öffnete ihre Handtasche und zog ein Foto heraus. »Ist der nicht ein schmucker Kerl geworden?«

Erika warf einen Blick darauf.

»Das ist Albert Sefranek.«

Das Foto zeigte ihn bis zur Brust in Uniform. Albert war ein großer, schlanker Mann wie sein Vater. Er hatte dunkle Augen, streng gescheitelte braune Haare und einen offenen Ausdruck im Gesicht.

»Mathilde hat mir erzählt, dass er Leutnant bei einer Beobachtungseinheit ist«, fuhr Luise fort. »Und er ist ungebunden. Die Idee mit den Briefen kommt auch von ihr.«

»Ihr wollt mich doch wohl nicht verkuppeln?« Mit Schrecken erinnerte sich Erika an Ferdinand Sefraneks Bemerkung, er könne sie sich gut als Schwiegertochter vorstellen.

Luise nahm Erikas Hände und drückte sie. »Nichts könnte uns ferner liegen.«

Sie kicherten beide über diese offensichtliche Lüge.

»Gib schon her.« Erika griff nach dem Foto. Albert sah gut aus, sehr gut sogar. Aber da war noch mehr. Er wirkte, als würde sich hinter der hübschen Fassade ein anständiger Kerl verbergen. Vertrauenswürdig. »Und wo steht er gerade im Feld?«

Luise glättete ihren Rock. »Ich glaube in Frankreich. Aber er ist wohl schon weit herumgekommen. Und jetzt lass uns nach Hause gehen. Mir wird kalt.«

Sie standen auf und setzten sich in Bewegung, Arm in Arm und im Gleichschritt, Luise eine immerwährende Kraft- und Wärmequelle neben Erika.

Spätabends saß Erika über ihrem guten rosa Briefpapier mit dem Rosenduft. Wollte sie Albert wirklich schreiben? Oder ließ sie sich von Mathilde und Luise in eine Richtung drängen, die ihr nicht entsprach? Sie zweifelte lange. Aber dann schraubte sie ihren Füllfederhalter auf und hoffte, dass er nicht kleckste.

Lieber Albert, sicher bist du überrascht, von mir zu hören, begann sie in ihrer sauberen Handschrift. *Aber unsere Familien kennen sich schon lange. Nicht, dass du denkst, unsere Mütter hätten diesen Coup eingefädelt. Oder vielleicht haben sie das doch. Dennoch schreibe ich dir aus freien Stücken, weil ich dich näher kennenlernen möchte und mich manchmal einsam fühle.*

Als das Wort dastand, in blauen, handgeschriebenen Buchstaben, wusste sie, dass es der Wahrheit entsprach. Tränen stiegen ihr in die Augen, ihre Kehle schnürte sich zu. Dann aber rief sie sich zur Ordnung und erzählte ihm von ihrer Familie, dem Haus der bunten Vögel, ihrer Arbeit und ihrem Engagement für die Kirche und blieb dabei so sachlich wie möglich. Nicht, dass er sich einbildete, sie sei gefühlsduselig oder würde sich für ihn interessieren. Aber sie spürte, wie gut es tat, ihr Leben in Worte zu fassen, selbst wenn er diesen Brief nie bekommen sollte. Wer wusste schon, ob die Feldpost funktionierte? Und wenn er ebenfalls einen Marsch-befehl nach Russland erhielt? Die Weite des Landes über-stieg ihre Vorstellungen, und Briefe dorthin würden sicher nicht immer ihr Ziel erreichen.

Erika gestand es sich nicht ein, aber sie wartete auf Antwort, während der Herbst sich über die Stadt senkte und sie zu-nächst mit goldenen Tagen und dann mit Nebelwetter be-dachte. Ende November glaubte sie, dass entweder die Post versagt hatte oder Albert kein Interesse an ihr hegte, wahr-scheinlich Letzteres. Doch eines Tages stand der Postbote mit einem Brief vor der Tür, den Rolf entgegennahm. »Ja, klar gebe ich den an meine Schwester weiter. Sie können sich auf mich verlassen.«

Eilig klappte Erika die Mappe zu, in die sie die Lohnbuch-haltung für November eingetragen hatte, und stürmte ins Foyer. Der Postbote war schon weg, aber Rolf stand feixend vor ihr und hielt den Brief weit über seinen Kopf. »Rate mal, von wem der stammt!«

Sie waren etwa gleich groß, doch Rolf, ganz kleiner Bruder, der Morgenluft witterte, ließ sie an seinem linken Arm ver-hungern. »Leutnant Albert Sefranek, wohoo! Meine Schwes-ter hat einen Verehrer. Keiner hätte das mehr geglaubt.«

»Du kleiner Mistkerl.« Erika trat ihm kräftig gegen das Schienbein, bevor sie in die Höhe sprang und vergeblich nach dem Brief angelte.

Plötzlich stand Luise vor ihnen. »Gebt Ruhe, Kinder! Und du, Rolf, händigst den Brief sofort deiner Schwester aus.«

»Schade, ich hätte sie zu gern noch etwas zappeln lassen.«

Er wedelte mit dem Brief, Erika ballte die Fäuste, aber dann ließ er den Umschlag doch mit einem Grinsen in ihre Hände fallen.

Erika konnte nicht anders. Sie lief die Treppe hinauf, ließ sich oben auf ihr Bett fallen und drückte den Brief ans Herz. Albert Sefranek hatte ihr zurückgeschrieben!

Wie sehr wünschte sie sich, dieses Glück mit Lia teilen zu können, die weit fort war. Aber jetzt konnte sie unmöglich länger warten. Sie riss den Umschlag auf. Der Brief war auf Ende Oktober datiert und ja, sie sah genau hin, er war in Russland abgestempelt worden. Also doch. Er bestand aus mehreren eng beschriebenen Seiten, die Albert klein zusammengelegt hatte. Erika faltete den ersten Bogen auseinander.

Liebe Erika,

ich habe mich wie verrückt über deinen Brief gefreut. Zuerst möchte ich ein Geständnis ablegen. Seit mein Vater mir von dir erzählt hat, wünsche ich mir, dich kennenzulernen. Wie wunderbar, dass das Schicksal oder die sprichwörtliche gute Fee uns das ermöglicht hat.

Sie konnte sich ein Grinsen nicht verkneifen. Albert war ebenso Opfer der Verkuppelungsversuche der Eltern Sefranek geworden wie sie. Mathilde als gute Fee mit Hut und Zauberstab war eine urkomische Vorstellung.

Während ich dies schreibe, höre ich Geschützfeuer. Es gibt keine Tageszeit mehr, in der es verstummt. Es begleitet uns Tag und Nacht, während wir langsam vorrücken. Der Herbst hat dieses Land in eine Schlammwüste verwandelt. Manchmal glaube ich, dass ich erst jetzt begriffen habe, was das Wort Kälte wirklich bedeutet.

Albert berichtete ausführlich von der Beobachtungseinheit, die er führte. Ihre Aufgabe bestand darin, das Gelände für die nachrückenden Truppen auszuspähen und das Kampfgeschehen zu dokumentieren. Erika konnte nicht einschätzen, ob das gefährlicher oder weniger gefährlich war, als aktiv zu kämpfen.

Anschaulich schilderte Albert auch das Leben mit seinen Kameraden, schrieb kleine Anekdoten auf, berichtete über die kargen Mahlzeiten und die Nächte, in der sie miteinander froren. Sie war ihm dankbar für das, was er wegließ. Kämpfe und Verletzungen, Ungeziefer und die schlimmeren Auswirkungen der Kälte.

Nachdem sie den Brief ein zweites Mal gelesen hatte, griff sie nach ihrem Füllfederhalter und begann, eine Antwort zu formulieren.

Teil III

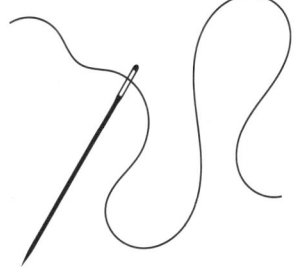

18.

HERBST 1941

Mit einem leisen Klingeln fiel die Tür hinter der letzten
Kundin ins Schloss. Lia ließ sich auf einen Polsterstuhl unter
dem schimmernden Kristalllüster fallen, streifte ihre schwarzen Pumps ab und versenkte ihre Zehen genüsslich in dem
dicken Teppich. Erneut hatte sie die Gattin eines Nazioffi-
ziers beraten. Frau Generalin von Brandes, die ihre Nase so
himmelhoch trug, wie es ihrer Herkunft aus preußischem
Adel entsprach. Sie war so dürr gewesen, dass nur eine Reihe
Abnäher verhindern konnte, dass ihr das Abendkleid von
den Schultern rutschte. Schreckschraube.

Drei Tage in der Woche arbeitete Lia im Schneiderate-
lier und drei im Laden. Die Kundinnen schätzten sie ihres
Charmes und ihres sicheren Geschmacks wegen und nannten sie voller Hochachtung ihren kleinen Feuerteufel.

Heute trug Lia ein schwarzes Samtkleid mit einer hoch
angesetzten Taille und Puffärmeln. Die Farbe brachte ihre
roten Haare zum Leuchten. Ada hatte sie gelehrt, wie sie ihre
Locken bändigen konnte, damit sie nicht wie ein Vogelnest
aussahen. Gekonnt steckte sie sie nun jeden Morgen auf und
frisierte den Pony zu einer schicken Tolle auf dem Vorder-
kopf, wie es gerade modisch war. Ada war es auch, die sich
abfällig darüber geäußert hatte, dass der Führer die Frauen

im Reich am liebsten ohne Schminke sehen wollte. »Der will brave Matronen. Keine Frau, die etwas auf sich hält, geht ohne Puder aus dem Haus.«

Sie brachte Lia bei, welche Nagellack- und Lippenstiftfarben Rothaarige tragen konnten. Reines Rot war verboten, nicht aber ein leichtes Mandarin oder ein sehr feines Rosa, oder wenn man etwas verrucht aussehen wollte, eine dunkelviolette Farbe. Am liebsten hätte Lia ihr von ihrer Freundin Erika erzählt, die ohne Schminke wunderschön aussah, aber sie ließ es bleiben. Von Berlin aus gesehen lag Künzelsau auf dem Mond.

Aber einen Grund sich zu beklagen, hatte Lia nun wirklich nicht. Ihr und dem kleinen Paul ging es gut. Sie hatten sich einen Platz in Madame Adas Herz erobert und lebten in Wohlstand und Sicherheit. Und auch Ada profitierte von Lias Können. Lia schaffte es, selbst die ausgefallensten Wünsche der Kundinnen in exklusive Modelle umzusetzen, und hatte für jede die passende Idee. Nachts, wenn Paul schlief oder mit seiner Holzlokomotive auf einer Decke spielte, arbeitete sie an ihren eigenen Kreationen. Ich werde Modeschöpferin, dachte sie dann und blätterte in einem Heft, das Marlene Dietrich im schwarzen Nadelstreifenanzug zeigte.

An ihrem ersten Tag in Berlin hatte Lia Adas Etuikleid stilsicher nachgenäht und sie damit sehr beeindruckt. Am selben Abend hatte ihre Chefin sie mit in ihre Wohnung in Charlottenburg genommen, piekfeines Vorderhaus, acht Zimmer, Stuck, Eichenparkett und eine Hausdame, die Lia schmerzlich an ihre Mutter erinnerte. Frau Ottilie war in ihrem schwarzen Kleid und der weißen Schürze auf sie zugekommen und hatte nach ihren Wünschen gefragt. Ada hatte das Abendessen für 19 Uhr bestellt und Lia danach durch die geräumige Wohnung geführt. Es gab ein Musikzimmer mit einem Flügel, ein Arbeitszimmer, ein Kaminzimmer, den Salon und drei Schlafzimmer, von denen sie eines beziehen durfte. Die Küche hatte Ada bei der Führung ausgelassen, als würden Heinzelmännchen im Geheimen für die Mahlzeiten sorgen und nicht die Köchin zusammen mit Ottilie.

An diesem Abend hatte Lia sich unter ihr dickes Federbett gekuschelt, doch mit einem Mal kamen ihr die Tränen. Sie weinte um Ludger, den Mistkerl, und Marga, vor der sie geflohen war. Auch um Erika, die sie für ein leichtes Mädchen hielt, und alles, was sie verloren hatte. Sie heulte, bis ihr die Augen wehtaten und ihr Bauch sich schmerzhaft zusammenzog, als wollte er den kleinen Eindringling abschütteln, der sich darin eingenistet hatte.

»Heul dich nur aus, Kindchen.« Ada war in das Zimmer gekommen und tätschelte ihr die Schulter. »Und dann redest du dir alles von der Seele. Das hilft, und wenn nicht, gibt es im Hinterhof noch einen Stapel Holz, den du hacken kannst.«

»In meinem Zustand?« Lia schnäuzte sich in Adas spitzengesäumtes Taschentuch.

»Aber sicher kannst du Holz hacken oder nähen. Ja, vielleicht wäre das die Alternative?« Letzteres brachte Ada in einem Tonfall vor, den Lia nur als listig bezeichnen konnte. »Du bist nämlich schwanger und nicht krank.«

Lia fragte nicht weiter. Am nächsten Tag waren sie zusammen ausgegangen, und Ada hatte sie nach einem ausgiebigen

Einkaufsbummel ins Café Kranzler auf dem Boulevard Unter den Linden geführt. Hier war es so nobel, dass Lia sich befangen umsah, während Ada selbstbewusst ihre Taschen auf der Bank abstellte und Kaffee und Mokkatorte orderte.

»Was darf ich dem Fräulein Tochter bringen?«, ließ sich der Ober verlauten.

Lia erschrak und errötete vor Peinlichkeit, aber Ada zog die Augenbrauen hoch und betrachtete sie, als würde sie sie zum ersten Mal sehen. »Die Mokkatorte ist wirklich eine Empfehlung, Lia. Du könntest sie probieren.«

»Dann nehme ich ebenfalls ein Stück«, brachte sie befangen hervor.

Nachdem der Ober das Gewünschte gebracht hatte, stellte Lia fest, dass Ada recht hatte. Die Torte war köstlich, obwohl sie fand, dass sie sich mit der Schwarzwälder vom Café Frick und der Quarksahne ihrer Mutter nicht messen konnte.

Nur nicht blamieren. Vorsichtig stach Lia Bissen um Bissen ab, trank schluckweise ihren Kaffee und beobachtete durch das Schaufenster, wie die Passanten auf dem Boulevard flanierten, Damen in eleganten Mänteln neben Herren im Trench und mit Hut. Es sah aus, als sei Frieden.

»Und, wie findest du es hier?«, fragte Ada.

»Fremd«, gab Lia zu. »Und es ist alles so groß.«

»Daran gewöhnst du dich sicher.« Nachdenklich legte Ada ihre Hand neben Lias. Beide waren gleich sommersprossig. »Ja, wir Rothaarigen …«

Am nächsten Tag ließ Ada in Lias Zimmer eine Nähmaschine aufstellen. Lia war selig. Meistens bewahrte sie sich ihre Zufriedenheit, manchmal jedoch setzte ihr die Tatsache zu, von Ludger so schlecht behandelt worden zu sein. Ihr Kind würde ohne Vater aufwachsen, weil sie einem aufgeblasenen Wichtigtuer aufgesessen war.

Sie lenkte sich ab, indem sie an der Nähmaschine arbeitete, bis sie kaum noch über ihren Bauch hinwegsehen konnte. Ihrer Mutter zu schreiben, schaffte sie nur einmal, wobei ihre Unentschlossenheit weniger mit ihrer Schwangerschaft als mit den Geheimnissen zu tun hatte, die zwischen ihnen standen.

In ihren dunkelsten Stunden fragte sie sich, weshalb Marga ihr jegliche Gewissheit über ihre Herkunft vorenthielt, und gab sich selbst die Schuld an ihrer Flucht aus Berlin. Welcher Vater wollte schon ein zurückgebliebenes Kind mit brandroten Haaren? Mehr als einmal sprach sie mit Ada darüber, die hinter ihrer harten Schale genauso gutmütig war, wie Herr Falbe behauptet hatte. Dann aber endete Lias Schwangerschaft mit der völlig unkomplizierten Geburt von Paul, der ein so niedliches Baby war, dass sie ihn einfach ablichten und eine Reihe Fotos nach Hause schicken musste.

Jetzt seufzte Lia und ließ ihre Hände über die polierten Armlehnen des Stuhls gleiten. Meistens war sie mit der gegenwärtigen Situation zufrieden. Sie hatte es gut getroffen. Die Kundinnen schätzten sie. Das größte Glück aber war, dass Ada den kleinen Paul vergötterte und sie behandelte wie die Tochter, die sie nie gehabt hatte.

Ihre Kollegin Grit trat mit dem Kind auf dem Arm in den Verkaufsraum. »Kannst du ihn mal übernehmen?«

»Mama, Arm!« Er beugte sich vor, und Lias Herz strömte über vor Liebe. Sie setzte sich den Kleinen auf den Schoß und umfasste seine speckigen Beinchen. »Da bist du ja, junger Mann. Hast du schön gespielt?«

»Und wie!«, kommentierte Grit gallig. »Er lenkt uns von der Arbeit ab, wo er nur kann.«

Lia nickte. Es wurde komplizierter. Der Kleine war inzwischen eineinhalb Jahre alt und hielt neben den Verkäuferinnen auch den Schneiderlehrling Tassilo auf Trab. Paul hatte zwar seine eigene Spielecke im Atelier, beschäftigte sich aber viel lieber mit Stoffresten und Knöpfen, wenn er nicht gerade an den Rädern der Nähmaschinen herumdrehte. Scheren und Nadeln hatten sie seiner flinken Finger wegen schon weit oben im Schrank deponiert, und letztens hatte Lia verhindert, dass er einen Knopf verschluckte.

Dennoch. Für ihn lohnte es sich zu leben. Sie vergrub ihre Nase in den weichen, hellbraunen Locken, die er von Marga geerbt hatte, und sog seinen Duft ein. Dass Ludger fast die gleiche Haarfarbe hatte, machte sie sich lieber nicht bewusst.

»Ma Ma.«

»Solange du weißt, wer ich bin, ist alles gut.« Sie zwinkerte Grit zu, die kopfschüttelnd abzog.

Paul kuschelte sich an sie und begann, am Daumen zu lutschen. In seinem rot karierten Hemd und der Lederhose sah er zum Fressen aus. Ada, die ganz verliebt in ihn war, kaufte ihm von allem zu viel.

Kurz darauf nahmen sie in dem Taxi Platz, das Madame sich Abend für Abend leistete. Meistens holte sie Herr Ottokar ab. Auch heute hielt er ihnen zuvorkommend die Tür auf. Lia setzte sich auf die Rückbank und nahm Paul auf den Schoß, der vor Müdigkeit leise vor sich hin quengelte, während sich das Taxi in den abendlichen Verkehr einreihte.

»Warum können Sie sich das eigentlich alles leisten?« Diese Frage hatte sich Lia bisher nicht zu stellen getraut.

Ada zögerte. »Paul und ich haben ein wenig Familienbesitz geerbt. Altes Geld, das vorwiegend in Immobilien steckt.«

»Also finanzieren Sie sich Ihr Luxusleben, indem Sie Mieten kassieren. Und Herr Falbe? Warum arbeitet der dann bei Luise?«

Der kleine Paul strampelte, weil er aufstehen und aus dem Fenster schauen wollte. Natürlich hatte Lia ihn nach ihrem Retter benannt. Ada nahm ihn ihr ab und stellte ihn auf ihren Schoß.

»Er wohnt in einer Mansarde.« Es war Lia so peinlich, dass sie flüsterte.

Ada lachte tief und kehlig. »Mein kleiner Bruder hat sich für ein anderes Leben entschieden und sich so richtig in Schwierigkeiten gebracht, als er sich mit diesem Kommunisten einließ. Joachim, seiner großen Liebe, der in den spanischen Bürgerkrieg gezogen ist.« Sie senkte ihre Stimme. »Er hat ihn versteckt, als ihm die Nazis aufs Dach gestiegen sind. Jetzt muss er die Konsequenzen tragen. Du verstehst, was ich meine?«

Lia biss sich auf die Lippe. »Ich habe in Berlin dazugelernt.« Es gab Männer, die Männer liebten. Und es gab Bars voller Strichjungen und Etablissements, die diesen Vorlieben gewidmet waren.

Ada nickte. »Das will ich hoffen. Wir waren in den Zwanzigern jung, als Berlin voller Varietés wie dem Wintergarten war. In den Boulevards hallte es von Jazzmusik wider, statt vom Stiefelgetrampel der Nazis. Alles war möglich, auch amourös. Paul mochte junge Männer und hatte eine ganze Reihe von ihnen durch. Aber bei Joachim hat er sich vergriffen. Der geriet wegen seiner idealistischen Vorstellungen unter die Räder. Ich glaube, er hat auch mal einen Brandsatz geworfen. Paul hat ihm geholfen, unterzutauchen, und plötzlich hatte die Obrigkeit ihn im Visier, und er musste so schnell wie möglich verschwinden.« Sie sah Lia von der Seite an. »So kann es kommen, Kleine. Plötzlich lösen sich alle Gewissheiten in Luft auf und du stehst vor dem Nichts. Aber er scheint sich ja in der Provinz gut eingelebt zu haben.«

Lia schüttelte den Kopf. »Herr Falbe ist ein anständiger Mensch, und er passt perfekt in Luises Haus der bunten Vögel.«

»Wenn du meinst!« Ada legte einen Finger auf ihre Lippen. »Herr Ottokar ist zwar unglaublich diskret. Aber psst. Zwing mich nie wieder, darüber zu sprechen, Kleine. Unter Umständen bringen wir den großen Paul damit in Gefahr.«

An diesem Abend fand der Salon statt, zu dem Ada alle zwei Wochen eine Reihe illustrer Gäste ins Kaminzimmer einlud. Das wusste Lia, weil Ottilie sie einige Male gebeten hatte, dabei Pralinen, Zigarren und Weinbrand herumzureichen. Auch an diesem Abend holte Ada sie dazu. Doch als Lia den Raum betrat, saß zu ihrer Überraschung nur ein einzelner Mann in einem der dunkelroten Ledersessel und blies ihr den Rauch seiner kubanischen Zigarre ins Gesicht. Er war mittleren Alters und trug seine grauen Haare und den ebensolchen Bart militärisch kurz geschnitten. Lia sah sofort, dass sein Anzug maßgeschneidert und von bester Qualität war.

Sie fragte Ada und den Fremden nach ihren Wünschen, füllte zwei Gläser mit Brandy und stellte sie vor ihnen ab. Adas Freunde waren reich und kultiviert, also keine Leute, denen sie sich ebenbürtig fühlte. Sie wollte gerade wieder verschwinden, als Ada sie ansprach. »Schläft der Kleine?«

Sie wandte sich um und nickte.

»Setz dich doch zu uns, Lia, und leiste uns Gesellschaft. Ich bitte dich.«

Zögernd nahm sie auf einer Sessellehne Platz und ließ sich von Ada ein Glas Likör in die Hand drücken. Aprikose. Ada wusste, dass sie gar nicht genug davon bekommen konnte.

»Das, meine liebe Lia, ist mein alter Freund Arno Kohlhaas. Und Arno, darf ich vorstellen, mein Schützling Lia Günther. Was wäre ich ohne sie und den kleinen Paul? Außerdem ist sie eine hervorragende Schneiderin.«

Der Fremde musterte sie, als wolle er ihr auf den Grund ihrer Seele blicken. »Ada hat mir viel von Ihnen erzählt.«

Lia spürte eine untypische Schüchternheit in sich aufsteigen. »Ich muss mal nach Paul sehen.«

Sie wollte schon aufspringen, als sich Adas Hand mit den langen mandarinroten Krallen auf ihre legte. »Nein, bitte bleib. Ottilie ist instruiert. Wir langweilen uns heute ein wenig.«

So war das also. Lia der Klassenclown. Sie bekämpfte ihren trockenen Mund mit einem weiteren Glas Likör. Doch erst, als Kohlhaas sich nach ihrer Arbeit im Atelier erkundigte, taute sie auf. Bereitwillig erzählte sie von der allzu mageren Frau Generalin und von Tassilo, den sie neulich dabei erwischt hatte, wie er an Pauls Eisenbahn weiterbaute. Und nach zwei weiteren Gläsern Likör lachte sie trotz der inneren Stimme, die sie zur Vorsicht mahnte, selbst am lautesten über ihre Geschichten.

»Mit Lia, mein lieber Arno, ist wieder Lebenslust bei mir eingezogen«, erklärte Madame Ada. »Manchmal fühle ich mich, als hätte ich eine Tochter und ein Enkelkind dazugewonnen.«

Der Fremde legte seine Zigarre auf dem Rand des Aschenbechers ab. »Aber woher kommen Sie, Lia? Haben Sie sich aus Luft und Liebe materialisiert wie eine Fee? Erzählen Sie! Und überhaupt dieser Name. Heißen Sie Amelia, Ophelia, Aurelia? Darf ich übrigens Du sagen? Habe ich Ihre offizielle Erlaubnis?«

»Gerne.« Sie lachte. »Ich heiße nur Lia. Und ich komme aus Künzelsau.«

Kohlhaas zog seine Augenbrauen hoch. »Wo liegt denn das?«

Also berichtete sie von ihrer Mutter Marga, von Luise, ihrer besten Freundin Erika und den Nähmädchen und kam dabei ins Schwafeln. Nur Martin, Herrn Falbe und Ludger ließ sie aus. »Und dann hat mir meine Elvira prophezeit, dass ich eine große Reise machen würde. Und sieh an, hier bin ich.«

»Deine Elvira?« Kohlhaas lachte leise.

Lia nickte nachdrücklich. »Jawohl, eine Fahrende und die beste Wahrsagerin unter der Sonne.« Sie hielt inne und sah ihre beiden Zuhörer an. »Ich langweile euch, oder?«

»Ganz im Gegenteil. Du erzählst so farbenfroh, kleine Lia«, ließ sich der Fremde vernehmen. »So erfrischend wie ein Schwall Wasser. Ach was, ein Brunnen mit Champagner.«

Ada lachte laut auf. »Lass dich nicht um den Finger wickeln, Lia. Auch wenn er sich gerade vergeblich als Poet versucht, ist Arno ein Schwerenöter, wie er im Buche steht.«

Er lachte ertappt. »Bedaure. Bei so jungem Gemüse muss ich passen.«

Kurz darauf stand er auf, griff nach Hut und Mantel und verabschiedete sich. »Meine Damen. Man sieht sich. Vielleicht schon bald.«

Kaum war die Tür hinter ihm ins Schloss gefallen, schenkte sich Ada einen doppelten Brandy ein. »Gefahr gebannt.«

»Wer war das?«, fragte Lia entgeistert.

Ada kippte den Alkohol auf ex, öffnete das Fenster und ließ die Berliner Nachtluft ein, die den Zigarrengeruch vertrieb. »Arno Kohlhaas ist ein erfolgreicher Berliner Unternehmer, der hervorragend zu verbergen versteht, dass seine Geschäfte nicht immer ganz legal sind. Er war zuerst Boxmanager und macht jetzt Immobilien. Außerdem hat er nebenbei ein paar Nachtclubs am Laufen. Und er hat allerbeste Beziehungen in höchste Parteikreise.«

Lia riss die Augen auf. »Sie sind mit einem Ganoven befreundet? Womöglich trägt er eine Waffe bei sich.«

Ada zuckte mit den Schultern. »Na und? Er ist meistens manierlich, obwohl man manchmal das Gefühl hat, auf einem Seil über dem Abgrund zu tanzen.«

»Aber trotzdem!« Lia ließ sich von der Lehne in den Sessel plumpsen.

»Na.« Ada legte ihre Füße auf dem Sofa gegenüber ab. »Sei mal nicht piefiger als der Papst, Kleine. Ich finde ihn aufregend. Solche Kontakte können einem nützlich sein. Denn wenn es hart auf hart kommt, haut Arno dich bedingungslos raus.«

Drei Tage später stand Arno Kohlhaas unerwartet vor der Tür und verlangte nach Lia, die mit beiden Armen in einem Gugelhupfteig steckte. Ada war noch im Atelier, aber Lia war an diesem Tag etwas früher nach Hause gekommen, weil Paul einen Schnupfen und leichtes Fieber hatte. Sie hörte, wie Ottilie Arno zu ihr in die Küche schickte, und begann, wie wild zu kneten.

»Du scheinst ja über allerlei Qualitäten zu verfügen.« Kohlhaas stellte sich hinter sie. Sein Geruch nach Tabakrauch und Leder mischte sich mit dem frischen Duft des Hefeteigs.

»Als Hausfrau?« Lia füllte den Teig in die Form und wusch sich die Hände. »Das hab ich von meiner Mutter gelernt. Sie backt den besten Kuchen der Welt. Und Gugelhupf nie ohne Rosinen, merken Sie sich das!«

»Tatsächlich?« Er trat zurück und vergrub die Hände in seinen Hosentaschen. »Ich frage mich, ob du wohl Zeit hättest, mich zu begleiten?«

Lia musterte ihn misstrauisch. Wollte er sie zu etwas verleiten, das sie aus gutem Grund ablehnte, seitdem Paul geboren war?

»Du brauchst keine Angst vor mir zu haben«, beteuerte er. »Es ist nicht das, was du denkst. Ich brauche nur ein nettes Gegenüber.«

234

Sie dachte nach. Pauls Schnupfen musste sie ja nicht daran hindern, auf ein kleines Abenteuer auszugehen. Ottilie konnte sich um ihn kümmern. Sie instruierte die Köchin des Kuchens wegen und holte Hut und Mantel.

»Mein Kompliment, junge Frau.« Kohlhaas verbeugte sich, als sei sie erheblich bedeutender, als sie sich fühlte. Sie verließen das Haus.

Was wollte er von ihr? Lia versuchte, sich nicht zu wundern, als sie ihm durch den aufziehenden Regen quer durch die Straßen folgte. Auf ihre Versuche, ein Gespräch zu beginnen, reagierte er einsilbig. Nur bei ihrer Frage nach dem Fortgang des Krieges lachte er bitter auf.

»Wird Deutschland siegen? Ich meine, es hat Frankreich, Holland, Belgien und Norwegen einfach überrannt und einkassiert?«, fragte sie.

»Du meinst wohl, wir haben diese Länder mit Krieg und Elend überzogen.«

Sie bahnten sich den Weg über eine viel befahrene Straße. Ein schwarzer Mercedes hupte, als Kohlhaas ihn mit erhobener Hand stoppte, damit Lia vorbeilaufen konnte. »Was, denkst du, ist Russland für ein Land?«

»Ein großes?« Sie stolperte über eine Bordsteinkante. In diesem Moment kam eine Tram und hätte sie beinahe erfasst. Lia schrie auf, als Arno Kohlhaas sie unsanft am Arm auf den Gehweg zog. Der Fahrer klingelte protestierend.

»Pass doch auf! Wir brauchen dich noch«, sagte Kohlhaas.

Sie japste, als ihr bewusst wurde, dass sie fast unter die Räder geraten wäre. »Danke schön. Womöglich haben Sie mir das Leben gerettet.«

»Keine Ursache. Komm weiter.« Sie waren mittlerweile in der Nähe des Ku'damms angelangt. »Was wollten Sie mir über Russland sagen?«

»Das Land ist so riesig, dass es alle unsere Vorstellungen sprengt. Aber das ist nicht alles«, erklärte er. »Der Winter dort ist kalt und dauert verdammt lange. Das ist nicht gut für eine Armee, die großteils zu Fuß unterwegs ist. Eigentlich müsste das jeder wissen, aber einige sind trotzdem reingefallen, wie Napoleon und …«

»Hitler?« Lia wollte sich lieber nicht ausmalen, was das zu bedeuten hatte. Äußern durfte man seine Zweifel ohnehin nicht. Sie sah sich um, aber in der Menschenmenge schien sie niemand zu belauschen. »Und wer ist unser genialer Feldherr in Ihren Augen?«

»Vielleicht nichts als ein Mann, der unbedingt recht behalten will.«

Lia musste diese Respektlosigkeit erst einmal verdauen.

Sie erreichten den Ku'damm, hielten vor einem Juweliergeschäft mit Auslagen voller Gold und Diamanten und warteten. Lia wusste nicht, auf was.

»Und der Krieg, was macht er mit dir?«, fragte er.

»Ich versuche ihn zu ignorieren, so gut ich kann.«

»Verstehe.« Kohlhaas nickte. »Aber pass auf, dass er dir nicht zu nahe kommt.«

So ähnlich hatte sich auch der Bauer geäußert, der sie an dem Tag, als sie das Forsthaus verlassen hatte, in seinem Fuhrwerk mitgenommen hatte.

»Was, wenn wir verlieren?«, fragte sie beklommen.

»Dann gnade uns Gott für alles, was wir zugelassen haben.«

Der Nieselregen verwandelte sich in einen kräftigen Schauer. Kohlhaas spannte seinen schwarzen Schirm auf, unter dem sie beide Schutz suchten.

»Was tun wir überhaupt hier?« Lia sah sich missmutig um. Sie waren nur eine Straßenkreuzung von Madame Adas Maßatelier entfernt. Hinter grauen Regenfäden reihten sich die piekfeinen Geschäfte auf, die sie kannte.

»Wart's ab«, brummte er.

Der Regen strömte weiter und benetzte Lias Wimpern und Kragen. Es dauerte nicht lange, dann näherten sich die ersten Menschen. Sie hielten sich alle in dieselbe Richtung, füllten den Gehweg ebenso wie die Fahrbahn. Sie erkannte Männer, Frauen und alte Leute in Winterkleidern, viele von ihnen trugen Koffer mit ihren Habseligkeiten in den Händen. Sie waren tropfnass, denn die wenigsten hatten einen Schirm. Die gelben Judensterne, die sie auf Anordnung der Obrigkeit ab dem 1. September zu tragen hatten, waren die einzigen Farbflecken unter dem grauen Himmel. Es war ein schier endloser Zug, und über allen Gesichtern lag der Schleier der Hoffnungslosigkeit.

»Wohin wollen die denn alle?« Lia hielt sich krampfhaft an Arno Kohlhaas' Arm fest.

»Von Wollen kann keine Rede sein«, raunte er ihr zu. »Das, meine liebe Lia, sind Juden, wie du siehst. Sie wussten schon länger, dass sie ihre Wohnungen räumen müssen, damit verdiente Parteigenossen einziehen können. Sie haben die Nacht in der Synagoge in der Levetzowstraße in Moabit verbracht und sind jetzt auf dem Weg zum Bahnhof Grunewald.«

»Zu Fuß?«, fragte Lia entgeistert. »Aber wohin werden sie denn gebracht?«

Kohlhaas nahm ihre linke Hand, die klamm vor Kälte war. Seine war trotz des Regens überraschend warm. »Das weiß niemand so genau. Ich vermute in ein Ghetto im Osten, wo sie für die deutsche Kriegsproduktion schuften müssen. Und stell dir vor, sie sollen für den Transport auch noch selbst bezahlen. Ihre Kinder, die hat man ihnen schon weggenommen und irgendwohin gebracht.«

»Aber warum?« Lia tat das Herz weh. Sie dachte an Martin und hoffte, dass ihm niemals dasselbe Schicksal drohen würde.

»Die Reichshauptstadt muss judenfrei werden«, sagte Kohlhaas. »Das wollen zumindest der Führer und sein innerster Kreis.«

»Und warum haben Sie mich hierhergebracht?«

»Halt deinen Mund, verflucht!« Er tippte sich grüßend an den Hut, als sich aus dem Nichts zwei Männer in grauen Mänteln am Straßenrand postierten und ihren Blick misstrauisch über den Zug und die Schaulustigen wandern ließen. Kohlhaas zog Lia aus ihrer Reichweite und stand bewegungslos da, als ob er auf etwas wartete. Als die letzten Juden um die Ecke gebogen und die Gestapo weitergezogen war, klappte er seinen schwarzen Schirm zusammen, überquerte die Straße und betrat ein Tabakgeschäft. Lia folgte ihm und sog den Geruch nach feinen Zigarren und Pfeifentabak ein. Der Besitzer, ein Mann mittleren Alters mit Schnauzbart, nickte Kohlhaas zu und führte sie eine Treppe in einen Kellerraum hinab, der als Lager diente.

Zwischen Regalen und Zigarrenkisten saß, in eine Decke gehüllt, ein magerer Mann mit dunklen, feuchten Haaren. Seine Lippen waren blass und zitterten nicht nur vor Kälte. Kohlhaas trat auf ihn zu, reichte ihm die Hand und begann, mit ihm zu tuscheln. Als die Decke verrutschte und einen Judenstern auf seinem Mantel offenbarte, wusste Lia, was sich hier abspielte. Jemand musste den Mann aus der Menschenmasse geschmuggelt haben, und er schien seine vorläufige Rettung selbst kaum glauben zu können. Ihr schwindelte es vor der Verlorenheit in seinen Augen. Kalter Schweiß sammelte sich in ihrem Nacken und in ihren Achselhöhlen.

»Alles in Ordnung?« Kohlhaas legte ihr seine Hand in den Rücken. »Mir geht es gut«, sagte sie.

»Dann lass uns gehen. Es ist alles erledigt.« Sie verließen Keller und Laden und traten auf die Straße hinaus.

»Weg hier, aber unauffällig!« Er zog sie am Arm in eine Seitenstraße. »Wir dürfen kein Aufsehen erregen. Und wenn dich jemand anspricht, sagst du, wir seien Vater und Tochter.«

Sie stemmte beide Hände in die Seiten. »Ich soll also für Sie lügen? Glauben Sie, ich gehorche Ihnen einfach so?«

Er musterte sie vom Scheitel bis zur Schuhspitze. »Es gibt ein Netzwerk in Berlin, das flüchtige Juden und andere gesuchte Personen versteckt.«

Lias Mund wurde trocken. »Und Sie gehören dazu? Ich hätte Sie für eigennütziger gehalten.«

Kohlhaas ging ihr voran. »Ich bin ein Ganove par excellence, oder sagen wir ein besonders begabter Händler. Und wie du weißt, verfüge ich über beste Beziehungen zur Partei. Hier ein paar französische Seidenstrümpfe, dort eine kubanische Zigarre. Arno kann alles besorgen. Aber wenn ich nicht manchmal das Richtige täte, könnte ich mir selbst nicht mehr in die Augen blicken.«

Er lief so schnell die Straße hinab, dass Lia kaum mit ihm Schritt halten konnte. »Sie wollen also vor sich selbst nicht als Verbrecher dastehen?«

Kohlhaas blieb an einer Ecke stehen und wartete auf sie. »Sal Mandelbaum ist Journalist. In den zwanziger Jahren hat er mit spitzer Feder Berlin aufs Korn genommen, all die Schönen, die Schieber und die Reichen. Ich habe mich über seine Glossen köstlich amüsiert. Warum also sollte ich zulassen, dass sie ihn in die hinterste Ecke Polens verfrachten und dort weiß Gott was mit ihm anstellen?« Er ging eilig weiter.

»Aber warum haben Sie mich da reingezogen? Mist!« Vor lauter Schreck trat sie in eine Pfütze. Schmutzwasser drang in ihren rechten Schuh.

»Ich brauche deine Hilfe«, sagte er. »Du wirkst so jung und unschuldig, dass dir niemand etwas Illegales zutrauen würde. Du kannst mich auch verraten. Genug in der Hand hättest du allemal, sollte dir der Sinn danach stehen. Aber ich würde mich freuen, wenn ich dir vertrauen könnte und du hin und wieder Botendienste für mich übernehmen würdest.«

Lia blieb schwer atmend stehen. »Sie wollen mich also zu ihrer Komplizin machen? Weshalb trauen sie mir das zu?«

Der Regen hatte sich verzogen und einem dramatischen Sonnenuntergang in Messing, Schwarz und Violett Platz gemacht. Kohlhaas grinste sie an, als handle es sich bei seinem Vorschlag um nichts als einen Scherz oder eine Mutprobe.

»Ich glaube, dass ein Teufelskerl in dir steckt, Lia, und eine Gerechtigkeitsfanatikerin noch dazu.« Sie gingen weiter.

»Ich bin keine Heldin«, sagte sie.

»Das musst du auch nicht sein.« Kohlhaas nahm ihren Arm. »Du sagst doch, dass du in Berlin geboren bist. Kannst du dich an irgendetwas erinnern?«

»Nein. Ich gehe durch die Straßen, und es ist mir alles fremd.«

Das Einzige, was ihr manchmal in den Sinn kam, war ein Park mit einem Brunnen, auf dem eine Reihe unglaublich fetter Putten herumlungerten. Aber die Bilder waren unscharf wie ein schlechtes Foto. Lia fragte sich manchmal, ob sie nicht aus ihren Träumen stammten.

Sie erreichten Adas Wohnhaus, und Arno hielt ihr die Tür auf. »Berlin ist groß. Vielleicht warst du nur noch nicht in den richtigen Vierteln.«

19.

WINTER 1943

Schnee, da war nichts als Schnee, der in unzähligen Flocken vor ihnen hertrieb und sich als feuchtes Flimmern auf die Windschutzscheibe setzte. Albert fuhr dem Konvoi seiner Einheit voran durch den Sturm und konnte nur hoffen, dass die anderen Wagen ihm folgten, denn Sicht hatte er auf keine fünf Meter.

»Kannst du mir sagen, warum wir je geglaubt haben, wir könnten Moskau erobern?« Arnold, der an Alberts Seite saß, rieb sich die Hände. Drinnen war es fast so kalt wie draußen. »Oder Stalingrad?«

Der Wagen holperte über eine Bodenwelle. »Keine Ahnung.«

Die Wehrmacht war auf dem Vormarsch nach Moskau zuerst vom Schlamm und dann vom Frost überrascht worden. Spätestens seit dem Kessel von Stalingrad wussten sie, dass sie auf verlorenem Posten kämpften. Zum Glück waren Albert und Arnold da weiter südlich im Kaukasus stationiert gewesen.

»Wahnsinn, in dieses Land einzufallen, selbst wenn man den Winter hier nicht kennt«, sagte Albert, doch das Motorengeräusch übertönte seine Stimme.

»Was hast du gesagt?«

»Nichts. Ich bin mir nur nicht mehr sicher, ob die Hölle wirklich heiß ist.«

Arnold lachte. »Der Führer hat sich verkalkuliert. Er hat uns mit Absicht hierhergeschickt, um sich zu vergewissern, dass wir wirklich solche harten Hunde sind, wie er hofft. Und wenn nicht, lässt er uns mit Wonne verrecken.«

Albert sah Arnold von der Seite an, die Stupsnase, die vor Kälte geröteten Wangen. Gott wusste, was es ihn gekostet hatte, seinen Freund aus dem Panzerregiment zu holen, aber anders als er war Arnold dem Kriegsdienst nicht gewachsen. Er hatte zu viele Skrupel. In der Beobachtungseinheit musste er nicht planmäßig kämpfen. Stattdessen waren sie oft Teil der Vorhut, so wie heute. Ein Schlagloch beförderte sie beide an die Decke. »Die Pisten sind auch nicht mehr das, was sie mal waren.«

»Welche Pisten?« Albert lachte, obwohl es keinen Grund dazu gab. Das dichte Schneetreiben hatte die nachfolgende Kolonne verschluckt. Was, wenn sie sie verloren hatten?

Es passierte keine Minute später. Er verfehlte eine Kurve, rammte eine Schneewehe und saß fest. Er gab Gas, doch die Reifen drehten durch. »Verflucht!«

Als er den Rückwärtsgang einlegte, fuhr er den Wagen nur weiter in den Schnee hinein. Zu allem Überfluss klemmte auch noch die Fahrertür.

»Komm hier raus!«

Er folgte Arnold über die Beifahrerseite in die Kälte. Der Schnee fiel so dicht, dass sie kaum die Hand vor Augen sehen konnten. Eisige Flocken umtanzten sie, legten sich wie Pfeilspitzen auf ihre Wangen und bedeckten ihre Köpfe und Schultern innerhalb kürzester Zeit mit weißen Hauben.

Albert legte die Hand über die Augen und sah zurück. Weder Lichter noch Motorengeräusche deuteten darauf hin, dass der Konvoi ihnen folgte. »Sie sind weg.«

Sorge erfüllte ihn. Seitdem er das Kommando über die Einheit hatte, war ihm das Wohlergehen seiner Männer wichtiger als sein eigenes. Aber auch der Gedanke an Erika hielt ihn aufrecht. Im Laufe des letzten Jahres hatten ihre Briefe verhindert, dass dieses trostlose Land ihn wie ein Moloch verschluckte. Er hoffte, dass sie in ihrem abgelegenen Nest in Hohenlohe in Sicherheit war.

»Und was machen wir jetzt?«, fragte Arnold.

»Wir gehen ihnen entgegen.«

Das aber gestaltete sich schwieriger als gedacht. Ihre Fahrspur schneite in Windeseile zu, die Ränder der Piste waren schon lange nicht mehr zu sehen. Außerdem schlug die Kompassnadel in alle Richtungen aus. Albert schluckte an seiner Panik. Sie mussten sich anders orientieren.

»Die drei Birken.« Er deutete auf eine verschneite Baumgruppe. »Die sind unsere Wegmarke.«

»Birken gibt es hier zuhauf«, schnaubte Arnold. Aber da sie nichts anderes hatten, marschierten sie los. Der Schnee lag gute dreißig Zentimeter hoch, so dass sie bei jedem Schritt bis zu den Knien einsackten. Trotz ihrer weißen Neckermannjacken und der gepolsterten Hosen klapperten Albert innerhalb kürzester Zeit die Zähne, und ihm wurde schmerzlich bewusst, dass sein rechter Stiefel an den Zehen aufklaffte. Warum nur hatte er seit Tagen nichts gegen das Loch unternommen? Grimmig stapfte er neben Arnold durch den Schnee, bis sein Fuß gefühllos wurde und er sein Bein kaum noch spürte. Wie lange liefen sie? Irgendwann tauchten die drei Birken wieder auf.

»Kann es sein, dass wir im Kreis gegangen sind, Herr Vermesser?«, vermutete Arnold.

Albert wusste es nicht. Im Schnee sah alles gleich aus. Sie drehten um. Später wusste Albert nicht mehr, wie lange sie gelaufen waren, Schritt für Schritt in dieser Ödnis. Plötzlich wurde sein Wunsch, sich fallen zu lassen, übermächtig. Er dachte an den Schneeadler, den sie in Nürnberg im Garten gemacht hatten. Es war gar nicht bedrohlich gewesen. Fast glaubte er, wenn er sich nur fallen ließe, würde der Schnee ihn einhüllen wie eine warme Decke. Albert sackte in die Knie.

»Wie kann man bei unserer miesen Verpflegung immer noch so schwer sein?« Arnold zog ihn mühsam hoch. »Denk nicht einmal dran!«

»Woran?« Alberts Lippen waren so kalt, dass er sie kaum aufbekam.

»Dass du dich besser fühlst, wenn du tot bist. Warum hast du auch das verflixte Loch im Stiefel nicht flicken lassen?« Manchmal waren es Kleinigkeiten, die den Unterschied zwischen Leben und Tod ausmachten.

Er rappelte sich auf und humpelte auf Arnold zu, der ihn stützte. Und so taumelten der kleine und der große Mann voran ins Nirgendwo.

Es war Zufall, dass sie das Dorf entdeckten. Ungläubig starrten sie auf die Dächer, die sich unter dicken Hauben aus

Schnee duckten. Rauch kringelte sich daraus hervor, so heimelig. In der Mitte stand eine hölzerne Kirche, auf deren Turm ein orthodoxes Kreuz aufragte. Arnold bekreuzigte sich.

»Ich wusste gar nicht, dass du katholisch bist.«

»Ich auch nicht.«

Es war Wahnsinn, so gut wie wehrlos ein Dorf im Feindesland zu durchschreiten. Was, wenn sie in einen Partisanenhinterhalt gerieten? Oder ihnen Scharfschützen auflauerten? Oder die Dorfbewohner sie mit ihren Dreschflegeln erschlugen? Aber sie taten es trotzdem und schleppten sich weiter bis zu einem Hof, den eine alte Frau gerade mit einem Eimer in der Hand durchquerte, um ihre Hühner zu füttern.

Wie erstarrt blieb sie stehen, so nahe, dass Albert die roten Rosen auf dem schwarzen Grund ihres Kopftuchs sehen konnte und die dünnen Haarsträhnen, die sich daraus hervorstahlen. Albert konnte es ihr nicht verdenken. Die Deutschen hatten auf ihrem Eroberungsfeldzug eine Schneise aus Tod und Verwüstung hinterlassen. Verbrannte Erde. Plötzlich schämte er sich für diesen sinnlosen Krieg und seine Landsleute, die nichts als Gehorsam kannten.

Sie wären bis in alle Ewigkeit so stehen geblieben, aber dann ging Arnold mit erhobenen Händen auf die Frau zu und sprach sie auf Russisch an. Er hatte kurz nach Beginn des Russlandfeldzugs einen Kurs als Dolmetscher gemacht. Manchmal war es von Vorteil, so oberschlau zu sein.

Die Alte zögerte. Was mochte sie sehen? Den Feind, oder zwei halb erfrorene junge Männer? Albert starrte neidisch auf ihre unversehrten Filzstiefel, bevor sie sie ins Haus winkte.

Erleichtert schoben sie sich auf die Ofenbank. Drinnen war es warm. In einer Ecke flackerte eine Kerze vor ein paar goldglänzenden Ikonen. Ihre Jacken trockneten über dem Ofen und dampften die Bude voll. Die Babuschka drückte ihnen Becher mit Tee in die Hand und klatschte Getreidebrei in zwei Holzschalen. Albert hatte nie etwas Besseres gegessen. Danach füllte sie einen Zinkeimer mit heißem Wasser und bedeutete ihm, Schuhe und Strümpfe auszuziehen. Die Alte schnalzte missbilligend mit der Zunge, als sie seine Zehen sah, blaurote Anhängsel, die er nicht mehr spürte. Er zuckte zusammen, als er seine Füße in das Wasser tauchte. Es tat weh, als das Blut wieder zu zirkulieren begann, aber dann erfüllte ihn eine so himmlische Ruhe, dass ihm sein Kopf auf die Brust sank und er einnickte.

Er erwachte zugedeckt auf der Ofenbank. Das Schneetreiben hatte nachgelassen, Sterne standen im schwarzen Fensterviereck, und Arnold und die fremde Frau sprachen flüsternd miteinander. »Du bist wach?«

Albert richtete sich auf und rieb sich die Augen, woraufhin ihn die Alte zahnlos anlächelte und etwas auf Russisch sagte.

»Was erzählt sie da?«

»Sie sagt, dass es nicht weit sei bis zur nächsten von Deutschen besetzten Stadt. Sie bringt uns hin, wenn die Nacht am tiefsten ist, nicht dass man sie der Kollaboration verdächtigt. Sie lebt im Moment allein. Ihre beiden Söhne kämpfen bei der Roten Armee, und sie weiß nicht einmal, ob sie noch leben. Sie sagt, dass sich die Deutschen an Russland die Zähne ausbeißen werden, aber das wissen wir ja schon lange.«

Albert nickte der Alten zu, die grimmig zurücknickte.

Gegen Mitternacht spannte sie ihren Klepper vor einen Schlitten. Geräuschlos glitten sie durch die schneebedeckte Weite, während die Sterne am unendlichen Zelt des Himmels funkelten und sich nicht darum scherten, ob sie Deutsche oder Russen waren. In überraschend kurzer Zeit kamen sie in Sichtweite der Stadt, über der der Himmel nicht schwarz, sondern rötlich aussah.

»Spasibo«, sagte Albert, bevor er ausstieg, und sie antwortete mit einem würdevollen Nicken. Arnold hatte ihr schon alles Geld gegeben, das sie mit sich geführt hatten.

Am nächsten Tag gelang ihnen die Rückkehr zu ihrer Einheit. Von diesem Zeitpunkt an hatte das Wort Feind für Albert seinen Sinn verloren. Warum sollten sie dieses riesige Land für die Deutschen freiräumen und die Bolschewisten nach Asien treiben? Das Leben war zu kostbar, um sich gegenseitig umzubringen.

Seine Briefe an Erika halfen ihm gegen das Gefühl, sich im freien Fall zu befinden. Als er wieder in seiner Stellung war, setzte er sich an den wackligen Tisch, blies sich in die Hände und begann zu schreiben.

Dieses Land ist so kalt, dass ich auch in meiner Kammer Ohrenschützer brauche, und was geschieht, lässt mein Herz gefrieren. Doch der Gedanke an dich gibt mir Halt und Sicherheit.

Dennoch machte er weiter, verschwieg seine Zweifel, fuhr den kriegführenden Verbänden mit seiner Einheit voran und erstattete Bericht über die Kämpfe. Er sah Züge von Flüchtlingen, abgemagert und grau, die nach Brot schrien, blutjunge Gefallene am Straßenrand und mehr als einmal Massengräber mit russischen Kriegsgefangenen. Es widersprach der Genfer Konvention, die unterlegenen Gegner einfach umzubringen, aber die Deutschen folgten dem Befehl, sich nicht daran zu halten. Spätestens, als die Rote Armee begann, sich Meter um Meter ihres riesigen Landes mit ihren wendigen Panzern und ihrer unglaublichen Zähigkeit zurückzuholen, entpuppte sich die Eroberung Russlands als Illusion. Und schließlich befand sich die deutsche Armee auf ihrem ebenso verlustreichen wie schmachvollen Rückzug. Jeder Fußbreit jedoch, den Albert zurück nach Westen ging, brachte ihn näher zu Erika. Nach seiner Rückkehr würde er sie um ein Treffen bitten. Wenn der Krieg ihn eines gelehrt hatte, dann, dass sie keine Zeit zu verschwenden hatten.

20.

HERBST 1944

Der Zug würde den Bahnhof in Meißen demnächst erreichen. Erika stand an der Tür und hatte vor Aufregung ganz feuchte Hände. Heute würde sie Albert treffen, der für die Neuaufstellung seiner Einheit einige Tage in Dresden weilte.

Der Waggon war rappelvoll. Hinter ihr wartete ein Soldat mit Marschgepäck auf den Halt. Eine junge Mutter bugsierte ihren Kinderwagen durch eine Schülergruppe, die von der Kinderlandverschickung kam und im Gang ihr Lager aufgeschlagen hatte.

Erika schluckte nervös. Was wäre, wenn ihr Treffen scheiterte? Sie hatten sich zwar viele Briefe geschrieben, sich aber bisher nicht getroffen. Vielleicht war sie ihm nicht hübsch genug, vielleicht auch zu groß oder er schreckte vor ihrer direkten Art zurück. Erika nahm sich vor, abzuwarten und den Blick auf die Sonnenblumen zu richten, die an diesem blauen Septembertag am Feldrain standen und ihre goldgelben Köpfe ins Licht streckten.

Ich bin hier, dachte sie. Weder Luise noch Marga hatten geglaubt, dass sie sich trauen würde, allein zu fahren. Vor allem jetzt nicht, wo die alliierten Bomber den Krieg in deutsche Städte trugen.

Luise hätte sie am liebsten aufgehalten. Rolf riskiere in

Russland jeden Tag sein Leben, hatte sie gesagt. Was, wenn sie wegen Erikas Leichtsinn beide Kinder verlöre? Erika wusste, dass Luise noch andere Sorgen plagten. Die Aufträge für die Näherei blieben aus. Obwohl sie sich weigerte, Erika gegenüber einzugestehen, wie schlimm es wirklich stand, wusste sie, dass ihre Mutter sich die Nächte im Büro um die Ohren schlug. Die schwarzen Schatten unter ihren Augen sprachen Bände.

Aber Paul Falbe hatte sie ermutigt, und so war Erika trotz ihres schlechten Gewissens losgefahren.

Es passierte nahe des letzten Vorortbahnhofs vor Meißen. Der Zug bremste schon, als ein Dröhnen ertönte und eine Phalanx aus Flugzeugen über sie hinwegschoss, der eine weitere folgte. Die englischen Bomber flogen so tief, dass sie die Sonne verdunkelten. »Was ist das?«

»Runter!«

Geistesgegenwärtig riss der Soldat sie mit sich zu Boden. Erika hörte ein Jaulen wie bei einem Silvesterfeuerwerk, dann krachte es. Trümmer und Glassplitter hagelten auf sie nieder. Weitere Detonationen folgten, während sie ihr Gesicht auf den muffig riechenden Boden drückte. Es dauerte eine gefühlte Ewigkeit, bevor sich atemlose Stille über die Welt legte. Ich bin taub, dachte sie, denn in ihren Ohren klang nur ein hohes, ausdauerndes Pfeifen.

»Kommen Sie! Es ist vorbei.« Der Soldat zog sie hoch. Erika kam taumelnd auf die Beine. Der Staub legte sich langsam, so dass sie die verängstigten Gesichter der Schulkinder erkannte. Die junge Mutter hatte ihr Kind mitsamt Decke aus dem Kinderwagen gehoben und drückte es an ihre Brust.

In diesem Moment rüttelte von außen jemand an der Tür. »Feldschutz. Kommen Sie raus!«

Erika stemmte sich gegen die Tür, doch so sehr sie sich auch bemühte, sie öffnete sich nicht. »Sie klemmt, verdammt.«

»Zur Seite!« Der Soldat warf sich dagegen, bis sie aufsprang. »Raus hier!«

Sie stieg die Stufen hinab, sprang auf den Boden, wo der Mann vom Feldschutz sie in Empfang nahm, und sog erleichtert die frische Luft ein. Hinter ihr verließen die anderen Fahrgäste den Zug und sammelten sich verängstigt und verdreckt auf dem Bahndamm am Rande der Gleise. Rundum reihten sich Güterzüge auf, und in der Ferne schob sich das moderne Meißener Bahnhofsgebäude in Erikas Blickfeld. Der Lehrer zählte seine Schäfchen durch, während die junge Mutter ihr Kind in den Wagen packte und es gleichmütig nach Meißen schob.

Der Zug war zwar beschädigt, aber ihr Waggon nicht in dem Maße, wie Erika befürchtet hatte. Stattdessen waren die ersten beiden Wagen hinter der Lokomotive vollkommen zerstört. »Mein Gott«, sagte sie leise. »Wie können die einen Zug voller Zivilisten bombardieren?«

»Wo kommen Sie denn her?«, gab der Soldat zurück, während er sein Marschgepäck aufschnallte. »Das ist für uns hier Alltag. Wenn Sie den Krieg überleben wollen, dürfen Sie nur an den nächsten Schritt denken und keinesfalls an das Warum und Wofür.«

»Ich weiß«, sagte sie.

Aber wusste sie es wirklich? Heilbronn hatte es getroffen, die größeren Städte Stuttgart, Nürnberg und Berlin ebenso.

Nur Künzelsau war bisher verschont geblieben, weil es am Ende der Welt lag oder ein besonders aufmerksamer Schutzengel über das Städtchen wachte. Dabei munkelte man hinter vorgehaltener Hand, dass die alliierten Truppen bereits rechts des Rheins stünden und unaufhörlich vorrückten. Die Rote Armee zog in Richtung Berlin. Voller Schrecken dachte sie an Lia, von der sie nur noch selten etwas hörte.

Sirenen ertönten. Von Meißen her näherten sich die ersten Krankenwagen und die Feuerwehr.

»Gehen Sie in Richtung Stadt und freuen Sie sich, dass Sie mit dem Leben davongekommen sind«, riet ihr der Mann vom Feldschutz. »Hier stehen Sie nur im Wege.«

Also griff sie nach ihrem Koffer und lief mit der Schulklasse über die Gleise auf den Meißener Bahnhof zu.

In der Halle, die mit waagerechten Lichtbändern durchzogen war, wartete das Rote Kreuz mit warmen Getränken auf die Überlebenden. Erika gelang es, einen Becher süßen Tee zu ergattern. Sie trank einen Schluck und hielt Ausschau nach Albert. Wie anders hatte sie sich ihre erste Begegnung ausgemalt. Wunderschön hatte sie aussehen wollen, doch jetzt war ihre Kostümjacke zerrissen, und ihre Haare standen zu Berge. Frustriert klopfte sie sich den Staub von den Schultern und putzte sich mit dem Jackenärmel über die Wangen. Aber nein, dachte sie. Der Mann vom Feldschutz hatte recht. Hauptsache, sie lebten noch.

Was, wenn sie sich verfehlten? Oder wenn Albert im letzten Moment Angst vor seiner eigenen Courage bekommen hatte und gar nicht erschien? Nein, so war er nicht.

Sie sah den großen Mann in Offiziersuniform, bevor er

sie entdeckte. Er drängte sich durch die Menge, sein Gesicht voller Sorge.

Sie winkte ihm zu. »Hier bin ich.«

Bei ihrem Anblick zog ein solches Strahlen über seine Züge, dass sie ihre Zweifel vergaß. Dieser Mann würde sie immer auf Händen tragen, stellte sie staunend fest. Sein ganzes Herz lag in seinem offenen und freundlichen Blick. Welch ein großes Glück.

»Erika?«

»Ja, da bin ich.«

Unschlüssig standen sie voreinander. Er war einen halben Kopf größer als sie. Ich werde nie auf dich herabschauen müssen, Albert, dachte sie. Weder jetzt noch in Zukunft.

Schließlich war er es, der die letzte Distanz überwand und sie an sich zog. Sie spürte die Kraft seiner Arme und roch seinen leichten Duft nach Rasierwasser. Es gefiel ihr, dass er sich für sie frisch rasiert und in seine Paradeuniform geworfen hatte.

»Warst du in dem bombardierten Zug?« Seine Stimme war rau vor Sorge.

»Ja, aber es geht mir gut.« Das leichte Zittern, das sie begleitete, würde sie ihm gegenüber nicht erwähnen. Nichts sollte ihren ersten gemeinsamen Tag zerstören.

»Ich hätte es nicht ertragen, wenn du …«

Sie lachte und hakte sich bei ihm unter, als sei es das Normalste auf der Welt. »Vergessen wir es, ja?«

Er zog sie auf den Ausgang zu. »Was willst du unternehmen?«

»Zeig mir Meißen«, schlug sie vor. »Und am besten alles

Meißener Porzellan auf einmal, damit ich es zerschlagen und dabei laut schreien kann. Das bringt Glück.«

Er prustete los und sie stellte fest, dass sie über die gleichen absurden Späße lachen konnten.

Nachdem sie sich im Hotel frisch gemacht hatte, besichtigten sie die überraschend malerische Stadt, stiegen zum Dom und zur Albrechtsburg hinauf und aßen abends in einem teuren Restaurant. Es war offensichtlich, dass Albert sie beeindrucken wollte, aber das musste er gar nicht. Die Vertrautheit, die sie in ihren Briefen teilten, stellte sich rasch wieder ein, was auch daran lag, dass er Ferdinands offene und direkte Art geerbt hatte. Das einzige tiefe Wasser weit und breit war wieder einmal sie, Erika.

Spätabends saßen sie händchenhaltend auf einer Bank an der Elbe und blickten auf die Lichter der Stadt, die sich im Fluss spiegelten. War sie heute wirklich knapp dem Tod entronnen? Jetzt saß sie neben ihrem Liebsten und genoss jeden Moment, als gäbe es kein Morgen. Alles konnte so schnell zu Ende sein. Aber diese eine Nacht gehörte ihnen. Erika nahm sich vor, jede Sekunde auszukosten, als könne es die letzte sein.

Albert legte seinen Arm um ihre Schultern. »Dieser verflixte Bombenangriff will mir nicht aus dem Kopf. Ich hätte es mir nie verziehen, wenn dir etwas zugestoßen wäre. Schließlich habe ich dich herbestellt.«

Sie wandte ihm ihr Gesicht zu und sog seinen Duft ein. »Ich bin freiwillig gekommen. Es stand in meiner Verantwortung, das Risiko auf mich zu nehmen.«

Er nickte, als hätte er etwas Entscheidendes über sie begriffen. »Mut hast du auf jeden Fall.« Und die nötige Sturheit, dachte sie, nahm sich aber vor, ihm das nicht vor der Zeit zu verraten.

»Ich will alles über dich wissen«, sagte er.

»Aber du kennst mich doch schon.« Sogar von Martin hatte sie ihm berichtet, und er hatte sie gefragt, ob ihr Herz noch immer für diesen klugen Jungen schlug. Nein, dachte sie. Nicht mehr so. Ich bin frei, dich zu lieben, Albert.

»Erzähl mir, wie es wirklich ist. Im Krieg.« Sie wusste von seinem Leben als leitender Offizier einer Beobachtungseinheit, von den Fahrten ins Ungewisse, von seinem verschrobenen Freund Arnold und dem dicken Erwin aus Stuttgart-Botnang. Aber das reichte nicht, denn sie ahnte, wie viel er ihr verschwieg.

»Kalt«, gab er zu. »Minus 40 bis 50 Grad im Winter und im Herbst und Frühjahr eine einzige Schlammschlacht. Vor Moskau hat uns nicht die Rote Armee gestoppt, sondern der Morast. Wir sind einfach stecken geblieben.«

»Und sonst?«

»Ich habe es satt, wie wir alle«, gab er zu. »Aber den Rest erzähle ich dir, wenn es endgültig vorbei ist. Sonst rede ich mich noch um Kopf und Kragen.«

»Ja?« Sie würden sich wiedersehen. Da war eine Wärme, die durch sie pulsierte, ein Vertrauen, das ihr vollkommen neu war.

»Aber sicher. Und auf eines kann ich nicht bis zum nächsten Mal warten …« Er hob seinen Kopf und küsste sie süß auf ihre Lippen.

Später gingen sie eng umschlungen zum Hotel. Albert

hatte eines der Besseren ausgesucht. Der Portier stand vor dem Eingang und betrachtete diskret seine Schuhspitzen, als Albert sie zum Abschied noch einmal küsste.

»Du könntest bleiben«, schlug sie vor.

»Besser nicht«, sagte er standhaft. »Dafür bist du mir zu kostbar. Außerdem werde ich zurückerwartet.«

»Schade.« Vielleicht kam diese unbändige Lust zu leben ja von der Tatsache, dass sie heute so knapp dem Tod entronnen war. Da konnte man schon mal mit den Füßen voran in das peinlichste aller Fettnäpfchen springen. »Entschuldige.«

Er verschloss ihr den Mund mit seinem Zeigefinger. »Wir haben alle Zeit der Welt.«

Doch hatten sie das wirklich? Als er sie inniger als zuvor küsste, sein Mund eine einzige Verheißung, die ihr Blut in Wallung brachte, wusste sie, dass der Tod ihre Pläne jederzeit durchkreuzen könnte. Und gerade deshalb durchschritt sie schwindlig vor Glück die Drehtür und freute sich erst recht auf morgen. Das Leben war so unvergleichlich kostbar.

Am nächsten Tag zeigte Albert ihr Dresden. Meißen, das zwischen Weinbergen in seinem Flusstal lag, war reizvoll gewesen, aber das prachtvolle Elbflorenz mit der Semperoper und der Frauenkirche ließ Erika staunen. »So eine schöne Stadt.«

Arm in Arm gingen sie am Ufer der Elbe entlang. »Ich wusste gar nicht, dass man solche Bauwerke aus Stein bauen kann.«

»Dann hast du ja noch viel zu entdecken.« Er lachte.

Erika blinzelte auf den glitzernden Fluss. Ein Schwanenpaar glitt vorüber, vor den Kuppeln und Dächern Dresdens schien es ihr der Inbegriff der Eleganz zu sein. »Was willst du aus deinem Leben machen, wenn der Krieg vorbei ist?«

Er zuckte mit den Schultern. »Gute Frage. Ich kenne bisher nur Gewalt und Tod. Aber wenn du mich so fragst: ein Studium der Vermessungstechnik beginnen, wahrscheinlich. Wenn wir dann noch die Wahl haben.«

»So wie dein Vater?«

Er nickte. »Womöglich stecken sie mich jedoch erst mal in Gefangenschaft. Und dann komme ich zu dir nach Künzelsau.«

Erika hakte sich bei ihm unter. »Es kann sein, dass wir die Näherei schließen müssen. Schon jetzt bleiben die Aufträge aus, und der Stoff wird knapp.«

Kaum jemand glaubte noch an den versprochenen Endsieg. Auch wenn Goebbels Durchhalteparolen ausgab und die Menschen leidenschaftlich zum Widerstand aufrief, wussten sie, dass der Krieg verloren war.

»Was glaubst du, werden sie mit Deutschland machen?«, fragte Erika flüsternd. Aus vielen Andeutungen wusste er, wie sie zu Hitler stand.

»Die Nazibande davonjagen«, sagte er leise. »Und dann wird Deutschland ein Protektorat, vielleicht mit einem Schwerpunkt auf der Landwirtschaft. Und Gott gnade denen, die unter Stalins Fuchtel geraten.«

»Es wird also weitergehen?«

»Es geht immer irgendwie weiter.«

Am Tag darauf brachte er sie zum Bahnhof und steckte

ihr zum Abschied einen kleinen goldenen Ring mit einem glitzernden Diamanten an den Finger.

»Was ist das?«

»Ein Verlobungsring, wenn du es willst.« Albert war in Russland fast erfroren und hatte dem Tod ins Auge gesehen. Jetzt jedoch wurde er zuerst puterrot und dann leichenblass.

»Ja.« Ihr Herz klopfte zum Zerspringen. »Ja und nochmals ja.«

Während der Heimfahrt bewahrte sie sich dieses Glück wie einen kostbaren Schatz im Herzen. Das Hochgefühl hielt an, bis sie zu Hause war. Luise und Marga bemerkten das kleine glitzernde Ding, das alles änderte, sofort.

»Du bist verlobt!« Luise zog sie ungestüm an sich. »Mit Albert Sefranek, wie ich es mir immer gewünscht habe. Ich freue mich so für dich.«

»Ich auch, mein Schatz, herzlichen Glückwunsch«, schloss sich Marga an. Erika sah, dass sie Tränen in den Augen hatte.

»Lia wird schon zurückkommen«, sagte sie. »Sie muss einfach.« Nicht nur weil ihre Mutter sich so nach ihr sehnte, sondern weil sie in Berlin in ständiger Gefahr war. »Aber wann?«, fragte Marga traurig.

»Sie kommt, wenn sie so weit ist.«

Als Erika am nächsten Morgen die Küche betrat, saß zu ihrer Überraschung Elvira am Tisch. »Ich grüße dich, Himmels- botin.«

Ihr Haar war zerzaust, sie trug zerrissene Männerklei- der und hatte dunkle Schatten unter den Augen. Luise war schon im Büro, Marga jedoch stand in der Speisekammer und packte alles, was sich auf die Schnelle greifen ließ, in Elviras Rucksack.

»Du weißt, dass du immer zu uns kommen kannst, wenn du etwas brauchst«, rief sie und nahm einen Schinken vom Haken.

Elvira hob abwehrend die Hände. »Ich will euch nicht in Gefahr bringen. Und helfen kann uns sowieso niemand.«

Erikas Mund wurde trocken. »Was führt dich zu uns?«

Es musste dringend sein, sonst hätte Elvira die Gefahr, außerhalb ihres Verstecks im Wald vom Feldschutz entdeckt zu werden, nicht auf sich genommen. Erika goss Kaffee in ihre größte Tasse, fügte Zucker und Sahne hinzu, schnitt ein Stück Hefezopf ab, bestrich es dick mit Butter und stellte beides vor Elvira ab, die gierig zu essen begann.

»Ich habe von deiner Verlobung gehört«, sagte sie mit vollem Mund. »Ich neide dir dein Glück nicht, Erika. Aber ich möchte dich um etwas bitten.«

Marga kam mit dem vollen Rucksack zurück und legte ihn neben Elvira auf die Bank. »Du siehst aus, als könntest du ein Bad und etwas Ruhe gebrauchen. Bleib doch noch etwas.«

»Nein.« Elvira hob ihre Augen. Wie verhärmt sie aussieht, dachte Erika. Elviras blühende Schönheit war in den letzten Jahren zerronnen wie Schnee in der Sonne. »Nein, ich möchte nur, dass Erika mich begleitet.« Elvira steckte sich das letzte Stück Zopf in den Mund, trank den Kaffee aus und stand auf.

»Wo immer du hinwillst.«

Elvira nickte würdevoll. »Selbst wenn ich nicht das zweite

Gesicht hätte, wüsste ich, dass du niemals jemanden im Stich lassen würdest, Erika. Komm!«

Erika griff nach ihrer Jacke und folgte ihr ins Freie zu ihrem dreckverkrusteten Motorrad, das an der Wand des Nähsaals lehnte. Kein Nähmaschinengeratter drang nach draußen, denn immer öfter stand die Arbeit in Luises Fabrik still. Wegen mangelnder Aufträge und Materialknappheit hatten sie die meisten Näherinnen entlassen müssen.

Elvira war in Hose und Jacke von einem jungen Mann kaum zu unterscheiden. Sie versteckte ihre Haare unter einem Helm, stieg auf und ließ den Motor an. Erika schob sich auf den Sozius. »Wohin wollen wir?«

»Das erfährst du, wenn wir dort sind.« Sie fuhren über Umwege zum Bahnhof und hielten in Sichtweite des Eingangs.

»Und was machen wir hier?«, fragte Erika.

»Romeo«, sagte Elvira traurig.

Erika erinnerte sich an das niedliche Bübchen mit dem Lockenkopf. »Wie alt ist er jetzt?«

»Sechs. Sie haben uns unsere Kinder schon vor Jahren weggenommen und ins Heim nach Mulfingen gesteckt.«

»In die Josefspflege?« Das katholische Waisenhaus wurde von Nonnen geführt und hatte einen guten Ruf. Nur, dass es sich bei den Kindern der Fahrenden nicht um Waisen handelte. Erika überlief es kalt.

Elvira sah sie traurig an. »Sie haben gesagt, sie wollen sich dort um ihre Ausbildung kümmern, damit sie besser in das neue Deutschland passen. Wir nennen uns Sinti, aber für die bleiben wir Zigeuner oder Zigeunermischlinge. Aber jetzt will man sie wegbringen, und sie sollen in irgendein Lager im Osten kommen.« Elviras Kummer stand ihr ins Gesicht geschrieben.

»Sicher nur vorübergehend«, flüsterte Erika.

Elvira sah sie zweifelnd an. »Glaubst du das wirklich? Hast du nicht von den Lagern ohne Wiederkehr gehört, aus deren Schornsteinen mehr Rauch kommt, als es Holz zum Heizen gibt? Und es passiert heute, jetzt, in diesen Minuten. Dort wird er sterben.« Elvira holte ein Tuch aus ihrer Jackentasche. »Wenn du ihn findest, gib ihm das von mir. Damit er weiß, dass ich in Gedanken immer bei ihm bin.« Sie zog eine Kette mit einem kleinen Kreuz aus dem Tuch, das im Licht der Sonne funkelte. »Das ist mein letzter Gruß an ihn.«

Erika fühlte sich wie betäubt, als sie die Kette entgegennahm und damit davonging wie im Traum, ihre Füße bleischwer. Es konnte nicht sein, dass man Eltern ihre Kinder raubte, um sie dann ungestraft umbringen zu können. Bisher hatte Erika die Gerüchte nicht glauben wollen, die besagten, dass niemand je zurückkehrte, der einmal in einem Lager im Osten gelandet war. Sie dachte an Martin und die Familie Rubin. Wo waren sie? Tränen stiegen ihr in die Augen, die sie entschlossen wegblinzelte. Denn nun hatte sie den Bahnsteig erreicht, wo eine Schar Kinder wartete. Viele von ihnen trugen Jacken, aus denen sie längst herausgewachsen waren.

Fröhlich plaudernd versammelten sie sich um eine Frau in weißer Ordenstracht, die einen Rosenkranz durch ihre Hände gleiten ließ. »Ave Maria, gratia plena.« Am Ende des Bahnsteigs standen zwei Polizisten. Sie rauchten, sprachen miteinander und schenkten den Kindern kaum Beachtung. »Dominus tecum.«

Obwohl Erika den kleinen Romeo seit Jahren nicht gesehen hatte, erkannte sie ihn an seinen Locken und den dunklen Augen, die er von Elvira geerbt hatte.

»Benedicta tu in mulieribus, et benedictus fructus ventris tui, Iesus«, betete die Nonne.

Erika trat auf den Kleinen zu und ging in die Hocke. »Bist du Romeo Reinhard?«

Er nickte erstaunt, als sie ihm die Kette umhängte. »Das soll ich dir von deiner Mama Elvira geben. Sie ist draußen und denkt ganz fest an dich.«

»Sancta Maria«, antworteten die Kinder mit den Stimmen der Engel. »Mater Dei, ora pro nobis peccatoribus nunc et in hora mortis nostrae. Amen.«

»Danke.« Romeo nahm das Kreuz in seine kleine Faust und nickte ihr tapfer zu. Erika umarmte ihn, und er klammerte sich an ihren Schultern fest, als wolle er sie nie wieder loslassen.

In diesem Moment fuhr der Zug ein. Die Türen öffneten sich und spuckten Trauben von Fahrgästen aus, Soldaten auf Heimaturlaub, Frauen mit Einkaufstaschen und eine Schulklasse von der Landverschickung, die sich lärmend um ihren Lehrer drängte. Die Kinder der Fahrenden stellten sich zu zweit in einer Reihe auf, so brav, dass es Erika die Tränen in die Augen trieb. Sie stiegen paarweise ein und verschwanden in den Waggons, bis nur noch Romeo, Erika und die Ordensfrau auf dem Bahnsteig standen. Die Nonne zögerte einen Moment, als ob sie mit sich ringen müsste. Dann legte sie Romeos Hand in Erikas. »Nehmen Sie ihn und gehen Sie, schnell!«

Sie nickte ihr noch einmal zu, dann folgte sie den anderen in den Zug. Erikas Herz klopfte zum Zerspringen, am liebsten hätte sie sich in Luft aufgelöst, aber dann ging sie langsam, Schritt für Schritt mit dem kleinen Jungen auf den Ausgang zu. Als sie schon fast an der Tür waren, drehte sich einer der Polizisten um und tippte sich grüßend an die Mütze.

»Fräulein Hermann.«

Stumm erwiderte sie seinen Gruß, packte Romeos Hand fester und atmete gegen ihre Panik an. Wenn sie jetzt ihren Mund öffnete, würde sie zu schreien beginnen und nicht mehr damit aufhören können.

»Kommst du?«, fragte Romeo.

Sie antwortete nicht, sondern ging einfach weiter. Sie kannte den Polizisten. Seine kleine Tochter hatte jahrelang die Kinderkirche besucht. Adelheid, die besonders schön malen konnte und immer auf ihrem Zopfende herumkaute. Als sei nichts geschehen, vertiefte der Polizist sich wieder in das Gespräch mit seinem Kollegen, der ebenfalls keine Notiz von ihnen nahm. Entweder hatten sie wirklich nicht bemerkt, was sie da trieb, oder sie ließen sie ziehen. Fast hätte sie vor Erleichterung geweint. Es geschahen noch Zeichen und Wunder.

Sie trat mit Romeo an der Hand auf den übersonnten Vorplatz hinaus.

»Wohin gehen wir?«, fragte der Junge.

»Zu deiner Mutter«, sagte sie. »Sie wartet bei ihrem Motorrad.«

21.

3. FEBRUAR 1945

Eine Weile war es ruhig gewesen im Luftkrieg um Berlin, doch heute saßen sie wieder im Keller unter dem Atelier und warteten, bis das Inferno vorüber war. Draußen krachte tausendfacher Donner, der nur von den Sirenen der Rettungswagen übertönt wurde. Doch Lia wusste, dass sie hier halbwegs in Sicherheit waren, denn Ada hatte den Keller extra mit einer Stahltür sichern lassen.

»Ich hab es so satt«, murmelte sie.

Bei Luftangriffen hatte sich eine gewisse Routine eingestellt. Erst kam dieses jämmerliche Heulen wie von tausend Wolfsrudeln, gefolgt von einem ohrenbetäubenden Krachen, wenn in der Nachbarschaft eine Bombe detonierte. Kurz darauf wackelten die Wände, und Putzsplitter und Staub rieselten auf sie hinab. Cheerio! Wenn Tassilo sagt, dass die British Forces mal wieder einen Volltreffer gelandet haben, gehe ich ihm an die Gurgel!, durchfuhr es Lia.

Sie biss die Zähne zusammen und hielt Grits Hand, die sich wie immer zu Tode fürchtete. Tassilo saß ihnen gegenüber und vertiefte sich gelassen in Hermann Hesses *Glasperlenspiel*. Wenn man im Krieg eines entwickelte, dann die Fähigkeit, von Tag zu Tag zu leben.

Vor zwei Jahren hatten sich die Luftangriffe auf Berlin zu

häufen begonnen, und Lia und ihre Kollegen hatten ihre Arbeit im Atelier immer wieder ruhen lassen müssen. Seit Kurzem jedoch bestellten die Leute wieder schöne Kleider, als gäbe es kein Morgen. Womit sie wahrscheinlich recht hatten. Wie auch immer es für sie ausgehen würde, Lia sehnte das Ende des Krieges herbei und das nicht nur, weil die Russen vor den Toren der Stadt standen und es nur noch eine Frage der Zeit war, bis sie sie einnehmen würden.

Draußen detonierte eine weitere Bombe und machte sie ein paar Sekunden lang taub.

»O nein, o nein!«, jammerte Grit.

Lia verdrehte ihre Augen zur Decke. Grit hatte einfach zu viel Angst. »Steck deinen Kopf zwischen die Knie und atme tief.« Lia passte auf, dass sie auf sie hörte, nicht, dass sie wieder in den Keller kotzte wie beim letzten Mal.

»Es ist nur gut, dass Paul bei Ada ist.« Tassilo hatte an Lias Sohn einen Narren gefressen.

»Ja, zum Glück.« Die Wände des Bunkers wackelten beim nächsten Einschlag. Lia wusste, dass es Schlimmeres gab. Vor zwei Jahren hatten sie nach einem Luftangriff zwischen den Scherben der Schaufensterscheibe eine Bombe gefunden, die blau vor sich hin geleuchtet hatte wie ein überaus seltsames Stück Christbaumschmuck. Sie hatten ratlos davorgestanden, doch Ada hatte ein großes Stück Baumwollnessel genommen, die Bombe umwickelt und weit hinaus auf die Straße getragen, wo sie zu brennen begann und eine Unmenge weißen Rauch absonderte. »Das ist eine Phosphorbombe, haltet euch fern«, hatte sie gesagt. Es hatte Tage gedauert, bis es der Feuerwehr gelungen war, das unheilvolle Ding mit Sand zu löschen.

»Es ist gleich vorbei«, sagte Lia zu Grit. Aber dann dauerte es doch so lange, dass sie die letzten Jahre vor ihrem inneren Auge Revue passieren lassen konnte.

Oft war sie in dieser Zeit Arno Kohlhaas begegnet. Schon bald nach ihrem Erlebnis mit den verlorenen Juden auf dem Ku'damm nistete er sich als Dauergast in Adas Küche ein. Fast täglich saß er in Hemdsärmeln und Hosenträgern neben dem Ofen, aß ihnen die Plätzchen weg und spielte Ball mit Paul. Als Gegenleistung für so viel Familienanschluss brachte er ihnen, als diese Dinge knapp wurden, Pralinen, Weinbrand und Schokolade vorbei.

Lia verstand sich gut mit ihm, obwohl sie nicht begriff, warum er ihr Familienleben so schätzte. Bis zu dem Morgen, als sie ihn aus Adas Schlafzimmer kommen sah und er ihr verstohlen zuzwinkerte. Lia gönnte ihrer Freundin die Affäre, hielt sich in solchen Dingen aber selbst zurück und kümmerte sich lieber um ihr Kind. Eine weitere Enttäuschung würde sie nicht verkraften, das wusste sie. Nur manchmal dachte sie mit überwältigender Sehnsucht an Marga, Erika und Martin, und seltsamerweise sogar an Johanna. Nur den Gedanken an Ludger verbot sie sich.

Dann aber begann Arno Kohlhaas Lia mit kleinen Aufträgen durch die Stadt zu schicken. Sie verstaute Papiere unter dem Polster von Pauls Kinderwagen und brachte sie in ganz Berlin aus. Was in den Briefen stand, wusste sie nicht, hoffte aber, dass Arno sich für verfolgte Menschen einsetzte und den Nazis schadete. Einmal öffnete sie ein Päckchen, und lauter Geldscheine flatterten ihr entgegen. Als Ada dahinterkam, hagelte es ein Donnerwetter, das sich gewaschen hatte.

»Was, wenn man Lia erwischt?«, hatte Ada Arno angebrüllt und eine Tasse gegen die Wand geschleudert.

»Nichts ist unverdächtiger als eine blutjunge Mutter.« Arno baute sich mit untergeschlagenen Armen vor ihr auf und trotzte weiteren Geschossen. »Aber frag sie doch selbst, ob sie bereit ist, das Risiko einzugehen.«

»Natürlich! Risiko ist mein zweiter Vorname. Oder glaubt ihr etwa, ich hätte Angst?« Eigensinnig warf Lia ihren Kopf in den Nacken, und Arno nickte ihr anerkennend zu, als hätte er nichts anderes erwartet.

»Und wenn er dich für illegale Transaktionen ausnutzt?« Die Frage war umso brisanter, weil Ada sich ansonsten über Arnos Aktivitäten ausschwieg.

»Das glaube ich nicht«, sagte Lia im Brustton der Überzeugung. »Ich kämpfe nur für Gerechtigkeit. Wir müssen diesem Pack doch etwas entgegensetzen.« Arno nickte ihr zu.

Ada schnaubte. »Pah! Sei dir da nicht zu sicher, Lia. Mit deinem Engagement holst du uns noch die Gestapo ins Haus. Und, Arno, wag ja nicht, Lia für deine beschissene Schutzgelderpressung einzuspannen.« Ada rauschte aus dem Raum und knallte die Tür hinter sich zu. Hinter ihr kehrte unwirkliche Stille ein.

Kurz darauf war ihnen der Krieg endgültig näher gerückt. Die Luftangriffe zerstörten ganze Straßenzüge und machten Tausende von Menschen obdachlos. Wer konnte, floh aufs Land, denn nun wurden auch die Grundnahrungsmittel knapp – Fleisch, Brot und Milch – und in den Wochenschauen erklangen Durchhalteparolen. Aber Arno hatte seine Kanäle, so dass sie keinen Mangel litten. Ein paar Wochen später hatte er Lia heimlich einen falschen Pass zugesteckt.

»Den kann niemand von einem echten unterscheiden«, hatte er mit Nachdruck gesagt.

Neugierig hatte Lia das Dokument aufgefaltet. *Lia Berendsen.* Jetzt wusste sie, warum er vor einigen Wochen darauf bestanden hatte, dass sie zum Fotografen ging. Die junge Frau, die mit den Locken und dem Schmollmund etwas verrucht, aber attraktiv aussah, war sie.

Arno war sehr zufrieden mit dem Resultat. »Mit dem Pass bist du keine ledige Mutter mehr, sondern eine junge Witwe, deren Mann in Russland gefallen ist.«

»Ich bin aber lieber ich selbst«, hatte sie geantwortet und den Pass auf die Anrichte gepfeffert. Am späten Abend jedoch, als Arno schon längst in seine Villa im Grunewald zurückgekehrt war, hatte sie ihn dann doch eingesteckt. Vielleicht würde sie ihn ja irgendwann gebrauchen können.

Im Luftschutzkeller herrschte schon längere Zeit Stille. Die britischen Flugzeuge schienen ihre unheilvolle Fracht abgeworfen zu haben.

Tassilo klappte sein Buch zu. »Es ist vorbei.«

»Wollen wir es wagen?«, fragte Grit.

»Wir versuchen es«, entschied Lia.

Sie öffneten die Stahltür und bahnten sich den Weg nach oben. Das Atelier wies nur geringe Schäden auf. Eine Schaufensterscheibe war zu Bruch gegangen und hatte die Ware mit einem Scherbenregen überzogen. Über allem lag eine dicke Schicht Steinstaub, der sie husten ließ. Grit und Tassilo begannen schon aufzuräumen, als es Lia plötzlich mit Macht nach Hause zog. Sie wusste selbst nicht, weshalb.

»Ich muss nachsehen, ob Paul, Ada und Ottilie in Sicherheit sind.«

Und dann lief sie los. Wie oft war sie diesen Weg mit dem Taxi gefahren. Jetzt rannte sie ohne Hut und Mantel durch die Straßen, aber sie spürte keine Kälte, weil es allerorten brannte und dieses beschissene Entsetzen ihr auf den Fersen war. Eine unbeschreibliche, namenlose Angst.

Rauch lag in der Luft und setzte sich erstickend auf ihre Atemwege. Mehrmals stieg sie über Trümmerhaufen und begegnete Menschen, die darin ihre Angehörigen suchten. Ada und Paul war doch sicher nichts geschehen? Kleine Kinder hatten einen Engel an ihrer Seite, und wilde Drachen wie Ada verstanden es, ganze Armeen von Engeln zu beschäftigen.

Als sie endlich das Haus in Charlottenburg erreichte, war sie völlig außer Atem. Ottilie stand vor der Tür und rang die Hände. Allein.

»Wo sind sie?«, schrie Lia.

»Nicht da.« Ottilie schluchzte und barg ihr Gesicht in den Händen. »Sie wollten zusammen U-Bahn fahren, ins Bayerische Viertel. Paul liebt das doch.«

Lia wusste, dass die U-Bahn während eines Luftangriffs zur tödlichen Falle werden konnte. Sie drehte sich um und rannte weiter, gefolgt von der weinenden Ottilie.

Es war weit bis zum U-Bahnhof im Bayerischen Viertel. Aber Lia lief, angetrieben von furchtbaren Vorahnungen, ohne sich eine einzige Verschnaufpause zu gönnen. Als sie den Bahnhof erreichte, hatte sie Seitenstiche und sah bunte Schlieren vor den Augen. Die umliegenden Gebäude waren völlig zerstört. Feuerwehr und Krankenwagen sammelten sich vor dem Eingang.

»Was ist geschehen?«, stieß sie atemlos hervor.

»Die U-Bahn-Station wurde getroffen, als unten gerade zwei Züge standen«, sagte einer der Feuerwehrmänner. »Es sind viele Menschen verschüttet worden.«

»Was?« Lia rannte auf den Eingang zu, das Tor zur Hölle. Sie schreckte zurück, als sie sah, dass Teile der Treppe weggebombt worden waren. Wer hier herumkletterte, dem drohte ein tiefer Sturz in den Abgrund. Aber sie musste die beiden doch suchen! Wenn es keine Stufen mehr gab, würde sie sich eben nach unten hangeln. Sie tat einen Schritt nach vorne, wollte springen, als plötzlich ein Stahlträger vor ihren Augen zu Boden krachte. Der Feuerwehrmann hielt sie am Arm zurück. »Überlassen Sie das lieber dem Räumkommando, Frolleinchen.«

»Mein Sohn und meine Freundin sind da unten.« Lia begann bitterlich zu weinen.

»Aber das weißt du doch gar nicht.« Ottilie, die sie inzwischen erreicht hatte, zog sie in ihre Arme.

»Doch.« Paul liebte das U-Bahn-Fahren. Er wollte Lokführer werden und war so begeistert von Zügen, dass Ada mit ihm manche Strecke doppelt und dreifach abfuhr.

Die Helfer bahnten sich ihren Weg in die Dunkelheit, und Lia wartete mit Ottilie, bis sich die Nacht über sie senkte und ihre Hände und Füße vor Kälte genauso taub und gefühllos wurden wie ihr Herz.

»Vielleicht sind sie ja längst zu Hause«, raunte Ottilie.

»Nein.« Lia wusste nicht, was ihr solche Sicherheit gab, dass dem nicht so war.

Nach und nach kehrte das Räumkommando mit den ersten Opfern aus dem U-Bahn-Schacht zurück. Einige liefen selbstständig mit blutüberströmten Gesichtern auf sie zu, andere wurden auf Bahren getragen und rührten sich nicht mehr. Schließlich kletterte der Feuerwehrmann mit einem kleinen Jungen auf dem Arm aus dem Schacht. Er trug ein graues Mäntelchen und eine schwarze Schirmkappe. »Mama?«

»Paul?«

»Mama!«

Schwindlig vor Erleichterung nahm sie ihn aus den Armen des Feuerwehrmanns entgegen.

Er war es wirklich, und bis auf ein paar Schrammen im Gesicht und einer Schürfwunde am Bein war er unversehrt. Der Feuerwehrmann strahlte. Aber wo steckte Ada?

»Ich suche eine rothaarige Frau?« Lias Stimme bebte. »Mein Sohn war mit ihr unterwegs.«

Er runzelte die Stirn. »Wir haben das Kind unter einer Toten hervorgezogen, auf die die Beschreibung passen könnte. Eine Frau mit hochgesteckten roten Haaren. Sie hat ihn mit ihrem Körper geschützt, sonst würde er jetzt nicht hier stehen.«

22.

Bei Adas Begräbnis stand Lia an Arno Kohlhaas' Seite und hielt Paul fest an der Hand. Es schneite sachte, und die Gäste hatten sich unter den kahlen Bäumen des Friedhofs versammelt. Nachdem der Sarg ins offene Grab gesenkt worden war, verabschiedeten sich die Leute nach und nach bei Lia, als sei sie Adas Tochter. Verwundert lauschte sie den lobenden Worten, die Ada nicht annähernd beschrieben. Es war, als ob von ihr nur ein Schatten zurückblieb, ein Nebelstreif, der sich unversehens auflösen würde.

»Ihr beiden.« Kohlhaas drückte ihre Hand. »Ada hat euch als Familie betrachtet, ihr wart die Tochter und das Enkelkind, die sie nie hatte.«

Schaudernd ließ Lia eine Schaufel Erde auf den Sarg rieseln und trat zurück. Das Grab war ein finsteres Loch, das sie zu verschlucken drohte, wenn sie sich über den Rand beugte.

»Sie ist für Paul gestorben.« Lia war sich nicht bewusst gewesen, wie viel Ada ihr bedeutet hatte. Sie war ihre Freundin und Beschützerin gewesen. Doch zwischen den Menschen, die ihr das letzte Geleit gaben, fehlte der, der Ada am nächsten gestanden hatte: ihr Bruder.

Sie hatten Paul Falbe ein Telegramm gesandt, aber er hatte nicht geantwortet und war auch nicht zur Beerdigung erschienen. Lia war beunruhigt. Wenn sie nur besser darin wäre, ihre Gedanken zu Papier zu bringen! Plötzlich hatte sie solche Sehnsucht nach dem Haus der bunten Vögel. Sie musste so schnell wie möglich heim und versuchen, persönlich mit ihm und ihrer Mutter zu sprechen.

Nachmittags brachte sie Adas Leichenschmaus mit vielen Gästen aus der Kunst- und Modebranche hinter sich. Ada hätte ihre helle Freude daran gehabt, wie sie professionell Häppchen und Gläser zwischen Galeristen und Sängerinnen herumreichte, Konversation machte und ihr selbst entworfenes schwarzes Kleid zur Schau stellte.

Spätabends, als die Leute endlich gegangen waren, saß sie erschöpft an Arno Kohlhaas' Seite im Kaminzimmer und nippte an einem Weinbrand. Ottilie hatte Paul längst ins Bett gebracht. Ohne Ada war es still und kalt in der Wohnung, als würde ihr das Herz fehlen.

Sie saßen auf den dunkelroten Ledersesseln, starrten in die tanzenden Flammen und schwiegen. Lia war froh, dass Ada Arno eine Vollmacht ausgestellt hatte, die ihn berechtigte, ihre Angelegenheiten zu regeln, falls ihr etwas zustoßen sollte. Das Atelier würden sie schließen müssen. Bald wäre niemand mehr da, der sich für schöne Kleider interessierte, denn die Nazigrößen mit ihren ätherischen Frauen verließen Berlin angesichts des drohenden Zusammenbruchs in Scharen.

»Bringen Sie uns nach Hause?«, bat Lia unvermittelt. »Ich möchte meine Mutter wiedersehen.«

»Nach Hohenlohe?« Arno warf ihr einen scharfen Blick zu. »Das kann ich nicht, Lia. Es tut mir leid.«

Lia fiel aus allen Wolken. Sie bat ungern um etwas, aber jetzt sah sie sich dazu gezwungen. »Aber warum nicht? Ich muss heim nach Künzelsau und fragen, warum Paul Falbe nicht zur Beerdigung gekommen ist. Wer weiß, wie lange die Straßen noch offen sind? Die Rote Armee steht vor der Tür und in Süddeutschland womöglich die Amis.«

»Andere Leute nehmen auch in diesen Zeiten den Zug«, erwiderte Arno hart. Und das, obwohl er wissen musste, was Frauen drohte, die den Siegern in die Hände fielen. Lia klappte den Mund zu.

Die Alliierten rückten vor und teilten Deutschland unter sich auf. Die Engländer nahmen sich den Norden, die Amis den Süden, die Franzosen ein Stück vom Südwesten, während die Russen sich Mitteldeutschland einverleibten und in Richtung Berlin marschierten. Auch wenn Lia es versucht hätte, einen Platz in einem Zug würde sie ohnehin nicht ergattern, denn die Eisenbahn war überfüllt mit Flüchtlingen auf der Suche nach einer neuen Heimat.

»Ich traue mich das nicht«, sagte Lia. »Wegen Paul.«

»Herrgott noch mal.« Arno stellte sein Glas ab und stand auf. »Wo ist die tollkühne Lia geblieben?«

Sie sog scharf die Luft ein, aber hielt seinem Blick stand. »Im Notfall gehe ich eben zu Fuß nach Hause.«

»Starrsinnig genug bist du.« An der Tür drehte er sich noch einmal um. »Ich hole dich morgen um 8 Uhr ab. Pack deine Sachen und sei pünktlich.«

Und so verließen sie an einem froststarrenden Februarmorgen die zerstörte Stadt und fuhren über Leipzig, Erfurt und Würzburg in Richtung Heilbronn. Kohlhaas steuerte die Limousine selbst, während Lia mit dem zappeligen Paul auf dem Schoß neben ihm saß und vergeblich ein Gespräch anzufangen versuchte.

»Habe ich Ihnen etwas getan?«

»Am besten, du hältst den Mund.«

Es waren fremde Truppen auf den Straßen, bei deren Anblick Lia jedes Mal Schnappatmung bekam. Zweimal hielten sie an Straßensperren an, wo Kohlhaas, ohne mit der Wimper zu zucken, horrende Summen zahlte, um durchfahren zu können.

Es ging zwar langsam voran, aber nach und nach kam ihr die Gegend bekannt vor, die sich unter einer harschigen Schneedecke verbarg wie ein Geschenk in Packpapier, von dem man nicht wusste, ob man es auspacken sollte.

»Hier bin ich groß geworden«, sagte sie und zeigte auf die vereisten Weinberge. Paul drückte sich die Nase an der Autoscheibe platt.

»Aber icke nich. Ich komm aus Berlin, nich wahr, Opa?«, fragte er, und Arno lachte zum ersten Mal auf dieser Fahrt – oder überhaupt seit Adas Tod. Lia runzelte die Stirn. Sie hatte nicht gewusst, dass Paul ihn Opa nannte.

Sie erreichten Schwäbisch Hall in der Dämmerung und fuhren von dort weiter nach Künzelsau. Kohlhaas lenkte den Wagen die kurvige Straße ins Kochertal hinab. Lia starrte angestrengt aus dem Fenster. Nichts hatte sich verändert, weder die vertrauten Fachwerkhäuser noch der Fluss oder das Schloss mit der Lehrerakademie, das über dem Kocher thronte.

»Hier sieht ja alles so heil aus, als hätte der Krieg einen Bogen drumherum gemacht«, stellte Lia erstaunt fest.

Arno schnaubte. »Berlin ist halt unerheblich größer als das Kaff.«

»Hier!«, rief sie aufgeregt. »Sie müssen links abbiegen.«

Doch er fuhr an der Einmündung der Austraße vorbei und hielt gleich dahinter am Straßenrand.

»Nimm dein Kind und steig aus, Lia! Ich muss zurück.«

»Ganz ohne Abschied?«

»Opa?«, fragte Paul vorwurfsvoll. »Kommst du nicht mit?«

Arno schüttelte bedauernd den Kopf. »Ich kann nicht, Paulchen, es tut mir leid.«

»Ich wollte Sie doch mit meiner Mutter und mit Erika und Luise bekannt machen.« Lias Herz schmerzte vor Enttäuschung. Durch Adas Tod und Arnos Zurückweisung erschien Lia ihre Zeit in Berlin plötzlich wie ein wirrer Traum. Als hätte sie gar nicht existiert.

Kohlhaas umklammerte das Lenkrad und starrte stur geradeaus. »Na, mach schon! Tu, was ich dir gesagt habe!«

Kopfschüttelnd hievte Lia ihre Tasche aus dem Kofferraum und nahm Paul an die Hand. Sie winkte, doch da hatte sich die Limousine bereits in Bewegung gesetzt und rollte in Richtung Brücke davon. Also schleppte sie ihr Gepäck bis zur Austraße 8 und klingelte.

Nichts schien sich verändert zu haben. Der Garten lag im Winterschlaf, und aus der Küche wehte ihr der Duft von frischem Apfelkuchen entgegen. Nur im Anbau war es verdächtig still, als hätten die Näherinnen schon Feierabend.

Marga öffnete die Tür. »Lia?« Ihre Augen begannen zu leuchten.

Sie trug ihre Küchenschürze und hatte rote, rissige Hände. Lia wurde bewusst, wie fremd sie ihrer Mutter sein musste mit ihrem feinen Wollmantel und der federbesetzten Kappe. »Es tut mir leid.«

Marga schüttelte nur den Kopf. »Nichts muss dir leidtun. Ich bin so froh, dass ihr da seid.«

Im nächsten Moment lagen sie einander in den Armen und weinten, bis Paul Marga am Schürzenband zog.

»Bist du meine andere Oma?«, fragte er. »Meine Oma Ada ist tot. Da kam eine Bombe … und da war Krach und … ganz viele Steine.«

Lia schlug sich die Hand vor den Mund. Es war das erste Mal, dass er über seine Erlebnisse in der U-Bahn-Station sprach.

Marga ging neben ihm in die Hocke und zog ihn in eine Umarmung. »Ja, ich bin deine andere Oma. Und das mit Ada tut mir sehr leid.«

Paul löste sich und stellte sich mit auf dem Rücken gekreuzten Händen vor sie. »Ich heiße Paul. Und ich mag Fußball und keine Soldaten.«

»Lia?« Im oberen Stockwerk hatte sich eine Tür geöffnet. Erika sprang die Treppe hinab und fiel Lia in die Arme. Sie lachte und weinte gleichzeitig. »Es ist so gut, dass du wieder da bist. Ich hab mir solche Sorgen um dich gemacht in dieser blöden Großstadt.«

Sie trug nur eine Strickjacke zu ihrem knielangen Rock, und der Wind griff ihr in die blonden Haare. »Mein Gott, sieht der Kleine Ludger ähnlich. Aber warum steht ihr da herum wie die Ölgötzen? Wir verkühlen uns noch alle miteinander. Außerdem muss ich dir unbedingt von meiner Verlobung erzählen, Lia. Echten Kaffee haben wir nicht mehr, aber Apfelkuchen und Muckefuck.«

Kaum hatte sie Lia ins Foyer gezogen, trat Luise aus der

278

Küche. Lia hatte noch mehr Respekt vor ihr als früher. Was, wenn sie ihr die Tür weisen würde? Doch wider Erwarten hieß sie sie herzlich willkommen und beugte sich zu Paul hinab, der sich an Lias Rock klammerte und die fremde Riesin ängstlich anstarrte. »Und du bist also mein Großneffe.«

Paul brachte vor Schreck kein Wort hervor, aber das machte nichts, denn kurz darauf saßen sie am Tisch, als sei Lia niemals fort gewesen. Erika verteilte Apfelkuchen auf die Teller mit dem Goldrand. »Selbst bei uns wird alles langsam knapp. Aber noch geht es. Die Äpfel sind von uns, die Eier auch, das Mehl und die Sahne vom Bauern.«

Lia fütterte Paul, bevor ihm in der Wärme die Augen zufielen. »Ist die Näherei geschlossen?«

Luise nickte. »Es herrscht Mangel an allem. An Stoff, an Nadeln, an Garn. Aber selbst, wenn wir das alles hätten, es gibt im Moment keinerlei Aufträge.«

»Wir hängen in der Luft. Aber Arbeitsmänner müssen wir nicht mehr ausstatten«, fügte Erika hinzu. Die Nazis hatten das Land sehenden Auges in den Abgrund gesteuert, und ihre zweifelhaften Erfindungen gingen mit ihnen zugrunde.

Statt nach der Zukunft zu fragen, erkundigte Lia sich nach Paul Falbe. Die drei Frauen tauschten einen Blick.

»Er ist im Lager«, sagte Erika schließlich leise.

»Was? Wegen … was denn?« Lias Hand wanderte an ihren Mund. Fast hätte sie, schwatzhaft wie sie war, Pauls Neigung zu anderen Männern erwähnt, die schon mehr als einen in die Bredouille gebracht hatte.

»Er hat sein Maul zu weit aufgemacht, da haben Sie ihn abgeholt, direkt aus seiner Mansarde bei der Witwe Haubensack«, erklärte Luise. »Warum musste er nur immer so ein Risiko eingehen?«

»Dann weiß er gar nicht, dass Ada tot ist?«, fragte Lia beklommen.

»Wir haben ihm das Telegramm nachgeschickt«, sagte Luise. »Aber wir wissen nicht, ob er es erhalten hat.«

Lia seufzte tief. »Ach, wäre der Krieg doch schon vorbei.« Sie stand auf und nahm Marga das schlafende Kind ab. »Ich bringe Paul ins Bett.«

23.

Gegen Mitternacht klopfte es an Erikas Tür. »Herein!« Sie setzte sich verschlafen ans Kopfende.

Lia schob sich durch die Tür und zwinkerte ihr zu. »Da bin ich.«

Erika gähnte. »Ich dachte schon, du würdest gar nicht mehr kommen.«

Lia hüpfte an ihre Seite, als sei kein halbes Leben vergangen, seit sie sich das letzte Mal getroffen hatten. »Das lass ich mir doch nicht nehmen, aber ich hatte so viel mit meiner Mutter zu besprechen. Es war nicht ganz einfach, nun ja. Ich musste ihr einiges erklären. Aber sie freut sich so, dass sie mir alles vergeben hat.«

Erika nickte. »Du bringst uns ja auch zum Staunen, so unglaublich damenhaft und schick, wie du bist. Eine waschechte Berlinerin. Seid ihr euch nicht fremd geworden?«

Lia lachte ungläubig. »Das sieht nur so aus. Innen drin bin ich immer noch die alte Lia. Aber selbst jetzt will Mutter mir nicht verraten, wer mein Vater ist. Und dabei habe ich ihr so zugesetzt. Wir hätten uns fast gestritten, und das an diesem besonderen Tag.«

Frustriert zog sich Lia Erikas dickes Federbett bis unter die Nase.

»Vergiss es einfach für den Moment.« Erika hatte Lias Duft vergessen, aber da war er, nach Zimt, Vanille und Moschus, und mit ihm tauchten vor ihrem inneren Auge Bilder aus ihrer Kindheit auf. »Irgendwann wird sie sich schon verplappern. Und du hast so einen Prachtbub.«

»Ja, dank Adas Hilfe.« Und dann erzählte sie von ihrer Freundin, vom Atelier, ihren Kollegen und den Luftangriffen. »Und du?«

»Ich habe Albert.« Stolz hob Erika ihre Hand, an der der kleine Brillantring funkelte.

Lia kreischte kurz auf. »Das ist dein Verlobungsring? Der hat ja ein Vermögen gekostet.« Sie boxte Erika spielerisch in die Seite. »Nun hast du dich also doch noch mit einem Sefranek verkuppeln lassen.«

»Aber nein, so war es nicht. Oder vielleicht doch.« Schon der Gedanke an Albert erfüllte Erika mit so viel Glück, dass ihr dieses Detail nicht länger peinlich war.

»Du strahlst ja wie ein Honigkuchenpferd. Herzlichen Glückwunsch, Erika.« Lia drückte ihr einen Kuss auf die Wange. »Ich gönne dir dein Glück von ganzem Herzen.«

»Ich hoffe nur, er schafft es nach Hause.« Erika wusste nicht, wo Albert stationiert war, ob er noch kämpfen musste oder sich den Alliierten schon ergeben hatte. »Wenn sie ihn nur nicht in Gefangenschaft in die USA, nach England oder gar nach Russland schicken. Das könnte ich nicht ertragen.«

»Er kommt sicher heil davon. Das Glück ist mit den Liebenden.« Lia schwieg einen Moment nachdenklich. »Jedenfalls mit manchen. Hast du was von Ludger gehört?«

Erika zögerte. »Er ist noch in Russland wie Rolf. Wir vermuten, sie sind in Gefangenschaft geraten.«

»Das tut mir leid mit deinem Bruder. Aber Ludger ist mir

weit weg gerade recht. Wenn er da wäre, müsste ich gehen. Und Johanna?«

»Die hält Rupprechts Allüren so heldenhaft wie eh und je stand. In letzter Zeit ist er noch dazu oft krank. Johanna sagt, er habe ein Magengeschwür.« Onkel und Tante hatten beim letzten Besuch so grau und miesepetrig auf sie gewirkt, dass sie ihr beinahe leidgetan hatten.

»Dem Rupprecht hätte ich schon längst Gift ins Essen gerührt.« Lia verdrehte die Augen. »Aber Johanna nicht. Irgendwann wird sie mit einem Heiligenschein zum Himmel auffahren, wie bei den Katholischen. Melden werde ich mich trotzdem nicht bei ihr, auch wenn sie Pauls Großmutter ist. Schließlich hat sie, als es hart auf hart ging, nicht zu mir gehalten.«

Statt zu schlafen, lagen sie die ganze Nacht wach und redeten, bis Paul sich in der Morgenzeit meldete. Lia sprang aus dem Bett und angelte nach ihren Hausschuhen. »Auf geht's. Mutterpflichten rufen. Ein neuer Tag beginnt, und weißt du was? Er kann nur besser werden als der letzte.«

Es dauerte noch zwei weitere Monate, bis der Krieg in Hohenlohe zu Ende ging. Im April 1945 verschanzten sich deutsche Truppen in Künzelsau und waren entschlossen, die Stadt nicht kampflos aufzugeben. Ein aussichtsloses Unterfangen, weil die Amerikaner bereits den Vorort Garnberg oberhalb des Kochertals besetzt hatten und die Stadt von oben unter Beschuss nahmen. Auch wenn der deutsche Kommandeur es nicht wahrhaben wollte, war die Kapitulation nur noch eine Frage der Zeit.

Am 8. April versammelten sich die Frauen in der Küche der Villa und lauschten dem Artilleriefeuer. Erika stand auf und deckte den Tisch. Auf dem Herd köchelte eine Kohlsuppe vor sich hin, die man fast unbegrenzt strecken konnte.

»Es ist gar nicht so viel anders als in Berlin.« Lia hielt Paul die Ohren zu, der an ihren Händen zog und maulte. »Ich weiß, dass die schießen. Ich bin ja schließlich kein Baby mehr, Mama.«

»Aber auch kein Held.«

»Doch!«, rief er. »Und ich hab überhaupt keine Angst, selbst wenn es kracht. Schließlich war *ich* im U-Bahnhof verschüttet und nicht du.«

»Vorlauts Bobberla.« Luise deutete einen Klaps an, den sie ihm dann doch nicht verpasste. »Angst ist ganz heilsam. Merk dir das und lauf weg, wenn es gefährlich wird.«

Vor geraumer Zeit hatten die Deutschen die Kocherbrücke gesprengt, um den Amerikanern die Eroberung der Stadt so schwer wie möglich zu machen. Aber die Frauen waren sich sicher, dass die Offensive sich dadurch nicht aufhalten ließ.

»Und wenn die uns zwingen, um jedes Haus einzeln zu kämpfen?« Erika stellte den Suppentopf auf den Tisch und schöpfte für jeden einen Teller voll. »Wie Partisanen?« Sie zuckte zusammen, als in unmittelbarer Nähe Artilleriefeuer erklang. »Ich erschieß doch keinen Ami. Für was?«

»Bumm!« Paul schlug mit seinem Löffel auf den Tisch. »Der Kohl, der schmeckt igitt.«

»Es wird gegessen, was auf den Tisch kommt.« Marga nahm ihm sanft, aber bestimmt den Löffel ab.

Nach dem Essen lauschten sie eine weitere Stunde dem

Geschützfeuer, während Paul mit seinen Spielzeugautos auf dem Boden spielte. Dann jedoch wurde es so still, dass sie den einzelnen Vogel singen hörten, der im Kirschbaum saß. Es war eine zerrupfte, schwarze Amsel, die mit ihrem Gesang gegen den Weltuntergang anhielt.

»Was bedeutet das?«, fragte Erika. »Diese plötzliche Ruhe?«

Lia stand auf. »Ich gehe und sehe nach, was los ist.«

Doch Luise drückte sie zurück auf ihren Stuhl. »Das wirst du schön bleiben lassen, Lia. Du hast ein Kind, für das du sorgen musst. Ich werde gehen.«

»Ich hoffe, du weißt, was du tust«, wandte Marga ein.

»Es soll nur einer versuchen, mir krumm zu kommen.« Entschlossen schnappte Luise sich Hut und Mantel und rauschte hinaus.

Wieder warteten sie. Marga saß mit gefalteten Händen am Tisch, und Lia hatte sich grimmig den Stopfkorb vorgenommen. Auch Erika wurde die Zeit so lang, dass sie sich beschäftigen musste. Sie stand auf, kochte Tee, schnitt Brot auf und bestrich es mit Margarine und Marmelade. Was, wenn Luise etwas passierte? Sie war das Herz und die Seele der Familie und hielt alles mit ihrer unerschütterlichen Zuversicht zusammen.

»Wo bleibt denn Tante Luise?«, fragte Paul.

Sie kam erst nach einer weiteren Stunde zurück, hängte ihren Mantel an den Haken und zog sich den Hut vom Kopf. Ein Lächeln lag um ihren Mund.

»Nun spann uns nicht auf die Folter!«, kam es von Marga.

Luise ließ sich auf einen Stuhl fallen. Erika goss ihr Tee ein. »Die Stadt wird kampflos übergeben.«

Für einen Moment wurde es still, dann sprachen alle erleichtert durcheinander.

»Und wisst ihr, wer das geschafft hat?«, fuhr Luise fort. »Der Ortsvorsteher Schneider und der Ziegeleifabrikant Löhlein haben droben in Garnberg mit den Amis eine zweistündige Feuerpause vereinbart, sind den Hang runter, haben mit einem Schlauchboot den Kocher überquert und dann zusammen mit dem Schulleiter Friedrich Schütz und dem Arzt Dr. Fraas den Truppenkommandeur aufgesucht.«

Erikas Augen wurden groß. »Ein Himmelfahrtskommando. Wie der wohl reagiert hat? Warst du etwa dabei, Mutter?«

Luise hob beschwichtigend die Hände. »Keine Sorge. Ich hab sie nur ins Rathaus stürmen sehen. Den Rest hat man mir später erzählt. Der Offizier hat getobt und wollte sie zuerst an die Wand stellen lassen, doch als der Bürgermeister und die Räte für die Kapitulation stimmten, ist er eingeknickt. Aber schließlich waren die zwei Stunden Feuerpause um.« Sie machte eine effektvolle Pause.

»Und was geschah dann?«, fragte Lia gespannt.

Luise wischte sich eine dunkle Locke aus der Stirn. »Dann sind der Löhlein und der Schneider mit weißen Fahnen nach Garnberg zurückgehastet. Atemlos den Hang hinauf. Eine der Fahnen bestand wohl aus dem Arztkittel vom Dr. Fraas, hab ich mir erzählen lassen. Mehr weiß ich auch nicht.«

»Hoffentlich hat es noch gereicht«, sagte Erika auf die Gefahr hin, dass Lia sie eine Pessimistin schimpfen würde. »Aber was, wenn nicht?«

Am nächsten Morgen erfuhren sie, wie knapp es gewesen war. Der amerikanische Kommandeur O'Brien war drauf und dran gewesen, Künzelsau mit Gewalt einzunehmen. Aber dann hatte er sich von Löhleins Cousine Lissy, die Englisch konnte, zum Abwarten überreden lassen.

Am 12. April zogen die Deutschen endlich ab. Die Künzelsauer Bürger hissten eine weiße Fahne auf dem Rathausturm und sahen dem Einmarsch der Amerikaner mit einer Mischung aus Sorge und Erleichterung entgegen.

Noch am selben Tag stürmten acht bis an die Zähne bewaffnete GIs die Villa, in der die Frauen bis zuletzt ausgeharrt hatten. »Get out, get out!«

Zwei Soldaten trieben sie und das Kind in den Garten und bewachten sie, während die anderen hektisch das Haus und den Anbau vom Dachboden bis in die hinterste Kellerecke durchsuchten. Befehle wurden gebrüllt, Porzellan krachte zu Boden.

»Wenn die mir was kaputt gemacht haben ...« Luise ballte kämpferisch die Fäuste. »Sie kommen mir für den Schaden auf, diese Mistkerle!«

»Mutter!«, rief Erika. »Du bringst uns noch in Schwierigkeiten.«

»Jaja, schon gut.« Luise setzte Paul in die Schaukel und gab ihm energisch Schwung.

»Sie sehen nach, ob wir Partisanen versteckt haben«, vermutete Marga, während sich einige Soldaten versammelten und aufgeregt palaverten. Feuerzeuge flammten auf, und einen Moment später hüllte sie blauer Rauch ein. Scheinbar hatten die Amis Zigaretten im Überfluss.

»Ich hätte jetzt auch gern eine«, sagte Lia sehnsüchtig.

Paul nahm Schwung, schaukelte so hoch er konnte und sprang dem diensthabenden Offizier direkt vor die Füße. Der hob ihn auf, trat an Luise heran und reichte ihr zuerst das Kind und dann die Hand. »Colonel Jack O'Brien.«

»Luise Hermann«, gab sie verblüfft zurück. »Aber glauben Sie ja nicht, dass ich mich mit Ihnen verbrüdere. So weit geht die Freundschaft nicht.«

Erika verdrehte die Augen und hoffte, dass beider Sprachkenntnisse nicht ausreichten, um den anderen zu verstehen. O'Brien nickte Luise zu und zog sich ins Haus zurück, ohne sie weiter zu beachten.

»Das war dieser O'Brien«, raunte ihr Marga zu. »Der Befehlshaber von denen.«

»Pfft, mir egal«, erwiderte Luise. »Auch er hat sich mit Anstand zu benehmen, wenn er mit Frauen und Kindern zu tun hat, oder gibt es nicht die Genfer Konvention? Wehe, die drücken ihre Kippen in meinen Blumenkübeln aus.« Sie sandte den verbliebenen GIs einen drohenden Blick zu.

Eine halbe Stunde später erfuhren sie, dass die Villa beschlagnahmt worden war, weil die Amis sie zum Wohnen auserkoren hatten. Luise platzte vor Zorn fast der Kragen. »Ich lass mich doch nicht aus meinem eigenen Haus vertreiben. Was, wenn dieser O'Brien seine schmutzigen Socken auf mein Bett wirft?«

»Wir können nichts tun.« Vergeblich versuchte Erika, ihre wutschnaubende Mutter zu beruhigen. Die Einquartierung war beschlossene Sache.

Nachdem Luises Proteste nutzlos verhallt waren, zogen sie mit Sack und Pack in das kleine Bürogebäude neben dem Anbau. Zu fünft standen ihnen ein einziger Raum mit einem Schreibtisch, ein Abstellraum mit einem Aktenlager, eine Teeküche und ein finsterer Keller zur Verfügung. Luise kündigte an, sich dorthin zum Schreien zurückzuziehen.

»Und wo sollen wir schlafen?«, fragte sie rein rhetorisch.

»Es wird Sommer«, beruhigte Marga sie. »Wir richten uns auf dem Boden ein Matratzenlager ein.«

»Pah!«, schnaubte Luise.

Nachdem sich die GIs in der Villa breitgemacht hatten, erwiesen sie sich als überraschend hilfsbereit und transportierten Kissen, Decken und Matratzen in den Bürobau. Dennoch war Paul, der begeistert von einer Matratze zur nächsten sprang, der Einzige, der der Lage etwas abgewinnen konnte.

Luise rang die Hände. »Dass ich das noch erleben muss! Einquartierung! In meinen eigenen vier Wänden.«

»Sei lieber froh, dass du mit dem Leben davongekommen bist«, kommentierte Marga düster.

Spätabends klopfte es an der Tür. Erika öffnete einem jungen schwarzen GI, der sie um einen Kopf überragte. Er trat ohne Aufforderung ein und ging ihr voran in das Büro, das ihnen als Ess-, Schlaf- und Wohnzimmer zugleich diente. Angst rollte wie eine Welle über sie hinweg, als er seine Augen abschätzig zwischen den Frauen hin und her wandern ließ.

»Was wollen Sie?«, fragte Luise misstrauisch, doch er beachtete sie nicht.

»You! Come!« Er deutete auf Lia, die mit Paul auf einer Matratze saß und unter ihrem roten Haarschopf so blass wie ein Gespenst wurde.

»No«, hörte Erika sich sagen. Es war das einzige englische Wort, das sie kannte. »Ich komme mit. Nicht sie! Verstehen Sie?«

»Das wirst du nicht tun!«, rief Luise. Aber da stand Erika schon an der Tür.

Der fremde Soldat hieß sie, ihm in den Garten zu folgen, in dem die Kirschbäume so schaumig weiß blühten, als hätte es den Krieg nie gegeben. Er schloss die Tür zur Villa auf und zog sie ins Foyer. Erika wurde kalt vor Angst. Was mochte er von ihr wollen? Das Haus war so lange ein Hort der Sicherheit für sie gewesen. Was, wenn er auf dem Recht der Sieger bestand? Wenn er sie die Treppe hinauf bugsieren und zulassen würde, dass dieser Jack und die anderen Amis im Schlafzimmer ihrer Mutter über sie herfielen?

Man hörte schreckliche Gerüchte aus den russisch besetzten Gebieten im Osten, weniger von den Amis, aber Erika wollte sich nicht darauf verlassen, dass sie anders waren. Egal wie, sie wusste, dass sie sich mit aller Kraft wehren würde, sollten sie versuchen, ihr Gewalt anzutun.

Doch dann beförderte der GI sie in die Küche. Verblüfft sah sie sich in dem vertrauten Raum um, der fremd wirkte, nachdem Marga hier nicht mehr das Zepter schwang. Nichts jedoch deutete auf einen Männerhaushalt hin. Es war picobello sauber und aufgeräumt. Das Geschirr im Spülstein war gespült, und im Herd brannte ein gemütliches Feuer. Der ganze Raum roch nach der Suppe, die darauf vor sich hin köchelte. Erika hörte ihren Magen knurren und ärgerte sich über diesen Anflug von Schwäche.

»Gary.« Der fremde Soldat deutete auf sich selbst. »That's me. I am the cook. You understand? And what's your name, Miss?«

»Erika Hermann.«

»Erica?« Er grinste breit. »My sister's name. She lives in Seattle. Come on!«

Er winkte sie in Richtung der Speisekammer. Erika ließ ihre Augen nachdenklich über Räucherwürste und Gläser mit eingemachten Bohnen und Erbsen, Gurken, Kirschen und Marmelade hinweggleiten. In der hintersten Ecke des Vorratsschranks standen einige Flaschen Hohenloher Getreidebrand.

»Are you hungry?« Er deutete auf die Fülle an Lebensmitteln. »Take what you need. There is enough.«

Erika begriff, dass Gary sie dazu aufforderte, Vorräte einzupacken und mitzunehmen. Erleichtert füllte sie drei Wäschekörbe mit Lebensmitteln, die sie nach und nach in den Bürobau schaffte, und überließ Gary zum Dank einige Flaschen Schnaps. Er bedankte sich herzlich.

»Wir werden überleben«, sagte Erika, als sie zusammen mit Marga die Vorräte ins Regal räumte. »Mit den Typen lässt sich reden.«

»Vorläufig werden sie uns nichts tun«, stimmte Lia ihr zu. »In keiner Hinsicht.«

»Freut euch nicht zu früh«, unkte Luise. »In Ruhe lassen die uns nur, wenn wir kuschen. Schließlich durchsuchen sie die ganze Stadt nach versprengten Soldaten.«

Entschieden gingen die Besatzer gegen jede Form von Widerstand vor und suchten nach Volkssturmeinheiten und fanatisierten Gruppen von Hitlerjungen, die sie unschädlich machen konnten. Männer im wehrfähigen Alter wurden in Lager gepfercht, Soldaten in Uniform unverzüglich in Gefangenschaft verfrachtet. Wobei … Die eingeschworenen Nazis hatten sich erstaunlich schnell verflüchtigt. Geistesgegenwärtig hatten die Leute ihre Hitlerbilder abgehängt und den Hitlergruß vergessen und mit ihm alles, was sie in den vergangenen zwölf Jahren bejubelt hatten.

»Wie es Albert wohl ergehen mag?«, fragte Erika besorgt.

»Anders als dein Bruder ist er zumindest nicht in Russland.« Luise zog sich die Strümpfe hoch. Erika wusste, wie sehr sie um Rolf bangte, der in dem riesigen Land in Gefangenschaft war. »Und dann steht uns noch die Entnazifizierung bevor.«

»Da gibt es bei uns nicht viel zu holen«, meinte Marga.

»Aber das wissen die ja nicht.«

In dieser Nacht konnten sie nicht schlafen, denn in der Villa ging es drunter und drüber. Alle Fenster waren erleuchtet, und aus dem offenen Küchenfenster dröhnte wilde Musik.

»Ist das jetzt ihre Siegesfeier?«, fragte Erika verschlafen. »Was, wenn die über Tische und Bänke hüpfen?«

»Das ist Jazz.« Lia setzte sich auf und deckte Paul zu, der trotz des Krachs selig weiterschnarchte. »Glenn Miller. Der allerletzte Schrei. Kennt ihr das nicht? Aber nein, im Kirchenchor wird so was nicht gesungen.«

»Hoffentlich bleibt mein Porzellan heile.« Beunruhigt zog Luise die Vorhänge zu und schob das Regal unter die Türklinke. »Wir wissen nicht, wie die sich in besoffenem Zustand gebärden. Wehe, sie pinkeln in den Vorgarten. Und noch was: Heute Nacht herrscht Ausgehverbot für die jungen Damen. Habt ihr das verstanden?«

»Und du, Mutter?« Erika zwinkerte Lia zu, die ein Kichern hinter ihrer geöffneten Hand verbarg.

»Macht euch nur lustig über mich.« Luise richtete sich zu ihrer vollen Größe auf. »Der Einzige, der es mit mir aufnehmen könnte, ist dieser Gary. Die anderen lasse ich am langen Arm verhungern, inklusive Herrn O'Brien.«

Aber Gary war ein gutmütiger Riese. Am nächsten Tag brachte er ihnen ein paar echt amerikanische Schätze vorbei. Er trug Zivil, und zwar eine blaue, leicht verwaschene Arbeitshose mit Nieten und ein weißes Herrenunterhemd, unter dem sich seine kräftigen Armmuskeln wölbten. Der Korb, den er auf den Tisch stellte, strotzte vor Herrlichkeiten. Es gab Zigaretten, Konserven mit Erbsen, Schokolade und ein paar Packungen dieser seltsamen, nach Pfefferminze duftenden Streifen, die die GIs ununterbrochen kauten. Wrigley's, las Erika.

Nachdem Gary alles ausgepackt hatte, verabschiedete er sich mit einem freundlichen Gruß. »Bye«, sagte Lia.

Er winkte ihnen zu und ließ die Tür hinter sich ins Schloss fallen, woraufhin sie alle aufatmeten.

»Habt ihr seine Hose gesehen? Die ist ja unanständig eng.« Luise hob pikiert die Augenbrauen. »Man sieht ja seine Kronjuwelen darin. Und überhaupt, wie kann man in eine vollkommen unversehrte Hose Nieten schlagen? Da könnte man ja gleich Löcher in den Stoff stanzen.«

»Die spinnen, die Amis«, setzte Marga hinzu, und Luise pflichtete ihr bei.

»Der Stoff sieht ziemlich haltbar aus«, wandte Erika ein. »So etwas habe ich in Deutschland noch nie gesehen.«

»Aber du musst zugeben, die Hose bringt Garys Po echt verlockend zur Geltung …« Lia lachte, als sie Erika erröten sah. »Ich weiß, dass du hingeschaut hast.«

»Haltet euch bloß im Zaum«, sagte Luise warnend. »Entschuldige, Lia, aber wir haben schon einen Bankert im Haus.«

24.

Der Ruhrkessel war zerstört. Die blühenden Städte mit ihren Fabriken und Bergwerken hatten sich in eine Trümmerwüste verwandelt, durch die die Menschen mit leeren Augen irrten und nach ihren verlorenen Liebsten suchten.

Das Haus vor seinen Augen war beim letzten Bombenangriff eingestürzt wie die meisten in dieser Straße, in der eine Ruine an die andere grenzte. Albert Sefranek stand vor einem Berg aus Schutt und räumte Stein für Stein zur Seite, neben sich weitere Rettungshelfer, die nach Überlebenden suchten. Seine Hände waren blutig und zerschrammt. Staub brannte in seinen trockenen Augen. An den Geruch von feuchter Asche und Verwesung hatte er sich gewöhnt, denn er tat diese Arbeit seit Wochen. Meistens kamen sie zu spät.

Dennoch warfen sie Ziegel und Bretter zur Seite, bis sich die Kellertreppe vor Alberts Augen auftat wie ein Schlund in die Finsternis.

»Wer geht?«, fragte er den bärtigen Alten, der hinter ihm stand, und kannte die Antwort, bevor dieser sie aussprach. »Du.«

Also bahnte er sich als Erster den Weg abwärts. Gemeinsam brachen sie die Tür zum Luftschutzkeller auf, der über den Schutzsuchenden zusammengestürzt war.

»O mein Gott.« Der Junge an Alberts Seite wurde grün im Gesicht und hielt sich die Nase zu.

»Alle tot«, sagte der Alte. Ihre Überlebenschancen waren

ohnehin gering gewesen. Der Luftangriff, vor dem die Leute in den Keller geflohen waren, hatte vor zwei Tagen stattgefunden. Inzwischen war die Stadt fest in der Hand der Alliierten.

Albert sah, dass es sich um eine Familie handeln musste. Sie lagen auf dem Boden, von Schutt und Geröll bedeckt. Ein älteres Ehepaar hielt sich noch im Tod an den Händen, neben ihnen lag eine junge Mutter mit ihrem Säugling. Traurig nahm Albert ihr das Kind aus dem Arm, dessen Gesicht bleigrau angelaufen war. Kaum auf der Welt, hatte es sie schon wieder verlassen müssen. In diesem Moment streifte ihn vonseiten der jungen Frau ein zarter Atemhauch. Er konnte es kaum fassen. »Wasser, schnell!«

Sie träufelten ihr einige Tropfen auf die Lippen, die sie gierig ableckte. Dann schlug sie ihre Augen auf. Es dauerte eine weitere Viertelstunde, bis sie im Freien war. Wie würde ihr künftiges Leben aussehen ohne ihre Familie und ihr neugeborenes Kind?

Später stand Albert vor dem Trümmerhaus und trank Wasser aus einer Kelle. Er war so erschöpft, dass er sich kaum auf den Beinen halten konnte.

»Wie wäre es, wenn du nach Hause gehen würdest, Leutnant?«, schlug ihm der Graubart vor. »Schüttele den Staub von den Füßen. Oder hast du niemanden, der auf dich wartet?«

»Meinst du wirklich?« Albert hatte so lange seine Pflicht erfüllt, dass er gar nicht mehr wusste, wie sich Freiheit anfühlte.

»Natürlich, Junge. Du hast hervorragende Arbeit geleistet und es verdient.«

Am nächsten Morgen stellte er sich an den Stadtrand und hielt den Daumen hoch, um einen Lastwagen anzuhalten, der nach Süden fuhr. Doch einer nach dem anderen fuhr vorbei, die meisten überfüllt mit Flüchtlingen auf dem Weg nach Nirgendwo.

Es war Anfang Mai. Auch wenn Deutschland noch nicht kapituliert hatte, war der Krieg entschieden. Das Regime war gestürzt. Albert war kein Offizier mehr. Seine Einheit hatte sich aufgelöst und mit ihr die Verpflichtung, seine Männer unversehrt nach Hause zu bringen. Ohne die Last der Verantwortung fühlte er sich seltsam leicht und frei. Nach einem halben Leben war er endlich Zivilist, ein unwirklicher Zustand, an den er sich erst gewöhnen musste.

Die englische Patrouille, die in der Ferne vorbeifuhr, würde das unter Umständen anders sehen. Arnold war vor zwei Tagen einer begegnet und unversehens in Gefangenschaft geraten. Was aus Erwin geworden war, wussten sie nicht. Das Letzte, was Albert gehört hatte, war, dass er in den Weiten Russlands vermisst wurde.

Sicherheitshalber zog Albert seine Uniformjacke aus, knüllte sie zusammen und steckte sie in seinen Rucksack.

Ein Lastwagen näherte sich, die Ladefläche voll mit Flüchtlingen. Jetzt oder nie, dachte er und winkte. Der Fahrer hielt an, und die Leute rückten zusammen, um ihm Platz zu machen. Er kletterte hinauf und drängte sich zwischen Frauen, Kinder und alte Männer. »Wohin fahrt ihr?«

»Egal wohin, nur weg«, sagte die zahnlose Alte neben ihm.

Er stimmte zu und fuhr mit, einfach so, irgendwohin.

Er hatte Glück, denn die grobe Richtung ging nach Süden. Bei Miltenberg überquerte er den Main. Den weiteren Weg ging er teils zu Fuß, teils ließ er sich von wechselnden Fahrzeugen mitnehmen. Er übernachtete im Freien oder in verlassenen Scheunen.

Am zweiten Morgen nach seinem Aufbruch trat er frierend aus einer solchen Bretterbude auf eine Wiese hinaus, die übersät war mit Kerbel, Löwenzahn und hellviolettem Wiesenschaumkraut, dazwischen unzählige blühende Apfelbäume. In der Ferne öffnete sich der Blick auf eine grüne Hügelkette. Der Frühling gab sich, als hätte es diesen gottverdammten Krieg nie gegeben. Staunend stand Albert vor dem Wunder dieses Morgens, das so unglaublich kostbar war. Er nahm sich vor, seine Zeit nie wieder zu verprassen.

Hinter der Scheune stand eine Regentonne, in der er zuerst sich und dann sein zerrissenes Uniformhemd gründlich wusch. Was sollte er tun? Ins zerstörte Nürnberg zurückkehren? Er wusste nicht einmal, ob seine Eltern noch lebten.

Erika, dachte er dann und nahm sich vor, von Künzelsau aus ein Telegramm nach Hause zu schicken. Dann packte er seine spärlichen Habseligkeiten zusammen und machte sich auf den Weg.

Mit seinem Bündel auf dem Rücken wanderte er auf der sonnigen Landstraße, und plötzlich wurde ihm so leicht ums Herz, dass er vor sich hin zu pfeifen begann. Das Leben barg so viele Möglichkeiten. Wenn Deutschlands neue Regierung, die demokratisch gewählte, pazifistische, die nach dieser Misere kommen musste, mit den Alliierten einen Friedensvertrag ausgehandelt hatte, konnten Erika und er in aller Ruhe eine Familie gründen, und vielleicht sogar reisen. Die Welt stand ihnen offen. Sie konnten über den Brenner brennen und Venedig besuchen oder in den Alpen Ski fahren. Albert wusste, dass er von einer Zukunft träumte, die in weiter Ferne lag. Aber sie existierte, dessen war er sich vollkommen gewiss.

Er erreichte Hohenlohe am 5. Mai und lief von Schwäbisch Hall aus nach Künzelsau, bis sich die Straße unvermittelt zum Flusstal senkte, um das sich grünende Hänge erhoben. Durch das Städtchen im Talgrund zog sich träge der Kocher. Staunen erfasste ihn, als er den schmucken Ortskern durchquerte. Nicht ein einziges Fachwerkhaus war zerstört, und die Leute grüßten ihn bedächtig in ihrer Mundart.

In der Stadt gab es kaum Autos, und auf dem Platz vor dem Rathaus mit seinem Türmchen lag ein Pflug, als würde ein Bauer gleich nebenan sein Feld bestellen. Es schien, als sei Künzelsau heil durch den Krieg gekommen.

Albert fragte nach dem Weg zum Haus der Familie Hermann, ging an der Johanneskirche vorbei und hielt auf die Austraße zu. Unzählige Male hatte er die Nummer 8 auf einen Umschlag geschrieben, nachdem er den Briefbögen seine Gedanken, Träume und Geheimnisse anvertraut hatte.

Es war nicht weit. Die kastenförmige Villa schlief in ihrem blühenden Garten vor sich hin. Albert näherte sich mit schnellen Schritten und erschrak fast zu Tode, als unvermittelt ein Militärjeep vorfuhr und eine Reihe GIs ausspuckte, die laut parlierend auf den Eingang zustrebten. Hals über Kopf versteckte er sich hinter einem Busch.

Ein kleiner Junge rannte auf die Männer zu und ließ sich von einem großen Schwarzen durch die Luft wirbeln. Die

Soldaten gingen ins Haus, und der Kleine, der eine Lederhose trug, setzte sich in eine Schaukel.

Albert wusste nicht, zu wem das Kind gehörte, nur, dass in Luises Haus amerikanische Besatzungssoldaten einquartiert waren. Als Leutnant der deutschen Wehrmacht wäre er ein guter Fang. Wenn sie ihn entdeckten, würden sie ihn in einem Gefangenentransport über den Großen Teich schicken. Doch Albert wollte keine Zeit mehr verlieren. Er wollte endlich frei sein, um sich ein Leben aufzubauen und die Frau zu heiraten, auf die er so lange gewartet hatte. Also musste er klug vorgehen.

Geduldig wartete er ab, bis sich die Dämmerung über die Stadt senkte. Dann schlug er einen Bogen und näherte sich dem Haus vom Fluss her, vorbei an dem Anbau mit der Näherei, der still und verlassen dalag. Daneben stand ein kleines Gebäude, durch dessen Fenster Lichtschein drang.

Albert klopfte, ohne zu wissen, ob die Frauen und das fremde Kind wirklich hier untergekommen waren. Wenn er sich irrte und ihm ein GI öffnete, würde das Schicksal seinen Lauf nehmen. Aber das riskierte er.

Es dauerte einen Moment, bis er drinnen Stimmen hörte. Dann wurde die Tür aufgerissen. Im Türrahmen stand ein rothaariger Kobold, der ihn von oben bis unten musterte. Ein Mädchen, oder nein, eine Frau, wenn auch eine ziemlich junge.

»Und Sie sind?«, fragte sie misstrauisch. Dann aber wurden ihre Augen groß und ein Strahlen zog über ihr hübsches Gesicht. »Erika! Komm mal. Ich glaube, der Besuch ist für dich.«

25.

»Das geht so nicht, ihr zwei Turteltäubchen.« Luise tigerte wie ein Panther im Käfig auf und ab. Albert hatte sie noch nie so aufgebracht gesehen.

Drei Tage waren vergangen, in denen sie sich zu sechst in der Unterkunft gedrängt hatten. Nachts ließ er sich im Keller einschließen, damit ihn die Amerikaner nicht fanden. Das war kein Vergnügen, aber ihm genügte fürs Erste, dass er mit Erika vereint war. Nun aber wollte Luise seine Gegenwart nicht länger dulden.

Mit ihren wetterfesten Stiefeln, der gestrickten Jacke und dem dunkelgrünen Trachtenrock sah sie aus, als käme sie direkt aus dem Wald. Nur das Schrotgewehr und der Rehbock über den Schultern fehlte.

Wie gut, dass Erika an seiner Seite stand und seine Hand hielt. Er hatte ganz vergessen, wie schön sie war, groß, schlank und aufrecht wie ein Weidenbaum, und dazu das wellige, blonde Haar.

»Ich weiß, dass es für uns alle zu eng ist«, sagte er. »Und ich werde natürlich gehen, sobald sich eine Möglichkeit findet.«

Soeben hatten sie rund um den Schreibtisch zu Abend gegessen. Danach hatte sich Marga in den winzigen Nebenraum zurückgezogen, und Lia, die kleine Rothaarige, las ihrem Sohn in der hintersten Ecke des Büros ein Bilderbuch vor. Albert aber, der auf etwas Zweisamkeit mit Erika gehofft hatte, sah sich mit der zornigen Urgewalt Luises konfrontiert.

Seine eigene Mutter hätte nie so aufbrausend reagiert. Mathilde, die Milde, dachte er und verkniff sich ein Grinsen über den billigen Reim.

Luise ließ sich schwer auf den Schreibtischstuhl sinken. »Du kannst nicht hierbleiben, Albert. Das musst du doch einsehen.«

Erikas Augen wurden groß. »Aber wo soll er denn hin?«

»Luise hat recht«, sagte er. »Wenn die Amis erfahren, dass ihr einen ehemaligen Offizier der Wehrmacht beherbergt, kann euch das schlecht bekommen.«

Erika schüttelte den Kopf. »Das ist mir egal.« Albert wusste einmal mehr, warum er sie liebte.

»Obwohl ich die Verantwortung für uns alle trage, ist das nicht der Hauptgrund«, erwiderte Luise. »Ich glaube, dass die Amis sich schon bald über jeden einzelnen Mann freuen werden, der anpacken hilft, und dafür ein paar Hühneraugen zudrücken.«

»Aber was ärgert dich dann so?«, fragte Erika verdattert.

»Könnt ihr euch das nicht denken?« Luise sah sie unerbittlich an. »Ihr lebt hier ohne Trauschein zusammen. Ich habe einen Ruf zu verlieren.«

Es wurde sehr still.

»Aber bei mir waren Sie doch auch tolerant«, sagte Lia, auf deren Schoß der kleine Paul inzwischen eingeschlafen war.

»Du bist eine Ausnahme. Ich hätte es meiner Freundin Marga gegenüber nicht vertreten können, dich abzuweisen. Außerdem hast du keinen Mann. Aber für meine eigene Tochter gilt das nicht. Die hat sich zu benehmen. Ich dulde kein Lotterleben.«

»Na, danke!«, protestierte Lia mit ihrer hohen Stimme.

»Wir haben diesen Krieg überstanden«, rief Erika aufgebracht. »Auch wenn in den meisten Städten kein Stein mehr auf dem anderen steht. Und du sagst, Albert und ich seien sittenlos, weil wir als Verlobte unter einem Dach wohnen? Wir teilen nicht einmal ein Schlafzimmer miteinander.«

»Welches Schlafzimmer?«, warf Lia ein.

Luise ignorierte sie. »Das habe ich so nicht gesagt.«

»Aber gemeint!«

»Natürlich«, ließ sich Lia vernehmen. »Schließlich weiß ja niemand, ob wir hier nicht nachts Orgien feiern.«

»Aber die Lösung ist doch ganz einfach«, hörte Albert sich sagen. »Wir müssen so schnell wie möglich heiraten.«

Erika errötete so schön, dass er sie lange und ausgiebig auf ihren Pfirsichmund küsste. Doch als sie sich atemlos trennten, wurde ihm bewusst, was er da von sich gegeben hatte. War er wahnsinnig, seine Pläne in den Wind zu schreiben?

Er blickte von Erika über Lia zu Marga, die schläfrig in der Tür stand, bis seine Augen an seinem Drachen von Schwiegermutter hängen blieben. Du lieber Himmel, ich heirate eine Familie und eine marode Fabrik für Berufsbekleidung noch dazu. Auf Wiedersehen, Freiheit. Venedig, wir werden dich niemals kennenlernen.

»Na, also«, sagte Luise zufrieden. »Du hast verstanden. Es geht doch.«

Spät in der Nacht, Albert hatte sich gerade mit einem Exemplar von *Robinson Crusoe* aus Rolfs Bestand auf seine Matratze zurückgezogen, hörte er, wie jemand die Treppe hinabschlich. Es war kalt in seinem Kellerloch und ziemlich finster, wenn er nicht wie jetzt eine Kerze brennen ließ. Die Matratze lag auf dem nackten Estrich, seine Decke war löchrig und roch seltsamerweise nach Hund. An den Wänden standen Regale mit Eingemachtem, und in der Ecke machte sich die Kartoffelmiete mit ihrem staubigen Inhalt breit. Er bewohnte bei Weitem kein Luxusquartier, doch er hatte sich arrangiert. Also wartete er mit klopfendem Herzen.

Einen Moment später streckte Erika ihren Kopf durch die Tür, und sie sah in ihren Fellpantoffeln und dem bodenlangen Nachthemd zum Anbeißen aus. Als er neben sich auf die Matratze klopfte, ließ sie sich mit einem Seufzer nieder. »Ich muss mich für meine Mutter entschuldigen.«

Er hätte fast gelacht, so ehrenhaft benahm sie sich. »Luises Zorn steht nicht in deiner Verantwortung.«

»Sie kann eine echte Tyrannin sein.«

»Sie meint es nur gut. Denn schließlich hat nicht nur sie, sondern auch wir einen Ruf zu verlieren.« Er strich ihr das Haar aus der Stirn und lüftete die Hundedecke. »Wie wär's? Es ist kalt hier.«

Erika errötete, schlüpfte dann aber zu ihm unter die Decke. »Puh, wie die müffelt.« Sie rümpfte die Nase. »Morgen besorge ich dir eine bessere.«

Sie drehten sich im gleichen Moment aufeinander zu und küssten sich hitzig und viel zu lange. Ihr Duft machte ihn ebenso trunken wie ihre seidenzarte Haut. Albert wurde bewusst, dass ihn nur ihr dünnes Nachthemd von ihren üppigen Brüsten trennte, und sein Körper so reagierte, wie er nicht sollte.

Er schob sie zur Seite. »Wenn wir nicht aufhören, kann ich mich vielleicht nicht mehr beherrschen.«

»Wäre das so schlimm? Wir tun nur das, was meine Mutter uns sowieso unterstellt. Das war die Erlaubnis für richtig viel Sittenlosigkeit.«

Ihre Hand glitt über seine Hüfte, und Albert rückte ein Stück von ihr weg. Sie ahnte nicht, was es mit ihm anstellte, sie so lüstern zu erleben.

Er schluckte nervös. »Ich möchte unsere Hochzeitsnacht nicht vorwegnehmen. Sie soll etwas Besonderes sein, nicht auf die Schnelle auf dem Kellerfußboden stattfinden.«

»Du hast recht«, sagte sie. »Bist du dir überhaupt sicher?«

»Was meinst du damit?« Er zog sie wieder an sich. Ihr Körper war so warm. Ich werde niemals mehr frieren müssen, dachte er verwundert.

»Ob du mich wirklich heiraten willst? Wir kennen uns doch gar nicht.«

Die Kerze flackerte im Luftzug. Albert richtete sich auf und schützte sie mit der Hand. »Wie viele Briefe haben wir uns geschrieben?«

»Ich weiß nicht. Viele. Aber was, wenn ich mich plötzlich als zänkische Xanthippe entpuppe? Lia kann ein Lied davon singen, wie kompromisslos ich sein kann. Und manchmal überempfindlich.«

Albert legte sich auf den Rücken und lachte. »Das Risiko gehe ich ein. Aber im Ernst, Erika. Du bist so klar und ehrlich wie Wasser. Du hast mir sogar erzählt, dass du schon einmal verliebt warst. In diesen Martin, stimmt's? Und wie mutig du dich für die Verfolgten in deiner Umgebung eingesetzt hast. Was hättest du getan, wenn ich dich verraten hätte?«

Erika sog scharf die Luft ein. »Aber das hast du nicht. Ich wusste sofort, dass ich dir vertrauen kann. Doch was ist, wenn ich nach kurzer Zeit etwas an dir bemerke, das mich stört? Ich kann furchtbar nachtragend sein.«

Er griff nach ihrer Hand und zog sie wieder an sich. »Das müssen wir einfach riskieren. Heiraten ist wie springen. Danach wissen wir mehr.«

»Aber wir tun es zu zweit, Hand in Hand.« Sie legte ihre warme Hand in seinen Nacken und küsste ihn.

Den Termin bei Pfarrer Karl Bender setzten sie für nächsten Sonntag an. Nach dem Essen trieb Luise sie zur Eile und ging ihnen im Stechschritt voran in Richtung Johanneskirche. Der Himmel war sommerblau, und in den Gärten blühte lila-weiß der Flieder. Erika trug ihr bestes Kleid. Albert hatte sich mit einem viel zu engen Hemd von Rolf so ausstaffiert, dass er sich halbwegs präsentabel fand.

Als sie die Kirche betraten, war Bender gerade dabei, die Gesangbücher vom morgendlichen Gottesdienst einzusortieren. Luise war dort gewesen, Albert und Erika nicht. Überhaupt hatte Albert kein sonderlich enges Verhältnis zur Institution Kirche.

Pfarrer Bender ließ sich Zeit bei seiner Arbeit und wandte sich ihnen erst zu, als alle Gesangbücher verstaut waren. In seinem schwarzen Talar mit der weißen Halsbinde glich er einem Raben, oder nein, einer Elster, deren scharfer Blick

Albert wachsam taxierte. Plötzlich war dieser sich sicher, dass der Pfarrer ihn mit einer Deutlichkeit ablehnte, die er sich nicht erklären konnte.

»Was führt Sie zu mir?«

»Wir würden gern mit Ihnen sprechen, Herr Pfarrer«, erwiderte Luise. »Wenn Sie es einrichten könnten. Aber nicht hier.«

Im Hintergrund arrangierte eine ältere Dame gerade betont langsam einen Blumenstrauß. Sicher lauschte sie gespannt und würde die Neuigkeiten später mit Vorliebe in der Stadt herumtratschen.

»Dann kommen Sie.« Der Pfarrer führte sie in einen Nebenraum und ließ sie rund um einen Tisch aus dunkler Eiche Platz nehmen. Er zog ein paar Gläser heran und goss ihnen Wasser aus einer Karaffe ein. Albert trank einen Schluck. Es schmeckte abgestanden.

»Was führt Sie zu mir, Frau Hermann? Mit Anhang noch dazu?« Bender setzte sich zurück und strich sich durch sein dunkles Haar.

Luise holte tief Luft. »Dieses junge Paar hier möchte Gott um Seinen Segen bitten, Herr Pfarrer. Sie wollen getraut werden. Wenn möglich, sobald es geht.«

»Ist das so?« Bender trank bedächtig und stellte sein Glas ab. »Warum sollte Gott wollen, dass ausgerechnet diese beiden Menschen den Bund der Ehe eingehen, Frau Hermann?«

»Was? Ich verstehe nicht, was Sie meinen.« Luises Augen funkelten. Albert wusste, dass sie auf die Kirche nichts kommen ließ und große Stücke auf den Pfarrer hielt. Hatte Erika ihm nicht von Benders Engagement für die Bekennende Kirche erzählt, die sich in Württemberg gegen Hitler gestellt hatte?

»Weil wir es uns so sehr wünschen«, sagte Erika mit ihrer warmen, klangvollen Stimme.

»Der Mensch denkt, und Gott lenkt, liebe Erika«, erwiderte der Pfarrer. »Und das ist auch gut so. Denn hier sehe ich dich, meine wohlmeinende, mutige und immer eifrige Helferin in der Kinderkirche. Und dort sehe ich deinen Bräutigam … und frage mich, ob er deiner wert ist.« Er musterte Albert wie ein Insekt, das er am liebsten unter seinen Schuhsohlen zertreten würde. »Waren Sie nicht Leutnant der Wehrmacht, Herr …?«

»Sefranek«, beeilte er sich zu sagen.

Bender nickte. »Nun, meine liebe Erika. Was weißt du über diesen jungen Mann? Waren Sie in Russland, Herr Sefranek? Als Leutnant hatten Sie Befehlsgewalt, oder? Was haben Sie dort getan? Wie viele Menschenleben haben Sie auf dem Gewissen?«

Albert schwieg. Es stimmte, dass sich sowohl die Wehrmacht als auch die SS in Russland großer Vergehen schuldig gemacht hatten. Dennoch würde er sich nicht rechtfertigen, indem er dem Mann erzählte, dass er als Leutnant einer Beobachtungseinheit nur beschränkt in das aktive Kampfgeschehen verwickelt gewesen war. Er würde zu seinem Leben und seinen Entscheidungen stehen, egal, was diese schwarze Elster ihm unterstellte.

»Keine Antwort ist auch eine Antwort.« Bender klang zufrieden. »Nun, Erika. Wie sehr hatte ich gehofft, du würdest dein Leben in den Dienst der Kirche stellen und Diakonisse werden. Ich hoffe, du überlegst es dir noch mal, bevor du einen verrohten Frontsoldaten heiratest.«

»Albert ist nicht verroht!«, rief sie empört.

»Ich habe mich zumindest nicht gedrückt«, erwiderte Albert schneller, als er nachdenken konnte. Luise blieb vor Schreck der Mund offen stehen, doch Erika nickte nachdrücklich.

Bender aber stand auf und schob seinen Stuhl zurecht. »So ist das also. Das Gespräch ist hiermit beendet. Bevor ich Sie mit meiner Erika vermählen werde, Herr Sefranek, friert die Hölle zu, oder Russland wird zum Dschungel.«

Schweigend verließen sie die Kirche. Doch kaum standen sie an dem engen Durchgang, der zum Fluss hinabführte, ballte Luise die Fäuste. »Da ist das letzte Wort noch nicht gesprochen.«

»Aber was willst du machen?« Albert zog Erika in die Arme, die nicht verhindern konnte, dass ihr die Tränen über die Wangen liefen.

»Das war ja so demütigend«, schluchzte sie. »Was bildet der sich eigentlich ein?«

»Lasst mich nur machen«, sagte Luise angriffslustig. »Er soll sich nur mit mir anlegen, der Herr Pfarrer Bender.«

Am Tag darauf besuchte sie ihren alten Pfarrer Peters, der mittlerweile als Dekan Benders direkter Vorgesetzter war. Und tatsächlich: Peters sicherte ihr zu, dass die Trauung stattfinden könnte, sobald der junge Gemeindepfarrer demnächst in Urlaub sein würde, und dass er sie selbst vollziehen werde. Luise kehrte triumphierend in die Austraße zurück. Es wäre doch gelacht, wenn die Zukunft nicht doch noch ein Fünkchen Glück für ihre Familie bereithielte.

Da der Mercedes noch immer mit einem Schaden in der Garage stand und es sowieso kein Benzin gab, nahm Albert Luises Fahrrad, um nach Nürnberg zu fahren und seinen Eltern von seinem Verbleib und seiner bevorstehenden Hochzeit zu erzählen. Über 100 Kilometer auf dem klapprigen Drahtesel standen ihm bevor. Während er an diesem Frühsommermorgen in die Pedalen trat, wurde sein Herz leicht und frei. Noch trug er nur für sich selbst Verantwortung, ein Zustand, der sich nach seiner Hochzeit mit einem Schlag ändern würde.

Verschwitzt und erschöpft erreichte er gegen Abend seine Heimatstadt. Nürnberg war zerstört. Die Stadt mit ihrer historischen Bausubstanz lag in Trümmern, ein Schicksal, das sie mit vielen weiteren teilte. Albert verdrängte das Gefühl von Verlust, das ihn zu überwältigen drohte, und schob das Fahrrad zwischen den Schuttbergen nach Hause. Im Gegensatz zu so vielen Gebäuden war sein Elternhaus nahezu unberührt. Er klingelte mit einem beklommenen Gefühl. Mathilde öffnete und sah ihn an wie einen Geist. Er hätte sie fast nicht erkannt, so mager war sie geworden, abgehärmt, ihr Haar endgültig ergraut.

»Albert? Du bist es?« Sie fiel ihm laut weinend in die Arme.

»Ich bin doch da.« Er klopfte ihr ungeschickt den Rücken. »Ich habe überlebt. Was gibt es denn da zu weinen?«

»Aber ich weine doch vor Freude.« Sie zog ihn ins Wohnzimmer und bewirtete ihn mit einer dünnen Rübensuppe, die sie seit Tagen immer wieder gestreckt haben musste. Danach erzählte sie ihm, dass sein Vater in einem Sammellager inhaftiert war und sein Bruder als vermisst galt. »Aber du bist wieder da, und genau das werde ich dem Ferdl morgen mitteilen, damit er nicht den Mut verliert. Jawohl.«

»Bring dich bitte nicht in Gefahr!«

»Ach, i wo.«

»Ich werde heiraten, die Erika«, verkündete er stolz nach einem kurzen Schweigen.

»Eine größere Freude hättest du mir gar nicht machen können, mein Junge.« Mathilde strahlte und zerzauste ihm das Haar, als sei er noch ein kleiner Junge.

In dieser Nacht schlief er wie ein Stein. Als er erwachte, leuchtete die Morgensonne bereits warm über den Dächern. Seine Mutter war schon fort. Beunruhigt wartete Albert bis nachmittags und fuhr schließlich selbst zum Lager, in dem sein Vater wie viele andere Nürnberger interniert war. Dort teilte man ihm mit, dass Mathilde ebenfalls festgenommen worden sei, nachdem sie sich dem Zaun unberechtigt genähert und laut nach Ferdinand gerufen hatte, um ihm die freudige Nachricht von seiner Heimkehr und baldigen Hochzeit zu überbringen. Herrgottskreuzsapperment!

»Aber das können Sie doch nicht machen. Meine Mutter ist eine unbescholtene ältere Frau!«

Der Dolmetscher zuckte nur mit den Schultern. »Es wird nicht auf ewig sein.«

Was lernte man daraus? Dass die Amis fast so bürokratisch wie die Nazis reagierten und ebenso ungerecht? Albert zog unverrichteter Dinge wieder ab und radelte am nächsten Morgen zurück nach Künzelsau. So wie es aussah, würden sie ohne seine Eltern und seinen Bruder heiraten müssen.

26.

Eine Woche noch, dann würde Erika mit Albert vor den Altar treten. Grund genug zum Glücklichsein. Das sollte man jedenfalls annehmen. Doch sie saß allein am Tisch und wunderte sich über ihre trübsinnige Stimmung.

Vielleicht hatten sie das Fest einfach zu groß geplant. Die Hochzeit sollte der Bedeutung der Familie Hermann angemessen sein. Marga brütete schon seit Tagen über einem Menü, das sich trotz der Nahrungsmittelknappheit für viele Gäste organisieren ließ.

Die Sefraneks konnten nicht dabei sein. Rolf und Ludger und Alberts Bruder waren noch in Russland, Herr Falbe und Martin mit seiner Familie blieben weiterhin verschwunden.

Und womit, zum Donnerwetter, sollten sie ihr Geld verdienen, wenn die Hochzeit hinter ihnen lag? Die Näherei stand vor dem endgültigen Aus. Albert würde sicher studieren wollen. Erika aber konnte und wollte nicht weg, ohne dass sie ihre Lieben versorgt wusste. Sie ärgerte sich über die Ungewissheit, die ihr die Tränen in die Augen trieb.

Lia trat ein und legte ihr eine Hand auf die Schulter. »Du bekommst doch nicht etwa Fracksausen? Vergiss nicht, du heiratest Albert Sefranek. Da kann nichts schiefgehen.«

»Das weiß ich«, schniefte Erika.

»Ach ja?« Lia faltete umständlich ihr Taschentuch auf und reichte es ihr. »Eigentlich sollte dich dein Herr Bräutigam trösten, aber der hat sich ja vom Acker gemacht.«

Erika schnäuzte sich geräuschvoll und kämpfte um ihre Fassung. »Albert ist in der Stadt, um sich einen Zylinder und einen schwarzen Anzug auszuleihen. Der Metzger und der Apotheker Auweiler wollen aushelfen.«

»Ach, du meine Güte!« Lias riss ihre grünen Augen auf. »Albert leiht sich einen schwarzen Anzug, aber du hast ja gar kein Brautkleid. Da würde ich auch heulen.«

Erika schüttelte den Kopf. »Aber Lia, nein. Darum geht es doch gar nicht. Es reicht, wenn ich nicht in einem Kartoffelsack zum Altar hüpfen muss. Ich kann auch in meinem Sonntagskleid heiraten.«

Lia stemmte ihr Arme in die Hüften. »Nur über meine Leiche trittst du ohne weißes Brautkleid und Schleier vor den Altar. Und wenn wir uns von irgendwoher eine Gardine erbitten müssen, die ich rund um dich zu drapiere ... Frau Hermann!«

Schon war sie aus dem Raum gestürmt.

Erika seufzte. In einer knappen Woche an ein weißes Brautkleid zu kommen, war nahezu aussichtslos. Besonders jetzt. Ihre gesamte Kleidung war ausgeblichen und schäbig, die Säume fadenscheinig, Strickjacken und Socken gestopft, weil es seit Jahren kaum noch Stoff, geschweige denn Maßkonfektion gab. Das einzige standesgemäße Utensil, das sie vorweisen konnte, waren die handgenähten Brautschuhe von Martin. Erika wurde siedend heiß, als sie an sie dachte. Andererseits konnte sie schlecht barfuß heiraten.

Lia kam mit Luise im Schlepptau zurück, die sich durch nichts aus der Ruhe bringen ließ, und rang die Hände. »Wir haben kein Brautkleid für Erika, Frau Hermann!«

Luise blickte mit hochgezogenen Augenbrauen von einer zur anderen. »Glaubt ihr wirklich, ich hätte nicht vorgesorgt? Dann kommt mal mit. Und du, Erika, hörst sofort auf zu flennen. Dazu gibt es keinen Grund.«

Sie folgten ihr in den leuchtenden Tag hinaus. Vom Kocherufer, wo Paul mit einigen anderen Jungen Fußball spielte, tönte Kinderlärm herüber. Luise steuerte zielbewusst den Anbau an und schloss den Saal auf, in dem 30 Pfaff-Nähmaschinen auf bessere Zeiten warteten. Staubkörnchen tanzten im Sonnenlicht.

»Wie schade.« Lia ließ ihre Hand über den glatten Körper einer Maschine gleiten. »Mich juckt es richtig in den Fingern, sie wieder in Gang zu setzen. Am liebsten würde ich sofort loslegen.«

»Ja, mein Lebenswerk scheint leider am Ende«, sagte Luise leise. »Aber ich bin nicht zum Jammern hergekommen. Denkt ihr wirklich, ich hätte das Hochzeitskleid für meine Tochter vergessen? Banausinnen!«

Lia lachte auf. »Vielleicht haben Sie ja irgendwo noch einen Rest Drillich versteckt. Daraus nähe ich Erika einen schicken Anzug, den sie auch als Mechanikerin tragen kann. Und als Schleier klauen wir uns die Küchengardine aus der Villa.«

Erika kicherte hemmungslos, woraufhin Lia sie scherzhaft in die Rippen boxte. »Lass mich nur machen. In einem Overall würdest du schick aussehen.«

»Ihr Spottdrosseln.« Luise ging ihnen ins Stofflager voran, öffnete den großen Schrank, langte ins oberste Fach und zog eine Pappschachtel hervor.

»So.« Sie stellte sie auf den Tisch und hob den Deckel ab. Erika hielt den Atem an. Darin lag ein Ballen glänzend weißer Seidensatin, der das Licht des Nachmittags einfing und spiegelte.

Lia stürzte sich mit einem Freudenschrei darauf. Der Stoff war so glatt, dass er ihr zwischen den Fingern hindurchglitt. »Wo haben Sie den denn her, Frau Hermann? Der muss sich selbst neben meinen Berliner Herrlichkeiten nicht verstecken.«

Luise lachte voller Genugtuung. »Das bleibt mein Geheimnis.« Sie öffnete eine Schublade, aus der ihnen ein wolkiger Schwall Spitze entgegenquoll. »Hattet ihr nicht auch etwas von einem Schleier gesagt? Seht nur, mein Schrank entpuppt sich als wahre Schatzkammer.«

Lia klatschte in die Hände und zog Meter um Meter heraus. »Das reicht für einen richtigen Schleier mit Schleppe.« Sie hakte Erika unter. »Und wenn ich die Nächte durcharbeiten muss, du bekommst ein maßgeschneidertes Brautkleid von mir, Erika, mit allem Drum und Dran. Das verspreche ich dir. Und für das Unterkleid nehmen wir ein Stück dünnen Baumwollnessel.«

Bei diesen Worten kamen Erika schon wieder die Tränen, diesmal vor Rührung.

»Untersteh dich, auf den Stoff zu tropfen«, raunzte Luise sie an. »Tränen machen Wasserflecken.«

»Ist ja schon gut«, schniefte sie.

»Ich kann mich auf euch verlassen?« Luise nickte ihnen zu und verließ den Raum.

»Ach, hab ich das vermisst.« Lia hieß Erika, sich auszukleiden und auf ein Podest zu steigen, wo sie ihr die Maße abnahm. »Arme hoch!« Um das Maßband an Erikas langem Arm entlangzuführen, musste sich Lia auf die Zehenspitzen stellen. Der Stoff war auf dem Tisch ausgebreitet. »Ich fass es nicht. Luise hat sogar an Garn und Knöpfe gedacht. Schau mal, sie sind mit weißem Satin bezogen.«

In diesem Moment klopfte es an der Tür.

»Seid ihr da drinnen?«, ließ sich Albert vernehmen. »Paul sagte so etwas.«

Lia legte sich kichernd die Hand vor den Mund. »Ja, schon. Aber das heißt nicht, dass wir dir Einlass gewähren.«

Es blieb zwei Sekunden lang still. Die Abfuhr hatte Albert wohl sprachlos gemacht. »Aber ich muss Erika meinen geliehenen Zylinder zeigen. Der Metzger hat sich nicht lumpen lassen.« Die Tür sprang auf, und Albert streckte neugierig seinen Kopf in den Nähsaal.

»Raus hier!« Lia sprang auf ihn zu und schob ihn in den Gang. »Weißt du nicht, dass der Bräutigam das Kleid erst bei der Hochzeit sehen darf? Wir sind zwar erst ganz am Anfang, aber trotzdem ist hier verbotene Zone für dich. Außerdem hat Erika fast nichts an.«

Albert aber ließ sich nicht abschrecken. Er trat einen Schritt vor und hielt den Zylinder in den Raum. »Erika, was meinst du? Ob ich den wohl aufbürsten muss?«

»Auf jeden Fall.« Sie stand auf ihrem Podest und genoss, wie er sie in ihrem Unterkleid mit seinen Blicken verschlang. »Und lüften für mindestens drei Tage. Der riecht ja bis zu uns rüber nach Mottenkugeln.«

»Also, adieu, Albert.« Lia bugsierte den Bräutigam endgültig vor die Tür und wandte sich Erika zu. »So, jetzt haben wir unsere Ruhe.«

Noch am selben Abend schnitt Lia das Kleid und das Unterkleid zu. Erika hatte nichts anderes zu tun, als auf einem Stuhl zu fläzen und mit ihr zu quatschen.

Der naturfarbene Nessel für das Unterkleid hing schon an der Schneiderpuppe. »Nun sag schon, warum warst du heute so melancholisch?« Lia steckte gerade die Falten in der Taille ab. Sie hatte so viele Stecknadeln im Mund, dass sie nur undeutlich sprechen konnte.

»Ich dachte an all das, was wir in den letzten Jahren verloren haben«, gab Erika nach kurzem Zögern zu. »Und an die ungewisse Zukunft.«

»Martin?«

»Unter anderem.«

Lia lächelte. »Ich habe die kopflose Schäferin noch immer. Paul spielt manchmal mit ihr. Ganz schön makaber, nicht?«

»Ist das Nostalgie, oder kannst du ihn auch nicht vergessen?«

Lia legte den Kopf schief. »Sie ist eine Erinnerung an diese ganz besondere Zeit und ein bisschen auch an Martin, klar.«

»Aber sonst lässt du die Männerwelt links liegen?«

Lia runzelte die Stirn. »Vielleicht gehe ich mal tanzen, aber mehr nicht. Ludger war der einzige Reinfall, den ich mir antun will. Aber wenn ich die Schäferin wegwerfen würde, wäre das, als würde ich unsere Jugend in die Tonne treten. All unsere Träume ...«

Erika kicherte. »Weißt du noch, wie wir Schauspielerinnen

werden wollten wie Myrna Loy und Lilian Harvey? Aber ich denke auch an Martins Eltern und Großvater Samuel. Und an die, die noch in Gefangenschaft sind wie Rolf. An Alberts Bruder und sogar an Ludger.«

»Der könnte mir ferner nicht sein. Vergiss nicht, dass er SS-Mann war. Denen sagt man alle möglichen Gräueltaten in Russland und Polen nach.« Lia richtete sich auf, streckte ihren Rücken und spuckte die restlichen Nadeln in die Hand. »Ich habe in Berlin Nachrichten und Geld überbracht, an Juden, die während des Krieges in der Stadt geblieben waren. Sie waren wie blasse, halb verhungerte Geister zwischen den anderen Menschen unterwegs, immer gegen den Strom. Ich hoffe, sie haben es geschafft.«

Erika riss die Augen auf. »Wirklich? Ich hab immer gedacht, solche Dinge seien dir egal.«

Lia lachte. »Ich hab es getan, weil ich es konnte. Es war so leicht, denn jeder hat mich für ein leichtfertiges junges Ding mit Stroh im Kopf gehalten. Und es gab Leute, die mich mit ihrem tollkühnen Mut angesteckt haben. Ada Falbes Freund Arno Kohlhaas zum Beispiel.«

»Wer ist das?«, fragte Erika, doch Lia wich ihr aus und versprach, ihr ein anderes Mal von ihm zu erzählen.

»Wenigstens müssen sich heute nicht mehr die Falschen verstecken.« Erika sprang auf und drückte Lia an sich. »Ich bin so froh, dass du wieder da bist. Und ja, auch sehr glücklich, dass ich Albert heiraten werde.«

»Es hätte gar nicht besser kommen können für dich. Und noch dazu in Weiß.«

Einige Tage später hing das schmal geschnittene Kleid in

A-Linie fertig an einem Haken an der Tür. Die duftig weiße Schleppe reichte ein Stück weit über den Boden.

»Die zieht sich halb über den Kirchplatz«, sagte Lia zufrieden.

»Es ist wunderschön geworden.«

Lia neigte den Kopf und lächelte Erika selbstbewusst zu. »Es ist der schönsten Braut angemessen, die Künzelsau je gesehen hat.«

27.

An ihrem Hochzeitstag erwachte Erika vor Tagesanbruch. Sie stand auf, trat ans Fenster heran und lauschte dem Konzert der Vögel, die den Morgen begrüßten. Der Himmel war von einem klaren Blaugrün, bis auf den orangeroten Streifen über dem Horizont, der den nahenden Sonnenaufgang ankündigte. Es würde ein wunderschöner Sommertag werden. Erika nahm sich vor, jeden Moment auszukosten, als gäbe es kein Morgen.

In Gedanken ging sie den Ablauf durch. Hatten sie auch nichts vergessen? Schade, dass die Sefraneks nicht kommen konnten. Erika war von einem warmen Gefühl erfüllt, wenn sie an ihre Schwiegereltern dachte, die sie bereitwillig in der Familie willkommen geheißen hatten.

Ihre Mitbewohnerinnen schliefen noch. Lia hatte sich mit Paul im Arm in ihre Decke gekuschelt, Luise schnarchte leise. Auch im Keller war noch alles still. Nur im Nebenzimmer rumorte es. Erika nahm an, dass Marga bereits aufgestanden war.

Sie blickte zur Uhr. Wann wollte Lia ihr die Haare machen? Um 9 Uhr. Dann hatte sie noch jede Menge Zeit. Sie griff gerade nach ihrem Waschbeutel, als jemand mit Macht an die Tür polterte. »Open the door!«

Schrecken floss über Erika hinweg wie ein Eimer kaltes Wasser. Doch als sie zur Tür eilen wollte, war Marga ihr schon zuvorgekommen. Draußen stand eine amerikanische

Patrouille mit Helmen und aufgepflanzten Seitengewehren. »Let us in!«, rief ihr Anführer. Eine Razzia? Warum musste ihnen das gerade heute passieren?

Sekunden später standen sechs schwer bewaffnete GIs im Bürohaus und starrten konsterniert auf die schlafenden Frauen.

Lia zog sich ein Kissen über den Kopf. »Das kann doch nicht wahr sein.«

Paul rutschte von der Matratze und griff nach Erikas Hand. Luise aber rappelte sich auf und ging in ihrem langen Nachthemd zornentbrannt auf den diensthabenden Offizier los, nicht Colonel O'Brien, sondern ein junger Sergeant, der sie verwirrt anblickte. »Was soll das bedeuten? Ich verlange einen Dolmetscher und einen Durchsuchungsbefehl!«

Entsetzt begriff Erika, was ihnen bevorstand. Jemand musste den Amis verraten haben, dass sie Albert versteckten. Statt einer Hochzeit würde es hier heute eine Festnahme geben, und Albert würde auf unabsehbare Zeit in den USA verschwinden.

Unter den GIs war auch Gary. Erika hielt Paul fest, der auf seinen besten Freund zulaufen wollte. Doch Gary ignorierte ihn vorläufig.

»Sit down!« Der Sergeant wies auf die Stühle rund um den Schreibtisch. Sie nahmen Platz und warteten beklommen auf das, was kommen würde.

Es dauerte keine fünf Minuten, in denen die Amerikaner das Haus und die Näherei durchsuchten und ihre Kommandos von einem Raum zum andern schallen ließen. Dann zerrten sie Albert ins Büro. Er war sehr blass. Erikas Herz setzte einen Schlag aus. Bedauern stand in seinen Augen. Sie hatten verloren.

»Who's that?« Der Sergeant stieß Albert in die Mitte des Raums, so dass er über seine eigenen Füße stolperte. »A German soldier?«

Schweigen senkte sich über die Gruppe.

»Wehrmackt? Officer? Verbrescher?«

Luise holte tief Luft. »Das wird ein Nachspiel haben. Ich werde mich an Ihren Colonel O'Brien wenden und mich beschweren, dass er uns Sie Banausen auf den Hals geschickt hat. Und unanständig ist es auch, weil keine von uns fertig angezogen ist. Sie können sich auf was gefasst machen.«

Der Sergeant war ein junger Mann mit Pickeln am Kinn, der Luises Tirade mit gerunzelter Stirn lauschte. Erika hoffte, dass er sie nicht verstand. Sie stellte sich an Alberts Seite, der ihre Hand ergriff. Egal, was geschehen würde, niemand würde sie trennen können. »Er ist kein Verbrecher. Er ist mein Bräutigam und ein guter Mensch. Hören Sie, Bräu-ti-gam.«

»Erika is my friend«, mischte sich Gary ein. »Let her boyfriend go.«

Paul stellte sich vor ihn und wartete, dass Gary ihn endlich auf den Arm nahm. Doch der Sergeant befahl dem Koch zu schweigen. »What does that mean?«

Lia stellte sich an Erikas Seite. »Hier soll heute eine Hochzeit stattfinden, verstehen Sie? Eine Hochzeit.« Sie deutete zuerst auf Erika und dann auf Albert. »Today. A wedding.«

Erika starrte sie verwundert an. Wo hatte sie die englischen Worte aufgeschnappt?

»A wedding? You are bride and groom?«, wiederholte der Sergeant begriffsstutzig. »Hockzeit?«

»Ja, zum Kuckuck und in drei Teufels Namen!«, bekräftigte Luise. »Merken Sie nicht, dass Sie stören?«

Marga legte ihr eine Hand auf die Schulter. »Lass mich mal machen und schmeiß bloß nicht Colonel O'Brien aus dem Bett!«

Mit einer beschwichtigenden Gebärde beschwor sie die Soldaten zu warten und verließ den Raum. Die Sonne war inzwischen aufgegangen und schickte ihre Strahlen wie Speere durch das Fenster.

Erika spürte ein Zittern in sich aufsteigen, das sie von den bloßen Füßen bis zu ihrem Herzen frieren ließ. Wenn sie jetzt zu sprechen begänne, würde sie mit den Zähnen klappern. Also schwieg sie, während die GIs untätig herumstanden und Luise noch immer an ihrem Zorn kaute.

Kurz darauf kam Marga zurück, in ihrer Hand einen Korb mit den restlichen Schnapsflaschen aus Luises Vorrat, den sie scheppernd vor den Soldaten abstellte.

»So«, sagte sie. »Bedienen Sie sich, meine Herren. Der sollte zwar für die Hochzeit sein, aber was tut man nicht alles. Und …« Sie berührte Albert am Ärmel und sprach sehr langsam. »Der da war zwar Soldat, hat aber nur getan, was Sie auch tun, seine verdammte Pflicht.«

Der Sergeant lenkte seinen Blick unschlüssig von Erika und Albert zu dem Korb mit dem Schnaps, den er auch als Bestechungsversuch ansehen konnte. Aber anscheinend wollte er beweisen, dass er kein Unmensch war. Erika begriff, dass die Amerikaner deshalb manchmal Gnade vor

Recht walten ließen, weil sie Brücken für den Wiederaufbau und die Zeit danach errichten wollten.

»My apologies.« Der junge Offizier nickte knapp, nahm den Korb und befahl den Soldaten, ihm nach draußen zu folgen.

Als die Tür hinter ihnen ins Schloss gefallen war, ließ sich Luise schwer auf einen Stuhl fallen. »Das war knapp. Aber ich frage mich, von wem der Tipp kam, dass wir Albert hier versteckt halten?«

»Egal.« Albert drückte Erikas Hand. »Wir heiraten heute. Nichts anderes zählt. Zum Glück haben die das mit dem Benzin nicht gemerkt. Ich habe mir nämlich einen Zwanzig-Liter-Kanister aus dem Treibstoffdepot der Amis geholt.«

»Du hast was?« Erika sah ihn alarmiert an. »Geholt?«

»Ja.« Albert grinste, als hätte sie ihn bei seinem besten Streich erwischt. »Marga und ich mussten weit fahren, um das Essen zusammenzukaufen. Für den Opel P4 von deinem Onkel brauchten wir Benzin. Und die haben ja genug.«

28.

Über den Himmel trieb eine einzige Wolke, die wie die Feder aus dem Flügel eines Engels aussah. Erika stand auf einem Podest im Bürohaus und ließ sich von Lia beim Ankleiden helfen. Das Brautkleid saß wie angegossen.

»Danke, das hätte ich allein nicht hingekriegt. Und meine Frisur ist auch prima geworden.« Erika griff sich in die Haare, die sich in perfekten Wellen um ihre Ohren ringelten.

»Finger weg! Bring bloß nichts durcheinander!« Lia stellte sich auf ihre Zehenspitzen, um den Schleier am Brautkranz zu befestigen. »Komisch. Ich könnte schwören, dass die Schleppe eben noch länger war.« Sie sprang vom Podest und zog den Schleier probeweise auseinander. »Wie viele Kinder sollen die heute tragen?«

»Sechs haben sich angemeldet.« Fünf von Erikas kleinen Cousins und Cousinen hatten sich beinahe überschlagen, um ihre Blumenkinder zu werden. Paul, den sie mit Rolfs alter Fliege und einem weißen Hemd ausstaffiert hatten, sollte ebenfalls dazustoßen.

Lia neigte nachdenklich den Kopf. »Dafür ist die Schleppe zu kurz. Wenn sie sich jeweils zu zweit hintereinander aufstellen, purzeln sie ja übereinander wie die Heinzelmännchen. Irgendetwas muss passiert sein. Warte mal!«

Lia bückte sich und inspizierte den Saum, den sie selbst umgenäht hatte. »Abgeschnitten. Da müssen Vandalen dran gewesen sein. Wenn ich die erwische! Was meinst du, haben deine Cousins sich da ausgetobt, oder etwa mein Lausbub von Sohn?«

»Warum sollten sie die Schleppe abschneiden, die sie eigentlich tragen wollten? Ich weigere mich einfach, darüber nachzudenken.« Erika sprang vom Sockel und raffte den Rest des Brautschleiers zusammen. »Einen Vorteil hat das ja. Man kann sich nicht mehr so leicht verheddern.«

»Also gut. Dann ziehst du jetzt am besten die Brautschuhe an.« Lia zeigte auf die Schuhe von Martin. »Ich hätte nie gedacht, dass du dich trauen würdest, sie zu tragen.«

»Doch.« Verbissen zwängte sich Erika in die Spangenpumps aus Saffianleder. Sie saßen an den Zehen verflixt eng. »Kann es sein, dass meine Füße noch gewachsen sind?«

»Egal«, erwiderte Lia. »Albert wird dich heiraten, auch wenn deine Füße dem Riesen Rübezahl gehören könnten. Die Blasen, die du dir heute zuziehst, sind ganz allein deine Angelegenheit. Aber hat er kein Problem damit, dass du etwas von Martin trägst?«

»Wir haben uns darüber ausgesprochen.« Erika dachte mit Wehmut an ihre erste große Liebe zurück. Ihr Traum von einem Leben mit Martin war unter der Gewaltherrschaft der Nazis geplatzt. Wer wusste schon, ob sie auf Dauer zusammengepasst hätten? Ich lasse dich los, Martin, in dein eigenes Leben, wie auch immer es aussehen mag, dachte sie feierlich und richtete sich auf. Die Absätze ließen sie noch ein Stück größer erscheinen.

»So, meine Liebe.« Drohend schwenkte Lia ihr Schminktäschchen, in dem sie so rätselhafte Sachen wie Puder und

Lippenstift aufbewahrte. »Auch wenn du es nicht nötig hast, heute wirst du zurechtgemacht.«

Um kurz vor 14 Uhr erklangen die Hochzeitsglocken der Johanneskirche.

»Ich freu mich so für dich, mein Schatz.« Luise griff nach Erikas Arm. Die Familie hatte lange überlegt, wer sie zum Altar geleiten sollte. Eigentlich wäre Rupprecht dafür zuständig gewesen, doch weil er wegen seiner Erkrankung ausfiel, blieb diese Aufgabe an ihrer Mutter hängen.

»Wir werden das Kind schon schaukeln«, flüsterte Luise ihr zu. »Lass dich nicht beirren. Kopf hoch!«

So würdevoll wie möglich schritt Erika an Luises Seite voran, betrat die vertraute Kirche und ließ sich unter feierlichen Orgelklängen zum Altar führen.

Der Raum war randvoll mit Gästen, die etwas Freude in entbehrungsreicher Zeit gut gebrauchen konnten. Ihre Freunde und Verwandten saßen in den vorderen Bänken.

Vor dem Altar trat Luise zurück. Erika hob die Augen und schritt unter den schwebenden Engeln hindurch auf Albert zu, der sie schon erwartete. Heute begann ihr neues Leben.

Erika hatte solches Herzklopfen, dass sie von dem Gottesdienst nicht viel mitbekam. Hinterher wusste sie nur noch, dass Dekan Peters ihre Hände ineinandergelegt und ihre Stimme beim Jawort gezittert hatte. Hatten sie sich wirklich vor Gott die Treue gelobt? Von Albert ging das gleiche Leuchten aus, das Erika in ihrem Herzen spürte. Sie wollte an keinem anderen Ort sein als an seiner Seite. Für immer und ewig.

Danach traten sie auf den sonnigen Vorplatz hinaus, wo die Blumenkinder Rosenblüten, Päonien und Margeritenköpfe streuten, und konnten sich vor lauter Glückwünschen kaum retten.

Paul, der jauchzend Wolken von Blüten und Blättern in die Luft warf, kassierte eine Rüge von Lia. Sie verstummte, als sie Johanna auf sich zukommen sah, wandte sich ab und zog ihren Sohn mit sich. Erika, die dies aus dem Augenwinkel beobachtet hatte, beschloss, sich an diesem Tag nicht beirren zu lassen, und ließ sich von Albert an der Spitze des Brautzugs zum Festsaal führen.

Luise hatte die Nähmaschinen zur Seite räumen und den Raum mit Tisch und Bänken ausstatten lassen. Die Wände wurden von Girlanden geschmückt. An der Fensterfront stand das Festmahl bereit.

Sie nahmen am Kopfende der Tafel Platz und ließen sich auftun. Der erste Gang bestand aus einer fränkischen Hochzeitssuppe, die mit siebenerlei Zutaten Glück bringen sollte. Darin schwammen nicht nur dicke Stücke Suppenfleisch, sondern auch Markklößchen, Leberklößchen, Pfannkuchenstreifen, Mehlklößchen und Suppenbiskuit. Der Hauptgang war ein deftiges Jägerragout mit Schweinefleisch und Spätzle. Erika wusste nicht, wann sie das letzte Mal so gut und reichlich gegessen hatte.

»Solange es keine sauren Nierle sind«, ließ sich Lia vernehmen, die unterhalb des Brautpaars an der Längsseite der Tafel saß.

Marga schöpfte ihr eine Kelle Soße über ihre Spätzle. »Es wird gegessen, was auf den Tisch kommt.«

Das ließen sich die Gäste nicht zweimal sagen. Sie griffen zu, als gäbe es kein Morgen.

Nach dem Hauptgang spielten die Kinder im Festsaal Fangen und liefen den Helferinnen vor die Füße, die zum Dessert Erdbeeren mit Schlagrahm servierten.

»Wenn ich noch einen Bissen esse, platze ich«, verkündete Lia schließlich. »Ach was«, sagte sie und griff bei den Erdbeeren ein zweites Mal zu. »Wer weiß, wann es wieder so etwas Gutes gibt.«

In diesem Augenblick sprang die Tür auf. Drei amerikanische GIs schoben sich in den Raum und stellten sich längs der Wand auf. Sie trugen weiße Halstücher und hatten den Korb dabei, den Marga ihnen heute früh in die Hand gedrückt hatte.

»Gary! Aeroplane.« Paul lief dem Koch in die Arme, der ihn lachend über seinem Kopf herumschwang. Mit seinen langen Armen reichte er beinahe bis an die Decke.

Luises Einladung, sich zu ihnen an die Tafel zu setzen, lehnte er jedoch ab. Stattdessen stellte er seinen Korb auf das Büfett und führte seine Begleiter zum Eingang.

»Congratulations! Und viel Gluck!«, sagte er, bevor die Tür hinter ihm ins Schloss fiel.

»Irgendetwas war komisch an denen«, stellte Erika fest. »Findest du nicht auch, Lia?«

»Was denn?«, fragte Lia.

»Die haben weiße Halstücher getragen. Ich wusste gar nicht, dass so eins zu ihren Uniformen gehört.«

»Vielleicht war das ja die Festausführung?«, vermutete Luise.

Lia nagte an ihrem Fingernagel. »Ich vermute etwas anderes: Die weißen Halstücher waren mal deine Schleppe, Erika. Ich glaub, da hat sich jeder heute Morgen ein Souvenir abgeschnitten.«

Sie musste so lachen, dass sie sich an ihren Erdbeeren verschluckte. Und überhaupt Lia. In ihrem grünen Abendkleid und dem Nerzjäckchen war sie der Star des Abends. Dazu trug sie eine modische Frisur mit einer Tolle auf dem Kopf.

»Dann haben wir die Kinder zu Unrecht verdächtigt«, schloss Erika.

»Vielleicht denken die Amis ja, das bringe Glück«, fügte Albert hinzu. »Wer weiß schon, was die für Bräuche haben? Aber ehrlich, die paar Meter Stoff können wir entbehren. Es sei ihnen gegönnt, als Gegenleistung dafür, dass sie mich heute Morgen verschont haben.« Er prostete ihr zu.

»Ein billiger Preis gegen deine Lebenszeit«, sagte Erika. »Ich lass nicht zu, dass du auch nur eine Minute ohne mich verschwendest. Beim nächsten Mal stelle ich mich vor dich und kreische so laut, dass sie sich die Ohren zuhalten und wieder verschwinden.«

»Ausgerechnet du«, sagte Lia.

»Es wird hoffentlich kein nächstes Mal geben«, wandte Luise ein. »Die sehen ja auch, dass wir die jungen Männer hier brauchen.«

»Hoffentlich.«

»Darauf ein Prosit.« Lia kippte ein Glas Hohenloher Schnaps, der sich wie der Wein auf der Hochzeit zu Kana auf rätselhafte Weise vermehrt hatte. Wahrscheinlich hatten ihre Gäste ihre geheimen Vorräte geplündert.

Nachdem sich das Rätsel um die gekürzte Schleppe gelöst hatte, lauschten sie den Reden, die Luise und ausgerechnet Alfred Thalheimer ihnen widmeten. Fritz war ebenfalls gekommen. Er war der russischen Kriegsgefangenschaft knapp entronnen und hatte sich mit Gundula Krüger verlobt. Keine Frage, dass die beiden sich weigerten, zuzugeben, dass sie bei der HJ und beim BDM große Lichter gewesen waren.

Nach den Reden eröffnete das Brautpaar das Tanzvergnügen. Erika wusste, dass Albert verbissen für den Wiener Walzer geübt hatte. Dass die musikalische Begleitung etwas mager ausfiel – der Bäcker Kirchhoff spielte Akkordeon –, sahen ihre Gäste ihnen nach. Nach einem langsamen Walzer setzte er zur Polonaise an, die das Brautpaar anführte. Anschließend ließ sich Lia mit roten Wangen auf ihren Platz fallen und zog Ernst Jäger neben sich, mit dem sie mit fünfzehn das Küssen geübt hatte. Sein Kriegssouvenir war ein lahmes Bein.

Marga inspizierte den Korb, den die Amis gebracht hatten. »Nanu? Fünf Päckchen echte Kaffeebohnen. So ein Luxus.«

Eine halbe Stunde später servierte sie zu ihrer dreistöckigen Hochzeitstorte frisch gebrühten Kaffee, der nach Zukunft duftete. Erika tat allen Gästen ein Stück Torte auf und zog die immer noch deprimiert wirkende Johanna an den Brauttisch, wo Luise sie sofort in Beschlag nahm.

»Lia macht einen Bogen um mich«, klagte Erikas Tante.

»Lass ihr Zeit«, raunte ihr Luise zu.

In der Tat suchte Lia, sobald sie Johanna sah, mit Ernst das Weite, um zu rauchen. Johanna blickte ihr traurig hinterher. »Daran trag ich allein die Schuld. Ich hätte sie damals nicht im Stich lassen dürfen.«

»Und Rupprecht?«, schnaubte Luise.

»Ach, das ist längst vergessen und verziehen. Er ist krank.«

Da waren so viele Sorgen, so viel Schuld. Erika hatte keine Lust, sich damit auseinanderzusetzen. Nicht heute. Sie zog Albert erneut auf die Tanzfläche, wo der Akkordeonspieler zur Polka aufspielte.

»Das Glück ist ein unerwartetes Privileg«, raunte ihr Ehemann ihr zu. »Lass es uns genießen, bevor es sich wieder davonmacht.«

Draußen senkte sich schon die Sommernacht über das Kochertal, als eine Reihe von Musikern mit dunklen Haaren und bestickten Westen den Festsaal betraten. Sie packten Mandolinen, Gitarren und Geigen aus. Ihnen folgte eine junge Frau mit einem lockenköpfigen Jungen an der Hand.

»Da sind die Reinhards.« Erika löste sich aus Alberts Armen und begrüßte Elvira und Romeo. »Schön, dass ihr da seid.«

Elvira strahlte eine unbändige Lebenslust aus. »Hab ich dir nicht gesagt, dass du glücklich werden wirst? Der große Mann mit dem schönen Lächeln ist in dein Leben getreten und hat alles für immer verändert.«

Ein Strahlen zog über Erikas Gesicht. »Ja, das hat er. Du bist wirklich mit dem zweiten Gesicht gesegnet, Elvira.«

»Geschlagen, meinst du.« Elvira lachte bitter auf. »Ich hatte gesehen, dass Romeo als Kind sterben wird, aber du hast das Schicksal verändert, Himmelsbotin.«

Erika schluckte heftig und beschloss, den letzten Satz zu vergessen. »Geht es euch gut?«

Elvira nickte. »Wir haben genug, um zu überleben. Romeo

trägt die Kette mit dem Kreuz noch immer. Sie ist sein Talisman. Aber lasst uns feiern. Die Musik ist unser Geschenk an dich, Erika.«

Die Reinhards, allesamt meisterhafte Musiker, setzten ihre Instrumente an und legten los. Fremdartige Melodien erklangen, wehmütig und sehnsuchtsvoll, als legten die Fahrenden den ganzen Schmerz und die Freude ihres Daseins hinein. Die Musik fuhr den Gästen direkt ins Herz und in die Beine, bis es kaum noch jemanden auf seinem Platz hielt. Erst gut eine Stunde später, erhitzt vom wilden Tanz, setzte Erika sich für eine Verschnaufpause, ordnete ihren Schleier und stöhnte leise. Ihre Füße brannten wie Feuer, und sie verfluchte ihre zu kleinen Schuhe.

»Zieh sie einfach aus«, raunte Elvira, die sich ebenfalls eine Pause gönnte und sich auf einem Stuhl neben ihr niederließ.

Erika gehorchte und genoss das Gefühl, ihre heißen Fußsohlen auf dem Holzboden kühlen zu können, während Lia Hand in Hand mit Ernst zu ihnen an den Tisch tänzelte.

»Elvira, wie schön, dass du wieder da bist.«

»Dass wir überlebt haben, meinst du wohl?«

»Lass uns gehen!«, forderte Ernst Lia auf. »Du willst dich doch wohl nicht mit solch einem Pack abgeben?«

»Die Zeiten haben sich geändert, Ernst, wenn du es noch nicht mitgekriegt hast«, sagte Lia spitz. »Du kannst uns drei Mädels was zu trinken holen, und du brauchst dich dabei nicht zu beeilen.«

Kopfschüttelnd machte er sich davon, woraufhin Lia sich zwischen Elvira und Erika auf einen Stuhl fallen ließ. »Ich lasse mich ganz bestimmt nicht davon abhalten, weiterhin deine Freundin zu sein, Elvira. Und siehst du, auch bei mir hast du recht gehabt mit deiner Wahrsagerei. Ich habe eine Reise gemacht, und jetzt bin ich wieder zurück.«

»Du kannst gut nähen.« Elvira strich über den zarten Stoff von Lias grünem Kleid, das perfekt zu ihren Katzenaugen passte. »Aber was meine Vorhersage betrifft … Lia, nein …« Sie schüttelte den Kopf, ein rätselhaftes Lächeln in den Augen. »Du hast deine Reise noch nicht einmal angetreten.«

29.

Am nächsten Morgen erwachte Erika in Alberts Armen, den Kopf an seiner Brust. Einen Augenblick lang wusste sie nicht, wo sie sich befand. Dann fiel ihr ein, dass sie in der Mansarde der Witwe Haubensack waren, die seit Herrn Falbes Verschwinden leer gestanden hatte. Luise hatte dieses Arrangement für sie getroffen, wohlwissend, dass die Witwe mittlerweile fast taub war.

»Unsere Hochzeitssuite«, hatte Albert verlautet, bevor er sie gestern Nacht lachend auf das Doppelbett geworfen hatte. So schnell sie konnten, hatten sie Anzug, Krawatte, Brautkleid, Schleier und Schuhe abgestreift und waren zum Wesentlichen übergegangen.

Albert, der noch den fehlenden Schlaf nachholte, hatte besitzergreifend seinen Arm um sie geschlungen und schnarchte leise. Erika löste sich und küsste ihn.

»Du bist wach, Süße?«, fragte er verschlafen.

Erika errötete. Wie sollte man nach dem, was letzte Nacht geschehen war, noch normal miteinander sprechen? Sie hatten tausend unbekannte Wunder entdeckt. Erika liebte seinen Geruch und die Geborgenheit, die sie bei ihm spürte, und ja, selbst wenn sie es nie zugeben würde, auch die Lust, die sie einander schenkten.

»Ich schlage vor, dass wir uns noch mal etwas hinlegen.« Albert wandte sich ihr zu und schritt sofort zur Tat.

Einige Zeit später schreckte sie ein Klopfen auf. »Ich will

ja nicht stören, aber schaut doch bei Gelegenheit mal vor der Tür nach«, rief die Witwe.

Albert sprang splitterfasernackt aus dem Bett und öffnete einen Spalt, um das Frühstückstablett ins Zimmer zu ziehen. Erika musste zugeben, dass ihr seine Kehrseite recht gut gefiel.

»Danke!«, rief er durchs Treppenhaus, bevor sie es sich mit Amikaffee, Brötchen und Eiern im Bett bequem machten.

Gegen Mittag waren sie bereit, sich im Nähsaal Luises Aufräumtrupp anzuschließen. Die Chefin hatte Verwandte und Bekannte zusammengetrommelt und kommandierte sie gnadenlos herum. Erika erkannte einige halbwüchsige Cousins, Lia, Marga sowie Elvira mit Romeo und Paul, die ihnen vor den Füßen herumliefen.

»Mama.« Erika trat von hinten an Luise heran und drückte sie.

»Habt ihr gut …« Luise lief knallrot an. »Natürlich habt ihr. Wie kann ich so etwas Dummes fragen, indiskret wie ich bin? Ihr seht ja so glücklich aus.«

Erika lehnte sich gegen Albert, der den Arm um sie legte. »Wo sollen wir mitarbeiten?«

Luise zögerte nicht. »Du, Albert, packst bei den Tischen an. Die wollen wir gerade den Besitzern zurückbringen. Und Erika, du kannst beim Abräumen des Büfetts helfen.«

Arbeit gab es genug. Also gesellte sich Erika an Margas und Lias Seite, die gerade damit begonnen hatten, die Töpfe, Servierplatten und Teller zu stapeln und in die Küche der Villa zu bringen.

Von der Hochzeitstorte war nur noch ein Rest übrig geblieben.

»So viele Kuchenkrümel«, Lia steckte sich eine Handvoll davon in den Mund. »Die lassen wir doch nicht verkommen. Habt ihr zwei gut geschlafen?«

»Lia!«, ermahnte Marga ihre Tochter, aber Erika ließ sich nicht lumpen. »Ausgezeichnet.«

»Freut mich zu hören.« Lia zwinkerte ihr zu.

Nach einer Stunde war der Saal aufgeräumt. Die Nähmaschinen standen wieder in Reih und Glied, und der Zuschneidetisch schien auf Stoffballen zu warten. Marga versorgte die erschöpften Helfer noch mit Schnittchen und Bier, bevor sie sich für den Abwasch in die Villa zurückzog. Auch Luise wandte sich gerade zum Gehen, als Albert sie aufhielt. »Könnte ich dich kurz sprechen, Schwiegermutter?«

»Natürlich.« Luise setzte sich auf die Tischkante. »Dann schieß mal los.«

Albert zog Erika an seine Seite. »Wie stellst du dir die Zukunft der Firma vor, Luise?«

Luise zögerte und stieß dann die Luft aus. »Darüber wollte ich eigentlich erst morgen nachdenken, weil es so frustrierend ist. Ich weiß es nicht. Die Produktion steht still, wie du siehst, und ich glaube nicht, dass es in der derzeitigen Situation leicht ist, sie wieder zum Laufen zu bringen.«

»Ich weiß, dass es an Material und Aufträgen fehlt«, erklärte Albert. »Aber das ist kein Grund, es nicht zu versuchen.«

»Das finde ich auch.«

Sie fuhren herum. Ein Mann mit Glatze war lautlos hinter

sie getreten. Erika erkannte ihn erst auf den zweiten Blick, so mager war er geworden. Sein gestreifter Anzug schlotterte an ihm.

»Herr Falbe!« Sie sprang auf und zog ihn an sich.

»Paul«, sagte er, tätschelte ihr verlegen den Rücken und ließ sich von Luise und Albert begrüßen, bevor Lia auf ihn zustürzte und ihm mit einem Jauchzen in die Arme fiel. Sie setzten das Gespräch auf einer Bank im sonnenwarmen Garten fort, mit Herrn Falbe als Fachmann in ihrer Mitte.

»Ich dachte, du wolltest auf die Universität gehen, Albert.« Luise musterte ihn misstrauisch. »Einen studierten Schnösel mit zwei linken Händen kann ich in der Firma nicht gebrauchen. Bei uns darf man sich nicht zu schade sein, mit anzupacken.«

Erika begriff, dass hier nichts Geringeres als ihre Zukunft verhandelt wurde. Gespannt lauschte sie auf Alberts Antwort.

»Ich würde in der Tat gern studieren«, erwiderte er langsam. »Vermessungstechnik wie mein Vater. Aber im Moment ist das schwierig. Die Situation …« Er spielte auf die Entnazifizierung an, die ihm als ehemaligem Wehrmachtsoffizier noch bevorstand. Niemand wusste genau, was das bedeutete. »Ich dachte, in der Zwischenzeit …«

Luise unterbrach ihn. »Nein, mein Junge. Wenn du mit einsteigen willst, muss das dein voller Ernst sein. Ich brauche dich für die Vertretung der Firma und in der Geschäftsleitung. Rolf, wenn er denn wiederkommt, wird sich sicher um das Technische kümmern. Was denken Sie, Herr Falbe, lohnt es sich, es zu versuchen?«

Herr Falbe nickte. »Auf jeden Fall. Auch wenn die Wirtschaft noch darniederliegt, wird es schon bald um den Wiederaufbau gehen. Berufsbekleidung, Blaumänner und Arbeitshosen werden dann mehr denn je gebraucht.«

»Also.« Luises Augen blitzten unternehmungslustig. »Lasst es uns riskieren! Was kannst du für uns tun, Albert?«

Erika sah, wie er tief durchatmete. »Ich habe keine Ahnung vom Schneiderhandwerk.«

»Dafür gibt es ja uns«, mischte sich Lia ein, die mit Herrn Falbe Händchen hielt.

Albert schüttelte den Kopf. »Mit diesem ganzen Modezeugs hab ich ebenfalls nichts am Hut.«

Die letzte Bemerkung ließ sie alle auflachen. In der Tat hatte Albert keinerlei Gefühl für Schick. »Dir reicht es, wenn dir deine Hemden nicht in Fetzen von den Schultern hängen«, fasste Lia zusammen. »Und selbst wenn …«

Albert zwinkerte ihr voll unerschütterlichem Optimismus zu. »Auch wenn ich ein Klamottenmuffel bin, habe ich etwas zu bieten. Ich kann gut organisieren, denn schließlich habe ich in den letzten Jahren nichts anderes getan, als meine Einheit durch den Krieg zu bringen. Ich denke, ein Geschäft zu führen, würde mir liegen.«

»Wir können es ja versuchen«, sagte Luise. »Was meinen Sie, Herr Falbe? Was brauchen wir dafür?«

Er kratzte sich nachdenklich sein stoppeliges Kinn. »Man müsste bei unseren Webereien im Ruhrgebiet nachfragen, ob und wann sie wieder mit der Stoffproduktion beginnen. Und unsere Abnehmer kontaktieren, wenn möglich mit ein paar Musterstücken, damit sie sehen, dass wir wieder mitmischen.«

Lia sprang auf. »Kein Problem. Ein paar Blaumänner kriegen wir genäht. Vorausgesetzt, wir können den Stoff auftreiben.«

»Im Ruhrgebiet?«, fragte Erika. »Aber wie sollen wir da hinkommen?« Sie waren alles andere als mobil. »Unser Auto ist nicht betriebsbereit.« Der Mercedes stand mit einem Getriebeschaden in der Garage, und Benzin gab es sowieso nicht.

In diesem Moment kam Marga mit einem Tablett voller Kaffee und Kuchen um die Ecke. »Wie schön, dass Sie wieder da sind, Herr Falbe. Mein Gott, Sie sind ja mager wie ein Straßenkater. Ich muss Sie füttern, damit Sie wieder etwas auf die Rippen kriegen.«

»Ich bin leider nicht auf Dauer hier, Marga«, sagte Herr Falbe leise.

»Was?« Lia sprang auf. »Aber Sie können uns doch jetzt nicht im Stich lassen!«

»Doch, das kann ich,« sagte er bedauernd. »Und Lia, du bist so weit. Du kannst die Nähwerkstatt wenigstens vorübergehend leiten. Ich muss dringend nach Berlin. Arno Kohlhaas hat mich über den Tod meiner Schwester unterrichtet, so dass ich diesbezüglich einiges regeln muss.«

Marga trat einen Schritt näher und ließ das Tablett ins Gras fallen. Es schepperte, als die Tassen und der Zuckertopf zu Boden knallten. Luises schöne Porzellankanne brach entzwei und ergoss ihren Inhalt über den Kuchen. Marga schlug die Hände vor den Mund. »O nein, wie schade!«

»Aber Mama!« Lia sprang auf und half ihr, die Scherben aufzusammeln. »So kennen wir dich doch gar nicht.«

Marga schüttelte fassungslos den Kopf. »Ich mich auch nicht. Ich muss über eine Baumwurzel gestolpert sein. So unachtsam bin ich doch sonst nicht.«

Auch Erika bückte sich und klaubte mit den anderen die Scherben auf.

»Lass mal gut sein, Marga«, sagte Luise. »Sicher hast du dich gestern bei der Hochzeit übernommen. Ruh dich lieber aus, sonst wirst du noch krank.«

30.

Ein paar Wochen nach Erikas und Alberts Hochzeit stand Lia mit Paul vor der Tür des Forsthauses.

»Mama, lass mich los!«, maulte er, aber Lia konnte nicht anders, als seine kleine Hand noch fester zu umklammern.

Der Wind rauschte in den Wipfeln, ein Eichelhäher landete im verwachsenen Holderbusch, und ein Eichhörnchen rannte flink den Kirschbaum rauf und runter.

Nachdem sie lange überlegt hatte, ob sie es wagen sollte, Kontakt zu Johanna aufzunehmen, hatte sie sich heute kurz entschlossen Luises altes Fahrrad geschnappt, Paul in den Kindersitz gesetzt und war einfach losgeradelt. So viele Erinnerungen tauchten in ihr auf … Ludger hatte ihr vor Jahren die Tür geöffnet, und sie hatte sich auf der Stelle in ihn verliebt. Modeschöpferin hatte sie werden wollen, und später, nachdem ihr das Malheur mit der Schwangerschaft passiert war, wenigstens die junge Frau von Bruch.

»Jetzt mach schon, Mama!«

»Wollen wir es wagen?«

»Na klar.« Er verdrehte ungeduldig die Augen zum Himmel. Lia lachte leise und klopfte.

»Ich komm ja schon!« Hinter der Tür rumorte es, und Johanna öffnete. »Lia?« Sie trug eine Küchenschürze über ihrem fadenscheinigen Kleid. Graue Strähnen hatten sich aus ihrem Knoten gestohlen und hingen ihr wirr ins Gesicht.

»Wir wollen Sie gern besuchen.« Lia schob Paul vor sich

und legte ihm die Hände auf die Schultern. Sie hatte ein schlechtes Gewissen, weil sie Johanna bei Erikas Hochzeit ignoriert hatte. »Das, lieber Paul, ist deine Oma Johanna.«

»Dann hab ich ja jetzt drei.« Paul zählte sie an seinen Fingern ab. »Ada, Marga, und jetzt noch dich. Aber Ada ist schon im Himmel.«

Tränen traten in Johannas Augen. »Also seid ihr doch noch gekommen. Ich freu mich so! Tretet ein. Sicher hab ich noch ein paar Erdbeeren für dich, Paul. Und das mit Ada tut mir sehr leid.«

»Ich mag Erdbeeren.« Paul zog Lia in das vertäfelte Foyer mit den Hirschgeweihen, das sie so gut kannte. Ihr Mund war wie ausgetrocknet. »Es ist so still hier. Was ist mit der Schneiderei?«

»Die ist schon lange geschlossen«, sagte Johanna traurig.

»Wer ist da?«, tönte es aus dem ehemaligen Salon. Lia zuckte zusammen.

»Psst. Wir haben Rupprechts Krankenlager dort eingerichtet.« Johanna hob ihre Stimme: »Es ist dein Enkel mit seiner Mutter.«

»Die können wieder gehen«, kam es zurück. Die Stimme war schwach und schnarrend und verlor sich in einem Hustenanfall.

Während Lia mit dem Gedanken spielte, sich umzudrehen und so schnell wie möglich davonzulaufen, rannte Paul auf die Tür zu. »Nicht, Paul!«

Aber Paul war bereits über die Schwelle gehuscht. Ihnen blieb nichts anderes übrig, als ihm zu folgen. Lia fuhr zurück. Die Garnitur aus Tisch und Stühlen war einem Krankenbett gewichen, daneben stand ein Nachtschrank voller Medikamente. Es roch entsetzlich nach Krankheit und dem Inhalt des Nachttopfs. Rupprecht lag im Bett. Er sah schmal und verfallen aus, ein Schatten seines früheren Selbst. Nur der Waffenschrank erinnerte an das, was er mal gewesen war.

»Wie geht es dir, mein Lieber?« Johanna trat an den Kranken heran und nahm seine knochige Hand.

»Was hast du denn, dass du nicht aufstehen kannst?«, fragte Paul, der sich an Lias Seite drückte.

Rupprecht wandte sich ihm zu. Sein hagerer Schädel mit den wenigen verbliebenen Haarsträhnen glich einem Totenkopf. »Raus!«

Lia erschrak über den Hass, der ihnen entgegenschlug. »Komm Paul, lass uns gehen!«

»Aber Rupprecht!«, mischte sich Johanna ein. »Das ist Ludgers Sohn mit seiner Mutter Lia. Paul ist dein Enkel.«

Rupprecht drehte sich zur Wand. »Ich habe keinen Enkel.«

»Und ich hab schon meinen Opa Arno.« Paul machte auf dem Absatz kehrt. »Ich brauch dich nicht, du böser alter Mann.«

Rupprecht schwieg eisern, während Johanna sie eilig zur Tür dirigierte. »Es tut mir leid, aber das dürft ihr ihm nicht übel nehmen. Er ist krank. Wartet draußen auf mich. Ich komme gleich.«

Lia nahm Paul bei der Hand, ging in die Küche und ließ sich auf einen Stuhl fallen. Hier hatte sich kaum etwas verändert. Der Spülstein sah noch immer aus wie aus dem letzten Jahrhundert, die Anrichte war staubig, und auf dem Herd kochte eine Graupensuppe vor sich hin, die sogar noch dünner war als bei ihnen zu Hause. Wenn man davon absah, dass sie ihre Einmachgläser wie Schätze hüteten, war im Büroanbau nach dem Hochzeitsessen wieder das Einerlei aus Lebensmittelkarten und Tauschgeschäften eingekehrt. Fast täglich gingen sie in den Wald, um wilde Erdbeeren und Kräuter zu sammeln. Zum Glück hatten sie Marga, die aus Brennnesseln, Gemüse und Wildkräutern eine Suppe kochen konnte. Letztens hatte sie aus Mehl, Fett und Majoran eine Mischung fabriziert, die mit viel Wohlwollen als Leberwurst durchging. Sie mussten nicht hungern, weil sie immer noch ein paar Gläser eingemachte Bohnen und Erbsen hatten, aber Lia graute es trotzdem schon vor dem nächsten Winter.

Auf keinen Fall würde sie Johanna und ihrem todkranken Mann die dünne Suppe wegessen. Und überhaupt? Was hatte sie sich nur dabei gedacht, hier aufzukreuzen?

»Wann gehen wir, Mama?« Paul schnappte ihre Stimmungen mit erstaunlicher Sicherheit auf.

»Wir warten noch ein wenig.« Lia blieb nur Johanna zuliebe, die ihnen, nachdem sie sich um Rupprecht gekümmert hatte, Tee und eine Schale mit Erdbeeren servierte. »Ich muss mich für Rupprecht entschuldigen. Er weiß manchmal nicht, was er sagt.«

»Wenn Sie meinen …« Nachdenklich knabberte Lia an einer Erdbeere. Auf sie hatte Rupprecht vollkommen klar gewirkt.

»Wartet mal!« Johanna verschwand im Obergeschoss und kehrte mit einer Kiste voller Spielzeugautos für Paul zurück, der misstrauisch hineinlinste.

»Da ist ja sogar ein Porsche dabei, Mama!«, rief er begeistert und kippte die Kiste auf dem Boden aus. Lia bedankte sich an seiner Stelle.

»Er ist seinem Vater wie aus dem Gesicht geschnitten«, sagte Johanna nachdenklich.

Lia nickte widerwillig. Normalerweise stritt sie jede Ähnlichkeit zu Ludger ab, aber diesmal wollte sie Johanna nicht noch mehr Kummer bereiten. Außerdem stimmte es.

»Was hat Ihr Mann denn?«, fragte sie flüsternd, während Paul den Porsche lautstark brummend über den Küchenfußboden flitzen ließ. »Etwas mit dem Magen? Er hat ja so abgenommen.«

»Ach, Lia.« Johanna sah sie traurig an. »Die Ärzte wissen es nicht genau. Er wird einfach immer schwächer. Das Morphium, das sie ihm verordnen, hilft nur noch gegen die Schmerzen.«

Lia wusste nicht, was sie trauriger fand, die Krankheit, oder dass sich Rupprechts griesgrämige Gemütsverfassung auch dadurch nicht geändert hatte. »Es tut mir leid, dass ich Sie auf Erikas Hochzeit ignoriert habe. Meine Mutter hat mich darauf hingewiesen, wie unhöflich das war.«

»Marga ist eine gute und treue Person.« Johanna schüttelte den Kopf. »Aber nicht du hast dich falsch verhalten, sondern wir, als du schwanger warst. Wir hätten dich niemals in Schande wegschicken dürfen. Wie oft habe ich bereut, dass ich Rupprecht damals nicht Paroli geboten habe.«

»Haben Sie das jemals?«

Johanna schüttelte den Kopf. »Ich bin ein schrecklicher Feigling.«

Lia senkte ihre Stimme. »Und wie geht es Ihrem Sohn?«

Johanna seufzte tief. »Das weiß ich nicht. Er ist wie Rolf in russische Kriegsgefangenschaft geraten. Aber ich kann dir einige Briefe zeigen, die er mir geschrieben hat, als er noch bei der SS-Einheit in Polen diente. Auch ihm tut leid, was geschehen ist.«

Wenn sie sich da mal nicht irrte. Lia erinnerte sich an den Besitzanspruch, den Ludger ihr gegenüber geäußert hatte.

Nachdem Johanna den Raum verlassen hatte, stand Paul auf und griff nach Lias Hand. »Wer ist das, Ludger?«

Lia zögerte kurz. »Er ist dein Vater.«

Paul schwieg und drängte sich an Lia, bis Johanna mit einer Schachtel voller Feldpost zurückkehrte.

»Da.« Sie faltete einen der eng beschriebenen Bögen auseinander und reichte ihn ihr. »Er berichtet von seinen Einsätzen. Von den Zivilisten, die sie töten mussten. Erschießen und dann ins Massengrab. Und den Dörfern voller Juden, die sie dem Erdboden gleichgemacht haben. Und alles nur für diesen größenwahnsinnigen Menschen … Pah. Mein Junge ist daran kaputtgegangen.«

Pauls Augen wurden riesengroß. »Mama, was erzählt die Oma da?«

Lia zog ihn auf ihren Schoß, wo er seinen Kopf an ihre Brust schmiegte und die Augen schloss, wie er es immer tat, wenn ihm etwas zu viel wurde.

Johanna faltete einen weiteren Brief auf. »Weißt du, was er hier schreibt? ›Ich hätte Lia damals nicht gehen lassen dürfen. Sie war das einzige Glück, das ich je gekannt habe. Und vielleicht wäre sie jetzt mein Halt gewesen.‹«

»Das hätte er sich mal früher überlegen sollen«, raunte

Lia. Vielleicht wäre alles anders gekommen, wenn er gewagt hätte, sich seinem Vater zu widersetzen. Vielleicht hätten sie sich irgendwie zusammengerauft. Aber dann wäre sie in diesem düsteren Haus geblieben und hätte niemals Ada Falbe und Arno Kohlhaas kennengelernt. »Ich muss jetzt gehen.«

Sie stand auf und setzte sich den schläfrigen Paul auf die Hüfte.

Johanna zog sie beide zum Abschied in die Arme. »Danke, dass du vorbeigekommen bist, Lia. Und der kleine Mann da. Was meinst du, wirst du mich noch einmal besuchen wollen?« Sie strich Paul über den Rücken, der sich nur ein wenig räkelte.

»Paul ist normalerweise ein sehr offenes und freundliches Kind«, sagte Lia. »Und da man Omas gar nicht genug haben kann …«

Johannas Mund verzog sich zu einem scheuen Lächeln. »Ja, man sollte nie den Mut aufgeben.«

Lia fiel etwas ein, das sie beinahe vergessen hätte. »Luise lässt Ihnen sagen, dass sie die Näherei wieder eröffnen wird. Wenn Sie hier entbehrlich sind, könnten Sie uns ja unterstützen.«

Sie wusste nicht, ob Johanna überhaupt noch nähte. Lia selbst hatte wie alle anderen Schneiderinnen im Moment nur Änderungsaufträge. Sie wendete Mäntel, kürzte ausgefranste Säume und arbeitete Kinderkleider für die jüngeren Geschwister um.

Johanna seufzte. »Jetzt nicht. Rupprecht braucht mich. Vielleicht später.«

»Sie sind immer willkommen.«

»Ich danke dir.« Nachdem Johanna mit gesenktem Kopf ins Haus gegangen war, setzte Lia Paul in den Kindersitz und fuhr davon.

Während sie über die Hochebene radelte, begriff sie, dass Johanna von Rupprechts Tod gesprochen hatte. Es würde ein Danach geben, auch für sie.

Der Fahrtwind traf sie und kühlte ihre erhitzten Wangen. Doch dann wehte ihr auf dem Weg hinab ins Kochertal eine Brise den Rock hoch, gerade als sie eine amerikanische Patrouille überholte. Sechs GIs auf der offenen Ladefläche gafften, johlten und pfiffen ihr nach.

Mist, dachte sie. Radfahrerinnen sollten keine Röcke tragen, aber auch keine Hosen, deren Umschläge in die Speichen geraten konnten. Daheim brannte sie darauf, ihre Idee in die Tat umzusetzen, drückte Marga den schlafenden Paul in die Arme, zog sich in den Nähsaal zurück und versuchte sich an einem Schnitt für einen Rock mit eingenähter kurzer Hose, den sie vor einigen Jahren in einer Zeitschrift gesehen hatte. Es war nicht einfach, aber schließlich gelang es ihr, die Vorlage aus dem Kopf nachzuzeichnen. Voller Elan zog sie ein Stück kostbare Fallschirmseide aus Luises Schatzkiste und begann, einen Hosenrock zuzuschneiden.

Rupprecht starb sechs Wochen später. Nachdem Johanna die Beerdigung hinter sich gebracht hatte, stand sie eines Morgens mit einem kleinen Koffer vor der Tür.

»Ich hab einfach abgeschlossen, und hier bin ich«, sagte sie zu Luise.

»Willkommen.« Luise zog sie ins Haus.

Marga kochte Tee und servierte Pfannkuchen mit frischen Augustäpfeln. Johanna aß und trank schweigend, doch als Paul mit einem Bilderbuch auf ihren Schoß kletterte, begann sie ihm vorzulesen.

Nachmittags platzte Elvira ins Bürohaus, die ebenfalls als Näherin bei ihnen zu arbeiten begonnen hatte. Sie sah Johanna nachdenklich an und trat näher. »Bleib sitzen, ich bitte dich!« Sanft löste sie die Haarnadeln aus ihrem Knoten und kämmte ihr die zerzausten grauen Haare aus, die einen Schnitt bitter nötig hatten. »Darf ich?«

Johanna nickte zögernd, und Lia, Erika, Marga und Luise beobachteten fasziniert, wie Elvira ihre Schneiderschere aus der Tasche ihrer Kittelschürze holte und Johanna die Haare schnitt, kinnlang und stufig, so dass ihre Naturwelle zur Geltung kam.

Lia erinnerte sich an das eine Mal, als Johanna gewagt hatte, mit ihrer Wasserwelle gegen Rupprechts Willen zu verstoßen. Dafür hatte sie ein blaues Auge kassiert. Aber das konnte Elvira nicht wissen.

»So.« Elvira fuhr Johanna sanft durch die taubengrauen Locken. »Jetzt kann dein wahres Leben beginnen, Johanna.«

Am nächsten Tag setzte Johanna sich ungefragt an eine der Pfaff-Maschinen und nähte gemeinsam mit den Näherinnen Musterstücke für Blaumänner und Kittelschürzen. Einige Wochen später jedoch zog es sie zurück ins Forsthaus. Lia begleitete sie, weil sie gemeinsam aufräumen und streichen wollten.

Als sie das Foyer betraten, rümpfte sie die Nase. »Puh, wie riecht es denn hier?« Der Geruch nach Krankheit und Tod hatte sich in Wänden und Dielen festgesetzt. Aber ihre Erinnerungen an Rupprecht waren schlimmer. »Und gruselig ist es auch.« Vor allem die verschlossene Tür zum Salon flößte ihr Angst ein. Dagegen waren sogar die muffigen Hirschgeweihe im Treppenhaus harmlos.

Sie griffen nach Besen, Wischeimer und Scheuertuch und begannen, das Haus vom Keller bis zum Dach zu putzen. Und schließlich war es Lia selbst, die die Tür des Krankenzimmers öffnete, die Vorhänge zur Seite zog und die frische Luft des Waldes in den Raum ließ.

»Es ist vorbei, Lia. Du musst dich nicht mehr fürchten.« Johanna zog das Bettzeug ab und brachte die Laken zum Waschen in den Keller. Sie schafften das Krankenbett hinaus, wienerten die Eichenmöbel und klopften die Teppiche und Vorhänge aus, bis das Zimmer wieder so war wie vor Rupprechts Krankheit. Nur beim Anblick des Waffenschranks in der Ecke stellten sich Lia nach wie vor die Nackenhaare auf. Aber Johanna weigerte sich, die Gewehre und Pistolen wegzuschaffen und den Schrank hinauszuwerfen.

»Das war Rupprechts ganzer Stolz«, sagte sie. »Wenn die Jagdwaffen wegkommen, ist es, als hätte er gar nicht gelebt.«

Teil IV

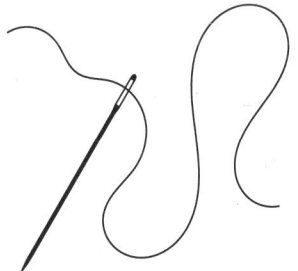

31.

SEPTEMBER 1948

Albert betrat die Kneipe im Bahnhofsviertel und schob sich auf einen Barhocker an der Theke. »Ein Bier, bitte.«

Der Wirt zog ein paar saubere Gläser aus der Spülbrühe und begann zu zapfen. Es war keine typische Besatzerkneipe, eher ein Treffpunkt für die Nachbarschaft, in dem Männer mit zerlumpten Hemden ihre letzten Pfennige für ein Feierabendbier ausgaben.

Oder doch nicht ganz: An der Schmalseite der Theke vertieften sich zwei GIs in ein Gespräch, ein schlanker Schwarzer und ein junger Weißer mit braunen Haaren und Brille. Zu Alberts Rechten hingegen wurde die Theke von drei Deutschen in Beschlag genommen. Landser, dachte Albert, wenigstens zwei von ihnen. Haudegen, die der Krieg gezeichnet hatte. Der Wortführer war ein Blonder mit Schnurrbart und einer entstellenden Narbe im Gesicht, neben ihm saß ein dunkelhaariger Junge, beim Dritten handelte es sich um einen Mann um die Fünfzig mit grauem Bart.

»Dürfen wir uns dazugesellen?«, fragte der Blonde.

»Natürlich.« Albert rückte beiseite.

Er war im Morgengrauen zu einer dieser Touren ins Ruhrgebiet aufgebrochen, bei denen er potenziellen Auftraggebern das Angebot der Näherei vorstellte. Heute Nacht würde er wie beim letzten Mal bei Luises Vetter Karl in Frankfurt übernachten, ehe er weiterfuhr. Großzügigerweise hatte ihm Erikas Tante Johanna Ludgers altes Moped geliehen. Da Treibstoff noch immer knapp und teuer war, führte er einen gut gefüllten Benzinkanister mit sich, das kostbarste Utensil überhaupt, wenn man von dem Musterkoffer der »L. Hermann-Bekleidungswerke« absah.

»Mit dem können wir kaum mehr einen Blumentopf gewinnen«, pflegte Lia zu sagen und wollte ihm ihre Idee für einen Hosenrock aufschwatzen. Albert hatte abgelehnt, doch seine standhafte Weigerung, sich mit Damenmode zu beschäftigen, verschleierte nur, wie sehr sie in der Klemme steckten. Sie hatten nicht gewusst, wie mühsam die Neueröffnung der Näherei sein würde. Bis zur Währungsreform hatten sie ein mageres Auskommen durch die Produktion von Arbeitsanzügen und Kittelschürzen gehabt, für die es Albert sogar gelungen war, Stoff, Garn und Knöpfe zu besorgen. Die Einführung der D-Mark aber hatte alles wieder auf Anfang gestellt. Die Karten wurden neu gemischt. Die Nachfrage hielt sich in Grenzen, Stoff war noch immer knapp, und die Auftraggeber drückten die Preise, denn die Konkurrenz schlief nicht. Nur privat hätte er es nicht besser treffen können. Erika und er waren über alle Maßen glücklich und ja, sie würden bald zu dritt sein. Wie gut, dass sie seit einiger Zeit über zwei Zimmer in der Villa verfügten, denn die Amis hatten sie ihnen wieder überlassen.

Das Bier kam, dunkelgelb und bekrönt von weißem Schaum. Albert trank und stellte das Glas vor sich ab. Der Blonde mit der Narbe tat es ihm gleich und wischte sich über die Lippen. »Manches weiß man nach dem Krieg erst zu schätzen. Zum Beispiel unser gutes deutsches Bier.« Er beugte sich vertraulich vor. »Und, wo hast du gedient? Oder warst du etwa ein Drückeberger? So ein reicher Schnösel, der von seinem Vater freigekauft wurde?«

Albert verneinte das und nannte sein Regiment, obwohl er keine Lust auf das Gespräch hatte, das nun folgen würde.

»Sag, wo hast du im Feld gestanden? Westfront, Ostfront?«

»Überall«, erwiderte er wahrheitsgemäß. »Ich war Leutnant in einer Beobachtungseinheit und bin viel herumgekommen.«

Der Blonde verschluckte sich und spuckte einen Tropfenregen über ihn. »Du warst gar nicht richtig an der Front? Offizier obendrein? Also doch einer von den Großkopfeten.«

»Natürlich war ich an der Front. Meine Einheit und ich haben für euch alle den Weg bereitet.« Was schlimm genug gewesen war, aber das sagte er nicht laut.

»Überhaupt, Offizierspack. Wenn die rund um den Stauffenberg dem Führer nicht die Gefolgschaft versagt hätten, wer weiß, vielleicht wäre dann alles anders gekommen.«

Alberts Förderer von Rabenau war unter den aufständischen Offizieren gewesen und hatte dafür mit dem Leben bezahlt. Er schätzte ihn dafür umso mehr, würde das diesen Kretins aber sicher nicht erzählen.

Der Blonde sah ihn unerbittlich an. »Für uns zählt nur, wer an der Front Blut vergossen hat. Für seine Kameraden und den Führer. Sieg Heil!«

Albert wartete ab, ob er sich trauen würde, den Arm zum Hitlergruß zu heben. Aber dafür war er dann doch nicht dumm genug. Stattdessen klopfte er dem Graubart auf die Schulter. »Lungendurchschuss, nicht wahr, Oskar?«

»Genau.« Oskar nickte bestätigend. »Zwei Monate Lazarett. Schmerzt beim Wetterumschwung noch immer.«

»Nur unser Armin, der war noch zu jung für die Scheiße. Freu dich, Junge!« Der Blonde drückte dem Jugendlichen den Arm, der sich befreite, als sei er peinlich berührt. »Lass gut sein, Rüdiger!«

»Und was macht ihr jetzt?«, fragte Albert.

Rüdiger zuckte mit den Schultern. »Mal hier, mal dort arbeiten. Aushilfsweise, wo es was gibt. Und bloß weg von zu Hause. Die Alte ist auch nicht mehr das, was sie früher war, stimmt's, Oskar?«

Der Graubart nickte. »Die Russenweiber waren nicht so widerspenstig.«

Albert verschluckte sich an seinem Bier und hustete.

»Und du?« Der Blonde versuchte ein Lächeln, bei dem sich sein Gesicht rund um die Narbe verzerrte. »Du bist fremd hier, oder?«

Vielleicht hätte ihm da schon der lauernde Unterton auffallen müssen. Tat er aber nicht. Also erzählte er bereitwillig, dass er mit dem Moped von Dorf zu Dorf ins Ruhrgebiet tuckerte, und dafür so lange brauchte, wie es eben dauerte.

»Und Treibstoff?«, fragte der Graubart begierig. »Der ist doch nirgendwo zu kriegen, oder hast du deine Quellen?«

»Ich hab einen Kanister dabei.«

»So ist das also«, sagte der Blonde. »Was tut man nicht alles, um die Geschäfte wieder zum Laufen zu bringen. Und die Yankees da haben auch anderes im Sinn, als diesem Land wieder auf die Beine zu helfen. Die ziehen die Grenzlinien zum Iwan neu und teilen die Welt unter sich auf wie ein Schachbrett. Die Mächtigen holen sich, was sie brauchen, und wir kleinen Leute zahlen den Preis.«

»Hast du keine Angst, dass die mitkriegen, wie du über sie redest?«

»Warum sollten sie? Die können kein Deutsch.« Rüdiger hob die Stimme. »Und die Schwarzen erst recht nicht, die unseren deutschen Fräuleins nachstellen. Ich würde es zu schätzen wissen, wenn sie die Kurve kratzten und mit ihnen das Flüchtlingspack aus Schlesien, Sudetenland und Pommern und woher sonst sie auch immer gekrochen kommen.« Er hob sein Glas und wandte sich den beiden Amerikanern an der Theke zu. »Prost! Auf Deutschlands alte Größe! Und dass die Flüchtlinge uns nicht länger die Arbeitsplätze wegnehmen.«

»Cheerio.« Der braunhaarige GI hob ebenfalls sein Glas und trank ihnen zu. Seine Augen blitzten hinter seiner Brille in einem hellen Bernsteinbraun.

Albert verspürte nicht die geringste Lust, auf das Dritte Reich anzustoßen. »Ich mach mich dann mal vom Acker.«

Er stand auf, warf dem Wirt eine Münze zu und trat aus der verrauchten Spelunke auf die Straße hinaus. Draußen fiel ein stetiger, milder Herbstregen. Die hohen Häuser im Bahnhofsviertel waren in Dunst getaucht, die Straßen nahezu menschenleer. Albert ging nicht auf die Angebote der Bordsteinschwalben ein und folgte der Mainzer Landstraße bis zur Wohnung von Luises Vetter, wo er auf einer Armeepritsche übernachten würde.

Er erreichte das Haus und öffnete das Tor zum Hinterhof, in dem das Moped mitsamt Kanister parkte. Gut, die Rostlaube war noch da und das Benzin auch. In diesem Moment standen plötzlich die beiden Männer aus der Kneipe hinter ihm. Rüdiger und der Graubart. Wie hieß er noch mal? »He, was …?«

Er kam nicht mehr dazu, die Frage zu stellen, denn der Alte schlug ihm mit geballten Fäusten brutal auf den Kopf. Albert ging in die Knie, der Hof begann sich zu drehen, und er sah einige Sekunden lang nur Sterne. Dann rappelte er sich auf und traute seinen Augen nicht. Spielte ihm sein in Mitleidenschaft gezogener Verstand etwa einen Streich? Rüdiger und Oskar hatten sich von ihm abgewandt und schlugen sich mit den beiden GIs, dem Weißen und dem Schwarzen, die ihnen von der Schmalseite der Theke aus zugeprostet hatten. Auch sie mussten ihm gefolgt sein. Albert stellte sich taumelnd auf die Füße und stürzte sich ins Getümmel.

Das letzte Mal hatte er sich in seiner Grundschulzeit geprügelt, und selbst da nicht mit viel Leidenschaft. Er löste seine Konflikte lieber mit dem Kopf. Hier aber kam keine Halbherzigkeit infrage. Er war ernstlich erzürnt und musste, koste es, was es wolle, den Diebstahl seines Mopeds verhindern. Und so rammte er zuerst Rüdiger mit voller Kraft seinen Kopf in den Bauch, bevor er dem Graubart mit seiner Faust seinen unfairen Angriff heimzahlte. Dessen Nase knackte ekelhaft, als sie brach. Die Landser kämpften zäh und brutal, doch schließlich setzte sich die Überzahl durch. Drei gegen zwei. Graubart und Rüdiger nahmen mit dem Kanister Reißaus und verschwanden spurlos in einer finsteren

Gasse. Albert und der braunhaarige GI setzten ihnen zwar ein Stück weit nach, verloren sie dann aber aus dem Blick.

»Die sind uns entkommen«, sagte der Braunhaarige in akzentfreiem Deutsch. »Wahrscheinlich kennen sie sich hier gut aus.«

Albert starrte ihn überrascht an. Die Sätze aus dem Mund seines Gegenübers klangen etwas steif, waren aber grammatikalisch vollkommen korrekt. »Du, ähm, Sie haben mitgekriegt, was die Männer in der Kneipe geredet haben?«

»Natürlich habe ich das.« Der Braunhaarige zuckte mit den Schultern. »Und du kannst beim Du bleiben. Blutverlust verbindet.« Er war ein hübscher Kerl mit melancholischen Augen, lockigem Haar und geschwungenen Lippen, von denen Blut auf sein Uniformhemd tropfte. Rüdigers rechter Schwinger, vermutete Albert. Der schwarze Offizier stand neben ihnen und schien ihrem Gespräch mangels Sprachkenntnis nicht folgen zu können.

»Die Dummheit stirbt leider nicht aus. Aber ich verspreche dir, dass ich dichthalte, selbst Sergeant Bob Prescott gegenüber«, sagte der GI und wandte sich seinem Vorgesetzten zu. »Thanks, Bob, for your help.«

Albert räusperte sich. Sein Kopf schmerzte, und er hatte Schwierigkeiten, sich zu konzentrieren. »Darf ich Sie beide in die Wohnung meines Vetters einladen? Wir brauchen ein feuchtes Tuch für das Blut. Und vielleicht hat er was zu trinken.«

Der Braunhaarige begann, auf seinen Kameraden einzureden, der ihm ausführlich antwortete. »Bob will lieber in die Kaserne zurück, aber ich würde nicht Nein sagen.«

Nachdem sich der Sergeant verabschiedet hatte, folgte sein Kamerad Albert bis zur Wohnung von Luises Vetter Karl, der sie entsetzt durch die Tür zog. »Du lieber Himmel, was ist denn mit euch passiert?«

»Nur eine kleine Prügelei mit zwei Konsorten, die es verdient haben«, erwiderte Albert.

Karl war ein freundlicher Mann mittleren Alters mit einem Schnauzbart und einem leichten Bauchansatz. Er stellte ein paar Schnittchen mit Wurstersatz und eine Kanne Tee bereit. Dann ging er das Moped sichern, falls Rüdiger und sein Komplize zurückkommen sollten.

Albert und der GI fanden sich auf dem altmodischen Rahmensofa mit den gehäkelten Deckchen wieder und teilten sich in stillem Einvernehmen ein feuchtes Tuch. Irgendwann ließ der Schmerz nach, Karl gesellte sich zu ihnen und öffnete eine Flasche Hohenloher Getreidebrand. Sei es der Alkohol oder die pure Neugier, Albert konnte nicht umhin, seinen Helfer auszufragen. »Und wie kommst du in die amerikanische Armee, ich meine als Deutscher?«

Der Fremde nahm seine Brille ab und ließ seine Augen auf ihm ruhen, als würde er prüfen, wie viel Vertrauen er ihm entgegenbringen konnte. »Kannst du dir das nicht denken? Ich habe das Land in den dreißiger Jahren verlassen, weil ich Jude bin. Jetzt stehe ich aufseiten der Eroberer und muss sagen, das ist gar nicht so schlecht. Die Deutschen haben sich allerdings nicht verändert. Wenn ich mit Kippa in einer Frankfurter Bahnhofskneipe aufkreuzen würde, wäre mein Überleben ungewiss.«

»Also keine Kippa«, schloss Karl.

Der GI überlegte kurz. »Nein. Aber sonst keine Lügen mehr.«

Sie prosteten sich zu und tranken. Dann lehnte sich der GI zurück. »Ich wollte ursprünglich bis nach Palästina, bin aber in New York hängen geblieben. Dort habe ich meinen Abschluss gemacht und arbeite seither als Journalist. Während des Krieges war ich vorwiegend in Frankreich. Jetzt setzen sie mich hier als Dolmetscher ein.« Er wandte sich Albert zu. »Und was machst du in Frankfurt, so als Franke?«

Alle Achtung, dachte Albert. Der GI hatte seinen Dialekt richtig einsortiert. »Ich versuche, unsere Firma wieder in Gang zu bringen. Aber wie es aussieht, bisher vergeblich.«

»Und was stellt ihr her?«, fragte der GI.

»Wir haben eine Näherei«, erwiderte Albert. »Aber es gibt viel Konkurrenz, und wir unterscheiden uns nicht signifikant von den anderen.«

Der GI zuckte mit den Schultern. »Dann müsst ihr eben besonders werden, auch wenn ich mir das bei Klamotten schwierig vorstelle.«

»Geht mir ebenso.« Albert kippte einen weiteren Schnaps gegen die Melancholie, die ihn überkommen wollte. Mode, das war etwas für Lia, vielleicht noch für Erika und ihre Tante Johanna. Luise und er waren von der handfesten Sorte. Eine solide genähte Arbeitshose reichte ihnen. »Dabei sind meine Frau und ich bald zu dritt.«

»Ein Stammhalter kommt? Herzlichen Glückwunsch.« Das war ein weiterer Grund, sich zuzuprosten. Der Schnaps wärmte Albert von innen und machte ihn redselig.

»Umso dringender, dass etwas passiert«, mischte sich Karl

ein. »Warum versuchst du es nicht mit den Arbeitshosen der Amis?«

Er führte aus seinem halb zerstörten Haus heraus ein StEG-Geschäft, in dem er ausrangierten Militärbedarf verkaufte. Seine Begeisterung für Amiprodukte konnte er kaum verhehlen.

»Was für Arbeitshosen?«, fragte Albert stirnrunzelnd.

»Na, er meint wohl die von Levi Strauss«, erklärte der GI. »Levi's stattet die Army aus. Der Gründer der Firma ist im 19. Jahrhundert aus dem fränkischen Buttenheim ausgewandert, war also Franke wie du und zudem Jude wie ich.«

»Buttenheim sagst du? Da bin ich in der Nähe geboren.« Ob Albert da schon spürte, dass ihn das Schicksal anwehte, konnte er später nicht sagen.

Der GI nickte. »Zuerst hat er eine Großhandlung für Kurzwaren betrieben, aber dann mit seinem Freund Jacob Davis eine Näherei für robuste Hosen aufgemacht. Die Cowboys tragen sie mit Vorliebe. Ich glaube, Levi Strauss und Davis haben sogar ein Patent darauf angemeldet. Blue Jeans nennt man die bei uns. Sie sind unverwüstlich.« Der GI kippte einen weiteren Schnaps.

Albert runzelte die Stirn. »Blue Jeans.«

Amihosen also. Der Gedanke war gar nicht mal so dumm, denn es war abzusehen, dass sich einige Ideen der Besatzer durchsetzen würden. Kaugummis und die wilden Beats der Jazz- und Swingmusik, die allerorten aus den Jukeboxen dröhnten – das alles galt als fortschrittlich, und amerikanische Zigaretten waren das Zahlungsmittel schlechthin. »Aber die sind sicher teuer.«

»Nicht, wenn du sie selber nähst«, sagte Karl. »Falls du noch Stoff für blaue Arbeitshosen hast.«

Albert runzelte die Stirn. Seine grauen Zellen begannen zu rattern. »Ein paar Musterhosen bräuchte ich dennoch, um den Schnitt abzunehmen. Wie komme ich da am besten dran?

»Du könntest sie gegen Hochprozentiges eintauschen. Der hier zum Beispiel würde meinen Kameraden sicher schmecken.« Der GI hob die Flasche.

»Hohenloher Getreidebrand«, erklärte Karl. »Das Beste, was es in dieser Richtung gibt.«

Der GI nickte. »Da sagen die Besitzer der Hosen sicher nicht Nein. Ich könnte dir beim Übersetzen helfen.«

»Warum nicht?« Versuchen konnte er es ja. Im Grunde musste Albert nach jedem Strohhalm greifen. »Dann sehe ich mal, ob ich Schnaps besorgen kann, und komme so bald wie möglich zurück.« Seine Reise ins Ruhrgebiet konnte er ohne Ersatzbenzin ohnehin vergessen.

Überraschenderweise stand am nächsten Morgen der GI mit einem Militärjeep vor der Tür.

»Ich dachte, ich bringe dich heim«, sagte er und half Albert, das Moped zu verladen.

»Du willst mich wirklich nach Hause bringen?«

Der GI setzte sich ans Steuer und öffnete die Tür zur Beifahrerseite. Seine Lippe war noch immer geschwollen, und unter seinem Auge hatte er einen bläulich roten Bluterguss. »Na klar. Ich hab noch Urlaub übrig, und so hat mir mein Sergeant den Jeep geliehen. Außerdem wird es Zeit, dass ich meinem Heimatort einen Besuch abstatte.«

Über Frankfurt lichtete sich der Nebel. Trümmerland, dachte Albert, während sie in Richtung Süden fuhren. Die Innenstadt war bei einem schweren Luftangriff 1944 zerstört worden, und die Amerikaner hatten das Westend in Beschlag genommen, um dort ihr Hauptquartier einzurichten. Und dennoch, es tat sich was. Die Schuttberge vor den Fassaden waren verschwunden. Auf den Straßen wurde der Verkehr dichter. Die Männer fuhren zur Arbeit. Die Frauen trugen ihre Köpfe hocherhoben, und die Kinder liefen mit ihren Ranzen auf dem Rücken lachend zur Schule. Auch hier sorgte die Währungsreform zwar nicht für Aufbruchsstimmung, aber für etwas, das dem sehr nahe kam. Hoffnung.

»Der Stillstand könnte bald ein Ende haben«, sagte Albert.

»Scheint so.« Der GI bog auf die Landstraße in Richtung Aschaffenburg ein. »Nicht, dass es mich besonders interessieren würde. Aber du könntest dir ja überlegen, ein Gesicht des Aufschwungs zu werden.«

»Wortklauber.« Albert lachte leise. Man merkte dem GI an, dass er als Journalist mit Sprache umging.

Den Ausläufern der Stadt folgte das vertraute Bauernland voll ausgedehnter Wälder, Wiesen und Felder. Äpfel reiften an den Bäumen. Flüchtig fragte sich Albert, ob die Frankfurter bis hierher kamen, um sie abzuernten. Für Mundraub gab es das geflügelte Wort »Fringsen«, seitdem Kardinal Frings aus Köln Diebstahl von Lebensmitteln als in Notzeiten rechtmäßigen Behelf bezeichnet hatte.

»Ich fahre zuerst in Richtung Franken und bringe dich heim«, sagte der GI. »Wohin willst du denn genau? In die Nürnberger Gegend?«

Albert schüttelte den Kopf. »Ich spreche zwar so, weil ich da geboren bin. Aber jetzt lebe ich in Künzelsau im Hohenlohischen.«

»Ach, wirklich?« Der GI starrte stur geradeaus, doch Albert sah, dass er blass geworden war. »Da will ich auch hin. Du sagtest, ihr stellt Kleidung her? Hast du etwas mit Luise Hermann zu tun?«

»Ich bin ihr Schwiegersohn.«

»Ach …«

Es brauchte einige Sekunden, aber dann drang die Wahrheit mit all ihren Konsequenzen zu Albert vor. Er irrte sich nicht, obwohl er darauf hoffte. »Du bist Martin Rubin?«

Der GI fuhr sich nervös durch die Haare. »Und du bist dann wohl der Mann, der Erika Hermann geheiratet hat. Wie ist noch mal dein Name?«

»Albert Sefranek.« Albert wiederholte Martins Worte für sich. Er hatte weder von Erika als seiner ehemaligen Verlobten gesprochen noch Besitzansprüche irgendwelcher Art angemeldet. Und dennoch. Albert war beunruhigt, denn er wusste, wie nahe Erika Martins Flucht gegangen war. Schließlich hatten sie noch immer Heines Gedichtband im Regal stehen. Und die Brautschuhe, mit denen er sich zähneknirschend abgefunden hatte, verstopften ihren Schuhschrank. Wie würde sie reagieren, wenn Martin wieder in der Stadt war? Liebte sie ihn, Albert, genug, dass sie ihm den Vorzug geben würde?

Er begann zu erzählen, zögernd zuerst, aber als er Martins Interesse spürte, immer ausführlicher. Er sprach von Erika und Luise, von Rolf, der noch immer in russischer Kriegsgefangenschaft war, von der Firma, von Herrn Falbe, Marga und Lia mit ihrem Kind.

»Ach was! Lia hat sich von Ludger von Bruch ein Kind andrehen lassen?« Martin schüttelte den Kopf. »Ausgerechnet von diesem Mistkerl.«

»Und du? Warum kommst du erst jetzt nach Hause?«

Martin sah weiter geradeaus auf die Fahrbahn. Sie fuhren inzwischen durch Dörfer, die Albert bekannt vorkamen. Was diese Heimkehr für Martin bedeuten mochte, konnte er nicht ermessen.

»Meine Eltern und mein Großvater sind tot«, sagte Martin. »Sie sind in Stutthof ermordet worden. Ich hatte wohl Angst vor den Erinnerungen.«

»Das tut mir leid.«

Martin wurde immer schweigsamer. Sie legten die letzten Kilometer zurück, fuhren die kurvige Straße ins Kochertal hinab und erreichten die Ortsmitte.

»Ist es in Ordnung, wenn ich dich hier absetze?« Martins Stimme klang erstickt. »Ich brauche etwas Zeit für mich.«

»Natürlich. Und sag, wenn wir dir helfen können.«

»Schon gut. Diesen Weg muss ich allein gehen.«

Sie luden das Moped ab. Martin machte sich zu seinem verrammelten Elternhaus am Marktplatz auf, und Albert schob das Motorfahrrad mitsamt dem Musterkoffer in die Austraße. Was Erika wohl zu seiner verfrühten Heimkehr sagen würde?

Er sah sie, bevor sie ihn bemerkte. Sie stand im Garten der Villa und harkte den frisch geschnittenen Rasen zusammen, obwohl er ihr gesagt hatte, dass sie in ihrem Zustand nicht mähen sollte. Wie rund sie geworden war. Sie richtete sich auf, legte sich eine Hand in den Rücken und seufzte. Er blieb stehen und spürte der Liebe nach, die er für sie empfand. »Erika?«

»Du bist schon wieder da?« Sie legte den Rechen beiseite und flog ihm in die Arme.

In der Küche setzte Luise gerade Tee auf. Sie hatten die Villa zurück und waren im Moment nur noch zu dritt, denn Marga, Lia und Paul hatten vor Kurzem eine Etagenwohnung in der Stadt bezogen.

Nachdem Albert erzählt hatte, wie es zu seiner verfrühten Heimkehr gekommen war, ballte Luise kämpferisch die Fäuste. »Diese Spießgesellen. Ich hoffe, dass du und die zwei GIs sie ordentlich vermöbelt habt.«

»Das haben wir.« Albert grinste.

»Das sieht man.« Erika ließ ihre kühle Hand auf seiner Stirn ruhen, auf der sich ein Bluterguss ausbreitete. »Gut, dass nicht mehr passiert ist. Aber wie bist du nach Hause gekommen?«

»Einer von meinen neuen amerikanischen Freunden fuhr zufällig in dieselbe Richtung.« Morgen würde er ihr mehr erklären und zum Wesentlichen kommen.

In der Nacht, Erika schlief schon fest, schlich er sich ins Wohnzimmer, zog den Band mit Heines Gedichten aus dem Regal und schlug die erste Seite auf, auf der klipp und klar stand, dass Martin Erika freigegeben hatte.

32.

Es war frühmorgens, doch auf dem Marktplatz herrschte schon rege Betriebsamkeit. Der Wind trieb weiße Wolken über den Himmel. Ein Bauer kreuzte den Platz mit einem Pferdefuhrwerk. Hausfrauen drängten sich vor den Ständen, an denen Äpfel, Kartoffeln und Eier feilgeboten wurden. Nahrungsmittel waren immer noch knapp. Doch zum Glück war Herbst, und sie profitierten von den Erntegaben. Wer es klug anstellte, konnte mit eingemachtem Obst und Gemüse und eingelagerten Kartoffeln über den Winter kommen.

Lia war gerade mit einem Korb voller Äpfel auf dem Weg in die Villa, als ihr auffiel, dass jemand die morschen Bretter vor dem Schaufenster des Schuhgeschäfts Rubin weggebrochen hatte. Holzstücke, Splitter und Trümmer lagen in wildem Durcheinander auf dem Gehweg. War das Vandalismus, oder hatte jemand das Haus gekauft und renovierte es rechtmäßig? Nein, das konnte nicht sein, denn so viel sie wusste, wurden die Rubins vermisst und hatten außer Martin keine Erben.

Sie lief in den Hinterhof, wo ein junger Mann gerade dabei war, einen Haufen Bretter zu stapeln, die nach einem zersägten Schrank aussahen.

»Was tun Sie da?« Ihre Stimme überschlug sich vor Empörung.

»Es wird Zeit, dass hier mal wieder jemand Ordnung schafft.« Der junge Mann drehte sich um und blinzelte in die Sonne, die ausgerechnet jetzt hinter einer Wolke hervorkam. »Lia?«

»Martin?« Sie riss die Augen auf. Er hatte sich kaum verändert, bis auf die Haare, die er seitlich raspelkurz geschnitten trug. Nur diesen bitteren Zug um den Mund hatte er damals noch nicht gehabt.

»Du bist es wirklich?« Martin wischte sich die Hände an seiner Hose ab, die zu einer US-Uniform gehörte. »Wie hübsch du geworden bist. Ich traue meinen Augen nicht.«

Lia errötete. »Komplimente kriegt man dieser Tage wenig. Und du bist also bei der Army?«

Martin nickte. »Ich bin in Frankfurt stationiert. Hat lange gedauert, bis ich es gewagt habe, herzukommen.«

Lia hätte sagen können, dass sie ihn verstand, angesichts der Tatsache, wie übel man seiner Familie mitgespielt hatte, aber sie ließ es bleiben. Stattdessen folgte sie ihm auf seine Einladung hin in die Wohnung im ersten Stock. »Hier war ich seit 38 nicht mehr. Du hast Ordnung gemacht?« Himmel! Sie war so befangen, dass sie das Gefühl hatte, ihre Zunge würde sich mit jedem Wort mehr verknoten.

Das Wohnzimmer war bis auf das Bücherregal und Tisch und Stühle ausgeräumt, der Schrank verschwunden, ebenso wie das beschädigte Sofa und das Büfett mit Jettes Häkeldeckchen. Martin hatte die Sachen rausgeschafft und begonnen, sie im Hof zu Brennholz zu zersägen. Den verbliebenen Staub, den Schmutz und die Trümmer hatte er in einer Ecke zusammengekehrt. So leer wie er war, wirkte der Raum größer und unpersönlicher, als hätte er aufgehört, die Geschichten der Menschen zu erzählen, die hier gelebt hatten.

Lia breitete die Arme aus. »Hängst du nicht an dem Mobiliar?«

Er schüttelte traurig den Kopf. »Meine Eltern und mein Großvater sind tot. Im KZ Stutthof ermordet. Ich hatte lange keine Kraft hierherzukommen.«

Lia verzichtete darauf, ihm zu berichten, dass Erika und sie im November 1938 hier gewesen waren. Im Nachhinein erschien ihr das lächerlich gering angesichts der Tragödie, die ihn und seine Familie getroffen hatte. »Aber jetzt bist du da.«

Er nickte. »Ich hab mich endlich überwunden, und weißt du was? Es tut gut, reinen Tisch zu machen. Komm mal mit.«

Er ging ihr voran in das Schlafzimmer seiner Eltern, wo er Jettes Garderobe auf den Betten ausgebreitet hatte.

»Kannst du etwas davon gebrauchen? Ich hab gehört, du arbeitest als Schneiderin.«

Sie trat näher. Tränen traten in ihre Augen, als sie die zarten Kleider aus Voile und Seide berührte und eine Strickjacke aus Häkelspitze gegen das Licht hielt. Wenn man davon absah, dass sie etwas modrig roch, war sie sehr gut erhalten. »Deine Mutter war eine freundliche Frau.«

»Sie war nicht von dieser Welt«, stellte Martin richtig. »Zu zart für das, was ihr passiert ist.«

Lia warf einen zweifelnden Blick auf die Kleider. »Ich weiß nicht. Entehre ich damit nicht die Toten und den Schmerz der Trauernden?«

»Im Gegenteil!« Martin breitete die Arme aus. »Nimm, was du gebrauchen kannst.«

»Also gut.« Sie konnte sich vorstellen, die Kleider zu zerschneiden und so wie ihre Garderobe aus Berlin als Besatz und zur Verlängerung von Säumen zu verwenden. »Ich muss die Sachen nach Motten durchsehen. Wenn keine drin sind, nehme ich sie.« Vielleicht konnte sie sie sogar färben. Letztens hatte sie sich an Rote-Bete-Schalen gewagt, die auf Wolle ein helles Scharlachrot ergaben.

»Jette würde sich freuen. Es wäre, als würde sie auf dieser Erde noch mitspielen.« Martin setzte sich auf den Bettrand. »Ich bin damals gegangen, weil meine Eltern mich dazu gedrängt haben. Aber es gab noch einen zweiten Grund. Möchtest du ihn wissen?«

»Wenn du ihn mir erzählen willst.« Sie ließ sich neben ihm nieder und faltete die Hände im Schoß.

Martin sank rücklings auf die Matratze und starrte an die Decke. »Es war immer klar, dass Erika und ich füreinander bestimmt sind. Dann kamen die Nazis und machten uns einen Strich durch die Rechnung. Ein arisches Mädchen und ein Judenbengel – wenn ich geblieben wäre, hätte das in einer Katastrophe geendet.« Er faltete seine Arme unter dem Kopf. »So habe ich Erika einen Neuanfang ermöglicht. Und was passiert?« Hinter seinem übermütigen Lachen verbarg sich Traurigkeit. »Sie hat geheiratet. Einen Pfundskerl namens Albert, dem ich in Frankfurt vorgestern zufällig den Arsch gerettet habe.«

»Was hast du?« Sie sah ihn ungläubig an.

Er setzte sich auf, hauchte in seine Brille und begann sie zu putzen. »Du hast mich richtig verstanden. Ich habe ihm geholfen, als ihm zwei Drecksäcke sein Moped klauen wollten. Wir haben uns mit denen geprügelt, und gestern habe ich ihn heimgefahren zu seiner Erika.«

Lia lachte glucksend. »Aber das ist doch urkomisch. Daran sieht man, dass das Schicksal ein Scherzbold ist. Aber jetzt mal im Ernst: Erika hat unter den Nazis für die Verfolgten gekämpft. Es gibt kaum jemanden in Künzelsau, außer vielleicht den Fabrikanten Löhlein, der sich so entschieden gegen die Saubande gestellt hat. Zum Schluss hat sie sogar Elviras Sohn gerettet, einen Sintijungen, der ins Lager gebracht werden sollte, wobei sie dabei mehr Glück als Verstand hatte.«

»Wenn du meinst.« Er schwieg einen Moment. »Und du hast ein Kind von Ludger von Bruch? Hättest du dir nicht einen Besseren aussuchen können?«

»Damals nicht.« Sie stand auf, nahm einen Apfel aus ihrem Korb und warf ihn Martin zu, der ihn verblüfft auffing. »Mein Paul ist das Beste, was mir je passiert ist. Und was den Apfel betrifft: Beiß rein! Und schau nicht wie ein Trauerkloß. Immerhin hast du überlebt, und das ist ja schon mal was.«

Sie war schon auf der Treppe, als er sie zurückrief. Er stand in der Tür, einen kleinen Gegenstand auf der Handfläche balancierend. »Guck mal, was ich beim Kehren unter dem Regal gefunden habe.«

Lia wurde heiß. In seiner Hand lag der Kopf ihrer Schäferin. Wie oft hatte sie sich ausgemalt, wie er aussehen mochte. Die Hirtin hatte blonde Locken, trug einen Strohhut mit Schleife unter dem Kinn und lächelte herausfordernd.

»Meine Mutter hat diese Porzellanfigur geliebt«, sagte er. »Der Körper muss bei dem SA-Angriff zu Bruch gegangen sein. Jedenfalls habe ich ihn nicht gefunden.«

»Ach ja?« Lia schaffte es aus unerfindlichen Gründen nicht, ihm zu sagen, dass sich die kopflose Dame auf ihrer Frisierkommode räkelte. »Würdest du ihn mir geben?«

»Ich kann sowieso nichts damit anfangen.« Martin ließ das Fundstück beiläufig in ihre Hand fallen, bevor sie die nächsten Stufen abwärts nahm. Lia steckte es in ihre Rocktasche.

»Wo willst du denn so schnell hin?«

»Ich gehe Erika holen. Sicher hat Albert sich nicht getraut, ihr zu erzählen, dass du zurück bist. Sonst wäre sie nämlich schon hier.« Die Männer hatten sich als Soldaten durch halb Russland gegraben, doch in persönlichen Dingen waren sie manchmal erschreckend feige.

»Lia?«

»Ja?«

»Ich würde mich freuen, wenn wir Freunde blieben.«

»Aber klar doch, Martin, immer.«

Sie stürmte die Treppe hinab in den Hof, flog fast über den Marktplatz und hielt erst am sonnenwarmen Mauerwerk der Johanneskirche an, wo sie sich trotzig die Tränen aus dem Gesicht wischte. Freunde? Sie wollte alles andere für ihn sein. Und da war er wieder, der Schmerz ihrer unerfüllten Liebe und diese verdammte Eifersucht. Martin dachte noch immer nur an Erika. Außerdem war er viel zu klug für sie, die kleine Lia mit der Rechtschreibschwäche, Martin, der so tiefe Gedanken hegte und eine so schwere Last mit sich herumschleppte. Verdammt, jetzt reiß dich zusammen und verlier dein Herz nicht an den Falschen!, ermahnte sie sich. Wenn es nur nicht schon vor so langer Zeit passiert wäre.

Sie setzte ihren Weg in die Austraße fort und traf Erika

mit Marga und Luise in der Küche an, wo sie die ersten Äpfel in Mus verwandelten. Es duftete frisch und süß, im großen Einmachtopf auf dem Herd blubberte es, und die sauber gespülten Gläser standen auf der Ablage neben dem Spülstein bereit. Paul, der regelmäßig in der Villa zu Mittag aß, war noch in der Schule. Die Frauen saßen einträchtig am Tisch, unterhielten sich über Erikas Babyausstattung und schälten Äpfel.

Lia platzte in die Küche. »Martin ist wieder da.«

Schweigen senkte sich über den Raum.

»Was sagst du da?« Erika sprang auf und hielt sich den Rücken.

»Woher weißt du das?«, fragte Luise misstrauisch.

»Ich war eben bei ihm in der Wohnung über dem Schuhgeschäft.«

Während Lia ihren Korb auf den Tisch stellte, legte Erika ihre Schürze ab, wandte sich zur Tür und stieß mit Albert zusammen, der gerade eintreten wollte. »Entschuldige.« Und weg war sie. Lia fand, dass sie, voluminös wie sie war, einem Walfisch glich oder einem Elefanten, der durchging.

»Was ist hier los?«, fragte Albert.

Lia rang die Hände. »Herrgott noch mal. Warum hast du es ihr nicht erzählt, du Simpel? Glaubst du echt, dass sie mit ihm durchbrennt, ausgerechnet jetzt, wo sie schwanger ist?«

Albert vergrub sein Gesicht in den Händen und schwieg.

»Worum geht es hier eigentlich?«, fragte Luise.

»Martin Rubin hat Albert gestern nach Hause gefahren«, erläuterte Lia. »Er ist bei der US-Army. Sie haben sich zufällig in Frankfurt kennengelernt.«

»Sachen gibt's.« Marga schüttelte den Kopf.

»Es war alles sehr überraschend«, erklärte Albert. »Und ich bin nur noch nicht dazu gekommen, es ihr zu sagen.«

Lia trat auf ihn zu. Sie stellte sich auf die Zehenspitzen und sah, dass er einen großen blauen Fleck am Haaransatz hatte. Männer! »Erika ist verlässlich. Am besten, du lässt ihnen ein wenig Zeit.«

Nach nicht einmal einer halben Stunde kam Erika zurück und lachte und weinte gleichzeitig. Lia war nicht überrascht, als sie ihnen erzählte, dass sie Martin zum Mittagessen eingeladen hatte. Es gab Gaisburger Marsch, für den Marga ein Stück Speck ergattert hatte.

Kurz darauf erschien Martin Seite an Seite mit Paul, aus dem ein großer Junge mit knubbeligen Knien geworden war, der nichts lieber tat, als sich in den Kocherauen herumzutreiben. Die beiden waren in ein anregendes Gespräch über Fußball vertieft.

»Das ist Martin«, sagte Paul, als sie zusammen in die Küche traten.

»Das wissen wir«, gab Luise zurück.

Martin wirkte befangen, doch nach Luises ebenso rauem wie herzlichem Willkommensgruß entspannte er sich zusehends.

»Martin«, begann sie. »An diesem unheilvollen Tag, als die Synagoge brannte, da hat Herr Falbe versucht, deine Eltern mit dem Mercedes wegzubringen. Wir hatten alles genau geplant, doch als er zu ihnen kam, waren sie bereits fort. Sie waren abgeholt worden.« Sie stand auf und nahm Martin in die Arme, der sich seiner Tränen nicht schämte.

Nachdem er sich wieder gefasst hatte, aßen sie und ließen sich eine Kostprobe des frisch gekochten Apfelmuses schmecken. Kaffee gab es keinen, aber diesmal tat es auch der allgegenwärtige Muckefuck.

Nach dem Essen legte Albert besitzergreifend seinen Arm um Erika und begann ihren Plan zu erläutern. »Wir wollen ein paar Arbeitshosen der Amis eintauschen und sie nachnähen.«

Lia ordnete ihre Gedanken. »Warum nicht? Wir brauchen neue Ideen, um uns von der Konkurrenz abzusetzen.«

Luise schnaubte. »Ihr meint doch wohl nicht die engen Dinger, die Gary getragen hat?«

»Doch.« Albert errötete. »Wie viele Jeans brauchen wir wohl, um den Schnitt abzunehmen, Lia?«

»So viele wir kriegen können«, erwiderte sie. »In verschiedenen Größen und allen Varianten, die auf dem Markt sind.«

Luise lehnte sich zurück und faltete die Arme über der Brust. »Aber vergesst nicht: Bei allen Entscheidungen habe noch immer ich das letzte Wort. Mir kommt nur unter die Nähmaschine, was zum erstklassigen Ruf der Firma passt. Und wenn die Hosen nichts sind, dann ab in die Tonne damit.«

33.

Martin nahm Albert und Lia in seinem geliehenen Jeep mit nach Frankfurt. Erwartungsvoll saß sie auf dem Rücksitz und ließ sich den Wind um die Nase wehen. Welche Freude, mal etwas anderes zu sehen als das heimische Städtchen, über dessen Grenzen sie seit 1944 kaum hinausgekommen war. Zukunft lag in der Luft, und sie war mit Martin da. Was könnte besser sein?

Martin setzte sie und Albert bei Karl ab, der ihnen ein Nachtquartier angeboten hatte.

Am nächsten Morgen bummelte Lia allein durch die Stadt und suchte nach modischer Inspiration. Jedoch zwischen den grauen Häusern mit den Einschusslöchern und den Frauen, die in geflickten Kleidern durch die Straßen huschten, fand sie nichts dergleichen. Aufbruch sah anders aus. Was würde sie nicht alles für ein bisschen Schönheit und Glanz geben? Sie stellte sich vor, wie sie in einem geblümten Kleid mit Handschuhen und einer schicken Tasche durch die Straßen schlendern und die glänzenden Schaufenster bewundern würde. Vielleicht in ein paar Jahren. Heute Abend standen die Amihosen im Mittelpunkt.

Wir werden das Kind schon schaukeln, dachte Lia zuversichtlich, als sie sich auf den Weg machten. Ihr Ziel war eine Bar im Bahnhofsviertel, in der laut Martin vorwiegend GIs verkehrten. Anders als in den offiziellen Soldatenclubs, zu denen auch der renommierte Palmengarten gehörte, herrschte hier keine Trennung nach Hautfarbe oder zwischen Offizieren und Mannschaftsgraden. »Sie wollen Jazz hören und feiern, was das Zeug hält«, hatte Martin erklärt.

Lia trug einen selbst genähten wadenlangen Rock mit einem breiten Gürtel, der ihre Taille betonte; die richtige Entscheidung, wenn man wie sie zur Fülle neigte. Ihre roten Locken wurden von einem schwarzen Haarband mit Schleife zurückgehalten. Bevor sie eintraten, ließ Albert seine klugen Augen auf ihr ruhen. »Aber keinen Unsinn anstellen, Lia!«

Lia, die fest entschlossen war, sich heute Nacht zu amüsieren, fühlte sich ertappt und reckte ihre Nase keck in die Luft. »Ich bin nicht deine kleine Schwester, Albert Sefranek. Und volljährig noch dazu.«

»Entschuldige bitte.« Er errötete.

»Das will ich meinen.« Einmal mehr wusste sie, warum sie Albert schätzte. Erika konnte sich glücklich schätzen, ihn erobert zu haben, aber Lia war er eindeutig zu vernünftig.

Albert öffnete die Tür. Der Raum war voller GIs in Uniform. Auf der Tanzfläche wiegten sich Paare zu Jazz- und Swingklängen.

»Das ist ja ein Musikschuppen!«, rief sie gegen den Lärm aus der Jukebox an. Zigarettenrauch, zum Schneiden dick, vernebelte ihr die Sicht.

»Vom Feiern verstehen sie was.« Albert bahnte sich den Weg durch die Menschenmenge. In seinem Korb lagen die Schnapsflaschen mit Hohenloher Brand, für die Luise ihre Beziehungen hatte spielen lassen. »Am besten, du bleibst in meiner Nähe.«

Lia verdrehte die Augen, während sie Albert zur Theke

folgte, wo Martin an der Seite seines Freundes Bob Prescott auf sie wartete. Er sah schneidig aus in seiner Ami-Uniform. Aber er hätte auch einen Kartoffelsack tragen können, so sehr verzehrte Lia sich nach ihm. Himmel! Hoffentlich merkte er nicht, was sie für ihn empfand.

Befangen schob sie sich neben ihn auf einen Barhocker und bestellte Cola. »Ich liebe das schwarze Gesöff. Dafür lasse ich sogar Alkohol stehen.« Ach herrje, wenn sie nervös war, fing sie an zu schwafeln.

»Das solltest du auch«, ließ sich Albert, der Besserwisser, vernehmen. »Heute Nacht bleibt man besser nüchtern.«

Sie trank einen Schluck der süßen Brause, verschluckte sich prompt und ließ sich von Martin den Rücken klopfen.

Ihr wurde bewusst, dass sie ein Schwarzmarktgeschäft tätigen würden. Da für Geld kaum noch etwas zu haben war, hatte sich in den letzten Jahren ein reger Tauschhandel entwickelt. Seien es mottenzerfressene Pelzmäntel oder angelaufener Schmuck, die Deutschen tauschten ihre Familienerbstücke gegen Waren ein, mit denen man bei Bedarf handeln konnte. Die D-Mark würde es nach und nach richten, doch noch standen Zigaretten hoch im Kurs, ebenso Kaffee, Kaugummi und Nylonstrümpfe. Die großen Geschäfte aber machten Leute wie Arno Kohlhaas. Herr Falbe hatte ihr neulich geschrieben, dass er sich als Schieber erster Güte betätigte.

Lia wandte sich an Martin. »Darf ich eine Zigarette von dir schnorren?« Er hielt ihr sein Päckchen Camel hin, und sie griff dankbar zu. »Heute bin ich unter die Glückspilze geraten.«

Bob gab ihr Feuer, und sie sog den heißen, süßen Rauch in ihre Lungen, als gäbe es kein Morgen.

Eine Gruppe deutscher Fräuleins hatte sich an einem Tisch versammelt und begutachtete die GIs. Die Mädels hatten ihre fehlenden Nylons durch gemalte Striche auf ihren Waden ersetzt. Bett gegen Brot, das war ein fairer Handel in dieser Zeit. Vielleicht sprangen sogar ein Paar echte Strümpfe dabei heraus oder eine Liebe von zweifelhafter Dauer.

»Darf ick bitten?« Bob Prescott zog Lia auf die Tanzfläche und wirbelte sie zu wilden Jazzklängen herum. Er hatte ein freundliches Lachen und starke Arme und tanzte gar nicht so schlecht. Hätte er nicht, wie sie von Martin wusste, eine Frau und zwei Kinder in Philadelphia gehabt, wäre seine Schulter sicher eine zum Anlehnen gewesen. Aber nicht für Lia, die sogar aus der Ferne Martins Blick suchte.

»Darf ich abklatschen?« Martin drängte sich durch die Menge und legte zögernd seine Arme um sie. Tanzen lag ihm nicht. Er war steif und ungelenk und stolperte, statt sie zu führen, über seine eigenen Füße. Lia erinnerte sich dunkel, dass er in den dreißiger Jahren nicht zur Tanzstunde gegangen war.

»Ich mach das sonst so gut wie nie«, gab er zu. »Bin ich dir schon auf die Zehen getreten?«

Lia lachte und fragte sich flüchtig, ob es ein gutes Zeichen war, dass er sie nicht in Bobs Armen lassen wollte.

»Wir könnten uns einfach hin und her wiegen«, schlug sie vor. Und das taten sie dann auch. Der Vorteil war, dass man sich näher kam. Seine warmen Hände lagen auf ihren Schultern, und unter seiner Uniformbluse spürte sie sein Herz schlagen.

»Es ist schön, dass du mitgekommen bist, Lia«, murmelte er in ihre Locken hinein. »Dass wir uns wiedergetroffen haben.«

Schweiß rann ihr über den Rücken, und sie genoss jeden Augenblick, seine Nähe, seinen Geruch und das leichte Zögern, das zeigte, dass auch er kaum glauben konnte, was mit ihnen geschah.

Die Musik wurde lauter und verschluckte ihre Worte. Nach dem nächsten Song kam Bob auf sie zu, zog sie beide von der Tanzfläche und redete in breitem Amerikanisch auf Martin ein, der zu übersetzen begann.

»Es geht los«, sagte er. »Ich hab Bob gestern erzählt, dass ihr Blue Jeans eintauschen wollt. Er hat gleich einige Luftwaffentechniker und Mechaniker gefragt, ob sie dazu bereit wären, ihre Hosen gegen eine Flasche Schnaps abzugeben. Und sieh an, sie sind alle gekommen.«

Sechs Männer, teils weiß, teils schwarz, drängten sich gut gelaunt um Albert und seinen Korb. Lia musterte die Kerle mit professionellen Blicken. »Die habt ihr gut ausgewählt!« Sie waren von unterschiedlicher Statur. Einige echte Hünen, andere eher zierlich. »Da können wir prima verschiedene Größen abnehmen.«

Ehe sie sichs versahen, wechselten sechs Flaschen Hohenloher Brand den Besitzer, und eine Reihe Hosen aus verwaschenem, blauem Stoff stapelte sich in einem unordentlichen Haufen auf der Theke. Lia begann mechanisch, sie zu sortieren und zu falten. Die GIs lachten und palaverten, bis Sergeant Bob eine Runde Bier für alle spendierte. Einige drängten auf die Tanzfläche. Es war klar, dass sie bleiben und sich weiter amüsieren wollten.

Lia trank Martins Whisky leer, als Albert zum Aufbruch drängte. »Lass uns zu Hause einen Blick auf die Hosen werfen, Lia, ich bitte dich! Ich brauche deine Kenntnisse als Schneiderin.«

Martin warf ihr einen bedauernden Blick zu. Der Whisky und die Enttäuschung brannten in ihrer Kehle, als sie begriff, dass das zarte Pflänzchen, das zwischen ihnen zu sprießen begonnen hatte, zum Warten verurteilt war.

»Wann sehen wir uns?«, fragte sie.

»Bald«, versprach Martin.

Er blieb in der Bar, während sich Albert und Lia über die Mainzer Landstraße zu Karls Wohnung aufmachten.

Albert ließ die Etagentür hinter sich ins Schloss fallen.

»Habt ihr die Transaktion erledigt?« Karl saß in Hosenträgern auf dem Sofa, lauschte auf die Jazzklänge aus seinem Nordmende-Empfänger und sah aus, als hätte er jede Sekunde mitgefiebert.

»Das hat besser geklappt, als ich gedacht habe.« Albert stellte den Korb auf dem Wohnzimmertisch ab. »Lia, kommst du?«

In aller Ruhe streifte Lia sich ihre Schuhe von den Füßen, faltete die Hosen auseinander und breitete sie aus. Sie würde sich Zeit lassen mit ihrer Begutachtung. Sollten die Herren ruhig etwas schmoren.

»Nun sag schon!«, drängte Albert. »Ist das was für uns?«

Sie nickte anerkennend. »Dieser Levi Strauss weiß, wie man Hosen schneidert. Das Modell Nummer 501 ist etwas Besonderes.«

Ihre Hände glitten über doppelt verstärkte Kappnähte und einen soliden Sattel auf der Rückseite. Auf jede der Gesäßtaschen war ein V gesteppt, wobei die Nähte alle aus gelbem Garn bestanden, das mit dem Blau des Stoffes kontrastierte. Es war ein Köper mit schrägem Grat. Lia prüfte seine Konsistenz mit zwei Fingern. »So etwas habe ich noch nie gesehen. Es ist Baumwolle, aber haltbar und schwer.«

»Solche Arbeitshosen tragen auch die Cowboys«, mischte sich Karl ein. »Die verreißt nicht einmal ein Pferderücken.«

»Der Schuss ist blau, die Kette weiß«, fuhr Lia fort. »Beim Waschen wird die Farbe auslaufen.« Einige der Jeans wiesen an den Knien und in der Leiste bereits hellere Streifen auf, die darauf hindeuteten, dass der Stoff kräftig ausbluten würde. »Und einlaufen werden sie auch, was bis zu einer Größe ausmachen kann, schätze ich. Kommt drauf an, ob sie sich wieder dehnen, wenn man sie trägt.«

»Wir haben den Originalstoff ohnehin nicht«, meinte Albert. »Also müsste es erst mal Ware aus Deutschland tun. Aber kannst du den Schnitt denn abnehmen?«

»Aber klar doch.« Sie hob ein Modell mittlerer Größe in die Höhe. »Wenn wir die Nähte auftrennen, kriegen wir das schon hin. Auch wenn ich denke, dass es ungewohnt viele Arbeitsgänge bedarf, um sie nachzunähen. Und ob unsere Maschinen die doppelten Nähte schaffen, steht zur Debatte. Es ist also nicht ganz ohne. Die Hosen sind gerade geschnitten, nicht zu eng und nicht zu weit. Wenn wir sie in großen Mengen nähen wollen, kommen wir mit unserer technischen Ausstattung an unsere Grenzen. Und schau mal.« Lia lachte, als ihre Hände sich an den Schritt des Kleidungsstücks verirrten. »Die Amis sind gar nicht so dumm. Sie verdecken die Knopfleiste mit einer Art Latz, damit den Trägern nicht was rausfällt, wenn sie ihnen beim Bücken aufspringt. Nur, was die Nieten auf den Taschen sollen, das erschließt sich mir beim besten Willen nicht.«

»Die gehören dazu«, brummte Karl. »Vielleicht reißen die Ecken der Taschen damit nicht so schnell aus, wenn die Männer darin Messer, Lassos und Zollstöcke transportieren.«

Lia zuckte mit den Schultern. »Wer weiß? Oder sie laufen mit geballten Fäusten in den Taschen herum und ziehen ihre Pistole, peng!«

»Martin hat erzählt, dass dieser Levi Strauss im Jahr 1873 ein Patent auf die Nieten angemeldet hat. Und heute kann sich die Firma vor Aufträgen kaum retten.« Alberts Augen leuchteten hoffnungsvoll. »Man müsste natürlich verhindern, dass man sie voll und ganz kopiert …« Er schwieg angespannt, ehe er sie nacheinander ansah, die Augenbrauen hob und grinste. »Es bleibt uns gar nichts anderes übrig, als es zu versuchen.«

Spät in der Nacht hatten sie alles zu Ende besprochen. Die Hosen waren sicher verpackt. Lia schminkte sich gerade ab, als jemand vehement an die Etagentür klopfte.

»Herrgott noch mal!« Karl stolperte in seiner gestreiften Schlafanzughose aus dem Schlafzimmer. »Wer ist da?«

Lia hoffte inständig, dass es sich um keine Razzia handeln möge. Vielleicht stand auf Tauschaktionen mit Hosen ja Gefängnis?

»Macht bitte auf! Ich bin's.« Es war Martins Stimme. Eine Welle der Freude floss über sie hinweg. Ruckzuck streifte sie sich ihre Bluse wieder über und zog ihren Rock an.

»Was willst du denn noch?« Karl ließ Martin ein, der zielbewusst auf Lia zusteuerte. Er errötete und wurde sofort danach bleich wie ein Leintuch. »Ich wollte dich fragen, ob du etwas Zeit mit mir verbringen willst.«

»Na klar!« Und ob sie das wollte. Lia schlüpfte in ihre Schuhe, während Albert ungehalten auf die Standuhr deutete, die 1.30 Uhr anzeigte. »Weiß du eigentlich, wie spät es ist?«

Martin schob nervös seine Brille zurecht. »Ja, klar, aber ich denke, die Entscheidung liegt bei Lia.«

Albert schüttelte den Kopf. »Lia braucht ihren …«

»Schönheitsschlaf?«, unterbrach sie ihn. »Wir sind beide erwachsen.«

Sie nahm ihre Jacke und war zur Tür hinaus, bevor er ein weiteres Wort sagen konnte.

»Dass Albert so streng sein kann!«, wunderte sich Martin.

Auf der Treppe schütteten sie sich vor Lachen aus wie zwei Kinder, die sich gegen den Willen ihrer Eltern davongemacht hatten. Sie nahmen je zwei Stufen auf einmal, sprangen in den offenen Jeep, der vor der Tür parkte, und brausten davon. Die Straßen waren menschenleer, der Mond längst untergegangen. Über ihnen dehnte sich weit der Sternenhimmel.

»Was hat dich denn geritten, mich so spät in der Nacht noch abzuholen?« Der Wind brachte sie in ihrer dünnen Bluse zum Frösteln, doch ihr Herz war so heiß, dass ihr die Kälte nichts anhaben konnte.

Martin wandte sich ihr zu. »Eins hab ich gelernt in all den Jahren. Verpasste Chancen sind für immer passé. ›Carpe diem‹ sagte mein alter Lateinlehrer dazu.«

»Das sehe ich ganz genauso.« Lia ließ sich den Nachtwind um die Nase wehen, während Martin jedes Hindernis nahm und sie in einer Achterbahnfahrt der Gefühle auf und ab fliegen ließ. »Wohin fahren wir?«

»Wenn du willst, bis ans Ende der Welt.«

Sie lachte und zuckte mit den Schultern. »Keine Ahnung, wo das sein soll.«

»Nur, damit wir nicht anhalten müssen. Aber wenn es doch sein muss, dann lass dich überraschen.«

Sie parkten irgendwo am Mainufer und ließen sich auf einer Bank direkt am Fluss nieder, der einem schwarzen Band glich, auf dem sich die Lichter der Stadt spiegelten. Lia sah, dass sie sich in einer Parkanlage zwischen zwei Brücken befanden.

»Darf ich vorstellen: Untermain- und Friedensbrücke«, erklärte Martin. »Tagsüber spielen wir hier manchmal Fußball und picknicken am Fluss.«

Er köpfte eine Flasche Sekt, und sie tranken durstig. Das prickelnde Zeug stieg Lia in die Nase und ließ sie niesen, was sie wieder zum Lachen brachte. Dann aber saßen sie einfach da und genossen das verheißungsvolle Schweigen, das sich zwischen ihnen ausbreitete. Bis auf eine Biberratte, die mit erhobenen Vorderpfoten am Ufer stand und sich possierlich die Nase putzte, waren sie allein. Lia griff nach Martins Hand und verflocht ihre Finger mit seinen.

»Ich hab dich schon an dem Tag gemocht, als Erika mich mit zum Marktplatz genommen hat«, gestand sie. »Aber genauso sicher wusste ich, dass ich euch nicht in die Quere kommen durfte. Ihr wart füreinander bestimmt.«

Martin schüttelte den Kopf. »Wir waren Kinder.«

»Waren wir das jemals?« Sie ließ ihn los und umfasste fröstelnd ihre Oberarme. Die Biberratte sprang kopfüber in den Fluss und schwamm davon.

»Nicht, was sich Erwachsene unter Kindern vorstellen: eine sorglose Bande ohne Hintergedanken. Ist dir kalt?«

»Ich friere nur äußerlich.«

Er zog seine Uniformjacke aus, legte sie ihr um die Schultern und starrte auf das dunkel vorbeirauschende Wasser. »Aber eins habe ich gespürt. Du warst auf deine Art genauso verloren wie ich. Wir beide paddelten verzweifelt gegen den Strom des Lebens an, versuchten unsere Nase über Wasser zu halten und weigerten uns, unterzugehen.«

»Erika war nie so getrieben wie wir«, sagte sie mit einer Spur Neid.

»Erika ist unbesiegbar«, stimmte Martin ihr zu. »Sie war heil und ist es noch immer.«

»Wir hingegen sammeln unsere Scherben immer wieder auf und setzen zusammen, was von uns übrig geblieben ist.«

Er wandte sich ihr zu, ein Zögern lag in seinem Blick, als stünde es zur Debatte, dass sie ihn abweisen könnte. Bild dir das bloß nicht ein! Lia setzte sich rittlings auf seinen Schoß, umfasste sein Gesicht mit den Händen und sah ihm in die Augen. »Aber jetzt bin ich da.«

Anders als beim Tanzen hatte er Übung im Küssen. Er nagte an ihrer Unterlippe und öffnete dann ihren Mund, wozu Lia mehr als bereit war. Die Nachtkälte war vergessen, als sie seine Zunge in ihrem Mund spürte und seinen

Geschmack nach Whisky, Lakritze und Rauch kostete. Ihre Arme und Beine, ja ihr ganzer Körper schmolzen dahin.

Es dauerte geraume Zeit, bis sie aus dieser unerwarteten Seligkeit auftauchten. Zum ersten Mal seit ihrer Enttäuschung mit Ludger wäre Lia weiter gegangen, doch irgendetwas hielt sie davon ab. Aber warum auch irgendetwas überstürzen. Sie hatten alle Zeit der Welt.

Im Osten erwachte das Licht und verwandelte die Farbe des Flusses in ein weiches Taubengrau.

Martin lehnte sich auf seine Ellenbogen zurück und musterte sie. »Es ist ein solches Wunder.«

»Was?«

»Dass ich dich gefunden habe.«

34.

»Nie und nimmer.«

Helles Streiflicht fiel durch die großen Fenster des Näh-saals und beleuchtete die Musterhosen, die ausgebreitet auf dem Tisch lagen, während Luise auf und ab lief. Sie kochte vor Zorn. Die Näherinnen hoben von Zeit zu Zeit ihre Köpfe und warteten auf den Ausbruch, der auf diesen An-fang so sicher folgen würde wie das Amen in der Kirche.

»Diese unanständigen Karussellfahrerhosen kommen mir nicht in die Produktion. Sie sind viel zu eng.« Die Chefin hatte auf den ersten Blick erkannt, dass es sich um das Mo-dell handelte, das Garys Kronjuwelen perfekt zur Geltung gebracht hatte. »Nur über meine Leiche.«

»Aber Mutter«, versuchte Albert es begütigend, doch Luise schnitt ihm das Wort ab. »Lass stecken, Junge! Auf Be-schwichtigungsversuche reagiere ich nicht.«

Erika legte ihre Hände auf ihren ausladenden Bauch und blickte neidisch zu Lia, die auf dem Tisch saß und mit den Beinen baumelte. Freiheit, dachte sie. Wie sehr sehnte sie sich danach, sich wieder bewegen zu können. Selbst stehen fand sie im Moment zu anstrengend. Und laufen? Dass sie früher einmal über die Aschenbahn geflogen war, konnte sie sich kaum noch vorstellen. Ihre Fußgelenke waren ge-schwollen, ihr Rücken schmerzte, und beim Schuhebinden musste Albert ihr helfen. Und jetzt noch dieser völlig über-flüssige Streit.

»Gary und seine Freunde können meinetwegen zeigen, was sie haben«, fuhr Luise fort. »Aber das gilt doch nicht für unsere deutschen Männer und Jungen. Die stecken wir doch nicht in so was.«

Lia prustete belustigt in ihre Hand.

»Sei du mal lieber still, du Spottdrossel!«, rief Luise. »Hier geht es um Werte und Normen und um die simple Tatsache, dass bei mir keine unanständigen Hosen durch die Maschinen laufen werden.«

Albert startete einen neuen Versuch. »Aber du weißt doch, dass wir eine innovative Idee brauchen, mit der wir uns von der Konkurrenz absetzen können. Und Amisachen sind nun einmal in Mode.«

»Sonst müssen wir dichtmachen«, fügte Lia hinzu. »Wer weiß, ob und wie sich die Modebranche überhaupt erholen wird. Vielleicht laufen wir ja bis in alle Ewigkeit in Kittelschürzen herum.«

»Aber mit diesen Hosen blamieren wir uns.« Luise holte tief Luft und griff nach einem Paradestück. »Ich bitte euch, wie kann man Nieten auf Stoff anbringen? Damit stanzt man sich doch selbst die ersten Löcher hinein.«

Darauf wussten Albert und Lia nichts zu entgegnen.

»Und noch was.« Luise hob ein Exemplar hoch. »Zu dieser Hose passen keine Hosenträger. Sie rutscht den Männern auf die Hüften oder gleich runter bis zum Knie.«

»Hosenträger sind ohnehin passé«, wandte Lia ein. »Man trägt einen Gürtel dazu. Außerdem ist der Schnitt recht eng.«

»Viel zu eng«, verbesserte Luise sie. »Das sind ja richtige Röhrleshosen. Habt ihr gesehen, wie die Farbe ausläuft und hellere Streifen und Flecken zurücklässt? Man muss das Teil extra waschen, sonst färbt es die Wäsche hellblau. Da wird sich keine Hausfrau drauf einlassen.«

»Aber Frau Hermann«, wandte Lia ein. »Wir haben den Originalstoff vorerst doch ohnehin nicht. Wir können stattdessen Monteurköper nehmen. Der hat, wenn er ungleich bindig ist, auch eine blaue Kette und einen weißen Schuss.«

Im Hintergrund hatten die Nähmaschinen wieder zu rattern begonnen, das stetige Geräusch, mit dem Erika aufgewachsen war. An einer davon saß Elvira, an die Lia sich jetzt wandte. »Unterstütz uns doch mal, Elvira! Du könntest deinem Ruf als beste Hellseherin der ganzen Gegend gerecht werden und sagen, dass solche Hosen bald von jedermann auf der Welt getragen werden. Von Männlein und Weiblein, Jungen und Alten, Dicken und Dünnen. Dass sie einen richtigen Siegeszug antreten werden. Blue Jeans nennt sie Martin.«

»Aber wir brauchen doch keine Hellseherin«, wandte Luise pikiert ein. »Das ist unchristlich. Und außerdem: Warum sollten Männer und Frauen das Gleiche tragen? Und dann noch Hosen. Ich bitte dich!«

Elvira hob ihren kastanienbraunen Lockenkopf und lachte. Erika wusste nur nicht, worüber.

»Aber das mit dem Ausbluten ist ein Argument, oder, Eri?« Luise ließ sich erschöpft auf einen Stuhl sinken.

»Natürlich, Mutter.« Erika wusste, wie aufwendig das Waschen war, wie kostbar das Seifenpulver und das Wasser, das im Waschkessel über einem Feuer zum Kochen gebracht werden musste, und wie hart die Frauen das Rühren, Stampfen und Wringen ankam. Waschen war eine Tätigkeit, bei der jede Woche mindestens ein Arbeitstag draufging. Und wenn die Wäsche ihre Farbe verlor und möglicherweise andere Stücke verfärbte, handelte es sich um eine mittlere Katastrophe.

Doch Erika begriff auch, dass es bei ihrem Streit um mehr als um Hosen ging. Mit der Oberhoheit über die Erneuerung der Firma stand ein Generationenwechsel im Raum.

»Niemand will dich ausbooten, Mutter, und schon gar nicht jetzt, im Gegenteil.« Erika wusste, wie sehr Luise Rolf vermisste, der noch immer in russischer Kriegsgefangenschaft war. Sie wollte ihm um jeden Preis den Weg in die Geschäftsleitung ebnen und verhindern, dass Albert und Erika ihm den Zugang verbauten. Erika formte den Namen ihres Bruders tonlos mit den Lippen und blickte dabei Albert an, der ihr zunickte. Sie waren sich einig darin, Rolfs Chancen nicht zu beschneiden.

Ihre Liebe zu Albert war nie tiefer gewesen. Hoffentlich war er sich dessen auch angesichts der Rückkehr von Martin bewusst.

Nachdem Lia ihr von ihm erzählt hatte, war Erika so schnell sie es mit ihrem Babybauch konnte, zu seinem Elternhaus am Marktplatz gelaufen. Sie kam keuchend an, als er gerade den Staub in der Küche zusammenkehrte.

»Erika?« Sie waren einander in die Arme gefallen und hatten gleichzeitig gelacht und geweint. Danach hatten sie befangen am Küchentisch Platz genommen, und Martin hatte zu berichten begonnen, zuerst vom Tod seiner Eltern und seines Großvaters. Es war Erika sehr nahegegangen. »Es tut mir so leid um sie alle drei. Aber ich bin froh, dass du überlebt hast.«

»Dazu habe ich selbst am wenigsten beigetragen.« Danach hatte er zu erzählen begonnen, dass er es statt bis nach Palästina nur bis New York geschafft hatte, dass sein Onkel Aron ihm die Schule und das College finanziert hatte und er auf der Base als Dolmetscher tätig war.

»Wie ist es für dich, zurück in Deutschland zu sein?«, hatte sie ihn gefragt.

Martin hatte den Kopf geschüttelt. »Ich glaube nicht, dass sich die Deutschen grundsätzlich geändert haben. Das sind dieselben, die Hitler auf den Leim gegangen sind.«

Sie hatten weiter geredet, über Erikas Schwangerschaft, die Politik sowie die Zukunft des Landes und alles Mögliche, nur nicht über die Beziehung, die sie niemals gehabt hatten. Schließlich hatte Erika sich an ihre Pflichten als Gastgeberin erinnert und ihn zum Essen eingeladen. Die Vergangenheit war abgeschlossen, und ihre ganze Liebe galt Albert. Bevor sie ging, hatte sie Martin noch gefragt, ob sie ihm die Heine-Ausgabe zurückgeben solle. Er hatte abgewinkt. »Geschenkt ist geschenkt.« Und losgelassen war losgelassen.

»Erika, träum nicht! Wir haben etwas zu besprechen.« Luises energische Stimme holte sie in die Gegenwart zurück.

»Ja?« Sie blinzelte und rieb sich die Augen.

»Was ich nur noch sagen wollte …«, fuhr Luise fort. »Macht doch einfach, was ihr nicht lassen könnt. Aber wenn es schiefgeht, gebt nicht mir die Schuld.« Sie stand auf und rauschte hocherhobenen Hauptes hinaus.

»Puh!«, machte Lia und wischte sich über die Stirn.

»Ist das nun ein Dispens?«, fragte Albert. »Oder gibt sie sich nur zeitweise geschlagen und nimmt den Kampf gegen die Amihosen jetzt erst recht auf?«

»Dabei ist überhaupt noch nicht klar, ob überhaupt eine Nachfrage nach diesen Blue Jeans besteht«, sagte Lia. »Das wartet Frau Hermann sicher ab, bevor sie endgültig urteilt. Wenn es klappt, ist sie dabei, aber wenn es sprichwörtlich in die Hose geht, tragen wir die Schuld.«

»Wir versuchen es«, entschied Albert. Erika nickte ihm zu.

»Aber klar doch, Herr Chef.« Lia sprang auf und gab Albert einen freundschaftlichen Klaps auf die Schulter. »Wir produzieren eine Musterreihe in blauem Monteurköper. Unsere Mädels sind die allerbesten und ihre Schnittdirektrice sowieso.«

Sie zog Erika hoch und zog eine Hose aus dem Stapel. »Kommst du mal mit? Ich will dir etwas zeigen.«

Erika folgte ihr in die Küche, wobei sie mit durchgedrücktem Rücken hinter ihr her watschelte. Lia sah sich konspirativ um und schloss die Tür hinter ihnen ab. »Bist du sicher, dass du keine Zwillinge erwartest?«

Erika setzte sich. »Es tritt mich immer nur einer, aber der wird sicher Fußballer.« Während sie ihre Füße von sich streckte, zog Lia flink Rock und Unterrock aus und schlüpfte in die Blue Jeans.

»Aber Lia? Das ist ...«, begann Erika.

»Unanständig? Ach, i wo. Ich hab mir das kleinste Modell genommen, von Mister Mickrig persönlich.«

Sie zog die Hose über die Hüften, fädelte ihren Gürtel durch die Schlaufen und zog ihn bis zum letzten Loch, das sie extra mit einer Schusterahle hineingestanzt hatte. »Was sagst du nun? Oder halt, es fehlt was.«

Sie knotete die Enden ihrer weißen Bluse zusammen. »So, jetzt sieht man meinen Bauchnabel. Ist das nicht fesch?«

Erika schlug ihre Hand vor den Mund.

»Ach, jetzt sag bloß nicht, dass Hosen für Frauen unanständig sind.«

Erika errötete. »Nein, das ist es nicht.«

Im Krieg und in der Zeit danach hatten Frauen für die Arbeit in der Industrie und beim Trümmerräumen Hosen und Overalls getragen, gerade so wie im Ersten Weltkrieg. In den Zwanzigern und Dreißigern waren sie für Frauen aus fortschrittlichen Kreisen eine schicke Alternative gewesen. Lia hatte Erika von Adas Modellen aus fließender Seide vorgeschwärmt und von den sogenannten Pyjamas, die vorwiegend am Strand getragen wurden. Aber heute? Auf dem Land galten sie für Frauen schlicht als unschicklich.

»Du meinst, dass Damenhosen aus der Modewelt verschwinden werden, bevor sie sich überhaupt durchgesetzt haben?« Lia griff nach einem gepunkteten Tuch, rollte es zusammen und knotete es sich ins Haar. »Stattdessen sollen die Frauen in der Westzone ihre Arbeitsplätze für die Männer räumen und Kuchen backen, vorausgesetzt, es gibt genug Eier und Zucker. Und dabei tragen sie für immer eine Küchenschürze mit Rüschen? Da lachen ja die Hühner!« Lia drehte sich vor Erika im Kreis. »Zünftig, oder?«

Erika musterte sie von ihrem herausfordernden Grinsen bis zu den ausgewaschenen Hosenbeinen und den bloßen Füßen. »Damit bist du eine richtige kleine Vagabundin, Lia.

So eine, die ihr Bündel schnürt und in Heuschobern übernachtet.«

»Ach was?« Lia lachte. »Aus diesen Blue Jeans lässt sich etwas machen, und das würdest du auch begreifen, wenn du mal deine Spießermoral beiseitelassen würdest.«

Sie griff nach dem Spiralblock, auf dem sie sogar beim Essen ihre Ideen festhielt, und begann zu zeichnen. »Schau mal!« Ihre Skizze zeigte die Umrisse einer weiblichen Gestalt, die eine knöchellange Hose mit schmal geschnittenen Beinen trug. »Für Mädels muss das Bündchen höher sein als für Männer. Es muss bis zur Taille reichen. Und wenn dir der Verschluss vorne nicht gefällt, kann man ihn auch seitlich anbringen.«

Erika pustete sich eine Ponysträhne aus der Stirn. »Jetzt lass uns erst mal die Musterstücke anfertigen und abwarten, ob überhaupt Nachfrage besteht.«

Lia lümmelte sich auf einen Stuhl. »Wie war eigentlich dein Gespräch mit Martin?«

Erika errötete. »Wir sind nur Freunde. Vielleicht waren wir auch nie mehr.«

»Aber ihr habt euch geküsst. Früher meine ich.«

»Wir waren ja noch Kinder. Und ich war so eine Art Rettungsanker für Martin.«

Lia verdrehte die Augen. »Ach, sag doch so was nicht, Erika. Sonst fall ich noch vom Glauben ab. Ihr wart doch wie dieses Liebespaar, bei dem man immer mitschmachten muss, weil sie sich nicht kriegen dürfen. Wie heißen die noch?« Lia öffnete Margas Keksdose, warf Erika einen zu und biss selbst in den zweiten.

»Romeo und Julia.« Erika knabberte an ihrem Keks. »Vielleicht waren wir das mal. Aber heute sicher nicht mehr. Was ist eigentlich mit dir und Martin?« Sie fragte aus einem Impuls heraus. Weshalb sollte Lia sich in einen Mann verlieben, der viele Jahre lang fort gewesen war und Künzelsau sicher so bald wie möglich den Rücken kehren würde? Einen, der seine Kindheit und den Tod seiner Eltern mit sich herumschleppte wie eine schwere Last? Und dennoch. Erika begriff. »Du hast die zerbrochene Schäferin nicht nur für Paul aufbewahrt, sondern für dich selbst. Du liebst Martin. Streite es nicht ab!«

»Wie hast du das herausgefunden?«

Erika stand schwerfällig auf, zog Lia in ihre Arme und legte ihr Kinn auf ihren Kopf. »Aber warum hast du nie etwas gesagt, du kleines Schaf? Wir sind doch Freundinnen.«

Lia löste sich. »Er gehörte doch dir.«

»Und jetzt?«, fragte Erika leise. Sie waren zu dritt in Frankfurt gewesen, was, wenn sich dort etwas verändert hatte? Lia leuchtete von innen, und das nicht nur, weil ihr das Blut in die Wangen geschossen war. Das Scharlachrot brachte ihre Katzenaugen zum Funkeln und passte exakt zu ihrem schwarz-weiß gepunkteten Haarband.

»Abwarten!« Lia stellte sich auf die Zehenspitzen, zog Erikas Kopf zu sich heran und drückte ihr einen sanften Kuss auf die Nasenspitze.

35.

FRÜHJAHR 1949

Trotz Luises Bedenken nähten sie eine Musterkollektion von Hosen, die Albert auf seinen Geschäftsreisen potenziellen Auftraggebern präsentierte. Diese überschlugen sich nicht gerade vor Begeisterung, wenn er seinen Musterkoffer öffnete, aber sie staunten über die innovative Idee, und daraus ergaben sich oft Gespräche über die Zukunft der Mode. Viel mehr tat sich jedoch nicht. Sie kamen mit der gegenwärtigen Auftragslage gerade so über die Runden.

Und dann ging plötzlich alles ganz schnell. An einem Morgen im April 1949 saß Albert beim Frühstück, als Erika in die Küche trat. Den kleinen Heiner trug sie auf der Hüfte. Marga stand in einer Schaumwolke am Spülstein und stapelte Tassen und Teller im heißen Wasser.

»Die Post war da.« Erika drückte Albert einen Brief in die Hand, auf dem Luises Vetter Karl als Absender stand. »Was kann er von dir wollen?«

»Keine Ahnung.« Eilig riss er den Umschlag auf und begann zu lesen. Danach senkte er den Brief und ließ seine Augen über den Frühstückstisch wandern, von der aufgeschlagenen Zeitung über den gut gefüllten Brotkorb, Margas Marmelade und der Kaffeekanne bis hin zu Erika, die ihn erwartungsvoll ansah.

»Du bist ganz blass geworden. Sag mir nicht, dass jemand gestorben ist.« Der Kleine steckte sich eines ihrer Schürzenbänder in den Mund und begann, darauf herumzukauen. Erika glaubte, dass er zahnte.

»Im Gegenteil.« Er gab ihr den Brief, den sie eilig überflog.

»Siehst du das auch so wie ich?«, fragte er.

Erika nickte. »Liebe Marga, nimmst du mir mal den Kleinen ab? Wir haben etwas mit Luise zu besprechen.«

»Aber natürlich.«

»Jetzt wird es ernst«, sagte Albert, als sie vor der Tür standen. »Die Musterkollektion war nur ein Vorgeplänkel.«

In den Büschen und Bäumen jubilierten die Vögel, als hätten sie etwas zu feiern. Albert fragte sich unwillkürlich, ob das auch auf sie zutraf.

Sie fanden Luise im Bürohaus, in dem sie vor vier Jahren in beengten Verhältnissen den Neustart vorbereitet hatten. Die Versorgunglage hatte sich seither verbessert. Doch die Tatsache, dass genug Essen auf dem Tisch stand, vermochte die Knappheit in anderen Bereichen nicht zu verbergen. Albert befürchtete, dass ihnen genau dieser Umstand den Hals brechen konnte.

Luise saß am Schreibtisch und sah ihre Geschäftspost durch, als sie eintraten und sich zu beiden Seiten der Tür aufstellten.

»Steht doch nicht so dumm rum wie zwei arme Sünder!« Sie deutete auf die zwei Stühle an der Wand, auf denen sie Platz nahmen und zusammen tief Luft holten.

»Was wollt ihr denn?« Luise setzte sich zurück, stützte die Ellbogen auf die Tischplatte und legte die Fingerspitzen aneinander. »Nicht, dass ihr schon wieder eine innovative Idee habt. Mir reicht es noch vom letzten Mal.«

»Es ist ein Brief gekommen«, begann Erika.

»Briefe kommen jeden Tag einige.« Luise klappte die Mappe zu, mit der sie sich gerade beschäftigt hatte. Albert entging nicht, wie angespannt sie war. Die alte Füchsin wusste genau, dass es gleich interessant werden würde.

»Lies bitte selbst.« Er reichte ihr das Schreiben.

Umständlich setzte sie ihre Brille auf, überflog es und ließ es auf die Tischplatte sinken. »So. Der Karl will dir also einen Auftrag über 300 Stück Röhrleshosen geben.«

Dreihundert. Albert bekam einen trockenen Mund, wenn er nur an diese Zahl dachte. »Für seinen und andere StEG-Läden.«

Luise legte ihre gefalteten Hände auf den Tisch. »Was meinst du, Albert?«

Er wechselte einen Blick mit Erika. »Das ist noch nicht die Welt, aber ein Anfang. Aber wie lautet deine Meinung dazu?«

»Es ist ja nett, dass ihr mich fragt«, sagte Luise spitz.

Von ihrer Antwort hing so viel ab. Vielleicht sogar das Überleben der Firma. Was, wenn sie sich querstellte? Aber sie zögerte nur kurz. »Wir machen das. Natürlich, was denn sonst? Ein solches Geschäft können wir uns nicht entgehen lassen.«

Sie stand auf und strich ihren Trachtenrock glatt. Noch immer war sie eine imposante Frau, ohne die im Betrieb nichts lief. »Also, Albert, was liegt als Nächstes an?«

»Lia«, sagte er. »Wir müssen sie fragen, ob das überhaupt machbar ist.«

Albert und Erika gingen Luise in den Nähsaal voran, wo im Moment fünfzehn Näherinnen tätig waren. Sie bekamen in Abständen Aufträge für Berufsbekleidung, aber auch für den täglichen Bedarf an Bubenhosen und Dirndln rein. Hin und wieder änderte Lia auch Kleider ab, die ihr von den Frauen aus der Stadt gebracht wurden, wendete und nähte Stoffstücke ein, wo etwas zu kurz oder zu eng geworden war. Keine dieser Tätigkeiten stellte die Zukunft der Firma dauerhaft sicher.

Lia stand am Zuschneidetisch. Sie trug die gleiche weiße Kittelschürze mit den kleidsamen Bändern wie ihre Näherinnen und maß ein Stück schwarzen Stoff ab.

»Wir müssen dich sprechen.«

»Klar doch.« Sie folgte ihnen in eine ruhigere Ecke des Raumes und steckte sich eine Zigarette an. »Was gibt es denn, dass die Chefetage hier in geballter Übermacht aufschlägt?«

Albert reichte ihr den Brief.

Sie las und pustete den Rauch aus. »Nicht schlecht. Mit so was habe ich gar nicht gerechnet.«

»Reicht unsere Ausstattung, um einen so großen Auftrag zu bewältigen?«, fragte Erika gespannt. Albert begriff, dass von Lias Antwort alles abhing. Die Röhrleshosen wiesen zur bisherigen Berufsbekleidung einige Unterschiede auf.

Lia rauchte und überdachte dabei ihre Möglichkeiten. Dann seufzte sie tief. »Es tut mir leid, Albert. Du weißt, dass wir für eine so große Anzahl Hosen jede Menge blauen Monteurköper benötigen, ebenso wie die passende Menge Garn und Knöpfe.«

Albert nickte ungeduldig. Er hatte mit dem Gedanken

gespielt, den Originalstoff, diesen Denim, zu besorgen, das aber wieder verworfen, weil er ihn direkt aus den USA importieren und dafür Frachtkosten und Zoll bezahlen musste. Später vielleicht, wenn sie besser im Geschäft waren und sich die Situation mit der Besatzungsmacht normalisiert hatte. »Monteurköper. Der lässt sich schon irgendwie heranschaffen.«

Lia drückte ihre Zigarette aus. »Aber das ist nicht alles. Für diesen Auftrag brauchen wir, wenn wir einigermaßen kostengünstig nähen und perfekte Qualität abliefern wollen, andere Nähmaschinen. Zumindest ein paar.«

»Was sagst du da?«, fragte er. Wenn etwas grundsolide war, dann ihre Pfaff-Nähmaschinen. Seit den Anfangsjahren war Luises Nähwerkstatt damit ausgestattet gewesen.

Lia schüttelte bedauernd den Kopf. »Es tut mir leid. Aber wir brauchen Maschinen, die mühelos dreifache Seitennähte hinkriegen.«

Albert wandte sich an seine Schwiegermutter. »Mutter? Was meinst du?« Es durfte nicht sein, dass sich ihr schöner Auftrag in Wohlgefallen auflöste, bloß weil ihnen die passenden Nähmaschinen fehlten. Manchmal muss man über seinen Schatten springen.

»Lia hat recht«, sagte Luise nach kurzem Zögern. »Wenn wir unseren Ansprüchen genügen wollen, reicht unsere Ausstattung nicht aus.«

Wie betäubt verließ Albert den Nähsaal, ging zum Fluss und setzte sich ins frische Gras an der Böschung. Die Enttäuschung brannte so stark in ihm, dass er nicht bemerkte, wie der Frühling in den letzten Wochen Fahrt aufgenommen hatte, die Kirschbäume schneeweiß blühten, und der Hang voller gelbem Löwenzahn stand.

Abgesehen davon, dass ihre finanziellen Mittel für eine solche Investition an ihre Grenzen kämen, waren neue Maschinen kaum zu besorgen. Wenn, dann müsste man sie direkt von der Firma Pfaff liefern lassen, was unmöglich war, weil es keine Fuhrunternehmen gab und Treibstoff knapp war. Sie saßen fest. Frustriert warf er einen Stein in den Fluss, der sofort unterging.

Erika setzte sich neben ihn und legte ihre Arme um ihre angezogenen Knie.

»Wie schnell Träume platzen können«, sagte er.

Sie wandte ihm ihre schönen Augen zu. »Wir geben nicht so schnell auf. Keiner von uns, nie. Jedenfalls nicht, bevor wir alle Chancen ausgelotet haben.«

Albert starrte auf den Fluss hinaus. »Aber das … Es ist zu viel. Das kriegen wir nicht hin. Unser Geld reicht nicht, und Transportmöglichkeiten gibt es auch keine.«

Sie zog ihre Sandalen aus und vergrub ihre schlanken Zehen im frischen Gras. »So wie ich dich kenne, läufst du doch bei Schwierigkeiten zur Höchstform auf. Wer hat an unserem Hochzeitstag noch mal den Amis Benzin geklaut?«

Albert rang sich ein Lachen ab. »Auf diese Glanzleistung bin ich nicht mehr ganz so stolz.«

»Aber damals hat uns deine Findigkeit gerettet.« Sie pflückte eine Pusteblume, blies zart hinein und ließ die Samen fliegen. »Auf jeden Fall lohnt es sich, darüber nachzudenken, wie man es trotzdem schaffen kann. Ich meine, bevor man aufgibt, ohne es versucht zu haben.«

Er stand auf und half auch Erika auf die Füße. Arm in Arm gingen sie nach Hause. »Denkst du das wirklich von mir? Dass ich alles schaffen kann?«

»Natürlich.«

Erika hatte recht. Er war gut darin, Abläufe zu organisieren und Dinge zu planen. Manchmal sogar über die Grenzen des Machbaren hinaus. »Ich kann es zumindest versuchen.«

»Und wenn es länger dauert, das Denken meine ich, dann ist das eben so«, sagte sie. »Die StEG-Läden kommen bisher ja auch ohne unsere Hosen aus. Wir haben alle Zeit der Welt.«

Albert brütete nächtelang über dem Problem, und schließlich erwachte sein Trotz. Er war Albert Sefranek, der seine Einheit mit seinem persönlichen Einsatz, seiner Klugheit und seinem halsstarrigen Mut durch den Krieg gebracht hatte. Auch wenn er Erwin nicht hatte retten können, von dem sie neulich erfahren hatten, dass er gefallen war, Arnold hatte überlebt und sein Lehramtsstudium inzwischen fast abgeschlossen. Und Albert würde eine Lösung finden, weil er sogar Giselbert von Stetten und den Mäusen getrotzt hatte.

Eines Morgens erwachte er und wusste, wie es zu schaffen war. Dafür musste er sich zwar von einigen liebgewordenen Vorstellungen verabschieden, unter anderem, dass er ausschließlich Textilunternehmer war, aber was tat man nicht alles?

Der erste Schritt war der Transport. Es war viel zu teuer und zu unsicher, sich die Nähmaschinen und den Stoff liefern zu lassen. Also musste er kurzfristig selbst unter die Fuhrunternehmer gehen. Er überlegte lange und entschied sich schließlich für einen Sattelschlepper mit Holzvergaser, den er gebraucht kaufte und schnell wieder loswerden konnte. Es war ein ebenso unförmiges wie unpraktisches Gefährt. Auf der Ladefläche stand hinter dem Fahrerhaus ein Generator, der 2,5 Meter in die Höhe ragte und einen Durchmesser von 60 Zentimeter maß. Angetrieben wurde er durch ein Gas, das durch die Verbrennung von Holzstückchen entstand. Seine Leistung war wenig effektiv. Manchmal glaubte Albert, den Wagen über die Bergkuppen schieben zu müssen, aber sie kamen voran. Sie waren zu zweit, weil Albert einen eigenen Heizer eingestellt hatte. Für Reinhard, Erikas sechzehnjährigen Cousin, war die Fahrt nach Kaiserslautern zur Firma Pfaff das größte Abenteuer seines bisherigen Lebens. Denn leider, behauptete er zu Alberts Verblüffung, war der Krieg an ihm vorbeigegangen. Um eingezogen zu werden, war er ebenso zu jung gewesen wie für Heldentaten an den Flakgeschützen.

Nachts parkten sie an irgendeiner Seitenstraße zwischen Wiesen und Feldern, zündeten ein Feuer an und hielten abwechselnd Wache, damit sich keine Diebe und Plünderer anschleichen konnten. Zum Glück war es nicht kalt, denn es ging dem Sommer entgegen.

Eines Abends saß Reinhard in seine Decke gehüllt am Feuer und fütterte es mit Holz. Über ihnen dehnte sich ein sternenklarer Nachthimmel.

»Das ist fast so gut wie bei den Cowboys im Wilden Westen«, murmelte er schläfrig. »Geradeso wie bei John Wayne in der Prärie.«

»Und die passenden Hosen haben wir auch bald dazu.« Albert stand auf, um nach dem Rechten zu sehen. Als er zurückkam, war der Junge eingeschlafen.

Erika und Albert hatten im Kino schon Wildwestfilme gesehen, in denen Cowboys auf dem Pferderücken durch die Prairie jagten. Ob sie dabei Hosen der Marke Levi's trugen, wusste er nicht. In einem Punkt jedoch war er sich sicher: Mochten die Amerikaner Besatzer sein oder nicht, der »American Way of Life« galt bei der Jugend als Sinnbild von Freiheit. Was, wenn er der Erste wäre, der die passenden Hosen »Made in Germany« auf den Markt brachte?

Nach ihrer Ankunft bei der Firma Pfaff in Kaiserslautern tauschte Albert seine Fracht an Kartoffeln für die Kantine gegen die passenden neuen Nähmaschinen ein.

Problem gelöst. Zurück in Künzelsau fiel Erika ihm um den Hals, und Luise nickte anerkennend. Aber er war noch lange nicht fertig.

Als Nächstes lenkte er den Sattelschlepper aufs Land hinaus zu einer Koppel voller blökender Schafe.

»Das kann nicht dein Ernst sein!«, stöhnte Reinhard. »Wir sind doch kein Tiertransporter.«

»Ich fürchte jetzt schon.« Albert sprang grinsend aus dem Fahrerhäuschen und ließ die wollige Bande mithilfe des Schäfers auf die Ladefläche springen, während Reinhard mit untergeschlagenen Armen danebenstand.

»Die stinken, und außerdem blöket die wie blöd.« Der Sechzehnjährige rümpfte die Nase und kündigte an, für solche Art von Transporten nicht mehr zur Verfügung zu stehen.

Dank Erikas Überredungskunst und einer gehörigen Taschengelderhöhung durch Luise hielten sie Reinhard schließlich aber doch bei der Stange. Und nicht nur das. Im Rheinland tauschten sie die Schafe so erfolgreich gegen Webstuhlmotoren ein, dass der Junge einlenkte.

»Ich werde Fuhrunternehmer«, sagte er.

»Endlich hast du begriffen, wie es funktioniert«, lobte ihn Albert.

In der fränkischen Stadt Hof wechselten die Webstuhlmotoren schließlich gegen die bestellte Menge Monteurköper ihren Besitzer. Endlich waren sie fertig.

Obwohl Albert nach seiner Rückkehr nach Künzelsau völlig erledigt war, wusste er, dass sie es schaffen würden. »Jetzt kann es losgehen«, sagte er am nächsten Morgen zu Lia.

»Nicht ganz.« Sie traute es sich kaum zu sagen, aber er hatte die Nieten vergessen, die an der ersten deutschen Amihose ebenso unentbehrlich waren wie an ihrem Prototyp aus den USA.

Fluchend setzte Albert sich also auf Ludgers altes Moped und klapperte Schuhmacher in der ganzen Gegend ab. Martin war nicht darunter, der hatte zwar seinen Militärdienst quittiert, arbeitete aber als Journalist in Stuttgart. Trotzdem bekam Albert schließlich, was er wollte.

Es war Sommer, als die ersten Röhrleshosen vom Band gingen. Am Schnitt hatten sie kaum etwas geändert. Wie Luise prophezeit hatte, maß die Standardhose statt 90 nur 80 Zentimeter im Bund und machte alle Hosenträger überflüssig. Allerdings stellte die Produktion die Näherinnen vor eine Herausforderung, weil sehr viele Arbeitsschritte geleistet werden mussten. Die fertigen Hosen wurden in den StEG-Geschäften für 10 D-Mark das Stück verkauft, was für den üblichen schmalen Geldbeutel nicht wenig war. Normale deutsche Bekleidungsgeschäfte bestellten bisher noch nichts. Aber der Anfang war gemacht.

»Wir brauchen einen anderen Namen als Röhrleshose.« Erika nahm den kleinen Heiner bei den Händen und ließ ihn auf ihrem Schoß auf und ab hüpfen. Es war Sonntag. Sie saßen rund um den Tisch und aßen Träubleskuchen, den niemand besser zu backen verstand als Marga. »Röhrleshosen versteht außerhalb des süddeutschen Sprachraums niemand.« Erikas Augen glitzerten. In der Tat waren Röhrles im Schwäbischen die Trinkhalme, die Kinder in ihre Becher mit Kaba steckten. »Also lasst euch nicht lumpen mit Ideen.«

»Kronjuwelenhose.« Lia wollte sich ausschütten vor Lachen.

»Was bedeutet das?«, fragte Paul.

Marga schüttelte tadelnd den Kopf. »Da siehst du, was du von deinen dummen Witzen hast, Lia.«

»Amihose«, lautete Luises Vorschlag.

»Zu wenig romantisch«, urteilte Erika. »Vielleicht hat ja Paul eine phantasievolle Idee.«

»Ich weiß nichts«, beteuerte dieser. »John-Wayne-Hose.«

»Das ist gar nicht mal so dumm.« Albert dachte an Wildwesthelden, die mit einem Lasso in der Hand und einer schnodderigen Bemerkung auf den Lippen ihren Kampf für Gerechtigkeit ausfochten. Sie würden den Träumen von Freiheit Gestalt verleihen, und zwar noch bevor sich die amerikanische Lebensart in Deutschland endgültig durch-

gesetzt hatte. Plötzlich musste er an ein übermütiges Wild-
pferd denken, das durch die Prärie galoppierte und sich vor
lauter Lebenslust auf die Hinterbeine stellte, einen Mustang.
Aber er sagte etwas anderes. »Wie wäre es mit Cowboy- oder
Farmerhose?«

36.

Das Haus stand im Süden des Stuttgarter Kessels in einer dieser Straßenschluchten, die sich schnurgerade durch die Talsohle zogen, um sich schließlich in Serpentinen nach Kaltental und Vaihingen hinaufzuwinden. Sie wurden von hohen Häusern gesäumt, einige alt, andere nach dem Krieg erbaut, doch sie alle überzogen sich im Arbeiterviertel Heslach in Windeseile mit dem Einheitsgrau aus Abgasrohren und Heizungen. Nur selten schafften es die Sonnenstrahlen bis nach unten.

Lia hatte eine halbe Weltreise hinter sich. Sie hatte den Zug von Künzelsau genommen, war in Hessental bei Schwäbisch Hall umgestiegen und vom Stuttgarter Bahnhof aus mit der Straßenbahn gefahren. Als sie vor dem Haus stand, legte sie den Kopf in den Nacken.

Martin wohnte unterm Dach im fünften Stock. Voller Vorfreude trat sie ein und erklomm die Treppe. Die Kehrwoche war frisch gemacht, der Boden so sauber, dass man davon essen konnte, und die Hausfrauen hatten sogar den Briefkasten blank gewienert. In jedem Stockwerk roch es nach Essen, im ersten nach Linsen und Spätzle, im zweiten nach frischem Hefezopf und schließlich … Rührte der Geruch im dritten etwa von sauren Nierle, die Lia von Herzen verabscheute? Nur weg. Sie legte einen Schritt zu und erreichte endlich den obersten Treppenabsatz. Hier oben gab es nur eine Wohnung und eine Tür, die zum Dachboden führte. Martin wartete am Geländer, seine Brille in der Hand.

»Welcome, Miss Lia.« Sein weißes Hemd stand halb offen und zeigte seine gut definierten Brustmuskeln. Es machte sich bezahlt, dass er regelmäßig trainierte.

»Du Charmeur und Verführer«, sagte sie leise. »Ich habe Kekse mitgebracht.«

»Gut.« Er lächelte, und sie musste aufpassen, dass sie nicht im Honiggold seiner Augen ertrank. »Aber zuerst will ich dich. Oder möchtest du einen Tee trinken?«

»Nein.« Lias Herz begann zu klopfen. Wie hatte sie es geschafft, so viele Jahre zu überleben, ohne dass jemand sie begehrte?

Er zog sie in seine Arme und küsste sie auf Mund, Augen, Gesicht und Hals, strich ihr über den Rücken, umfasste ihre Pobacken, hob sie ein wenig an, drängte sie an die Wand und küsste sie. Es war ein appetitanregendes Ritual, das sie Samstag für Samstag wiederholten. Wie gut, dass die Hausfrauen von Etage eins bis vier das nicht mitbekamen.

Sie schob ihn zur Seite. »Schhh! Du musst mich nicht verschlingen, du Kannibale.«

»Und ob ich das muss. Aber vielleicht sollten wir lieber vernaschen sagen.« Martin zog sie in sein Schlafzimmer mit der Dachschräge und schaffte es gerade noch, seine Brille auf der Kommode abzulegen. »Du bist so unglaublich schön.«

»Ich weiß.«

In den nächsten zehn Sekunden entledigten sie sich ihrer Kleidungsstücke und landeten auf der Matratze, Lia rücklings, Martin über ihr. Im Knien streifte er sich ein Kondom über. Lia stieß einen Laut der Überraschung aus, als er unvermittelt in sie eindrang, und sie sich so schnell und hastig liebten, als seien sie am Verdursten. Hinterher lagen sie atemlos und schweißüberströmt auf der Matratze. Es war Sommer, und es gab keinen heißeren Ort als eine Dachgeschosswohnung im Stuttgarter Süden.

Beim zweiten Mal ließen sie sich Zeit, um sich ausgiebig zu küssen und auf raffiniertere Weise Lust zu schenken. Lia hatte diese Dinge sehr lange nicht mehr getan. Es war, als hätte sie sich für Martin aufgehoben. Aber jetzt war jetzt. Außerdem wusste sie, dass er in diesen Minuten die Traurigkeit vergaß, die zu seiner ständigen Begleiterin geworden war. Sex bekämpfte seine Gespenster am besten.

Später saßen sie, während die Sonne in einem Wald aus Antennen und Schornsteinen versank, in der Küche, rauchten und tranken Darjeeling.

Bald nach ihrer Fahrt nach Frankfurt hatte Martin seinen Dienst bei der US-Army quittiert und einen Job in der Nachrichtenredaktion einer Tageszeitung in Stuttgart angenommen. Seither arbeitete er im Tagblattturm in der Eberhardstraße, wo man seine perfekten Englischkenntnisse zu schätzen wusste. In der Anonymität der Großstadt fühlte sich Martin wohl. Hier war er kein Jude, den man fragte, was ihn in sein Heimatland zurückgetrieben hatte, sondern nur ein junger Redakteur, der wie alle anderen diese Zeit als eine des Aufbruchs verstand.

Nächtelang hatten sie einander ihr Leben erzählt. Vor allem das, was wehtat. Martin hatte ihr von New York berichtet, von der weit verzweigten Familie seines Onkels Aron, die sich am Sabbat und an den Feiertagen traf, von den Müttern und Großmüttern, die geschickt die Fäden in der Hand hielten und der alles umspinnenden Wärme und Geborgenheit ihrer verschworenen Gemeinschaft.

»Ich wünschte, meine Eltern und mein Großvater hätten es auch geschafft«, hatte er wehmütig gesagt.

»Sie haben alles dafür getan, damit du dort in Sicherheit sein konntest.«

»Sie haben sich geopfert.«

Martin hatte ihr auch von dem Formular erzählt, das er bei seiner Ankunft in den USA ausfüllen musste und das ihn als Angehöriger der Rasse »Hebrew« auswies. »Von wegen, dort sind alle gleich.« Und schließlich von seinem Einsatz mit der US-Army in Dachau, wo er als Fotograf bei der Öffnung der Vernichtungsöfen dabei gewesen war. Der Geruch der Asche, sagte er, hafte bis heute an ihm und werde sich wohl bis zu seinem Tod nicht verflüchtigen.

Kurz danach hatte ihn die Nachricht ereilt, dass seine Familie im KZ Stutthof ums Leben gekommen war. Aber Martin war nicht zusammengebrochen. Im Gegenteil. Ein zweites Leben sei ihm geschenkt, erzählte er Lia. Das müsse er so leben, dass es ihren Tod wiedergutmache.

Lia schämte sich, weil sie ihr eigenes Schicksal so wichtig nahm. Keinen Vater und ein Kind von einem Scheißkerl zu haben, fühlte sich harmlos an gegen das, was Martin durchmachte. Nein, sie wollte bei Gott nicht mit ihm tauschen.

Martin goss in ihre leere Tasse neuen Tee aus der geblümten Teekanne, die er aus seinem Elternhaus mitgebracht hatte. »Und wie war deine Woche?«

Lia legte Margas selbst gebackene Kekse auf einen gesprungenen Teller. »Gut. Es kostet Mühe, die Blue Jeans zu nähen, aber unsere Mädle sind geschickt und fleißig.« Vom Schnitt bis zur fertigen Jeans hatte sie an die 300 Arbeitsgänge gezählt.

»Und? Lassen sie sich verkaufen? Als Produkt aus Hohenlohe wie der gute alte Getreidebrand?«

Martin stellte die dampfende Kanne auf die Ablage unter der Dachschräge. Seine Wohnung verfügte über den Luxus eines Küchenbads, bei dem sich unter der Spüle eine Badewanne verbarg, die sie rege nutzten.

Lia legte ihre Beine auf einen Stuhl und sog den Rauch ihrer Zigarette ein. »Der große Auftrag ist mittlerweile ausgeliefert. Die Hosen sind zwar noch kein Verkaufsschlager, aber langsam machen sie sich einen Namen. Wenn wir denn einen hätten. Die Bezeichnung Cowboyhose reicht irgendwie nicht aus. Es muss etwas Griffigeres her.«

Klug und umsichtig, wie er war, hatte Albert eine Verkaufsstrategie entwickelt, die die Besonderheit der Hose aus Amerika in den Vordergrund stellte. Rebellisch, jung und modern sollte das Modell wirken und den »American Way of Life« betonen. Für die Jeans hatten sie das neue Firmenlogo der Hermann-Bekleidungswerke entwickelt, einen pummeligen Elefanten auf zwei Beinen, der in einer Hose steckte.

»Mir geht das alles nicht weit genug.« Lia drückte ihre Kippe aus. »Ich knalle Albert immer mal wieder ein paar Zeichnungen für eine Damenhose auf den Tisch, aber ganz so revolutionär will er nun doch nicht sein.«

Martin verdrehte die Augen. »Ich sage nur Marilyn. Die Monroe sieht in Hosen sexy aus.«

»Ja, ihre Sanduhrfigur kommt darin toll zur Geltung.« Lia

lachte. »Sicher können die Männer die Augen nicht von ihr lassen, aber bei uns gelten eben Röcke und Kostüme als angemessene Damenkleidung. Etwas dagegenzusetzen, ist Rebellion.« Eilig tranken sie den Tee, aßen den Keksteller leer und hörten dazu Radio.

»Auch wenn sich das Spießertum bei Kriegsende nicht selbst abgeschafft hat. Was die von Levi's können, könnt ihr doch schon lange.« Martin zog sie an beiden Händen hoch. »Aber wenn wir noch was erleben wollen, müssen wir uns sputen, Miss Lia.«

»Warte!« Sie lief ins Schlafzimmer und warf sich in ihre mitgebrachte Partykluft: eine knöchellange schwarze Hose, eine kurze, schwarz-weiß karierte Bluse und dazu ein paar flache Sling Pumps. Martin pfiff durch die Zähne, als er sie sah.

Jeden Samstagabend stürzten sie sich ins Stuttgarter Nachtleben, besuchten Jazzkonzerte oder gingen tanzen. Am Sonntag liefen sie oft bis zur Karlshöhe und zum Blauen Weg und genossen vom Waldrand aus den Blick über die Stadt. Obwohl sich noch immer Lastwagen mit Abbruchschutt zum Monte Scherbelino hinaufwälzten, herrschte in Stuttgart eine Atmosphäre des Neubeginns.

Nachmittags kehrte Lia schließlich nach Künzelsau zurück, wo Martin nur noch selten hinkam. Aber wenn er da war, bemühte er sich mit rührender Zuneigung um Paul. Er begleitete ihn zum Fußball, ging mit ihm Angeln und half ihm bei den Hausaufgaben, wobei er ihm kaum etwas erklären musste. Paul war so klug und wissbegierig, dass sein Lehrer Lia geraten hatte, ihn aufs Gymnasium zu schicken. Wie sie das allerdings finanziell stemmen sollte, war ihr schleierhaft. Und was, wenn er doch einmal Hilfe beim Lernen benötigte? Martin, nicht nur sie brauchte ihn, sondern auch ihr Sohn. Er sollte sie nur endlich fragen, dann konnten sie das, was sie verband, auch offiziell machen. Manchmal jedoch hatte sie das Gefühl, für ihn nur ein liebenswerter Zeitvertreib zu sein. His sweet summer affair, wie er sie einmal genannt hatte.

Es war nach 19 Uhr, als sie vor die Tür in die Hitze traten. Sie fuhren mit der Straßenbahn in die Stadtmitte und stiegen am Schlossplatz aus, wo sie von Martins Redaktionskollegen Eugen und Werner in Empfang genommen und überschwänglich begrüßt wurden.

»Du siehst zauberhaft aus, Lia«, sagte Eugen. Sie schätzte ihn auf um die vierzig, also uralt.

Zu ihrer Rechten ragte die Ruine des 1944 zerbombten Neuen Schlosses empor, über dessen Wiederaufbau rege diskutiert wurde.

»Was wäre, wenn wir das Gelump einfach abreißen und stattdessen etwas Neues bauen würden, das der Zeit besser entspricht?«, schlug Martins Kollege Werner vor. Er war noch keine dreißig, hatte aber bereits eine schweißfeuchte Halbglatze. »Wir sollten die Vergangenheit doch besser hinter uns lassen.«

»Kannsch ja Meinungsmache betreibe«, sagte Eugen spöttisch. »So als Zeitungsmann. Zum Glück sind mir net Bundeshauptstadt gworde. Wo hätten auch die Ministerien hingesollt in der zerstörten Stadt?«

Martin zuckte skeptisch mit den Schultern und enthielt sich, während sich über ihnen ein Gewitter zusammenbraute und es in der Ferne leise zu donnern begann. Lia war erleichtert, als sie das Kino Cinema in der Königsstraße erreicht hatten, wo an diesem Abend ein Jazztrio mit Piano, Bass und Saxophon auftreten sollte. Nachdem sie Getränke bestellt und einen Tisch belegt hatten, gingen die Männer sich gegenseitig an, weil sie sich nicht darauf einigen konnten, welches die innovativere Musikrichtung war: Bebop oder Cool Jazz. Lia verdrehte die Augen und nippte an ihrer Weinschorle, bis eine Frage von Werner sie aufhorchen ließ.

»Wie geht es dir eigentlich im Land der Täter, Martin?«

Martin setzte langsam sein Glas ab und musterte seinen Kollegen. Seine Augen glitzerten wachsam. »Weshalb fragst du das?«

Werner räusperte sich. »Nun, weil ich denke, dass du jeden Tag den Leuten über den Weg laufen kannst, die deine Eltern …« Der junge Redakteur wurde kreidebleich, als würde er an dem Wort ersticken, dass ihm nicht über die Lippen kommen wollte.

»… umgebracht haben?«, vollendete Martin kühl. »Ich muss mit dieser Möglichkeit leben. Aber es gab ja noch jede Menge andere, die den Juden den Tod gewünscht haben oder die froh waren, dass es statt ihrer sie getroffen hat.«

Eugen öffnete schon den Mund, um die beiden zu unterbrechen, doch Werner war schneller. »Und genau deshalb verstehe ich nicht, warum du bleibst. Wäre es nicht einfacher, sich woanders ein neues Leben aufzubauen? Zum Beispiel in Palästina oder in den USA, wo es viele Leute mit … deiner Religion gibt?«

Die meisten Menschen kannten Martin als ebenso reflektierten wie umgänglichen Zeitgenossen. Lia jedoch wusste, wie kompromisslos er sein konnte, wenn die Vergangenheit zur Sprache kam. »Das klingt ja fast, als würdest du mich am liebsten loswerden. Wo warst eigentlich du vor …« Er zählte an seinen Fingern ab. » … sechs Jahren?«

Eugen schwieg entsetzt.

Während Lia Martin unter dem Tisch kräftig vors Schienbein trat, errötete Werner flammend. »Ich …« Schweißperlen glänzten auf seiner Stirn und rannen ihm in die Augen.

»Lasst stecke!« Eugen legte seine Hand auf Martins Arm. »Wir müsset das vergesse, sonst können wir nämlich net weitermache in diesem Deutschland.«

Lia spürte, wie Martin innerlich vor Zorn kochte. Er empfand die Anstrengungen der jungen Bundesrepublik, die schwierige Vergangenheit aufzuarbeiten, als ungenügend. Vernachlässige man das, würden die Dinge unter der Oberfläche zu gären und zu faulen beginnen und irgendwann wie ein Vulkan ausbrechen. Außerdem säßen an den Schaltstellen der Macht immer noch die alten Nazis, zum Teil mit Billigung der Besatzungsmächte.

Zum Glück betraten die Musiker in diesem Moment die Bühne und begannen zu spielen. Die Männer hörten auf zu streiten und lauschten ihnen.

Als sie spät in der Nacht auf den Schlossplatz hinaustraten, öffnete der Himmel über ihnen mit Macht seine Schleusen. Es donnerte und blitzte gewaltig, und ein Platzregen durchnässte sie im Handumdrehen.

»Endlich wird es kühl.« Lia hob ihr Gesicht in den Regen und ließ sich von Martin in die Arme ziehen.

»Ach Lia, du bist so unglaublich.«

»Das will ich doch hoffen.« Lia leckte sich die Tropfen von den Lippen, zog ihre Slingpumps aus, tanzte barfuß um Martin herum und sprang in die vor ihr liegende Pfütze. »Wie erfrischend, fast wie Schwimmen.«

Doch als sie später zu Fuß nach Heslach gingen, weil die letzte Straßenbahn längst gefahren war, versank Martin in diesem Schweigen, das sie mehr als alles fürchtete. Tief in der Nacht standen sie schließlich vor seinem Haus, und er kramte missgelaunt in seiner Jackentasche nach dem Schlüssel.

»Vielleicht kann ich nicht für immer in Deutschland bleiben«, sagte er nachdenklich. »Niemand will mehr antisemitisch sein, aber die Leute sind es im Herzen geblieben. Vielleicht, weil sie an ihren eigenen Schuldgefühlen ersticken. Wenn wir Juden endlich alle weg wären, müssten sie sich nicht mehr erinnern.«

37.

Lia wollte endlich wissen, wo sie stand. An einem Sonntag im Spätsommer fand sie es an der Zeit, Martin auf seine Absichten anzusprechen.

Kurz vor Mittag hupte der VW-Käfer vor dem Haus, ein Schnäppchen, das er sich vor einigen Monaten geleistet hatte. Lia griff nach ihrer Tasche.

»Geh nur, mein Schatz.« Marga saß mit Paul am Tisch und spielte Mensch ärgere Dich nicht, während der Braten auf dem Herd vor sich hin simmerte und seinen verlockenden Duft verbreitete. Sie stand auf und rührte um, während Paul eines der roten Püppchen vom Brett fliegen ließ. »Schon wieder, Oma. Du darfst dich nicht ablenken lassen! Sonst verlierst du noch.«

»Das tu ich sowieso!« Marga zerraufte ihm spielerisch die Haare. »Was bist du nur für ein Fuchs, Paulchen.«

Der Zehnjährige verdrehte die Augen und rückte außer Reichweite ihrer Hände. Er las am liebsten Comics mit Superhelden wie Captain America, für die Martin eine sichere Bezugsquelle hatte. Paul, der die fremde Sprache aufsog wie ein Schwamm, würfelte eine weitere Sechs und rückte vor.

»Eine hohe Zahl würfeln, kann ich auch.« Lia schlüpfte in ihre Sandalen. »Das ist reine Glückssache. Soll ich es dir mal zeigen? Abrakadabra.« Sie nahm einen Würfel, spuckte darauf und würfelte eine Zwei.

»Igitt, Mama.« Paul wischte den Würfel mit angeekeltem

Gesichtsausdruck ab. »Die Glückssträhne hab ich.« Er kickte Margas letztes Püppchen vom Feld.

Glück. Davon konnte Lia heute eine satte Portion gebrauchen.

»Adieu, ihr Lieben.« Sie lief die Treppe hinab auf die Straße, wo der VW-Käfer parkte. »Da bin ich.«

Martin beugte sich über die offene Motorhaube und füllte Kühlwasser nach. »Ehrenfried braucht mal wieder Nachschub.«

Über die Frage, ob der Käfer auf den hochtrabenden Namen oder das simple Wort »Knutschkugel« hören sollte, hatten sie lange diskutiert. Martin war der Ansicht, Ehrenfried sei der richtige Name für die klapprige Rostlaube. Lia hätte es gern weniger prätentiös.

Er hob den Kopf und grinste sie an. »Schick wie immer.«

»Danke.« Sie hob den Saum ihres neuen gepunkteten Kleides, knickste, drehte sich im Kreis und ließ den Rock fliegen. Etwas Luxus durfte schließlich wieder sein.

Martin trug eine helle Gabardinehose und ein weißes Hemd, das seine gebräunte Haut zur Geltung brachte. Sie putzte den schwarzen Schmierfleck auf seiner Nase weg, den er sich bei seinem Ausflug unter die Kühlerhaube zugezogen hatte, und nahm auf der Beifahrerseite Platz. »Wohin geht die Reise?«

»Lass dich überraschen.« Er ließ den Motor an und rollte mit klappernden Ventilen durch die Stadt. Ehrenfried war in die Jahre gekommen und Ersatzteile immer noch knapp.

»Wie charmant Sie wieder aussehen, Lady Lia.«

»Das will ich hoffen.« Sie schlug die Beine übereinander.

Sie hatte ihre roten Locken mit reichlich Haarspray gebändigt und für die dunkle Sonnenbrille und die Tasche lange gespart.

Sie fuhren von Schwäbisch Hall nach Gaildorf, oder wie auch immer die Stadt mit dem Schloss in der Ortsmitte hieß. Lia kannte die Provinznester nicht alle mit Namen und konnte sie schon gar nicht auseinanderhalten. »Das zieht sich aber.«

Sie rutschte unbehaglich auf dem Sitz hin und her. Echte Nylons juckten wie die Hölle, wenn man schwitzte. Sobald sie angekommen waren, würde sie die dummen Dinger ausziehen.

Martin fuhr weiter über Land. »Es lohnt sich, warte nur.«

Hinter einem Kaff namens Fornsbach bog er in Richtung des Schwäbischen Waldes ab, wo es nichts weiter gab als bewaldete Hügel, Wiesen, Felder und von Zeit zu Zeit ein Dorf mit ein paar verloren aussehenden Bauernhöfen. Martin bremste, als eine Frau eine Herde Kühe über die Straße trieb. Auf den Streuobstwiesen reiften die Äpfel, und bei einem Weiler drehte sich ein Wasserrad an einem Bach, der eine Sägemühle betrieb.

»Da sagen sich ja Fuchs und Hase gute Nacht.«

»Nicht maulen! Oder kommt da die Städterin zutage?«

»Ich gebe zu, Berlin wäre toll.« Zu gern hätte sie Paul Falbe wiedergesehen, der in den Räumen von Adas Maßatelier ein Herrenausstattungsgeschäft führte. In seinen Briefen erzählte er mit Hochachtung von Arno Kohlhaas und seinen Geschäften. Fett schwamm eben oben.

Die Straße führte hügelauf, hügelab durch weitere endlose Wälder und Wiesen. Kurz vor Gschwend fuhr Martin rechts ab, holperte einen bewaldeten Hang hinab und stellte den Käfer an den Straßenrand. »There we are. Martin Rubin proudly presents: the Ebnisee!«

Es war früher Nachmittag. Lia stieg aus und genoss die warmen Sonnenstrahlen. Vom Ufer her hörte sie das Kreischen und Jubeln der Kinder. Ein Badeparadies, dachte sie, das ideale Ziel für Sonntagsausflügler.

Während Martin noch seine Picknicktasche packte, ging sie zum See, der mitten im Wald lag und in der Sonne glitzerte. Am Ufer herrschte Hochbetrieb. Kinder sprangen vom Steg aus ins Wasser, während ihre Eltern mit einem Kännchen Kaffee und einem Stück Schwarzwälder Kirschtorte auf der Caféterrasse saßen und den freien Nachmittag genossen.

Martin schloss zu ihr auf. »Na, was sagst du?«

Sie hakte sich bei ihm unter. »Das ist ein herrlicher Ort, nur habe ich keine Badesachen dabei.«

»Das macht nichts. Ich habe andere Pläne.« Er mietete ein Tretboot, das sie, einträchtig in die Pedale tretend, auf die Wasserfläche hinausbeförderten. Am Ufer war es beinahe menschenleer.

»Ganz schön anstrengend auf Dauer.« Sie wischte sich den Schweiß von der Stirn.

»Aber es lohnt sich, wart's ab.«

Sie kabbelten sich um das Lenkrad, bis Lia Martin den Vortritt ließ. Das Boot pflügte sich durch das seidenglatte, dunkle Wasser, das sich unter dem Gefunkel der Lichtreflexe verbarg. Martin steuerte eine einsame Bucht am anderen Ende des Sees an, stoppte aber bereits davor auf dem offenen

Wasser und küsste sie süß auf ihren Erdbeermund. Manchmal schwelgte er dazu in den Worten eines französischen Dichters, heute aber nicht.

»Schhh!« Sie schob ihn beiseite. »Wir sitzen auf dem Präsentierteller.«

Er lachte. »Die Füchse und Eichhörnchen können noch was von uns lernen.«

Als er weitergehen wollte, entzog sie sich ihm, stand auf und streifte Strümpfe, Kleid, Hüfthalter und Unterkleid ab, bis sie in Unterwäsche vor ihm stand. Ihren spitzenbesetzten BH hatte sie für eine Gelegenheit wie diese erworben. Sie genoss seine bewundernden Blicke, kletterte auf die Reling, sprang mit einem eleganten Kopfsprung ins Wasser und schwamm in schnellen Zügen auf die Mitte des Sees zu.

»Lia, so warte doch!«

Hinter sich hörte sie ein Platschen. Martin folgte ihr und umschlang sie von hinten. Sie traten Wasser, prusteten, und lachten, während sie sich küssten und ihre Hände hungrig über ihre Körper gleiten ließen. Lia sehnte sich nach der Hitze, die von ihm ausging, und der Lust, die sie sich selbst vergessen ließ.

Sie schwammen zum Ufer und fanden im Dickicht eine Stelle, an der frisches Gras spross. Martin setzte sich in den Schneidersitz. Lia zog seine tropfnasse Brille ab, glitt auf seinen Schoß, küsste ihn und spürte seine Härte, während Martin stöhnend ihre Brüste umfasste. Im Nu war er in ihr und sie verloren sich in dem Geflimmer, das vom See ausging. Schwer atmend ließ sie nach einer Weile von ihm ab und kniete sich vor ihn. Martin umfasste noch einmal ihre

Brüste, ließ sie dann aber mit einem Ausdruck des Bedauerns los.

»Was ist?«

»Wir müssen reden.«

»Aber wir lieben uns. Was gibt es noch zu sagen?« Lia sah, dass er mit sich kämpfte.

Eigentlich hatte sie ihre Probleme ansprechen wollen. Jetzt tat er es. »Es geht nicht mehr so weiter. Ich … Wir müssen eine andere Lösung finden.«

Das klang so nach Abschied, dass sie fest die Zähne zusammenbeißen musste, um nicht zu weinen. Die Erkenntnis, dass sie zwar gut im Bett war, aber nicht darin, Martin auf Dauer zu halten, schmerzte.

Eine Weile saßen sie schweigend nebeneinander am Ufer, bis Martin vorschlug, zurückzuschwimmen, weil die Mücken zu schwärmen begännen. Trotz der Hitze fror Lia im Wasser. Mühsam schoben sie sich über die Reling und breiteten ihre nassen Sachen zum Trocknen aus. Sie schlüpfte in ihr zerknittertes Kleid, und Martin zog Hemd und Hose an. Lias Zähne begannen zu klappern. »Ich brauche eine Zigarette gegen die Kälte.« Sie kramte in ihrer Handtasche nach ihrem Päckchen.

Er gab ihr Feuer, und sie sog den Rauch tief in ihre Lungen. »Es tut mir leid. Lass uns etwas essen und trinken«, sagte er. »Danach reden wir.«

Er verteilte billigen Rotwein in zwei Becher und schnitt Brot und einen weichen französischen Camembert auf. Sie picknickten, während die Sonne sich in Richtung der Hügel senkte.

»Was empfindest du für mich?«, fragte sie. »Ich liebe dich nämlich.« Es war so leicht, es auszusprechen, aber so schwierig, es einzulösen, wenn er ihre Liebe nicht erwiderte.

»Ach, Lia.« Er stand auf und breitete die Arme aus, so dass das Boot ins Schwanken geriet. »Du bringst mich zum Lachen. Ich fühle mich sicher bei dir. Du machst mich glücklich, und im Bett bist du eine Kanone. Ich liebe dich auch. Und genau deshalb will ich dich nicht ausnützen. Ihr beide, du und Paul, ihr seid wie heimkommen für mich, aber wie kann ich euch das antun? Oder nein, falsch: Wie kann ich euch mich antun?« Martin hatte sich so in Feuer geredet, dass er sich atemlos setzen musste.

»Du nützt mich nicht aus«, sagte Lia. »Ich gebe dir alles freiwillig.«

Wenn sie ihn nur nicht so gut verstehen würde. Überlebt zu haben, war eine schwere Last. Martin hatte so oft mit seinen Dämonen zu kämpfen. Nichts, was er tat, hatte vor seinen eigenen Ansprüchen Bestand.

Wie sollte er sich da an einen anderen Menschen binden, bzw. an zwei, die alles dafür geben würden, ihn in ihr Leben zu lassen?

»Wir lieben dich beide, Paul und ich.« Sie rang die Hände. Wenn Martin jetzt nicht verstand, was sie ihm zu sagen versuchte, würde er es niemals tun. »Warum gehst du nicht weiter? Machst keinen Knopf dran?« Warum heiratest du mich nicht endlich und bist der Vater, den ich mir für Paul wünsche?, hatte sie ihn fragen wollen, fand aber nicht die richtigen Worte.

»So gern ich es auch möchte, ich kann keine verbindliche

Beziehung mit dir eingehen.« Er starrte zuerst auf das Lenkrad dieses verdammten Tretboots und dann auf die glitzernde Wasserfläche hinaus. Da war es, das Seziermesser, das er an ihr Herz setzte.

»Sag mir die Wahrheit, wenn du mir schon nicht geben kannst, was ich mir von dir ersehne! Ist da eine andere Frau im Spiel?«

»Wir müssen zurück.« Martin wendete das Boot und trat in die Pedale. Er war puterrot, vielleicht vom Sonnenbrand oder von der Anstrengung. Lia hielt sich mit Absicht beim Treten zurück. Sollte er sich nur abschuften!

»Mein Onkel Aron in New York ist krank«, sagte er keuchend.

Die USA, dachte sie dumpf. Martin wollte fort. Das hatte sich schon den ganzen Sommer über abgezeichnet. »Du willst gehen?«

Er wandte sich ihr zu. »Ja. Er hat mir alles ermöglicht und nie etwas für sich selbst gewollt, nicht einmal, dass ich seine Schuhmacherwerkstatt übernehme. Die Highschool, das College. Ich habe ihm alles zu verdanken, und ich werde niemals wieder jemanden im Stich lassen.«

Nur mich … Lias Gedanken überschlugen sich. Als sie Atem schöpfte, lag ihr der faulige Geruch des modrigen Schilfs in der Nase, oder war es ein toter Fisch, der am Ufer verrottete? Wie hatte sie nur denken können, der See sei ein schöner Ort?

»Du willst also zurück nach New York«, tastete sie sich vor. »Aber das ist doch nicht alles, oder? Denn dort …« Sie schluckte vor Empörung. »… wartet ein anständiges, jüdisches Mädchen auf dich. Deine Verwandten haben dieses Arrangement für dich getroffen, weil das so dort immer noch üblich ist. Eins ohne Bankert, aber mit genügend Geld im Hintergrund. Sie wollen dich verkuppeln. Und da musst du schauen, wie du ohne große Verluste aus der Bettgeschichte mit mir rauskommst. Denn ich bin arm wie eine Kirchenmaus, außerdem nicht jüdisch, und ich habe Paul.«

Martin zögerte einige Sekunden zu lange. »Es geht mir nicht ums Geld, sondern nur darum, endlich mal etwas richtig zu machen. Die Verwandten dort sind eine Gemeinschaft und bereit, mich aufzunehmen. Das gibt mir Halt. Dieses eine Mal will ich dazugehören und nicht am Rande stehen. Kannst du das nicht verstehen?« Der Zorn verlieh ihm Kraft und ließ das Boot schnell über die Wasserfläche gleiten. Sie näherten sich dem Ufer, wo Martin zu spät abbremste und das Gefährt heftig an die Mauer des Verleihs anstieß und ins Schlingern kam.

»Ich würde lieber am Rande stehen, als mich selbst zu verleugnen.« Lia sprang an Land. »Ich will nach Hause, sofort!«

Auf der Rückfahrt starrte sie schweigend aus dem Fenster. Während der Sonnenuntergang die grünen Hügel des Schwäbischen Waldes in Gold tauchte, war ein dumpfer Schmerz in ihr, der sich nicht in Worte fassen ließ. »Du hast mich nur benutzt. Mit einem Nähmädchen kann man eben alles machen, außer sie zu heiraten.«

»Das stimmt nicht, Lia«, sagte Martin leise.

Sie durchquerten das Kaff mit dem maroden Schloss, von dem sie endgültig den Namen vergessen hatte. »Weißt du was, Martin? Irgendwann muss man auch zu einem anderen

Menschen stehen. Aber du lässt dich sehenden Auges in eine arrangierte Ehe zwingen, wie im Mittelalter.«

Er wandte sich ihr zu, Panik in den Augen. »Ich weiß, dass es nicht leicht ist, mit mir zusammen zu sein. Dafür sind meine Dämonen zu stark. Lass uns nicht so auseinandergehen, bitte!«

Lia zündete sich eine Zigarette an und nebelte die Knutschkugel im Nu mit grauem Rauch ein. »Wie sollen wir denn sonst auseinandergehen? Mit Kusshand etwa? Vergiss nicht, Martin, du hast eben mit mir Schluss gemacht, weil du eine andere heiraten willst.« Sie erschrak vor der Kälte in ihrer Stimme. »Und was ist mit diesem fremden Mädchen aus New York? Ist es nicht unfair, ihr zu verschweigen, was für eine gottverdammte Hypothek du mit dir herumschleppst?«

Martin schlug aufs Lenkrad. »Lia, ich will nicht … Sie ist Jüdin, sie muss wissen …« Er begann zu stammeln. »Wenn sie mit mir zusammen sein will, muss sie das aushalten.«

»Wie kaputt du bist? Dass junge Männer, die überlebt haben, in ihrem ganz persönlichen Feuer brennen?« Lia warf die Kippe aus dem Fenster.

Schweigend lenkte Martin das Auto die Serpentinen hinab nach Künzelsau und ließ Lia vor dem Haus aussteigen. Paul spielte auf dem Gehweg mit seinem Fußball, rannte auf die Straße und klopfte an die Scheibe der Fahrerseite. Er musste auf sie gewartet haben. Nein, verbesserte sie sich, auf Martin, der einen Moment lang zögerte, bevor er das Fenster herunterkurbelte.

Paul beugte sich vor. »Hey, Martin! Wollen wir noch zusammen bolzen gehen?«

»Heute nicht, Paul. Ich muss nach Stuttgart zurück.«

»Och, schade!« Lia sah, wie Paul schluckte. »Kommst du dann nächstes Wochenende?«

»Das weiß ich noch nicht. Adieu, Paul.«

Martin kurbelte das Fenster hoch und fuhr an. Der VW-Käfer rollte langsam davon, und der Junge mit dem Fußball unter dem Arm sah seinem besten Freund traurig hinterher. Pauls Enttäuschung war mehr, als Lia ertragen konnte.

Das war es dann wohl, dachte sie und spürte, wie ihr das Herz brach. Weshalb machte es keinen Krach wie eine detonierende Bombe? Warum rannten die Nachbarn nicht auf die Straße, weil ihre Häuser einstürzten? Am liebsten hätte sie sich weit unter der Erdoberfläche verkrochen wie früher in den Luftschutzkellern.

Tränenüberströmt lief sie die Treppe hinauf und trat ein. Marga saß am Tisch und nähte einen Flicken auf Pauls Hose. »Was ist los, mein Schatz?«

»Es ist aus.«

»Das tut mir leid.« Marga wusste, wann sie nicht weiter fragen durfte.

Lia trat auf sie zu. »Martin geht nach Amerika zurück. Sein Onkel ist krank.«

Die Jahre waren auch an ihrer Mutter nicht spurlos vorübergegangen. In ihre weichen braunen Locken hatten sich graue Strähnen geschlichen, und beim Nähen brauchte sie seit Kurzem eine Brille. Lia wurde von einer Welle der Zärtlichkeit erfasst, die sie spontan die Arme um Marga legen ließ. Ihre Mutter hatte immer zu ihr gehalten, selbst als Lia sie so sehr enttäuscht hatte.

Sie schluckte an ihren Tränen. »Dort werden sie ihn mit einem braven, jungfräulichen, reichen, jüdischen Mädchen verheiraten«, fuhr sie fort. »Nach einer religiösen Zeremonie, die ihm völlig schnuppe ist. Und ich kann mit allen vier Eigenschaften nicht dienen.«

»Das glaubst du wirklich?« Marga blickte zu ihr auf, und ihre Augen standen wie Lichter in ihrem kalkweißen Gesicht. »Was, wenn es anders wäre?«

38.

An diesem warmen Sommerabend saß Albert nach dem Essen am Tisch und füllte seinen Block mit Kalkulationen und Zahlenkolonnen, über denen er kopfschüttelnd brütete, um sie anschließend wieder auszustreichen.

»Und wir können uns das wirklich nicht leisten?« Erika hatte gerade den Tisch abgeräumt und setzte sich auf einen freien Stuhl.

»Nein, leider nicht«, sagte Albert. »Außer wir würden uns schwer verschulden.«

Sie stand auf, weil der Kleine gerade mit Getöse einen Turm Bauklötze umschmiss, packte ihn und warf ihn fast bis zur Decke, was ihn laut aufjubeln ließ. »Du kleiner Halunke!«

»Teiner Halunte«, gab er grinsend zurück.

Vom offenen Fenster her wehte eine warme Brise ins Zimmer, die den grünen Duft des sommerlichen Gartens mitbrachte. Albert und Erika hatten die Firma wieder zum Laufen gebracht, ja, nach und nach stellte sich heraus, dass die Amihosen ein Konsumgut waren, das junge Leute ansprach. Eine neue Generation wuchs heran, die nicht in die Falle tappen wollte, in die ihre Eltern bereitwillig gegangen waren. Eine, die Motorrad fuhr, Rock 'n' Roll hörte und Bebop tanzte.

Aber der Alltag kostete Zeit und Nerven. Erika sehnte sich nach etwas Ruhe und Entspannung oder wenigstens einem

Spaziergang am Kocher mit Albert und dem Kleinen. Albert jedoch dachte schon wieder über einen neuen Coup nach, der Luise mit an Sicherheit grenzender Wahrscheinlichkeit vor Zorn an die Decke gehen lassen würde.

Nachdem die Firma Hermann ein Jahr lang Cowboyhosen aus Monteurköper genäht hatte, plante er, den Originalstoff Denim, den auch die Firma Levi verwendete, aus den USA zu importieren. Albert hatte 1000 Yards ins Auge gefasst.

Der robuste Baumwollstoff stammte ursprünglich aus Frankreich und hieß nach seinem Herstellungsort »De Nîmes«. Er wurde mit weißer Kette und blauem Schuss gewebt, fühlte sich zuerst steif wie ein Brett an und war nach längerem Tragen weich und gemütlich. »Wie ein Mustang, den man gezähmt hat«, sagte Albert. Auf seine Nachfrage hin hatte der Hersteller in den USA ihm jedoch mitgeteilt, dass er nur einen Container mit 40 000 Yards verschiffen würde, was sie finanziell restlos überforderte.

»Wie viele Meter macht das, 40 000 Yards?« Erika setzte Heiner auf ihre Hüfte.

»Etwa 36 000 Meter«, antwortete Albert. »Es würde uns, warte mal …« Er warf einen Blick auf seine Zahlenreihen. »Rund 100 000 Mark kosten.«

»So viel!« Sie schlug sich die Hand vor den Mund. »Schade.« Es wäre eine weitere Chance gewesen, die Firma am Markt zu etablieren.

Albert starrte düster vor sich hin. »Wie man es auch dreht und wendet, es reicht hinten und vorne nicht.«

In diesem Moment klopfte es an der Tür. Erika wunderte

sich. Die Eingangstür im Erdgeschoss war verschlossen, aber Luise war unten und musste den unerwarteten Besucher eingelassen haben. Als Erika öffnete, stand Lia vor ihr, ein Bild des Jammers mit zu Berge stehenden Locken und verheulten Augen. Ihr schönes Kleid war zerknittert.

»Ach du meine Güte, komm herein!« Erika zog sie über die Schwelle. »Heute war doch euer Ausflug.«

Lia nickte betreten.

Martin, du Mistkerl, dachte Erika mit einem unguten Gefühl. Erika wusste, dass Lia ihn liebte, seine Gefühle für sie waren ihr jedoch völlig schleierhaft. Warum machte er nicht endlich Nägel mit Köpfen und heiratete sie?

»Nimmst du mal?« Entschlossen drückte sie dem verdutzten Albert den Kleinen auf den Schoß und zog Lia ins Schlafzimmer auf die Bettkante, wo diese ihr prompt die Schulter nassweinte. Erika legte den Arm um sie. »Was ist los, mein kleines Schaf? So kenne ich dich doch gar nicht.« Lia war cool. Bevor sie die Nerven verlor, musste schon etwas Gravierendes passiert sein.

»Ich kann hier nicht darüber reden«, flüsterte sie schließlich.

»Ich weiß, was wir tun.«

Fünf Minuten später spazierten sie am Kocher entlang, was an diesem warmen Sonntagabend allemal besser war, als drinnen zu zerfließen. Auf dem Uferweg war außer ihnen kaum noch jemand unterwegs. Die Sonne hatte sich verabschiedet, und vom Fluss stieg eine angenehme Kühle auf.

»Ich hoffe, man sieht mir nicht an, wie es mir geht«, sagte Lia kleinlaut und zündete sich eine Zigarette an.

»Jetzt beruhig dich erst mal, und dann berichtest du.« Erika trug eine weiße Strickjacke zu einem hellblau gestreiften Baumwollrock, den Lia ihr genäht hatte. Niemand sonst hatte ein solches Gefühl für Stil. »Wenn Martin dich absorviert hat, kann er was erleben.«

Lia musste trotz ihres Kummers lachen.

»Er wird mich kennenlernen, der Junge. Schließlich habe ich die älteren Rechte an ihm.« Erika zog ihre Freundin auf die gleiche Bank, auf der Luise ihr vor Jahren angetragen hatte, Briefe an Albert zu schreiben. »Erzähl!«

Lia holte tief Luft. »Martin hat unsere Beziehung beendet, weil seine Verwandtschaft ihn wieder in New York haben will und dort eine Heirat für ihn organisiert.«

»O nein!« Erika legte den Arm um Lia.

»Und das Schlimmste daran ist, dass ich Martin verstehen kann. Er gibt sich noch immer die Schuld am Tod seiner Eltern und versucht, das um jeden Preis wiedergutzumachen. Aber das kann er nicht. Und gleichzeitig bemerkt er nicht, dass er jetzt mich im Stich lässt.«

Lia schnäuzte sich lautstark in ihr Taschentuch.

»Aber warum lässt er es sich gefallen, dass man ihn mit einer Unbekannten verkuppeln will?« Erika verstand Martin nicht. »Auch wenn unsere Verlobung etwas überstürzt war, haben Albert und ich uns wenigstens über unsere Briefe kennengelernt.«

»Er fügt sich«, fuhr Lia fort. »Aber zuvor hat er mir eine so kuriose Liebeserklärung gemacht, dass ich gar nicht weiß, was ich davon halten soll. Nur, dass sie leider nichts bedeutet.«

Erika hatte Lia noch nie so ratlos gesehen. »Lass mich noch mal zusammenfassen: Er will also ein jüdisches Mädchen heiraten, weil seine Verwandtschaft ihm das vorschreibt, und er glaubt, er müsse sich fügen. Im letzten Jahr hatte ich allerdings nicht den Eindruck, als sei er besonders religiös.«

Lia zündete sich eine Zigarette an und begann, hastig zu rauchen. »Ist er auch nicht. Er liest viele philosophische Schriften. Aber er nimmt das mit dem Judentum ernst. Es ist ein Stück seiner Identität.« Sie sah aufs Wasser hinaus, über das eine Entenfamilie ihre Bahn zog. »Ich muss nach Berlin. Es ist unabdingbar, egal, wie verrückt es dir erscheinen mag, denn meine Mutter hat mir noch mehr Dinge erzählt. Und die muss ich schleunigst klären, bevor ich Martin auf den Mond schieße.«

Erika runzelte die Stirn. Im Osten Deutschlands hatte sich ein Arbeiter-und-Bauern-Staat gegründet, den Lia, um nach Berlin zu kommen, zumindest durchqueren müsste. Und in der Stadt selbst beanspruchte jede der Siegermächte einen Sektor für sich. Wie sollte sie da allein zurechtkommen?

»Natürlich«, erwiderte sie. »Und ich werde dich begleiten.« Wenn, dann würden sie dort zusammen hinfahren. Sie brauchte dringend eine Auszeit und Lia die Gelegenheit, um wichtige Dinge zu klären. Was das genau war, würde Lia ihr schon noch verraten.

Lias Augen wurden groß. »Aber der Kleine?«

Erika lachte. »Wozu wimmelt es hier von Großmüttern und nicht ausgelasteten jungen Vätern? Sie werden schon ein paar Tage lang ohne mich zurechtkommen. Dann wissen sie wenigstens, was sie an mir haben.«

Lia trocknete ihre Tränen, putzte ihre Nase und trat entschlossen ihre Kippe aus. »Albert muss mir Urlaub geben.«

»Das lass mal meine Sorge sein«, antwortete Erika.

Drei Tage später saßen sie im Zug nach Berlin. Erika hatte sich Albert und Luise gegenüber stur gestellt und den Kampf gewonnen. Sie konnte die Einwände der beiden ja verstehen. Schließlich verließen Erika und Lia den Einflussbereich der Westmächte, mit denen sie sich inzwischen halbwegs arrangiert hatten. Aber von der Reise ließ sie sich deswegen nicht abhalten.

Doch tatsächlich. Kurz hinter der Zonengrenze stürmten eine Patrouille russischer Soldaten den Zug und kontrollierte sie. Diesen Moment hatte Albert in der heimischen Küche am meisten gefürchtet. »Was, wenn sie dich in den Knast stecken? Dazu brauchen die sicher nicht mal einen Grund.« Erika hatte ihn beschwichtigt, konnte ihn aber verstehen, immerhin waren seine Eltern nach Kriegsende beide inhaftiert gewesen. Zum Glück hatten sie die Haft gut überstanden, und auch sein vermisster Bruder Hans hatte den Weg nach Hause gefunden.

Als der blutjunge russische Posten vor ihnen stand und sie in seiner unverständlichen Sprache ansprach, zückte Erika kaltblütig ihre Papiere und zeigte sie vor. Lia bekam zwar Schnappatmung und befürchtete, als Spionin einkassiert zu werden, aber siehe da, es ging alles glatt.

Danach rollten sie gefühlt einen Zentner leichter durch die Landschaft, bis sich die Dörfer nach und nach verdichteten und schließlich in die Randbezirke Berlins mündeten. Neugierig betrachtete Erika die ehemalige Hauptstadt. Wie seltsam, dass die Grenze zwischen Ost und West jetzt mitten durch das Land und die Stadt verlief. »Wir müssten gleich da sein.«

»Es dauert noch, bis wir den Hauptbahnhof erreichen«, meinte Lia, wischte die Scheibe klar und sah hinaus. »Ich freu mich so auf Herrn Falbe. Aber die Erinnerung an Ada tut weh. Und dann Martin, der Gedanke an ihn fühlt sich wie Zahnschmerzen an. Aber zuerst … Es ist gut, dass ich was anderes sehe.«

Erika stand auf und zog ihre Koffer aus dem Gepäcknetz. »Ich bin bei dir.«

»Ich bin ja auch ganz ruhig.« Aber das stimmte nur bedingt, sonst wäre Lia nicht so blass um die Nase gewesen. Erika wollte bei dem, was ihrer Freundin bevorstand, nicht mit ihr tauschen.

Herr Falbe erwartete sie am Bahnsteig. In seinem leichten Trenchcoat und dem hellen Sommeranzug schien er ganz der Alte zu sein. Sogar ein Diamantstecker schimmerte wieder in seinem Ohrläppchen, als er sie eine nach der anderen in die Arme zog und ihnen liebevoll den Rücken klopfte. »Meine Mädels. Ich bin stolz auf euch. Ihr seid die Töchter, die ich nie haben werde, und so hübsch, dass sich mit euch gut Staat machen lässt.«

Er hakte sich bei ihnen unter und zog sie vor den Bahnhof, wo ein Taxi auf sie wartete. Während der Fahrt blickte Erika hinaus in die Straßen voller hoher Häuser, aber es gab auch noch immer viele Baulücken. Einige Fassaden waren zerstört, ihre Fenster gähnten sie an wie leere Augenhöhlen. »Das war mal richtig schick hier, oder?«

»Halbwegs«, sagte Lia wehmütig. »Es hat sich schon gebessert. Im Krieg war hier nichts als eine große Steinwüste.«

Erika sah sie erstaunt an. Lia hatte wenig von ihrer Zeit in Berlin und so gut wie gar nichts von Adas Tod erzählt. Es war, als würde sie diese Dinge fest in sich verschließen. Und dennoch. Die Straßen waren belebt, und die Schaufenster füllten sich mit Waren. Das Leben ging weiter und wappnete sich trotzig mit Hoffnung.

Das Taxi hielt vor einem herrschaftlichen Haus aus der Zeit der Jahrhundertwende. Erika staunte über die reichen Verzierungen aus Stein, die sich über dem Portal befanden.

»Ist das da wirklich ein Mehrfamilienhaus?«, fragte sie zweifelnd. Lias zustimmende Antwort verlor sich in einem Jubelruf.

»Da ist Ottilie.« Schon sprang sie aus dem Auto und fiel einer älteren Dame mit weißer Schürze und Häubchen um den Hals, die ihr gerührt die Schulter tätschelte. »Das ist ja wunderbar, dass Sie noch da sind, liebe Ottilie! Ich freu mich so, Sie zu sehen.«

»Ich mich auch, Kindchen! Ich mich auch.«

Lia lachte und weinte gleichzeitig, während Paul die Koffer auf dem Gehweg abstellte. In der Haustür stand ein junger Mann mit zerzausten braunen Haaren und einem lässigen Pullunder über dem Hemd.

»Tassilo?«, fragte Lia ungläubig.

Paul Falbe trat ein paar Schritte auf den Jungen zu und legte den Arm um ihn, woraufhin dieser bis über beide Ohren errötete. »Das, meine lieben Mädels, ist Tassilo, ehemals Lehrjunge in Adas Geschäft und heute das Glück meiner späten Tage. Für ihn haben sich alle Irrwege meines Lebens gelohnt.«

Erika versuchte ein Lächeln, das ihr gründlich misslang. Ich gaffe, dachte sie und zwang sich, ihren Mund zu schließen. Lia aber küsste die beiden enthusiastisch auf die Wange und gratulierte ihnen.

»Hast du das gewusst?«, wisperte Erika ihrer Freundin zu.

»Was meinst du?« Lia klimperte scheinheilig mit den Wimpern.

»Dass Herr Falbe einen Mann liebt?«

Lia legte den Arm um sie. »Natürlich wusste ich das. Herrgott noch mal, Erika, wo lebst du eigentlich? Schieb deine Spießermoral mal beiseite und gönn den beiden ihr Glück.«

»Meinst du wirklich?« Erika errötete. Ihr wurden manche Dinge klar, zum Beispiel die Anwesenheit des ausgesprochen attraktiven Neffen in der Mansarde der Witwe Haubensack. Konnte seine Homosexualität auch der Grund für Herrn Falbes Inhaftierung gewesen sein? Die Nazis hatten Männer gehasst, die andere Männer liebten.

Erika folgte den anderen in die geräumige Wohnung mit den Eichenholzmöbeln. Auch die Villa in Künzelsau war gediegen eingerichtet, aber hier war es erheblich eleganter. Art déco heiße der Stil, ließ Herr Falbe sie wissen.

Befangen nahm Erika Platz und ließ sich von der Hausdame Ottilie die Suppe servieren. Das Vier-Gänge-Menü mit Rinderbraten stand Margas Kochkunst nur eine Winzigkeit nach. Während Lia gekonnt Konversation betrieb, löffelte Erika schweigend ihr Pfirsichsorbet. Wo hatte ihre Freundin nur gelernt, sich so sicher in der Öffentlichkeit zu bewegen? Bei Ada Falbe natürlich.

Erleichtert zog sie sich nach dem Essen mit Lia in deren altes Zimmer zurück. Es gab ein seidengedecktes Doppelbett, einen Kamin, in dem trotz der sommerlichen Temperaturen ein Feuer prasselte, eine Sitzecke und einen riesigen Schrank.

»Herr Falbe hat gar nichts verändert.« Lia öffnete den Schrank und inspizierte die Garderobe, die sie bei ihrer überstürzten Abreise zurückgelassen hatte. Danach ließ sie sich auf das Bett fallen, das sanft nachfederte. »Und meine Modezeitschriften liegen auch noch auf dem Nachttisch.« Sie griff nach einer *Vogue*. »Die ist neu. Muss von Herrn Falbe sein. Wie aufmerksam.« Sie blätterte die Zeitschrift auf. »Da gibt es einen Modemacher in Paris, der heißt Christian Dior und entwirft einen sogenannten New Look mit weiten Röcken und engen Taillen. Schick! Aber unsere Mädelshosen werden auch Furore machen, wart's nur ab, Eri.«

»Ich bin viel zu erschöpft, um mich mit Mode zu beschäftigen. Und Mädelshosen wird es vorerst keine geben.«

Erikas Kopf rauschte von der langen Fahrt und den vielen Eindrücken. Sie saß erschöpft vor dem Frisiertisch, als Lia aufsprang, nach einem Fläschchen griff und sie von oben bis unten mit Duftwasser einsprühte. Lachend wehrte Erika sie ab. »Keine Attentate, Lia! Was soll das denn sein?«

»Das ist Chanel No. 5. Und es riecht immer noch himmlisch!« Lia hüpfte wild auf ihrer Matratze.

»Ach wirklich?« Erika schnupperte neugierig daran. »Das also ist der Inbegriff der modernen Weiblichkeit?«

»Wenn es nach Coco Chanel geht, schon. In Paris standen die amerikanischen Soldaten danach Schlange, weil ihre Frauen danach gierten. Nummer 5, Nummer 5. Komm her zu mir!« Sie wedelte sich nachlässig mit der Hand Luft zu.

»Vielleicht sollte man sich in Hohenlohe bewusst mit Heckenrosen begnügen?«

»Solange es keine Kuhfladen sind.« Lia sprang vom Bett und zog Erika mit sich. »Keine Müdigkeit vorschützen, Eri! Bevor ich morgen die Pleite meines Lebens erlebe und wahrscheinlich einen Mord begehe …«

»Von dem ich dich abhalten werde«, verbesserte sie Erika.

»Wenn du es schaffst.« Lia verdrehte die Augen. »Zuvor will ich mit dir bummeln gehen und dir Adas Atelier zeigen, wo ich früher gearbeitet habe, sogar wenn Herr Falbe dort jetzt Herrenmode verkauft. Danach gehen wir ins neue Café Kranzler und schlagen uns die Bäuche mit Mokkatorte voll, bis wir uns nicht mehr rühren können.«

Und das taten sie.

39.

Am nächsten Tag stand Lia vor dem schmiedeeisernen Tor
der Villa im Grunewald und sah bedauernd dem Taxi hinterher, das sie abgesetzt hatte. Den Gedanken an Martin hatte
sie in ihr Inneres verbannt, sie hatte anderes zu tun.

Sie wischte sich über die Stirn. Es war erstickend heiß.
Ohne Erika an ihrer Seite hätte sie glatt den Mut verloren.
»Ob das wirklich eine gute Idee ist?«

Das Tor stand vorsorglich einen Spaltweit offen und lud sie
ein in die Höhle des Löwen.

»Krieg jetzt bloß kein Fracksausen!« Erika griff nach ihrer
Hand und zog sie hindurch. »Wir schaffen das schon. Erkennst du irgendetwas wieder?«

Lia schluckte. Das hier war wie ein Zahnarztbesuch. Man
entging ihm nicht, egal, wie sehr man sich sträubte.

»Den Park.« Hier also war sie aufgewachsen. Sie blinzelte,
um sich auf die Bilder zu konzentrieren, die vor ihrem inneren Auge auftauchten. Jetzt, im Hochsommer, gab es üppig
blühende Rosenbeete, dazwischen verliefen sauber geharkte
Kieswege. Und ja, da stand er, der Brunnen mit den fetten
Engeln, die ihr seit Jahr und Tag im Kopf herumspukten. Sie
ging heran und tatschte einem von ihnen auf den Po. »Na,
Kumpel.«

»Der Garten hat Stil«, sagte Erika. »Wie er an sein Geld
kommt, ist nicht wirklich die Frage, aber der Geschmack,
der dahintersteckt.«

Kohlhaas war ein Emporkömmling, und jede englische Rose zeigte, dass er es aus der Gosse geschafft hatte.

»Den hat er, oder er hat jemanden, der ihm den verkauft.«

Lia versuchte zu verbergen, dass ihr alles zu viel wurde. Was kein Wunder war, wenn einem die eigene Mutter nach über zwanzig Jahren Schweigen die Wahrheit über den eigenen Erzeuger auftischte. »Wie hab ich das nicht bemerken können? Es war ja so sonnenklar.«

Vor allem nach seiner überstürzten Abfahrt aus Künzelsau. Aber sie hatte die Anzeichen übersehen oder nicht wahrhaben wollen.

Erika nahm sie am Arm und deutete auf das Gebäude, wo Arno Kohlhaas im Schatten des Säulenvordachs auf sie wartete. Als Lia neben Erika die Stufen hinaufstieg, fühlte sie sich so befangen wie nie zuvor. Er trug einen Strohhut und einen leichten Sommeranzug, den wahrscheinlich Paul Falbe angefertigt hatte. Und dann stand sie vor ihm. Braungrüne Augen, ein Dreitagebart und ein Gesicht, das blass und eingefallen wirkte, als hätte er in letzter Zeit schlecht geschlafen. Er hatte ihr so viel angetan. Und dennoch, ihr Herz machte sich selbstständig und flog ihm zu.

»Kommt herein!«

Ohne weitere Begrüßung schritt er ihnen voran in die Villa und führte sie in das überraschend kühle Foyer mit seinen schwarz-weißen Marmorfliesen und dem Kristalllüster. Die chinesischen Vasen auf ihren Hockern waren sicher echt. Gegen die Noblesse seiner Wohnung verblasste selbst Ada Falbes elegantes Zuhause.

Arno Kohlhaas musterte sie kühl, die attraktive Erika in

ihrem Sommerkostüm und sie selbst, die sich in ihrem zerknitterten Rock so klein und zerzaust wie immer fühlte. »Ihr werdet erschöpft sein. Ich habe eine Erfrischung vorbereiten lassen.«

Nachdem sie Marga von ihrem Entschluss erzählt hatten, nach Berlin zu fahren, hatte diese an Kohlhaas telegrafiert. Dieses Zugeständnis hatte sie Lia machen müssen, denn hier mit der Tür ins Haus zu fallen, wäre selbst ihr zu viel gewesen.

Zwei junge Hausmädchen in schwarzer Uniform servierten ihnen den Imbiss im Wintergarten. Er bestand aus selbst gemachter Limonade, Platten mit Ei-, Gurken- und Schinkensandwiches, gefüllten Eiern mit Mayonnaise und süßen, bunten Petit Fours.

»Das sind Margas Rezepte«, sagte Erika verwundert.

Lia nickte. Auch sie erkannte die kleinen Köstlichkeiten wieder, die Marga in der Austraße an Geburtstagen zubereitet hatte.

»Esst und trinkt, dann reden wir«, sagte Kohlhaas, und die jungen Frauen füllten sich Teller und Gläser. Lia knabberte lustlos an einem Gurkensandwich herum und betrachtete die Umgebung.

Der Wintergarten ragte in den Garten hinein und stand halb offen, so dass sich der Duft der Rosen mit dem der blühenden Zitronenbäume mischte. Plötzlich hob sich vor ihrem inneren Auge ein Schleier. Sie rannte durch den Park und hielt mit den Elfen und Zwergen Zwiesprache, die sich in den Nischen und Höhlen versteckten, während ihre Mutter auf der Wiese Wäsche aufhängte. Nachts schliefen sie zu zweit in einem breiten Doppelbett. Der bärtige Mann, der sie rund um den Brunnen gejagt und in die Luft geworfen hatte, musste Kohlhaas gewesen sein. Ihr Jubeln klang ihr noch heute in den Ohren, ebenso wie sein kollerndes Lachen, wenn er sie fing und durch die Luft wirbelte.

»Wie geht es meinem Enkel?«, fragte er.

Lia kam wieder in der Gegenwart an. »Paul ist ein sehr guter Schüler.«

Er schlug vor, sich mit den Gläsern auf die Terrasse zu setzen, wo er einen Sonnenschirm aufspannte, unter dem die blonde Erika wie eine englische Landadlige aussah und Lia wahrscheinlich wie ihr eigener blasser Schatten. Hastig trank sie ihr Glas Limonade leer und goss nach, während Erika die Konversation übernahm und von ihrer Firma und ihrer kleinen Familie erzählte. Dann war es Zeit, die wichtigen Dinge zur Sprache kommen zu lassen.

Kohlhaas stellte sein Glas ab. Konnte man sich an Gerüche erinnern? Er verströmte einen leichten Duft nach Zigarillo, der sie für immer an die Geborgenheit erinnern würde, die sie als Kind in seiner Nähe verspürt haben musste.

Lia sah, dass sie einander ähnlich waren. Beide waren sie von mittelgroßer Statur, kräftig, agil und konnten sich auf die eine oder andere Weise durchsetzen. Womöglich waren seine drahtigen grauen Haare ehemals sogar rötlich gewesen. Wie hatte sie das übersehen können? Weil sie nie geglaubt hätte, dass ihr Vater ihr in dieser Riesenstadt über den Weg laufen würde? Weil es Zufälle gab, die so unwahrscheinlich waren, dass man sie niemals für wahr halten konnte?

Erika saß mit übergeschlagenen Beinen auf ihrem Stuhl,

ihre Füße steckten in weißen Slingpumps. Sie nickte Lia ermutigend zu und ließ ihre klaren Augen auf ihr ruhen. Sie hatte ihr Geständnis vor einigen Tagen auf der Parkbank erstaunlich gelassen aufgenommen. Chapeau, Erika.

»Wie hast du es herausgefunden?«, fragte Arno Kohlhaas.

Lia kramte in ihrer Tasche und zog die beiden altersfleckigen Kuverts hervor: das eine, das ihren gefälschten Pass enthielt, und das andere mit dem Ariernachweis, für den Marga im Jahr 1933 nach Berlin gefahren war. Auf beiden Umschlägen war die gleiche steile, sehr ordentliche Handschrift zu sehen. Marga hatte ihr die Wahrheit an jenem Abend gestanden, als Martin ihre Beziehung beendet hatte, und zum Beweis die alten Schriftstücke hervorgeholt.

»Wie konntest du nur?«

»Wie konnte ich was?« Die braungrünen Augen blickten wachsam.

Lia spürte, wie ihre Gefühle hochkochten, und sehnte sich nach einer Zigarette. »Alles. Mich belügen, als ich bei Ada war. Uns gehen lassen. Und mir nicht einmal dann die Wahrheit sagen, als wir in Künzelsau fast vor Frau Hermanns Tür standen. Wir waren Freunde! Das dachte ich jedenfalls. Wie konntest du mich so enttäuschen?«

Kohlhaas hob abwehrend die Hände. »Ich war dazu gezwungen, glaub mir. Ich durfte das Marga zuliebe nicht offenlegen. Allein hätte ich dich nicht fahren lassen können, und in Berlin zu bleiben, wäre dir nicht gut bekommen.«

Lia maß ihn zornig. Sie war nicht bereit, ihm so schnell zu vergeben.

»Wenn Blicke töten könnten«, sagte er.

»Wie wäre es, wenn Sie uns von Anfang an erzählen würden, was sich zugetragen hat«, mischte sich Erika ein. Vor einigen Tagen hatten Lia und sie versucht, mit Marga zu sprechen, aber die hatte ihnen nur wenig berichtet. Es war, als ob sie den Schlüssel zur Geschichte ihres Lebens verloren hatte.

Lia wusste, dass ihr Zorn ihren Vater auch deshalb mit solcher Wucht traf, weil er in der Lage war, ihn zu ertragen.

»Das ist eine sehr gute Idee, Frau Sefranek.« Kohlhaas lehnte sich zurück. »Im Grunde ist es eine sehr alltägliche Geschichte. Marga war meine Köchin. Sie wuchs, wie du, Lia, sicher weißt, in einem Waisenhaus auf, lernte in einer Hotelküche das Kochen und kam im Alter von 28 Jahren in meinen Haushalt. Sie war also eine gestandene Frau und sehr talentiert am Herd. Meine Gäste überschlugen sich vor Lob. Eines Abends brachte sie mir meinen Kaffee in den Wintergarten, und irgendetwas in mir antwortete auf ihre Gegenwart. Es klingt kitschig, aber es war, als hätte ich meine zweite Hälfte gefunden.«

»Aber du warst …?« Lia war so aufgebracht, dass ihre Wangen glühten.

Kohlhaas lachte kollernd. »Das genaue Gegenteil. O ja. Ich war kein Kind von Traurigkeit und außerdem verheiratet. Ich hatte einen Boxer gefördert und einige Clubs in der Innenstadt am Laufen, kurz gesagt, ich wusste, wie man zu Geld kommt. Damals wie heute kann ich alles besorgen, was das Herz begehrt, vom gefälschten Pass bis hin zu Opium. Aber Marga wurde trotzdem meine Geliebte.«

»Der Schwarzmarktkönig«, sagte Lia.

Kohlhaas nickte unwillig und sprach weiter. »Jetzt könntest du sagen, es sei normal, dass sich die Herrschaft an die Dienstboten heranmacht, aber dem war nicht so. Uns verband viel mehr. Für eine Weile waren wir sehr glücklich. Marga jedoch erhoffte sich ein Leben mit mir. Als sie mir gestand, dass sie schwanger war, begannen unsere Probleme. Meine Frau brachte einiges an Reputation mit in die Ehe, ich selbst war ein Nichts aus Neukölln, hatte aber Geld. Ich dachte, das würde reichen, um einigermaßen erträglich zusammen zu leben. Heidelinde hat meine Beziehung zu Marga zwar toleriert, bis diese schwanger wurde, danach war es aber vorbei. Meine Frau konnte selbst keine Kinder bekommen und platzte fast vor Eifersucht.«

Lia erinnerte sich dunkel an die »Eisblockfrau«, die ihnen von Zeit zu Zeit im Haus begegnet war, im Twinset aus Cashmere und mit doppelreihiger Perlenkette. Die Hausmädchen hatten über sie gelacht und Lia gleichzeitig vor ihr gewarnt.

»Und dann?«, fragte Lia.

»Als du geboren wurdest, war ich überglücklich.« Sein Blick bat um Vergebung. Lia ahnte, dass er nicht log. »Aber meine Frau war so neidisch, dass sie alles unternahm, um gegen Marga und dich vorzugehen.«

»Aber wir sind erst nach Künzelsau, als ich sechs oder sieben Jahre alt war.«

Kohlhaas lächelte traurig. »Ja, du bist wie ein rot gelockter kleiner Geist in meinem Haushalt mitgelaufen. Du hast den Hausmädchen geholfen, dich in der warmen Küche aufgehalten und manchmal auch bei mir.«

»Ich erinnere mich an den Park«, sagte Lia voller Sehnsucht.

»Ich auch«, erwiderte Kohlhaas. »Aber dann hat meine Frau Marga heimlich gekündigt, als ich auf Geschäftsreise war. Für sie war eure Gegenwart eine unentwegte Provokation. Marga fiel aus allen Wolken und dachte, die Anweisung käme von mir. Noch am selben Tag verließ sie das Haus. Als ich von meiner Geschäftsreise zurückkam, wart ihr fort. Ich suchte überall nach euch, allerdings vergeblich.«

»Da waren wir wohl schon in Süddeutschland«, sagte Lia leise.

Eine weitere Erinnerung tauchte in ihr auf. Sie sah sich selbst, hysterisch um sich schlagend, schwindlig vor Entsetzen, weil ihre Mutter sie, die in ihrem kleinen Leben kaum einen Schritt vor das Gartentor getan hatte, die Straße entlang zum nächsten Bahnhof zerrte. Wie sehr hatte sie nach ihrem Teddy Leo geschrien, der zu Hause geblieben war. Ihr kamen die Tränen.

Erika griff nach ihrer Hand.

»Und der Ariernachweis?«, fragte Lia.

Arno Kohlhaas atmete tief durch. »Im Jahr 1933 stand Marga plötzlich vor der Tür und bat mich um Hilfe. Da hatten meine Frau und ich uns schon getrennt, aber Marga wollte auf keinen Fall zu mir zurück. Sie sagte, sie habe in Künzelsau im Haus der bunten Vögel ihr Glück gefunden, und bat mich um einen gefälschten Ariernachweis.«

»Warum gefälscht?«, fragte Erika neugierig.

Kohlhaas zögerte kurz. »Weil Marga zur Hälfte Jüdin ist. Ihre Mutter, die ebenfalls von ihrer Herrschaft schwanger wurde, war Jüdin, ihr Vater Deutscher. Hast du das gewusst, Lia?«

Sie machte eine wegwerfende Handbewegung. Marga hatte es ihr an jenem Abend vor drei Tagen erzählt. »Das ist mir egal. Ich mach mir nichts aus Religion.«

Erika schlug die Hand vor den Mund. »Aber du bist mit mir konfirmiert worden.«

»Ich bin ja auch getauft«, sagte Lia unwillig. »Aber unsere Herkunft hätte Marga und mich trotzdem gefährdet.« Widerwillig gestand sie sich ein, dass Kohlhaas ihnen mit seinem Coup wahrscheinlich das Leben gerettet hatte.

Er nickte ihr zu. »Genau. Und deshalb habe ich ihren Wunsch erfüllt und ihr den Ariernachweis besorgt. Ich dachte, weit weg in der Provinz seid ihr am sichersten. Seit damals weiß ich, dass ihr euch in Hohenlohe aufhaltet.«

Erika neigte sich neugierig vor. »Aber als Lia bei Ada war, wie haben Sie da die richtigen Schlüsse gezogen?«

Kohlhaas lachte und stellte sein Glas ab. »Durch Zufall, nachdem ich sie aus reiner Neugier kennenlernen wollte. An diesem Abend waren Adas anderen Gäste ausgeblieben, und sie holte Lia hinzu, um uns die Zeit zu vertreiben. Erinnerst du dich, Lia?«

Sie nickte unwillig. »Lia, der Pausenclown. Ich frage mich, warum ich immer in dieser Rolle lande.«

»Weißt du, dass du sehr unterhaltsam bist, wenn du willst? Aber als du deinen Namen sagtest, wurde ich hellhörig. Und dann noch die roten Haare und die unverkennbare Ähnlichkeit mit mir altem Mann.« Kohlhaas schüttelte lächelnd den Kopf.

»Das will ich nicht gehört haben.« O Himmel! Sie scherzte ja mit ihm. Wohin hatte sich ihr brennender Zorn verflüchtigt? Sie seufzte. Sie war des Kämpfens so müde.

Kohlhaas verbeugte sich vor ihr. »Ich fiel aus allen Wolken, als mir das Schicksal die wunderbarste Tochter und den nettesten Enkel der Welt präsentierte.«

»Und alle unehelich«, unkte Lia. Ich durchschaue dich, Kohlhaas. Er sollte nicht glauben, dass er ihr nur Honig um den Bart zu schmieren brauchte. Dennoch meldete sich ihr Gewissen, denn Paul vermisste seinen Opa Arno sehr.

»Von dem Zeitpunkt an habe ich versucht, den Kontakt mit dir zu vertiefen und dir sogar von meinen Aktivitäten erzählt.«

Lia erinnerte sich an das Netzwerk, das in Berlin Juden versteckt hielt. Sie darüber in Kenntnis zu setzen, war ein Vertrauensbeweis gewesen. Damit hatte er sein Leben in ihre Hand gelegt, aber nicht nur das. »Du hast mich in Gefahr gebracht. Wolltest du meine Kaltblütigkeit prüfen?«

Kohlhaas schnaubte. »Die paar Botengänge waren halb so wild. Ich war mir sicher, dass du dich nicht so schnell ins Bockshorn jagen lassen würdest. Schließlich bist du meine Tochter.«

»Ganovenblut«, sagte Lia. »Ich wusste es ja schon immer.«

Die Sache war damit noch nicht abgehakt, aber Lia konnte nicht mehr. Ihr Kopf platzte fast vor Erkenntnissen und Informationen, so dass jeder zusätzliche Gedanke einer zu viel war.

»Kommt!«, sagte Arno Kohlhaas. »Ich habe noch etwas für dich.« Er stieg ins Obergeschoss und kam mit einem kleinen Stoffbären zurück, den er ihr in die Hand drückte. Kahlgeliebt und mit nur einem Auge. »Den habe ich für dich aufgehoben, Lia. Vielleicht freust du dich ja darüber.«

»Mein Leo.« Lia drückte das Stofftier an ihre Brust.

Als sie später im Taxi saßen, stand ein Haufen Sterne am Himmel über Berlin. Lia kurbelte das Fenster herunter und ließ die warme Nachtluft ein.

»Weißt du was, Lia?«, fragte Erika.

»Nein.« Sie war so müde, dass sie nichts mehr hören wollte.

»Ich bin so froh, dass du da bist.« Erika verflocht ihre Finger mit Lias.

»Ich auch«, erwiderte Lia leise.

»Aber jetzt muss ich dir erzählen, was mir eben eingefallen ist«, begann Erika. »All das, was du heute über dich erfahren hast, könnte Martin gut gefallen.«

»Wie das?«, brummte Lia. »Ich bin immer noch nicht brav. Und das mit der Jungfräulichkeit kann er sich sonst wohin stecken.«

Erika schüttelte den Kopf. »Nein, aber du bist zu einem Viertel jüdischer Abstammung. Wer weiß, ob du diese Religion nicht problemlos annehmen könntest.«

Lia schüttelte den Kopf. »Das Judentum wird zwar über die mütterliche Seite vererbt. Als Geburtsrecht gilt das aber leider nur für Leute, die von einer gebürtigen Jüdin abstammen«, erwiderte sie kühl. »Die Frage stellt sich sowieso nicht. Martin soll sich für mich entscheiden und nicht für irgendeine Religion in meiner Ahnenreihe.«

Erika holte tief Luft. »Und arm bist du auch nicht. Dieser Kohlhaas hat Geld wie Heu und jede Menge wiedergutzumachen an dir, Paul und deiner Mutter.«

Lia sah aus dem Fenster, vor dem die nächtlichen Straßen vorüberglitten. »Arno darf gern Pauls Ausbildung bezahlen. Aber ich muss zuerst Klarheit gewinnen über Martin, bevor ich irgendeine Entscheidung treffen kann. Ich bin mir nicht sicher, ob ich ihn überhaupt zurückhaben will.«

40.

Ausgerechnet Arno Kohlhaas war es, der sie einige Tage später in seiner funkelnagelneuen Mercedeskarosse nach Hause chauffierte. Gleich nach ihrer Abfahrt hatte er Lia gestanden, dass er sich mit Marga aussprechen wollte. Auf der Fahrt beugte er sich missmutig über das Lenkrad, während Lia vergeblich versuchte, nicht an Martin zu denken.

»Hast du eigentlich einen Freund?«, durchbrach Kohlhaas schließlich das Schweigen.

Lia fuhr ertappt auf. »Wie bitte?«

»Ja, hat sie.« Erika saß auf dem Rücksitz und beschäftigte sich seelenruhig mit einer Häkelarbeit. »Einen Verlobten.«

»Du bist eine Hochstaplerin, Erika«, stellte Lia klar. »Schließlich ist er auf dem Weg in die USA. Ohne mich.«

»So«, kommentierte Kohlhaas.

Ihm war alles zuzutrauen. Was, wenn er auf die Idee käme, sich in ihre Beziehung einzumischen und Martin zur Rede stellte? Die Fahrt erschien Lia endlos. Doch schließlich hatten sie das letzte Stück des Weges hinter sich gebracht und fuhren nach Künzelsau ein.

»Ein ruhiges Städtchen«, brummte Kohlhaas. »Man könnte fast sagen, hier herrscht Grabesstille.«

»Immer noch«, kommentierte Lia.

»Diese Abgeschiedenheit hat uns schon mehrfach gerettet, Herr Kohlhaas«, kommentierte Erika spitz.

»Mag sein.« Er setzte sie in der Austraße ab, wo Albert mit Heiner auf dem Arm in der Tür stand. Einen Moment lang beneidete Lia ihre Freundin um die Sicherheit ihrer Liebe und ihre kleine Familie.

Danach fuhren sie zu Margas und Lias Mietwohnung, parkten vor der Tür und holten ihre Koffer aus dem Kofferraum. Lia schloss auf und stieg die Treppe hinauf. Arno folgte ihr mit dem Gepäck in ihre Wohnung.

Marga, die mit einem Strickstrumpf am Tisch saß, hob den Kopf und begegnete ihren Blicken.

»Da bin ich«, sagte er.

Die Luft zwischen ihnen knisterte, und Lia verdrückte sich mit ihrem Köfferchen ins Schlafzimmer, um ihnen diese Minuten zu zweit zu lassen. Doch während sie ihr gepunktetes Sommerkleid auf einen Bügel hängte, konnte sie es sich nicht verkneifen zu lauschen.

»Glaub ja nicht, dass ich auf dich gewartet habe«, hörte sie Marga in der Stube sagen.

»Aber ich«, antwortete er. »Vielleicht mein ganzes Leben lang.«

Was konnte dieses Schlitzohr Arno Kohlhaas für ein unglaublicher Charmeur sein! Lia trat wieder in die Wohnküche.

Auf dem Herd simmerte das Gulasch vor sich hin, das Marga aus der Villa abgezweigt hatte. Während Lia den Tisch deckte und die Spätzle in einer Pfanne mit Butter schwenkte, saßen ihre Eltern Hand in Hand da und schwiegen. Sie füllte die Spätzle in eine Schüssel. »Es ist so still hier. Wo steckt eigentlich Paul?«

»Er wollte zum Spielen rausgehen.« Marga sah auf die Standuhr. »Das muss schon zwei Stunden her sein.«

»Aber wir essen doch.« Lia runzelte die Stirn. Es war nach 19 Uhr. Wenn er sich keinen Ärger einhandeln wollte, hatte Paul spätestens um 18.30 Uhr wieder zu Hause zu sein. Normalerweise ließ Marga ihm keine Verspätung durchgehen, aber heute war ein besonderer Tag.

»Paul?« Die kleine Wohnung war schnell abgesucht. Auf dem Klo war er nicht, und in seinem kleinen Zimmer auch nicht, obwohl da der Inhalt seines Schulranzens auf dem Boden verstreut lag.

Beunruhigt biss Lia sich auf die Lippe. »Er ist nicht da.«

Marga stand auf und glättete ihre Schürze. »Sicher spielt er noch mit seinen Freunden Fußball und hat die Zeit vergessen.«

Dumpfe Angst erwachte in Lia. Sie hatten telegrafiert, um Arnos Ankunft anzukündigen. Es sah Paul nicht ähnlich, sich an dem Tag zu verspäten, an dem sein Opa aus Berlin kommen wollte. Hier stimmte etwas ganz und gar nicht.

»Ich gehe ihn suchen.«

»Ich komme mit«, sagte Kohlhaas.

So schnell sie konnten, liefen sie zum Bolzplatz am Kocher, wo eine Handvoll Jungen in der Dämmerung Fußball spielten. Der Ball knallte gegen das selbst gebaute Tor, sie grölten siegesgewiss und klatschten sich ab. Lia und Arno traten in ihre Mitte.

»Habt ihr Paul gesehen?«, fragte Lia.

Sein Freund Hanno kam auf sie zu. »Er ist vor einer Stunde weg, hat gesagt, sein Opa aus Berlin wolle heute kommen.

Bist du das?« Kohlhaas nickte. »Aber wenn er nicht zu Hause ist, wissen wir auch nicht, wo er steckt.«

Sie verabschiedeten sich und suchten weiter die Kocherauen ab. Nichts. Lia stellte sich ans Ufer des dunkel dahinfließenden Flusses und kämpfte gegen ihre Verzweiflung an. Warum nur fühlte sie sich durch Pauls Verschwinden an Adas Todestag erinnert? Als ob das Schicksal auf sie zurollte und sie unter sich begraben würde. Tränen brannten in ihren Augen, als Arno ihr seine Hand auf die Schulter legte. »Denk nach, Lia, wo könnte er stecken?«

Sie atmete gegen ihre Panik an. »Das Baumhaus im Wald. Da spielen sie manchmal, aber nein. Nicht heute.« Sie schüttelte den Kopf. »Er hat selbst gesagt, dass er nach Hause wollte, deinetwegen. Wir fragen in der Austraße nach.«

Als sie dort ankamen, warf Erika gerade die Haustür ins Schloss und eilte auf sie zu. »Ich wollte gerade zu euch.«

»Hast du Paul gesehen?«, fragte Lia.

»Nein. Ist er nicht bei Marga? Wir haben das Haus voll. Martin ist gekommen.« Erika war ganz aufgeregt und strahlte Lia an. »Aber das ist nicht alles. Rolf ist aus Russland zurück, und er hat Ludger mitgebracht. Ich wollte euch gerade Bescheid sagen.«

»Was sagst du da?« Lias Knie gaben unter ihr nach. Nicht heute, bitte nicht!

Während der letzten Jahre waren nach und nach immer mehr Kriegsgefangene nach Deutschland zurückgekehrt. Viele hatten in den russischen Lagern die Hölle erlebt, und nicht jeder fasste Fuß in einer veränderten Welt. Aber Ludger? Seine Gegenwart würde sie heute nicht ertragen können.

»Ja, sie sitzen alle am Tisch. Nur Ludger ist schon wieder weg.«

Eine Ahnung erwachte in Lia, die sie zutiefst beunruhigte. Aber das konnte nicht sein, oder? Sie stürzte an Erika vorbei in die Küche der Villa.

Martin saß neben Rolf, dessen Gesicht von Hunger und Entbehrung gezeichnet war. Sein Lächeln jedoch strahlte so hell wie immer. Luise hielt seine Hand, während er eine Reihe belegter Brötchen mit Schinken und Käse verdrückte. Arno stellte sich neben die Tür und schwieg.

»Grüß Gott, Lia«, sagte Rolf mit vollem Mund. »Schön, dich zu sehen.«

»Ja, dich auch.« Lia sah sich panisch um. »Wir suchen Paul. Weißt du, wo Ludger stecken könnte?«

»Ist er nicht bei euch aufgekreuzt?« Rolf hob verwundert die Augen. »Er wollte zu dir und seinen Sohn kennenlernen, hat er gesagt.«

Lia dachte an Ludgers wachsende Verzweiflung und seine verstörenden Briefe. Eine rot glühende Welle rollte über sie hinweg. Sie taumelte und wäre gefallen, wenn Erika nicht geistesgegenwärtig einen Stuhl hinter sie geschoben hätte.

»Und wer sind Sie, wenn ich fragen darf?«, kam es von Luise in Richtung Kohlhaas.

Auch wenn Lia die Kraft dazu fehlte, war hier eine Vorstellungsrunde fällig. Sie deutete auf Arno. »Das ist mein Vater Arno Kohlhaas. Arno, das sind meine Chefin Luise Hermann und ihr Sohn Rolf. Und das da ist Martin Rubin. Ludger von Bruch ist Pauls leiblicher Vater.«

Lia holte tief Luft und atmete gegen ihren rebellierenden Magen an. »Wo könnte Ludger stecken?«

Martin stand auf. »Im Forsthaus. Bei seiner Mutter.«

Kurz darauf saßen sie in Arnos Mercedes und rasten nach Kupferzell.

»Und was treibt Sie hierher?«, fragte Arno irritiert.

Martin zögerte kurz. »Davon abgesehen, dass mir ein marodes Haus am Marktplatz von Künzelsau gehört, bin ich Lias Freund.«

Verflossener würde es besser treffen. Doch Lia verzichtete darauf, irgendetwas klarzustellen. Trotz des milden Sommerabends waren ihre Hände und Füße kalt, ihre Stirn schweißfeucht. Viele Kriegsheimkehrer waren für immer gezeichnet. Was, wenn es Ludger auch so ging? Lia verbot sich, über die Konsequenzen nachzudenken, die dieser Umstand für Paul haben könnte.

Arno durchquerte Kupferzell mit viel zu hoher Geschwindigkeit. Kurz hinter der Ortsgrenze bog er auf Martins Weisung hin zum Forsthaus ab, und sie holperten den Stichweg entlang.

Wie oft war Lia die Strecke zu Fuß gegangen, hatte das düstere Haus betreten und Johanna gegen Rupprecht beigestanden? Doch dann hatte sie ihre Hoffnungen in ihren gut aussehenden Sohn gesetzt. »Was, wenn Ludger Paul etwas antut?«

Martin wandte sich um. »Das wird er schon nicht. Wir sind sicher rechtzeitig da, wart's ab.«

Das Haus lag im Mondschein, dahinter standen die Bäume

wie Scherenschnitte vor dem Himmel. Lia stieg aus, noch bevor Arno den Motor ausgestellt hatte, und rannte auf die offene Eingangstür zu. Sie schob sich in das finstere Treppenhaus. »Frau von Bruch? Ludger?«

Es blieb still, doch unter der Küchentür glomm ein schwacher Lichtschein hervor. Lia trat ein.

Johanna stand neben dem Herd und rührte in einem brodelnden Suppentopf. Ludger saß am Tisch, neben sich Paul, der in einem Fotoalbum blätterte. Es war ein friedliches Bild, wenn auf dem Tisch nicht das Jagdgewehr gelegen hätte, das sonst im Waffenschrank im Wohnzimmer hing.

»Da siehst du, Paul, wie mein Vater im Weltkrieg in Frankreich …« Ludgers Augen hoben sich und trafen Lias.

Sie schlug die Hand vor den Mund. Der ehemals schöne Mann, der Schwarm aller Mädchen zwischen Künzelsau und Schwäbisch Hall, war nur noch ein Schatten seiner selbst. Sein Haar war ergraut, sein Gesicht schmal und eingefallen, und der Blick seiner tiefliegenden Augen sprach von Hoffnungslosigkeit. Ja, er hatte Ähnlichkeit mit Rupprecht in seinen letzten Tagen.

Paul hob den Kopf. »Mama?«

Lia sah, wie verunsichert er war, und streckte die Arme nach ihm aus. »Komm zu mir, Paul!«

Er war schon halb aufgesprungen, als Ludger ihn anherrschte, sitzen zu bleiben. Lias Mitgefühl verwandelte sich in brodelnden Zorn. Dafür, dass du unserem Sohn Angst machst, kratze ich dir die Augen aus, Ludger von Bruch!, durchzuckte es sie, doch ihr kam kein Laut über die Lippen.

In diesem Moment betraten Martin und Arno Kohlhaas

die Küche und stellten sich rechts und links der Tür auf. Johanna, die den Anschein von Normalität wahren wollte, lud sie ein, sich zu setzen, und stellte mit zitternden Fingern Suppenteller auf den Tisch. Zögernd nahm Lia gegenüber von Ludger Platz. Sein Soldatenmantel roch ranzig und so sehr nach Verzweiflung, dass sich ihr der Magen umdrehte.

»Martin, Opa?«, rief Paul hoffnungsvoll.

»Sei still!« Ludgers Faust schloss sich um Pauls mageres Handgelenk. »Martin Rubin. Warum hat man dir nicht den Garaus gemacht, als es die Gelegenheit dazu gab? Dabei haben wir uns solche Mühe gegeben, dass euer Gesocks nicht überlebt. Verschwinde!«

Martin wurde bleich, blieb jedoch, wo er war.

»Aber Ludger!«, protestierte Johanna.

»Mach, dass du wegkommst, hab ich gesagt!«, polterte dieser. »Damit ich meinem Jungen erzählen kann, aus welcher guten Familie er stammt. Das ehrenwerte Adelsgeschlecht derer von Bruch.«

»Lass uns reden, Ludger«, sagte Martin begütigend. »Wir waren doch mal Freunde, auch wenn das lange zurückliegt.«

Er trat einen Schritt auf ihn zu, während Ludger mit seiner freien Hand nach dem Gewehr griff und es näher zu sich heranzog.

»Rühr dich nicht vom Fleck! *Freunde*, daran kann ich mich nicht erinnern. Wegen dir hat mein Alter auf mich eingeschlagen. Und irgendwann habe ich begriffen, was für Volksschädlinge ihr Juden seid. Es hat System, das ganze Unheil, das ihr über uns gebracht habt.«

»So ein Unsinn!«, sagte Arno Kohlhaas.

Ludger ließ Paul los, hob das Gewehr an und zielte auf Martin. »Keinen Schritt weiter! Und du, Lia, schau mich an. Dann kannst du sehen, was für Wracks der Krieg aus uns Menschen macht. So oft habe ich an dich gedacht. Weißt du, dass ich versucht habe, mir im Lager die Tätowierung der SS vom Arm zu schneiden? Mit einer Scherbe. Ich wäre fast gestorben. Hättest du nicht auf mich warten können? Und jetzt sag, bist du Martin Rubins Hure?«

»Aber du hast mich doch von dir gestoßen.« Lias Stimme klang, als würde sie nicht zu ihr gehören.

»Habe ich das? Ich bin dir nachgekommen, aber da warst du schon weg.«

Paul sah verstört von ihr zu Ludger. Lia kämpfte um ihre Fassung und rang mit ihren Gefühlen. Auch wenn Ludger ihr damals wehgetan hatte, jetzt war er nicht mehr er selbst. Er verdrehte die Tatsachen.

Ihr Mund war so trocken, dass sie kaum schlucken konnte. »Du hast mich nicht gewollt, Ludger. Ich war nicht gut genug für dich. Aber jetzt bist du ja da, und wir können …« Reden, hatte sie sagen wollen, aber Ludger unterbrach sie.

»Das glaubst du wirklich?«

»Ludger, so gib doch Ruhe«, mischte sich Johanna ein. Lia sah die Verzweiflung in ihren Augen. »Wir freuen uns doch alle, dass du wieder daheim bist.«

Sie nahm den Suppentopf vom Herd und stellte ihn auf den Tisch, doch Ludger schlug mit dem Gewehrlauf dagegen. Ein Schwall heiße Flüssigkeit schwappte über und ergoss sich über Johannas Schürze und Lias bloßen Arm. Sie schrie auf, gleichermaßen vor Schreck und Schmerz, aber

Paul nutzte die Sekunde, um zu ihr zu stürzen. »Mama, hast du dir wehgetan?«

»So ist das also«, kommentierte Ludger bitter. »Meinen Sohn habt ihr mir auch weggenommen. Aber so hab ich wenigstens die Hände frei, um hier aufzuräumen.«

Wie konnte er die Wahrheit so verdrehen? »Wir haben dir niemanden weggenommen. Du warst nicht da.«

»Der Opa Rupprecht wollte mich auch gar nicht haben!«, rief Paul. »Der mit dem Totenkopf.«

Seine hohe Stimme gellte durch den Raum, während Johanna Lia vom Stuhl zog und ihren Arm in das mit kaltem Wasser gefüllte Spülbecken tauchte. Vom Schmerz wurde Lia schwarz vor Augen, aber Pauls lockiger Kopf drückte sich an ihre Seite, was im Moment das Wichtigste war.

Doch dann herrschte Ludger sie alle miteinander an. »Keiner von euch rührt sich vom Fleck!«

Lia zuckte zusammen, als sie sah, dass er das Gewehr anlegte und der Reihe nach auf sie zielte, zuerst auf Martin, dann auf Arno, Johanna, Paul und sie.

»Dieses Gefühl von Macht habe ich schon immer berauschend gefunden. Das habe ich in Polen auch öfter getan. Wie haben sie um ihr Leben gefleht, aber dann hörten die Schreie und Bitten plötzlich auf. Ich könnte auch hier ein Blutbad anrichten. Na, wie würde euch das gefallen? Und du, Mutter, Schlachttag in deiner schönen Küche? Ich nehme euch alle mit, soll ich? Oder vielleicht auch nicht.«

Er senkte die Flinte, stellte sie senkrecht zwischen seine Knie und steckte sich den Lauf in seinen Mund.

»Nein!«, rief Lia.

In diesem Moment geschahen mehrere Dinge gleichzeitig.

»Runter!«, brüllte Arno Kohlhaas. Er schob Johanna, Lia und Paul unter den Tisch, während Martin sich zu Ludger beugte und mit ihm um die Flinte rang.

»Gib mir das Gewehr!«, stieß Martin hervor. »Bevor du dich oder uns verletzt.«

»Machen Sie schon, Junge!«, beschwor ihn Arno. »Oder wollen Sie Ihrer Mutter das wirklich antun? Sie hat auf sie gewartet, verdammt noch mal!«

Ludger schluchzte verzweifelt auf. »Lassen Sie mich! Nichts hat mehr einen Sinn. Sie kennen die Hölle nicht, die ich in mir trage.«

Ein Schuss löste sich und krachte in Lias Ohren.

Während sie Johanna und Paul fest umklammert hielt, wartete sie darauf, dass ihre Taubheit sich legte. Was, dachte sie betäubt, wenn der Schuss Martin oder Arno getroffen hatte?

Sie spähte unter der Tischplatte hervor. Putz war von der Decke gerieselt und hatte eine Staubschicht auf dem Boden und den Möbeln hinterlassen wie ein gottverdammtes Leichentuch.

»Es ist alles in Ordnung«, sagte Martin. »Ihr könnt rauskommen.«

Nachdem sie Paul und Johanna auf die Beine geholfen hatte, wagte sie es, den Männern einen Blick zuzuwerfen. Martin, der das Gewehr fest in seiner Hand hielt, entfernte gerade die Patronen, während Arno neben Ludger saß und beruhigend auf ihn einredete. Dieser hatte seine Hände vors Gesicht gelegt und weinte schweigend.

»Ihr könntet vor die Tür gehen und mich mit ihm und seiner Mutter allein lassen.« Arno wandte sich an Johanna. »Und Sie, könnten Sie vielleicht Kaffee kochen oder einen Tee? Wir müssen uns erst mal beruhigen.«

Während Johanna die Kaffeemühle füllte, zog Martin Lia und Paul mit sich. »Weißt du, ob es in diesem Haus noch weitere Gewehre gibt?«

Lia führte ihn zum Waffenschrank im Wohnzimmer, der weit offen stand. Martin räumte ihn bis auf die letzte Patrone aus und packte das Arsenal an Jagdgewehren und Flinten in den Kofferraum des Mercedes. Lia trat mit ihm vor die Tür und atmete erleichtert die frische Luft ein, die nach Tannenwald und Sommer roch. Sie hielt Pauls Hand fest umklammert.

»Du kannst mich übrigens loslassen, Mama.«

»Heute nicht mehr.« Ihr verbrannter Arm pochte und stach.

Paul war sehr blass. »Also gut«, gab er nach. »Aber nur, weil du es bist.«

»Gell, Paul«, begann Martin. »So was wie eben erschreckt uns nicht.«

»Schließlich war ich schon mal verschüttet. Dagegen war das harmlos.« Paul ließ zu, dass Martin ihm die Haare zerzauste. Sie setzten sich auf die Mauer rund um Johannas Blumengarten, Martin in der Mitte.

»Ludger war nicht immer so schlimm«, erzählte er. »Als wir klein waren, hat meine Mutter Jette manchmal Johanna besucht, und wir haben im Wald gespielt.«

»So wie ich und meine Freunde?«, fragte Paul.

»Der Esel …«, begann Lia.

Paul verdrehte die Augen. »Schon gut, Mama. Meine Freunde und ich.«

Martin nickte. »Ja, so wie ihr. Aber dann hörte es irgendwann auf.«

»Ohne Grund?«, fragte Paul.

»Nicht ganz. Ludgers Vater Rupprecht hatte mitgekriegt, dass wir zusammen spielten, und ihn übel vermöbelt. Er hatte sogar ein blaues Auge. Da hat er mir die Freundschaft aufgekündigt, weil ich Jude bin. Und im Gymnasium hat er mir dann das Leben zur Hölle gemacht. Vielleicht aus Rache.«

»Also wart ihr so etwas wie verhinderte Freunde?«, fragte Paul.

Martin zögerte. »Wenn man das so sagen kann, ja.«

Lia hielt ihren verletzten Arm umfasst, der höllisch zu schmerzen begann. »So war das also. Langsam kommen die Bruchstücke eurer gemeinsamen Geschichte ans Licht.«

Gegen Mitternacht feierten sie in der Küche der Villa Rolfs Heimkehr. Das Gulasch und die Spätzle reichten locker für alle. Marga hielt für besonders hungrige Mäuler sogar noch einen Nachschlag bereit. Vielleicht lag es am Wein, den Luise zur Feier des Tages spendiert hatte, aber die Gespräche wurden lebhafter und begannen sich um andere Dinge zu drehen als um den Zwischenfall im Forsthaus.

Arno Kohlhaas fehlte in ihrer Runde. Nachdem er Lia, Martin und Paul nach Künzelsau gefahren hatte, brachte er Ludger von Bruch in Johannas Begleitung in eine Klinik.

Gut, dass er weg war. Lia fühlte sich kraftlos und leer. Obwohl sie ihren Arm mit feuchten Tüchern kühlte, pochte er wie verrückt. Außerdem war sie so müde, dass ihr Kopf immer wieder an Martins Schulter sackte. Sie war gerade in einen Traum voller lodernder Flammen versunken gewesen, vielleicht von der Synagoge, vielleicht auch vom brennenden Berlin, als seine leise Stimme sie weckte. »Lia?«

»Ja?« Sie räkelte sich verschlafen und stürzte ein Glas Wasser hinunter, das den Brand in ihrem Innern nicht löschen konnte.

»Ich möchte dir was sagen«, flüsterte Martin. »Wenn du es hören willst.«

Ein Kuss streifte ihre Wange, aber vielleicht träumte sie das auch nur. Die Stimmen am Tisch waren so laut, dass seine Worte darin untergingen.

»Dann schieß los!«, sagte sie.

Er trank einen Schluck Wein und holte tief Luft. »Ich gehe nach New York.«

»Das weiß ich schon.« So viel Schmerz, so viele beschädigte Herzen und so viele zarte Pflänzchen, die ihren Kopf aus der Erde streckten, nur damit jemand darauf herumtrampelte. »Ich geh dann mal heim.«

Sie stand auf und sah sich nach Paul um, der an Heiners Eisenbahn baute, während der Kleine selbst zugedeckt auf dem Boden schlief. »Paul, kommst du?«

»Nein, Lia.« Martin griff nach ihrer gesunden Hand. »Ich will dir etwas anderes sagen. Verflixt, ich kann zwar ganz gut Berichte für die Zeitung schreiben, aber in Liebeserklärungen bin ich nur mäßig.«

»Wenn überhaupt.« Sie sah ihn ungeduldig an.

»Ich wollte dir nur sagen …« Er schluckte. »Ich ziehe zwar nach New York und kümmere mich um meinen kranken Onkel, aber ich werde nicht heiraten. Jedenfalls nicht das brave jüdische Mädchen, das sie mir vor die Nase setzen wollen.«

»So?«

Martin ließ sie los, rang die Hände und suchte nach den richtigen Worten. »Lia … Du fängst mich auf, du nimmst mich, wie ich bin, so dass ich leichter in Richtung Leben stolpern kann. Und manchmal denke ich, an deiner Seite könnte ich es schaffen, meine Dämonen zu besiegen. Also … Ich werde nicht heiraten. Außer dich, wenn du mich noch willst. Ich kann aber auch verstehen, solltest du es nicht mehr wollen.« Er schluckte nervös. »Ich lade dich, oder nein, ich lade euch beide ein, nach New York zu kommen, wenn ich dort Wurzeln geschlagen habe. Weil …«

»Martin«, unterbrach ihn Lia sanft. »Wie wäre es, wenn du zum Punkt kommen würdest?«

»Also gut.« Sein Adamsapfel hüpfte auf und ab, als er weitersprach: »Weil ich dich liebe, oder nein, euch beide liebe. Mist, jetzt verheddere ich mich noch mehr. Vorausgesetzt, du willst mich noch, Lia.«

Paul sprang auf und ab und klatschte in die Hände. »Sag Ja, Mama! Wir ziehen mit Martin nach New York.«

Lias Herz begann, wie wild zu klopfen. »Wir werden sehen.«

Epilog

Schließlich war Albert doch das Risiko eingegangen und hatte einen Kredit aufgenommen, um 40 000 Yards Denim aus den USA zu bestellen. Der Ladenpreis der Cowboyhose hatte sich dadurch zwar auf stolze 20 Mark verdoppelt, aber dem Erfolg ihrer Marke hatte das nicht geschadet. Im Gegenteil. Sogar Luise hatte schließlich begriffen, wie richtig er damit lag, auf dieses eine wilde Pferd zu setzen. Denn die Nietenhosen eroberten die Welt im Sturm.

Teenagerschwärme wie Marlon Brando und James Dean trugen sie in ihren Filmen, Marilyn Monroes Sanduhrfigur kam darin perfekt zur Geltung, und die jugendlichen Rock-'n'-Roll-Fans ritten ihre heißen Maschinen nur in den passenden Beinkleidern.

Und jetzt lief also die »Girls Campinghose« über die Produktionsstraße. Der Name war Programm, denn die Leute hatten eine unbändige Lust zu verreisen, am besten nach Bella Italia. Wer es mit dem VW Käfer nicht über die Alpen schaffte, der stellte sein Zelt am Baggersee auf und brauchte auch dafür legere Bekleidung.

Heute war der Tag von Lias Abreise. Sie stand in ihrem schicken Bouclékostüm à la Coco Chanel im Nähsaal vor dem großen Kleiderständer, auf dem die Prototypen der ersten Damenjeans aufgereiht waren. Im Hintergrund ratterten die Nähmaschinen, denn die Auftragsbücher waren voll. Lia zog eine Hose heraus, legte sie auf den Tisch und betrachtete sie zufrieden. Die Girls Campinghose war taillenhoch, schmal geschnitten und betonte die weiblichen Formen auf vorteilhafte Weise.

»Wie findest du sie?« Erika stand hinter ihr und hielt ihren neugeborenen zweiten Sohn auf dem Arm.

»Gute Arbeit.« Lia zwinkerte ihr zu. »Sie sind wie für uns wilde Vagabundinnen gemacht.«

Albert legte den Arm um seine Frau und sein jüngstes Kind. »Ich bin sehr froh, dass wir es gewagt haben.«

»Ich auch.«

»Mama, beeil dich!« Paul, mit kurzer Hose und Schiebermütze, stand in der Tür und deutete auf seine Armbanduhr.

Heute war der Tag, an dem sie zu neuen Ufern aufbrechen würden. Martin, der schon länger wieder als Journalist in New York arbeitete, hatte eine Wohnung in Manhattan gemietet und erwartete sie sehnsüchtig. Es hatte fast zwei Jahre gedauert, bis Lia bereit war, ihre Zelte in Deutschland abzubrechen. Besonders Margas Wohl lag ihr am Herzen, denn Lias Mutter wurde langsam zu alt, um den Haushalt in der Villa zu versorgen. Wie oft hatte Lia sie gebeten, mitzukommen? Aber Marga wollte bleiben. Sie hatte sich auf Luise berufen, mit der sie eine enge Freundschaft verband. Ob auch Arno Kohlhaas eine Rolle spielte? Lia war sich nicht sicher, aber die beiden besuchten sich hin und wieder, und Marga wirkte nach jedem Treffen glücklicher als zuvor.

Also konnte Lia endlich diesen Aufbruch wagen, ohne ein allzu schlechtes Gewissen zu haben. Außerdem war New York nicht aus der Welt. Mit dem Flieger reiste man im Handumdrehen über den Großen Teich. Und auch Geld spielte zum ersten Mal in ihrem Leben keine Rolle. Arno hatte ihre Flüge bezahlt und würde Lia dabei unterstützen, im Big Apple ihr eigenes Modegeschäft zu eröffnen. Außerdem hatten alle ihre Lieben angekündigt, sie so bald wie möglich besuchen zu wollen.

»Hast du alles gepackt?«, fragte Erika.

»Natürlich.« Lia hatte ihre Koffer schon vor ein paar Tagen aufgegeben.

»Aber das Handgepäck? Ist alles drin, was du brauchst? Und hast du genug gefrühstückt?«

»Ja, wir beide.« Lia hob den Blick und sah, dass Paul schon wieder eine Brezel verdrückte.

»Wo lässt er das bloß immer?«, fragte Erika.

»Keine Ahnung. Er wächst halt.« Paul hatte inzwischen fast so große Füße wie Martin, und seine Hosen wurden ihm andauernd zu kurz.

»Das Taxi ist da, Mama!«

»Es geht los?«, fragte Erika.

»Ich fürchte ja.« Lia spürte, wie ihr die Tränen kamen, als sie zuerst Albert und dann Erika mit dem Kleinen fest in ihre Arme zog.

»Das ist doch kein Grund zum Weinen.« Erika reichte ihr ein Taschentuch. »Wir kommen bald und gehen dir auf die Nerven, bis du froh bist, uns wieder los zu sein.«

Nein, es gab keinen Grund zum Weinen. Im Gegenteil. Lia

schnäuzte sich und trat mit Paul und ihren Freunden vor die Tür, wo das Taxi mit laufendem Motor auf sie wartete. Sie wunderte sich nicht, als die Näherinnen von ihren Plätzen aufstanden und ihr Geleit gaben.

Luise stand in der ersten Reihe neben Marga und Johanna. Ludger hatte einige Zeit in einem Sanatorium verbracht. Obwohl es ihm besser ging und er sich wie Rolf einen Studienplatz suchen wollte, war Lia froh, dass er nicht da war. Die Brandnarbe an ihrem Arm blieb ihr als Erinnerung an die Nacht seiner Heimkehr. Aber damit konnte man leben, Schwamm drüber.

Als Lia sich ihrer Mutter zuwandte, musste sie schon wieder weinen. Sie zog sie an sich.

»Heul nicht, sondern erobere die Welt!«

»Das werde ich.« Lia winkte Elvira zu, die zwischen den Näherinnen stand, sie breit angrinste und den Daumen hochstreckte. Die große Reise, von der Elvira mehrfach gesprochen hatte, würde Lia in Kürze antreten.

Der Taxifahrer hatte soeben ihre Taschen im Kofferraum verstaut und schob seine Mütze zurecht. »Sind Sie endlich fertig, oder soll ich bis Weihnachten warten? Ist ja eine ganze Völkerwanderung da.«

Paul, dem das alles nicht schnell genug gehen konnte, saß schon auf der Rückbank.

»Ich komme gleich.« Zuletzt ging Lia auf Luise zu, die sie ungestüm in ihre Arme zog. Die Chefin legte ihr Kinn auf Lias Scheitel, warm, fest und gewappnet gegen alle Stürme des Lebens.

»Danke, danke für alles, Frau Hermann«, murmelte Lia.

»Wir hatten es nicht immer leicht miteinander, Kleine«, sagte Luise. »Aber auch ich danke dir, denn du hast uns immer Mut gemacht mit deiner Art. Und es ist ja nicht für immer.«

Sie trat zurück und legte ihren Arm um Erika, die ihre Tränen nicht länger zurückhalten konnte. Lia drückte ihre Freundin ein letztes Mal an sich. »Auf Wiedersehen, mein Schäfchen.«

Bedauern und Vorfreude erfüllten sie gleichermaßen, als sie neben Paul auf der Rückbank Platz nahm.

Der Fahrer stieg ein. »Wohin soll es denn gehen?«

»Nach Amerika«, erwiderte Paul.

»Na dann.« Der Fahrer ließ den Motor an.

Lia drehte sich um und winkte ihren Freunden zu, bis der Wagen um die Ecke gebogen war. Dann setzte sie sich zurück und wischte sich die Tränen aus dem Gesicht.

»Puh«, sagte Paul.

»Abschiednehmen ist keine Kleinigkeit. Aber weißt du was? Ich hab noch was für dich. Es ist eigentlich für Martin, aber vielleicht freust du dich ja auch darüber.« Sie öffnete ihre Handtasche, zog ein in Seidenpapier eingeschlagenes Päckchen heraus und reichte es Paul. »Sieh nach, aber sei vorsichtig!«

Das Papier raschelte, als Paul es entfernte. Heraus rollte eine kleine Schäferin aus Meißener Porzellan, im Reifrock, mit blonden Haaren und einem Lächeln im Gesicht. Zu ihren Füßen tummelten sich ein paar Schafe.

Paul staunte mit großen Augen. »Woher hast du …?«

Lia lachte leise. »Den Kopf? Den hat Martin unter dem

Regal im Wohnzimmer seiner Eltern gefunden und mir gegeben. Er weiß nur nicht, dass ich den Körper aufgehoben und jetzt endlich alles zusammengeklebt habe.«

»Er wird sich freuen, oder?«

»Dass die kleine Schäferin wie der Phönix aus der Asche auferstanden ist?« Lia strich über die feine, weiße Klebelinie, die den zarten Kopf mit dem Körper verband. »Ja, das wird er.«

Nachwort

Eine Firmen- und Familiengeschichte zu erzählen, war auch für mich eine neue Erfahrung. Zu einem guten Teil habe ich mich auf die detailliert und liebevoll geschilderten Erinnerungen von Albert Sefranek verlassen, der zur Zeit der Entstehung des Romans schon verstorben war.

Der Erzählstrang rund um die »L. Hermann Bekleidungswerke«, Luise, Erika und ihn ist zum Großteil wahr. Luises Mann Heinrich Hermann habe ich allerdings vor der Zeit sterben lassen, da ich keine einzige gesicherte Angabe zu ihm finden konnte. Ich hoffe, meine Leser:innen sehen mir das nach.

Wahr ist auch ein Großteil von Alberts Kriegserinnerungen, darunter seine Erfahrungen auf dem Polenfeldzug und seine Berichte über Erikas Ankunft in Meißen während eines Bombenangriffs. Alberts Begegnung mit der Babuschka in der russischen Einöde ist ebenso fiktiv wie die Person seines Freundes Arnold. Die Hochzeit von Albert und Erika hingegen beruht mit ihren skurrilen Einzelheiten ebenso auf Alberts Erinnerungen wie seine Reisen mit dem Moped und die Tauschaktion in der Frankfurter Kneipe, wo einige Flaschen Hohenloher Brand gegen sechs Blue Jeans der Marke Levi's über die Theke wanderten.

Reine Fiktion sind die Erzählstränge rund um Lia, Marga, Ada, Arno und Herrn Falbe sowie Martin und seine Familie. Luise hat sich zwar von ihrer Schwester das Nähen beibringen lassen, die Figuren von Johanna, Rupprecht und Ludger und die ihnen zugeschriebene Handlung entspringen jedoch allein meiner Phantasie.

Im Zuge meiner Recherchen habe ich einiges über den Nationalsozialismus in Hohenlohe erfahren. Recherchiert habe ich die Geschehnisse zu Beginn der Herrschaft der Nationalsozialisten in Künzelsau und Öhringen. Sie unterschieden sich sicher nicht grundlegend von denen anderswo, aber die Geschichte wurde hier so solide aufgearbeitet und offen erzählt, dass ich mit Leichtigkeit herausfinden konnte, was mit den Juden und Andersdenkenden in der Stadt passierte. Max Ledermann, sei er nun an einem Herzinfarkt oder an seinen Misshandlungen gestorben, war der erste Tote des Naziregimes auf deutschem Boden, und der Lehrer Julius Goldstein wurde von den Schergen Fritz Kleins in der Tat beinahe totgeprügelt. Auch der Brand der Synagoge und die Deportation der Juden aus Künzelsau beruhen auf wahren Ereignissen, ebenso wie der Text des unsäglichen Liedes, das ein Lehramtskandidat zur Amtseinsetzung Adolf Hitlers geschrieben hat. Auf Recherche beruht auch mein Bericht über das Ende des Zweiten Weltkriegs in Künzelsau.

Ebenso historisch belegt ist der Zug der Juden über den Ku'damm in Richtung des Bahnhofs Grunewald und der Bombenangriff auf die U-Bahn-Station im Bayerischen Viertel. Es war, als würden mir die Berichte über die Ereignisse immer dann entgegenkommen, wenn ich sie brauchte.

Ebenso fand ich Menschen, die mir in Bezug auf das Buch weiterhalfen. Mit Rat und Tat stand mir die Freundin einer Nachbarin zur Seite, deren Vater zur Zeit des Nationalsozialismus in einem Nachbardorf von Künzelsau Pfarrer war und sich bei der Bekennenden Kirche engagierte. Recherchiert habe ich auch die Deportation der Sinti-Kinder aus der Josefspflege in Mulfingen. Das einzige überlebende Kind war die kleine Angela Reinhard, die über ihre Kindheit später ein berührendes Buch geschrieben hat.

Auch wenn ich nicht weiß, ob Albert den Kommandeur und Generaloberst Friedrich von Rabenau persönlich kennengelernt hat, der später wegen seines Widerstands gegen den Nationalsozialismus im KZ ermordet wurde, gilt meine Hochachtung all jenen, die sich in dieser Zeit trauten, die Fahne von Recht und Gerechtigkeit hochzuhalten.